Heibonsha Library

成り立ち辞典

平凡社ライブラリー

Heibonsha Library

季語成り立ち辞典

榎本好宏

平凡社

本著作は二〇〇二年八月、『季語語源成り立ち辞典』として平凡社より刊行されたものです。

はじめに

一口に俳句人口一千万と言われます。何を根拠にはじき出された数字かは定かでありませんが、実際に俳句を作る人、仮に作らなくとも俳句に関心があって、古今の名句や新聞、雑誌に掲載された人様の作品を読むのが好きといった程度の人たちも含めると、おおよそそんな数字になろうかと思われます。

俳人にとって歳時記は、一種のバイブルと言ってもよい代物です。毎年繰り返される自然の営みも年によって変化が見られます。春に咲くべき花が夏にずれこんだり、秋に鳴くはずの蟬が夏から鳴き始めたりと季感がずれもします。しかし、極端な言い方をすれば、その自然の営みより、歳時記の約束事を頑固に主張する人たちも現れます。

日本列島は長いから、北と南の季節の移ろいに適った歳時記を作ろうとする人もいますし、現実にそんな歳時記も存在します。地球の北半球と南半球の季節は逆だから、南半球の歳時記を編もうとする試みもあります。歳時記を見渡せば、生活も風俗も習慣も、現代の生活にそぐわない、言ってみれば死語になった季題・季語も多くなっていますから、それらを除いて新しい時代にふさわしい季語を加えようとする意見もあります。それらの意見は、俳句を作る上での利便性から当然あってしかるべき試みですから、否定されるものではありません。

俳句を作る上の「自分たちのための歳時記」ならそれも許されますが、日本人が永い年月をかけて培ってきた歳時記の本筋を見直そうというのであれば、これはまた別問題です。やや大仰に言えば、先人から私たちが引き継いだ歳時記は、一俳句作りの専有物ではなく、詩歌千二百年余の中で生まれた文化遺産なのです。多少俳句にかかわった人ならお気付きでしょうが、季題・季語の、それも傍題季語の中には、俳句に取り込みにくいものがたくさんあります。例えば「梅」の傍題季語でもある花《はな》の兄《あに》、香散見草《かざみぐさ》、香栄草《かばえぐさ》といった季語は、梅の花の意味を言った言葉ですから、俳句ではなかなか使いにくい季語です。

とは言え、これらの言葉も、俳句の歴史の数倍の年月の中で培われた和歌から生まれた言葉であるとすれば、それらを採録して編まれた歳時記は、確かに日本人の文化遺産という言い方もできます。

夏の季語に、晒井《さらしい》（井戸替《いどかえ》）、髪洗う、といったものがあります。これは水に所縁《ゆかり》の一連の七夕行事の一つなのですが、その意味は現代の歳時記からすでに消滅しています。また、この七夕と盂蘭盆会《うらぼんえ》が不即不離の関係であることも歳時記から消えています。

春の宵とか夏の宵の「宵」などは、日が暮れた頃のごく短い時間を指すことに、今ではなっていますが、では「宵越しの銭は持たぬ」の江戸っ子の気風も、子どもの頃から言われつけた「宵っ張りの朝寝坊」も、現代の解釈では理解できません。その辺は和歌などの方が正確で、『万葉集』の頃は、夜を宵と夜中と明時《あかとき》に分けて、宵は夕暮れから今の時刻で午後十一時頃までを指すように定義ができていました。

本書では、このように歳時記から欠落した真実を追いながら、風聞、風説の類まで拾い上げて、歳時記を面白く読んで、その世界に遊んでいただく工夫を凝らしたつもりです。また「美しい日本語」を残すべく、古風と思われがちな言葉も、本文中に多用しました。

ここに掲載した季語は、「別冊太陽」(平凡社)の『日本を楽しむ暮らしの歳時記』(全四巻)から選んだものに、新たに八十余の季語を加えたもので、『季語語源成り立ち辞典』としました〔平凡社ライブラリー収録にあたり、『季語成り立ち辞典』と改題〕。

現代版の歳時記を編む際に必ず突き当たるのが太陽暦と太陰暦の矛盾ですが、その矛盾を承知の上で、俳句作り以外の人の利便性も考慮しながら、敢えて月別の歳時記に仕立てました。また、六百余項目の数少ない採録から配列に不都合も生じましたが、その責めは覚悟の上で一本にまとめた次第です。

平成十四年小満　　榎本好宏

目次

はじめに …… 5
凡例 …… 20

一月

淑気《しゅくき》 …… 23
御降《おさがり》 …… 23
年玉《としだま》 …… 23
大服《おおぶく》 …… 24
屠蘇《とそ》 …… 24
節料物《せちりょうもの》 …… 25
歯固《はがため》 …… 25
俵子《たわらご》 …… 26
鏡餅《かがみもち》 …… 26
歯朶《しだ》 …… 27
橙飾る《だいだいかざる》 …… 27
楪《ゆずりは》 …… 28
ひめ始《ひめはじめ》 …… 28
手斧始《ちょうなはじめ》 …… 29
羽子つき《はねつき》 …… 29
歌留多《かるた》 …… 30
振振《ぶりぶり》 …… 30
嫁が君《よめがきみ》 …… 31
小寒《しょうかん》 …… 31
寒九《かんく》 …… 31
寒雀《かんすずめ》 …… 32
寒紅《かんべに》 …… 32
人日《じんじつ》 …… 33
七日正月《なぬかしょうがつ》 …… 33
七種《ななくさ》 …… 34
薺《なずな》 …… 34
蘿蔔《すずしろ》 …… 34
菘《すずな》 …… 35
鳥総松《とぶさまつ》 …… 35
餅間《もちあい》 …… 36
鏡開《かがみびらき》 …… 36
小正月《こしょうがつ》 …… 37
女正月《おんなしょうがつ》 …… 37
左義長《さぎちょう》 …… 38
かまくら …… 38
花の内《はなのうち》 …… 39
二十日正月《はつかしょうがつ》 …… 39
三寒四温《さんかんしおん》 …… 39
鰤起し《ぶりおこし》 …… 40
雪見酒《ゆきみざけ》 …… 40
雪見舞《ゆきみまい》 …… 41
雪棹《ゆきざお》 …… 41
雪しまき《ゆきしまき》 …… 42
雪女《ゆきおんな》 …… 42
樏《かんじき》 …… 43
玉栗《たまぐり》 …… 43
スキー …… 43
氷柱《つらら》 …… 44

寒昴《かんすばる》……44
冬北斗《ふゆほくと》……45
天狼《てんろう》……45
凍豆腐造る《しみどうふつくる》……46
千両《せんりょう》……46
万両《まんりょう》……47
南天の実《なんてんのみ》……47
藪柑子《やぶこうじ》……48
葉牡丹《はぼたん》……48
水仙《すいせん》……49
大寒《だいかん》……49
室咲《むろざき》……50
節分《せつぶん》……50
追儺《ついな》……51
柊挿す《ひいらぎさす》……51

二月

魚氷に上る《うおひにのぼる》……55
初午《はつうま》……55
雨水《うすい》……56
雪間《ゆきま》……56
春一番《はるいちばん》……57
白魚《しらうお》……57
公魚《わかさぎ》……58
鱵《さより》……58
末黒野《すぐろの》……59
片栗の花《かたくりのはな》……59
菠薐草《ほうれんそう》……60
水菜《みずな》……60
海苔《のり》……61
獺魚を祭る《かわうそうおをまつる》……61
鶯《うぐいす》……62
梅《うめ》……63
黄梅《おうばい》……63
いぬふぐり……64
若布《わかめ》……64

三月

桃の節句《もものせっく》……67
雛祭《ひなまつり》……67
曲水《きょくすい》……68
雛の使《ひなのつかい》……68
雛流し《ひなながし》……69
淡雪《あわゆき》……69
初雷《はつらい》……70
啓蟄《けいちつ》……70
東風《こち》……71
山笑う《やまわらう》……71
蜆《しじみ》……72
田螺《たにし》……72
蜷《にな》……73
鮎汲《あゆくみ》……73
お水取《おみずとり》……73
涅槃西風《ねはんにし》……74
貝寄風《かいよせ》……74

比良八荒 ひらはっこう……75
つちふる……75
斑雪 はだれ……76
雪の果 ゆきのはて……76
鳥曇 とりぐもり……77
彼岸 ひがん……77
春分 しゅんぶん……78
社日 しゃにち……78
炉塞 ろふさぎ……79
初蝶 はつちょう……79
鷽 うそ……80
春霖 しゅんりん……80
春の土 はるのつち……81
山椒の芽 さんしょうのめ……81
田楽 でんがく……82
青饅 あおぬた……82
蒸鰈 むしがれい……83
鰆 さわら……83
鰊 にしん……84
鰊曇 にしんぐもり……84
飯蛸 いいだこ……85
椿 つばき……85
胡葱 あさつき……86
韮 にら……87
屋根替 やねがえ……87
陽炎 かげろう……88
春興 しゅんきょう……88
踏青 とうせい……89
野遊 のあそび……89
嫁菜 よめな……89
母子草 ははこぐさ……90
土筆 つくし……90
蕨 わらび……91
薇 ぜんまい……92
菫 すみれ……92
蒲公英 たんぽぽ……93
紫雲英 げんげ……93
薺の花 なずなのはな……94
虎杖 いたどり……94
茅花 つばな……95
春蘭 しゅんらん……95

四月

日永 ひなが……99
清明 せいめい……99
四月馬鹿 しがつばか……100
遍路 へんろ……100
春の虹 はるのにじ……101
佐保姫 さおひめ……101
桃の花 もものはな……102
沈丁花 じんちょうげ……102
辛夷 こぶし……103
木蓮 もくれん……103
柳 やなぎ……104

春暁《しゅんぎょう》……104
朧《おぼろ》……105
亀鳴く《かめなく》……105
蝌蚪《かと》……106
桜《さくら》……106
花守《はなもり》……107
花盗人《はなぬすびと》……107
花筏《はないかだ》……108
桜鯛《さくらだい》……108
汐干狩《しおひがり》……109
蛤《はまぐり》……109
浅蜊《あさり》……110
鮎並《あいなめ》……110
鮊子《いかなご》……111
宝貝《たからがい》……111
栄螺《さざえ》……112
望潮《しおまねき》……112
寄居虫《やどかり》……113
海髪《うご》……113
鹿尾菜《ひじき》……114
一人静《ひとりしずか》……114
翁草《おきなぐさ》……114
三色菫《さんしきすみれ》……115
アネモネ……115
囀《さえずり》……116
百千鳥《ももちどり》……116
菜種梅雨《なたねづゆ》……117
壬生菜《みぶな》……117
諸葛菜《しょかつさい》……118
松露《しょうろ》……118
鞦韆《しゅうせん》……119
春眠《しゅんみん》……119
蛙の目借時《かえるのめかりどき》……120
穀雨《こくう》……120
蜃気楼《しんきろう》……121
山吹《やまぶき》……121
馬酔木《あしび》……122
都忘れ《みやこわすれ》……122
水口祭《みなくちまつり》……122
種蒔《たねまき》……123
八十八夜《はちじゅうはちや》……124
茶摘《ちゃつみ》……124
聞茶《ききちゃ》……125
磯竈《いそかまど》……126
満天星の花《どうだんのはな》……126
雀隠れ《すずめがくれ》……127
清和《せいわ》……127
風薫る《かぜかおる》……127

五月

牡丹《ぼたん》……131
更衣《ころもがえ》……131
端午《たんご》……132
菖蒲《しょうぶ》……132

菖蒲葺く《しょうぶふく》……133
武者人形《むしゃにんぎょう》……133
幟《のぼり》……134
吹流し《ふきながし》……134
鯉幟《こいのぼり》……135
粽《ちまき》……135
柏餅《かしわもち》……136
薬降る《くすりふる》……136
薬玉《くすだま》……136
小満《しょうまん》……137
常磐木の落葉《ときわぎのおちば》……137
蚕豆《そらまめ》……138
芍薬《しゃくやく》……138
泰山木の花《たいさんぼくのはな》……139
花水木《はなみずき》……139
金雀枝《えにしだ》……140
薔薇《ばら》……140
卯の花《うのはな》……141
卯の花腐し《うのはなくたし》……141
海酸漿《うみほおずき》……142
初鰹《はつがつお》……142
蝦蛄《しゃこ》……143
穴子《あなご》……143
飛魚《とびうお》……144
皮剝《かわはぎ》……144
城下鰈《しろしたがれい》……145
海鞘《ほや》……145
章魚《たこ》……146
源五郎鮒《げんごろうぶな》……146
麦の秋《むぎのあき》……147

六月

杜鵑花《さつき》……151
杜若《かきつばた》……151
花橘《はなたちばな》……152
アイリス……152
梔子の花《くちなしのはな》……153
紫陽花《あじさい》……153
紅の花《べにのはな》……154
蕺菜《どくだみ》……154
鈴蘭《すずらん》……155
五月雨《さみだれ》……155
青梅雨《あおつゆ》……156
五月闇《さつきやみ》……156
黒南風《くろはえ》……156
白南風《しらはえ》……157
やませ……157
だし……158
あいの風《あいのかぜ》……158
優曇華《うどんげ》……159
螻蛄《けら》……159
鰻《うなぎ》……160
鯰《なまず》……160
紫蘇《しそ》……161

鴉の子《からすのこ》…… 161
早乙女《さおとめ》…… 161
早苗饗《さなぶり》…… 162
蛍狩《ほたるがり》…… 162
蛍袋《ほたるぶくろ》…… 163
蝲蛄《ざりがに》…… 163
鮎《あゆ》…… 164
黒鯛《くろだい》…… 164
藺《い》…… 165
蚊帳《かや》…… 165
蚊遣火《かやりび》…… 166
南風《みなみ》…… 166
はえ…… 167
筍流し《たけのこながし》…… 167
葭切《よしきり》…… 168
蝙蝠《こうもり》…… 168
時鳥《ほととぎす》…… 169
郭公《かっこう》…… 169
仏法僧《ぶっぽうそう》…… 170
駒鳥《こまどり》…… 170
慈悲心鳥《じひしんちょう》…… 171
虎鶫《とらつぐみ》…… 171
三光鳥《さんこうちょう》…… 172
万緑《ばんりょく》…… 172
陶枕《とうちん》…… 172
夏暖簾《なつのれん》…… 173
虎が雨《とらがあめ》…… 173
夏越《なごし》…… 174
氷餅を祝う《ひもちをいわう》…… 174
富士垢離《ふじごり》…… 175

七月

半夏生《はんげしょう》…… 179
月見草《つきみそう》…… 179
百合《ゆり》…… 180
合歓の花《ねむのはな》…… 180
夏の月《なつのつき》…… 181
夏の宵《なつのよい》…… 181
雷《かみなり》…… 182
虹《にじ》…… 182
青祈禱《あおぎとう》…… 183
川床《かわゆか》…… 183
団扇《うちわ》…… 184
花茣蓙《はなござ》…… 184
日傘《ひがさ》…… 185
薫衣香《くのえこう》…… 185
天道虫《てんとうむし》…… 185
玉虫《たまむし》…… 186
金亀虫《こがねむし》…… 186
山滴る《やましたたる》…… 187
お花畑《おはなばた》…… 187
御来迎《ごらいごう》…… 188
滝《たき》…… 188
帷子《かたびら》…… 189

浴衣《ゆかた》……189
甚平《じんべい》……190
すててこ……190
腹当《はらあて》……191
簟《たかむしろ》……191
竹床几《たけしょうぎ》……191
竹婦人《ちくふじん》……192
髪洗う《かみあらう》……192
瓜漬《うりづけ》……193
麦湯《むぎゆ》……193
ラムネ……194
麦酒《ビール》……194
水羊羹《みずようかん》……195
心太《ところてん》……195
白玉《しらたま》……196
蜜豆《みつまめ》……196
冷奴《ひややっこ》……196
鱧《はも》……197

風鈴《ふうりん》……197
箱庭《はこにわ》……198
樟脳舟《しょうのうぶね》……198
水中花《すいちゅうか》……199
夕焼《ゆうやけ》……199
三伏《さんぷく》……200
旱星《ひでりぼし》……200
霍乱《かくらん》……201
雨乞《あまごい》……201
空蟬《うつせみ》……202
夏の海《なつのうみ》……202
水母《くらげ》……203
土用《どよう》……203
虫干《むしぼし》……204
紙魚《しみ》……204
梅干《うめぼし》……204
茄子の鴫焼《なすのしぎやき》……205
土用鰻《どよううなぎ》……205

土用灸《どようきゅう》……206
天瓜粉《てんかふん》……206
振舞水《ふるまいみず》……207
花火《はなび》……207
百物語《ひゃくものがたり》……208
夕顔《ゆうがお》……208
蓮《はす》……209
仙人掌《さぼてん》……209
ダリア……210
向日葵《ひまわり》……210
灸花《やいとばな》……210
沙羅の花《しゃらのはな》……211
百日紅《さるすべり》……211
仏桑花《ぶっそうげ》……212
落し文《おとしぶみ》……212
虫送り《むしおくり》……213

八月

桐一葉 きりひとは……217
ねぶた……217
七夕 たなばた……218
天の川 あまのがわ……218
星合 ほしあい……219
鵲の橋 かささぎのはし……219
洗車雨 せんしゃう……220
乞巧奠 きこうでん……220
庭の立琴 にわのたてこと……220
七夕竹売 たなばただけうり……221
梶の葉 かじのは……221
星の薫物 ほしのたきもの……222
中元 ちゅうげん……222
盂蘭盆会 うらぼんえ……223
施餓鬼 せがき……223
盆休 ぼんやすみ……224
千屈菜 みそはぎ……224
大文字 だいもんじ……225
相撲 すもう……225
稲妻 いなづま……226
流星 りゅうせい……226
朝顔 あさがお……227
木槿 むくげ……227
芙蓉 ふよう……228
鳳仙花 ほうせんか……228
弁慶草 べんけいそう……229
南瓜 かぼちゃ……229
西瓜 すいか……229
不知火 しらぬい……230
八月大名 はちがつだいみょう……230

九月

風の盆 かぜのぼん……235
白露 はくろ……235
二百十日 にひゃくとおか……235
二百二十日 にひゃくはつか……236
燈火親しむ とうかしたしむ……236
秋乾き あきがわき……237
芒 すすき……237
撫子 なでしこ……238
桔梗 ききょう……238
女郎花 おみなえし……239
男郎花 おとこえし……239
藤袴 ふじばかま……240
思草 おもいぐさ……240
葛の花 くずのはな……241
萩 はぎ……241
虫の音 むしのね……242
虫籠 むしかご……242
松虫 まつむし……242
鈴虫 すずむし……243
馬追 うまおい……243
蟋蟀 こおろぎ……244

竈馬 いとど……244
鉦叩 かねたたき……245
邯鄲 かんたん……245
茶立虫 ちゃたてむし……245
蚯蚓鳴く みみずなく……246
螻蛄鳴く けらなく……246
蓑虫 みのむし……247
初潮 はつしお……247
弓張月 ゆみはりづき……248
名月 めいげつ……248
十六夜 いざよい……249
立待月 たちまちづき……249
居待月 いまちづき……250
臥待月 ふしまちづき……250
更待月 ふけまちづき……251
衣被 きぬかつぎ……251
芋茎 ずいき……251
蜻蛉 とんぼ……252
雁 かり……252
雁渡し かりわたし……253
青北風 あおぎた……253
鮭颪 さけおろし……254
曼珠沙華 まんじゅしゃげ……254
鶏頭 けいとう……255
秋刀魚 さんま……255
鯔 ぼら……256
尾花蛸 おばなだこ……256
秋海棠 しゅうかいどう……257
竜胆 りんどう……257
鳥兜 とりかぶと……258
吾亦紅 われもこう……258
杜鵑草 ほととぎす……258
狗尾草 えのころぐさ……259
露草 つゆくさ……259
嫁菜の花 よめなのはな……260
鬼灯 ほおずき……260
秋茄子 あきなす……261
玉蜀黍 とうもろこし……261
隠元豆 いんげんまめ……262
梨 なし……262
葡萄 ぶどう……262
木犀 もくせい……263
雷声を収む らいこえをおさむ……263
龍淵に潜む りゅうふちにひそむ……264

十月

寒露 かんろ……267
雀蛤となる すずめはまぐりとなる……267
山粧う やまよそおう……267
色なき風 いろなきかぜ……268
秋の暮 あきのくれ……268
松茸 まつたけ……269
湿地茸 しめじ……269
椎茸 しいたけ……270

舞茸《まいたけ》……270
新酒《しんしゅ》……270
稲《いね》……271
蝗《いなご》……271
案山子《かがし》……272
鳴子《なるこ》……272
鳥威し《とりおどし》……273
添水《そうず》……273
鵯《ひよどり》……274
鵙《もず》……274
鶉《うずら》……275
椋鳥《むくどり》……275
鴇《とき》……276
木賊《とくさ》……276
林檎《りんご》……277
石榴《ざくろ》……277
無花果《いちじく》……278
山葡萄《やまぶどう》……278
いくら……279
鱲子《からすみ》……279
とんぶり……280
重陽《ちょうよう》……280
菊《きく》……281
菊の酒《きくのさけ》……281
菊合《きくあわせ》……282
菊人形《きくにんぎょう》……282
菊襲《きくがさね》……282
霜降《そうこう》……283
後の月《のちのつき》……283
砧《きぬた》……284
薬掘る《くすりほる》……284
葛掘る《くずほる》……285
馬鈴薯《じゃがいも》……285
甘藷《さつまいも》……286
自然薯《じねんじょ》……286
蒲の絮《がまのわた》……287
葦火《あしび》……287
敗荷《やれはす》……288
胡桃《くるみ》……288
銀杏《ぎんなん》……289
牛膝《いのこずち》……289
豨薟《めなもみ》……290
竜田姫《たつたひめ》……290
ななかまど……291
かぼす……291
橙《だいだい》……291
檸檬《レモン》……292
柞紅葉《ははそもみじ》……292
瓜坊《うりぼう》……293
熊の架《くまのたな》……293
豺獣を祭る《おおかみけものをまつる》……294
刺蛾の繭《いらがのまゆ》……294
律の調《りちのしらべ》……295
千秋楽《せんしゅうらく》……295

十一月

顔見世《かおみせ》…… 299
神渡し《かみわたし》…… 299
星の入東風《ほしのいりごち》…… 299
牡丹焚火《ぼたんたきび》…… 300
亥の子《いのこ》…… 300
十日夜《とおかんや》…… 301
酉の市《とりのいち》…… 301
山茶花《さざんか》…… 302
七五三《しちごさん》…… 302
髪置《かみおき》…… 303
大根《だいこん》…… 303
沢庵漬《たくあんづけ》…… 304
鼬《いたち》…… 304
鷲《わし》…… 305
鷹《たか》…… 305
小春《こはる》…… 306
木の葉髪《このはがみ》…… 306
凩《こがらし》…… 306
時雨《しぐれ》…… 307
網代《あじろ》…… 308
盤渉調《ばんしきちょう》…… 308

十二月

梟《ふくろう》…… 311
木菟《みみずく》…… 311
鳰《かいつぶり》…… 312
鶴《つる》…… 312
白鳥《はくちょう》…… 313
風呂吹《ふろふき》…… 313
雑炊《ぞうすい》…… 314
葱《ねぎ》…… 314
白菜《はくさい》…… 315
人参《にんじん》…… 315
セロリ …… 316
蕪《かぶ》…… 316
巻繊汁《けんちんじる》…… 317
塩汁《しょっつる》…… 317
河豚鍋《ふぐなべ》…… 318
鮟鱇鍋《あんこうなべ》…… 318
鋤焼《すきやき》…… 319
桜鍋《さくらなべ》…… 319
牡丹鍋《ぼたんなべ》…… 320
焼藷《やきいも》…… 320
今川焼《いまがわやき》…… 321
湯豆腐《ゆどうふ》…… 321
夜鷹蕎麦《よたかそば》…… 322
鍋焼饂飩《なべやきうどん》…… 322
汁粉《しるこ》…… 323
生姜湯《しょうがゆ》…… 323
名の木枯る《なのきかる》…… 324
名の草枯る《なのくさかる》…… 324
山眠る《やまねむる》…… 324
熊《くま》…… 325

貛《あなぐま》…325
狐《きつね》…326
狸《たぬき》…326
狼《おおかみ》…327
都鳥《みやこどり》…327
波の花《なみのはな》…328
ずわい蟹《ずわいがに》…328
鮪《まぐろ》…328
鰰《はたはた》…329
鱈《たら》…329
鰤《ぶり》…330
甘鯛《あまだい》…330
氷魚《ひお》…331
柳葉魚《ししゃも》…331
新巻《あらまき》…332
海鼠《なまこ》…332
牡蠣《かき》…333
屛風《びょうぶ》…333
炉《ろ》…334
暖炉《だんろ》…334
炬燵《こたつ》…335
行火《あんか》…335
火鉢《ひばち》…336
手焙《てあぶり》…336
懐炉《かいろ》…337
湯婆《ゆたんぽ》…337
温石《おんじゃく》…337
嚔《くさめ》…338
蒲団《ふとん》…338
褞袍《どてら》…339
ちゃんちゃんこ…339
手袋《てぶくろ》…340
足袋《たび》…340
外套《がいとう》…341
北風《きた》…341
ならい…342
虎落笛《もがりぶえ》…342
鎌鼬《かまいたち》…343
敷松葉《しきまつば》…343
王子の狐火《おうじのきつねび》…343
柚子湯《ゆずゆ》…344
ポインセチア…344
節季候《せきぞろ》…345
歳暮《せいぼ》…345
衣配《きぬくばり》…346
年木樵《としきこり》…346
大晦日《おおみそか》…347
年越《としこし》…347
年守る《としまもる》…348
二十四節気・七十二候一覧表…349
参考文献…354
索引…356

凡例

一、本書は、語源、成り立ちの明確な季語六百十六項目を採録し、現代の歳時記では消滅したそれらの復元に努めた。
一、俳句作り以外の人の利便性も考慮し、読み物としての面白さのため、季語の語源、成り立ちに風聞、風説の類も多く紹介した。
一、季語の配列は月別とし、従来の時候、天文、地理、人事、宗教、動物、植物の分類に沿いながらも、現代の暦に近い配列とした。
一、月の半ばで季節が変わる季語の場合、「節分」「八十八夜」のように前月に繰り上げた。
一、陰暦の月の古称は、陽暦との季感のずれを承知の上で、各月の扉に記した。
一、主季語（見出し季語）に関連する傍題季語は、主季語の下に示し、漢字にはすべて振り仮名を付した。
一、本文の表記は、読者の利便性を考慮し、努めて振り仮名を付した。ただし、本文に出てくる主季語と傍題季語は、振り仮名を省いた。
一、仮名遣いはすべて現代仮名遣いに準拠した。漢字の表記は、原則として、常用漢字・人名用漢字表にあるものはその字体に従った。送り仮名は、従来の季語の表記の慣習に従った。
一、巻末に五十音順索引として主季語と傍題季語約三千語を掲載し、主季語は太字で、傍題季語は細字で表記した。
一、各月の扉の図はすべて『和漢三才図会』（平凡社東洋文庫版）によった。
一、付録として「二十四節気・七十二候一覧表」を載せた。

一月

睦月　むつき
霞初月　かすみそめづき
早緑月　さみどりづき
初空月　はつぞらづき
暮新月　くれしづき
端月　たんげつ
年端月　としはづき
太郎月　たろうづき
孟春　もうしゅん
陽春　ようしゅん

止牟止《とんど》（左義長《さぎちょう》）

陰暦の一月は、陽暦に直すと二月から三月にかけての陽気ですので、既に春の色が濃く、霞初月《かすみそめづき》、早緑月《さみどりづき》の異称が似合います。語源をちょっと判じかねる睦月《むつき》の古称の方は、「むつびづき」「むつましづき」とも言い、歌学書の『奥義抄《おうぎしょう》』では、年が明けて親しい人も、そうでない人も往来して仲睦まじくするから、の説をとっていますので、今の世の年賀状のやりとりにどこか似ています。また、一年の初めの月の意の「もとつ月」の転とするのは、賀茂真淵《かものまぶち》の『語意考』ですし、稲の実を初めて水に浸す「実月《むつき》」説は『大言海』が掲げます。太郎月《たろうづき》の「太郎」は、坂東太郎(利根川)のように最も大きいもの、長いものに付ける名称のほかに、物事の始めにも用いますから、一月の太郎月は合点がいきます。端月《たんげつ》は漢語の一月で、「端」は始めの意です。中国でも正月の異名とされていますが、正月の「正」が秦の始皇帝の諱《いみな》「政」に音が通うところから、これを憚《はばか》って端月にしたものです。これを日本流の大和言葉に置きかえたのが年端月《としはづき》です。

淑気《しゅくき》

正月の天地の間に満ちている春の瑞祥の気をこう呼びます。もともとは漢詩に使われる言葉だったものを、北村季吟が『増山《ぞうやま》の井《い》』で新春の季語に採用して以来、後続の歳時記もこれを受け、新春の季語に定着したいきさつもあります。近世までは新年の祝詞《ほぎごと》として使われましたが、今日では歳時記の中にだけ存在する言葉になりました。

御降《おさがり》　富正月《とみしょうがつ》

元日や三が日に降る雨や雪のことで、この御降があると富正月とも言って、その年の豊穣の予兆ともされます。『滑稽雑談《こっけいぞうだん》』にも、「世俗に云はく、歳始にふる雨雪をおさがりと呼べり」とありますが、雨降り、雨雫のように、涙や泣く形容に使われることを忌み嫌っての言いならわしでもあります。また女性語として雨の降ることの表現でもありました。

年玉《としだま》　お年玉《としだま》

正月に大人が子どもに与える小遣いが、年玉と思われがちですが、もともとは神への供物であり、神からの賜り物だったものが変じて、新年を祝う贈答品一般を指すようになりました。古くは餅《もち》が主体で、鹿児島の甑島《こしきじま》には、年殿《としどん》に扮《ふん》した若者が家々を訪い、子どもに年玉の餅を与える行事が残っています。伊豆の八丈島では、家族の人数分だけの餅を「身祝い餅」として神棚に上げ、四日に下ろして雑煮にします。これも年玉の一つなのです。

大服　おおぶく
大福《おおふく》・福茶《ふくちゃ》・御福茶《おふくちゃ》・大福茶《おおふくちゃ》

元日の朝、一年の邪気を払うため、若水で沸かした茶を大服と言い、この茶に梅干し、結び昆布、粒山椒《つぶざんしょう》を入れ、雑煮に先がけて飲みます。梅干しは齢のことほぎに、結び昆布は睦《むつ》みに、山椒は人の身の軽さに由来します。村上天皇の御代（九四六～九六七）に疫病が流行し天皇を悩ませましたが、六波羅蜜寺《ろくはらみつじ》の空也上人が霊夢を感じ、本尊の観世音に茶を献じて万民にも施したところ平癒したと言います。この功徳をたたえ王服（皇服）茶として飲まれるようになりました。

屠蘇　とそ
屠蘇祝《とそいわ》う・屠蘇酒《とそざけ》・屠蘇散《とそさん》・屠蘇延命散《とそえんめいさん》

年始の祝いに飲む薬酒が屠蘇ですが、近頃はこれを略して正月の祝い酒も屠蘇と言います。屠蘇散は、詳しくは屠蘇延命散で、これの入った袋を酒または味醂《みりん》に浸したものです。屠蘇散は肉桂《にっけい》、山椒《さんしょう》、白朮《びゃくじゅつ》、防風《ぼうふう》、桔梗《ききょう》などを調合したもので、これを編み出したのは、三国時代の名医・華佗《かだ》です。元来、邪気を払い長寿をもたらす酒と考えられ、中国では家族で飲み交わす風習がありました。平安時代に渡来し、宮中で供御薬《くご》として儀礼化、一般にも広まったものです。最近まで、酒屋で正月用の酒を買うと、屠蘇散が付いていたものです。

節料物《せちりょうもの》

節料米《せちりょうまい》・節米《せちごめ》・年取米《としとりまい》・年《とし》の米《こめ》

正月のための料理のことで、今で言えば御節《おせち》料理です。節料物の傍題に米の付く言葉が多いのは、かつての農民は、正月や盆、祭などの「晴《はれ》」の日にしか白米が食べられなかった、その名残と言えます。このことと矛盾しますが、関東地方では、正月に分家や親戚を招いてご馳走することを「節《せち》」とか「おうばん」と呼びます。椀《わん》に飯を盛る「椀飯《おうばん》」からきており、盛んな饗《きょう》宴《えん》の意味もありますから「椀飯振舞」（大盤振舞は当て字）の語源になっています。「節」の方も、「節呼び」の名で、正月に人を招いて行う饗宴を表す言葉として残っています。

歯固《はがため》

歯固《はがため》の餅《もち》

正月の三が日に、固い餅などを食べるならわしを歯固と言います。歯を「よわい」（齢）に重ねた延命長寿の思いが込められています。中国・楚《そ》の年中行事を記した『荊楚歳時記《けいそさいじき》』にも、「膠牙《こうが》の餳《とう》」なる固い飴《あめ》を食べる風習が紹介されています。固いものを日常的に食べた時代と違い、現代っ子はそれをしませんから、咬合《こうごう》、つまり歯の嚙み合わせの悪い不正咬合になっているとは、歯医者の弁です。

俵子《たわらご》　金海鼠《きんこ》・熬海鼠《いりこ》・海鼠腸《このわた》・海鼠子《このこ》

海鼠《なまこ》をその形から、新年らしく「俵」に見立てたのが俵子で、一種の縁起ことばです。青緑色のものを真海鼠《まなまこ》と呼び、茶褐色の方を金海鼠と呼んで、関西では後者を珍重します。乾燥した熬海鼠は、煮もどして中華料理に使いますが、左党は糸状の腸・海鼠腸を肴《さかな》にします。珍味中の珍味・海鼠子は、卵巣を乾燥したもので、三角のその形から三味線の撥《ばち》に見立てて通人は撥と呼びます。軽く火に焙《あぶ》って食べますが、石川県穴水町の老舗の案内には「楊枝《ようじ》の先を嚙むように召し上がれ」との添え書きがあります。

鏡餅《かがみもち》　御鏡《おかがみ》・餅鏡《もちかがみ》・具足餅《ぐそくもち》

正月用のお供え餅で、昔の金属鏡に似た丸く平たい餅を、関東辺りでは三宝の上に重ねます。これに伊勢海老《えび》、橙《だいだい》、串柿《くしがき》、昆布、裏白などを添えて、中国の想像上の、不老不死の霊薬があるとされる蓬萊山《ほうらいさん》の形に似せて飾ります。武家では床の間に飾った具足の前に紅白の餅を置きました。一月十一日の鏡開《かがみびらき》に、汁粉などにして食べますが、これを六月一日まで残し、長寿を祝う歯固《はがため》の行事に使うところもあります。

歯朶《しだ》　裏白《うらじろ》・穂長《ほなが》・諸向《もろむき》・歯朶飾《しだかざ》る

一口に歯朶と言っても、その数は限りなくありますが、正月の飾りに使う歯朶は裏白です。葉裏の白に、夫婦の「共白髪《ともしらが》」を見、葉が相対するところから諸向の名を与え、夫婦和合の象徴を見、葉の常緑に繁栄の思いを重ねて、正月の縁起物としています。また、葉がしだれるさまを「歯《し》垂《だ》る」とし、さらに「齢垂る」に掛けて長寿の意味も持たせた、めでたさずくめの縁起物植物と言えます。

橙飾る《だいだいかざる》　代々飾《だいだいかざ》る

正月の蓬莱台《ほうらいだい》や注連飾《しめかざり》、鏡餅《かがみもち》などに使う縁起物で、「だいだい」が「代々永続する」ところに由来しています。『古事記』や『日本書紀』にも出てくる田道間守《たじまもり》が常世国《とこよのくに》から持ち帰った非時《ときじくの》香菓《かぐのこのみ》は、橘《たちばな》ということになっていますが、橙だとする説もあります。『和漢三才図会《わかんさんさいずえ》』には「橙、俗に言ふ加布須《かぶす》」と出てきて、これは橙の皮を蚊遣《かやり》に使った蚊薫《かふすべ》の由来ですが、今ではその名は大分県の名産で知られる同じ柑橘《かんきつ》類の「かぼす」に引き継がれています。料理に利用する「ポン酢《ず》」は、オランダ語の「ポンス」が語源で、橙の絞り汁のことですから、見事な言葉のアレンジと言えます。

楪　ゆずりは　交譲葉《ゆずりは》・弓弦葉《ゆづるは》・杠《ゆずりは》・楪《ゆずりは》・親子草《おやこぐさ》

新しい葉が開くと、古い葉は垂れ下がって次代に譲るところから、父子相続、子孫繁栄の縁起や、正月飾りとして使われます。また、葉の主脈が太く、弓の弦《つる》に似ているところから弓弦葉の文字も当てます。九州では「つるのは」と呼びますが、葉裏が白く葉柄は赤いところから丹《たん》頂鶴《ちょうづる》に見立てたのだろうとも言われます。『枕草子』では、葉を食物敷きに用い、枝は歯固《はがため》に使ったことを紹介しています。

ひめ始　ひめはじめ　姫始《ひめはじめ》・飛馬始《ひめはじめ》・火水始《ひめはじめ》・編糅始《ひめはじめ》・密事始《ひめはじめ》

この言葉を聞くと鼻《び》下長《かちょう》族はにたっとしますが、近世の暦の「暦注《れきちゅう》」に「(正月)二日……はかため(歯固)くらひらき(蔵開)ひめはしめ」と書かれるくらいですから、少々期待に背《そむ》きます。年頭に初めて編糅(強飯《こわめし》に対して軟らかいご飯)を食べる日でもあり、飛馬(馬の美称)に初めて乗る日でもあり、また「火水」、つまり火や水を初めて使い始める日でもあったわけです。それが、どこでどう曲がったのか、その年の最初の男女の交合説が浮上して、『柳多留《やなぎだる》』には「姫はじめサア正月と下女まくり」などの川柳も見えます。

手斧始 ちょうなはじめ

釿始《ちょうなはじめ》・鉋始《かんなはじめ》・木造始《こづくりはじめ》

かつては、正月の五日に内侍所《ないしどころ》の前で、手斧の使い初《ぞ》めを行ったことを、こう呼びましたが、今も島根県の日御碕《ひのみさき》神社や物部《もののべ》神社では、正月の神事として行われ、この儀式が済まないうちは、近隣の大工は仕事にかかりません。また、大工が新年になって初めて仕事をする日や、地方によっては、大黒柱などに墨を打つ日を手斧始と呼びます。手斧は木材の表面加工や粗仕上げに使う大工用具で、『物類称呼《ぶつるいしょうこ》』によれば、「関東にて、てうな、大坂にてちょんのと云」とあります。

羽子つき はねつき

羽子《はね》つく・衝羽根《つくばね》・胡鬼《こぎ》の子《こ》・逸《そ》れ羽子《ばね》・飾羽子《かざりばね》・追羽子《おいばね》

正月は娘さんだけでなく、着飾った母親も加わって、羽子つきをする姿が、かつてはよく見られました。無患子《むくろじ》の種に羽根を付けて羽子板でつき合う遊びですが、古くは蚊を食う蜻蛉《とんぼ》に似せたもので、蚊の退治、子どもの厄除けの呪《まじな》いとしていました。ですから羽子を胡鬼の子、羽子板を胡鬼板などと呼んでいました。この遊びが盛んになったのは十七世紀末の元禄以降で、井原西鶴の『世間胸算用《せけんむねさんよう》』にも、当時の贅沢《ぜいたく》品だった京都の羽子板が売り出される様子が描かれています。

歌留多《かるた》

歌留多《かるた》取《と》り・歌《うた》がるた・花《はな》がるた・いろはがるた・トランプ

歌留多と言えば、小倉百人一首ですが、「犬も歩けば棒に当たる」の、いろはがるたも、子どもには長い人気がありましたし、西洋がるたとも言えるトランプは、大人でも子どもでも楽しめます。もともと日本の歌留多は歌貝、歌がるた系統のものと、元禄の頃に考案された西洋系の「ウンスン・カルタ」に大別されますが、やはり伝統的な前者が主流でした。歌留多の語源はポルトガル語の「カルタ」ですが、他に中国の博打《ばくち》遊び「樗蒲《かりうち》」（かりた、ちょぼ）を語源とする説もあります。

振振《ぶりぶり》

ぶりぶり・振振毬杖《ぶりぶりぎっちょう》・玉振振《たまぶりぶり》

近世の頃、京都で使われた子どもの玩具の一種で、後に正月の祝儀物となりました。江戸時代の風俗を描いた『守貞漫稿《もりさだまんこう》』には、「木を八角に削り面に尉《じょう》と姥《うば》、背に鶴と松を丹青（赤と青）にて画く」とあります。これではどんなものか、なかなか想像できませんが、この両脇に車を付け、竹を割った柄が付いていますから、子どもが引いて遊ぶのに格好の体をしています。毬《まり》を長柄の槌《つち》で打って遊ぶ毬杖の槌に似ているところから「振振毬杖」などとも呼ばれます。

嫁が君《よめがきみ》

鼠《ねずみ》は忌《い》みことばですから、正月の三が日は嫁が君と呼ばれます。古くは、鼠、それも白鼠は大黒天の使者とされたり、十二支の頭に据えられ知恵のあるものとされてきました。その鼠が忌みことばである理由を示す文献はありませんが、恐らく「寝」を忌む連想から「寝積」が嫌われた原因かもしれません。「嫁」は古くから鼠の異名として存在していました。

小寒《しょうかん》

二十四節気《にじゅうしせっき》の一つで、冬至の後十五日目ですから、一月五、六日頃で、この日またはこの日から十五日間を小寒と言います。古来、寒の三十日を二・五日ずつ十二か月に配分し、その月の天候を占う「寒試し」も行われてきました。愛知県北設楽《したら》郡では、寒の入りに寒団子を食べるならわしがあり、転んでも「寒団子を食ったよ」と言えば怪我《けが》をしないと言われます。

寒九《かんく》　寒九《かんく》の雨《あめ》

一月五、六日から三十日間が「寒」ですが、その寒に入って九日目が寒九で、その日に雨が降ると、春が近いとか、豊年の兆しといって喜ばれましたし、雨水が薬になるといって飲まれもしました。「寒」には人に模して注目される日が他にあり、寒太郎（初日）に寒さが厳しいと夏は旱《ひでり》になるとか、寒四郎（四日目）に雨が降ると、その年の天候が悪く不作につながるなどと言われます。これは、寒がその年の作物の豊凶を占う時期でもあったからです。

寒雀《かんすずめ》｜冬雀《ふゆすずめ》

取り入れの頃、田畑に散っていた雀も、落ち穂などがなくなる時節になると人家近くに寄ってきます。それを寒雀とする説もありますが、本来は食鳥としての雀のことをこう呼びます。野鳥愛好家には叱られそうですが、越冬のため食い溜めした寒雀が最も美味とされます。鮒《ふな》の開いて焼いたものを雀焼きと言いますが、これも姿形が似ているからです。同じ冬の雀を「ふくら雀」と呼びますが、こちらは冬になって羽毛を脹《ふく》らませた雀のことです。

寒紅《かんべに》｜丑紅《うしべに》

寒中に作った紅は品質がよく、色も美しいとされてきましたから、猪口《ちょこ》などに塗り付けた小町紅は寒によく売れました。中でも寒中の丑の日に売り出される寒紅を「丑紅」と言い最上品とされ、紅屋の店先には「今日うし紅」の札が出ました。ちょうど土用の丑の日の鰻屋《うなぎや》の店先と同じです。この日東京では、丑紅を買った客に、黒か金の牛の玩具《おもちゃ》が配られ、これを丑紅の牛と呼んでいました。

人日《じんじつ》――七日《なのか》・人《ひと》の日《ひ》・元七《がんしち》・霊辰《れいしん》・人勝節《じんしょうせつ》

正月七日のことで、江戸時代の五節句の一つ。人日の習俗は、中国の漢の代に始まったとされます。中国の類書『事物紀原《じぶつきげん》』には、前漢の学者・東方朔《とうぼうさく》の占書の引用として「歳の正月一日には雞を占ひ、二日に狗《いぬ》を占ひ、三日には羊を占ひ、四日には猪を占ひ、五日には牛を占ひ、六日には馬を占ひ、七日には人を占ひ、八日には穀を占ふ」と出てきます。人日、つまり七日の晴曇、温寒によって、人間の世界の一年の運勢が決まることになる大事な一日でした。

七日正月《なぬかしょうがつ》――七日《なのか》の節句《せっく》

元日から始まる朔旦《さくたん》正月は七日で終わり、松も外されますが、望《もち》（満月）の日を年の始めとする古い正月（小正月）では、この七日が年取りの準備の日、つまり物忌《ものいみ》開始日に当たります。ですから、この日に作る七種粥《ななくさがゆ》は、病疾を払《はら》う意味がありました。七種を刻む際、「唐土《とうど》の鳥が日本の国へ渡らぬ前に七種なずな……」などと唱え大きな音をさせますが、音声《おんじょう》により唐土の鳥（『荊楚歳時記《けいそさいじき》』では鬼鳥《きちょう》）などの邪気を払う効果があると考えたからです。前日は六日年越《としこし》と呼んで、大晦日《おおみそか》に相当する日です。

七種 ななくさ 七草《ななくさ》・七種粥《ななくさがゆ》・七日粥《なのかがゆ》・薺粥《なずながゆ》・若菜《わかな》の日《ひ》・芹薺《せりなずな》

中国の影響で、七種粥の若菜を食べて邪気を避ける風習は平安時代からありましたが、これを七種粥として食べるようになったのは、室町時代になってからです。七種は芹《せり》、薺《なずな》、御形《ごぎょう》、蘩《はこ》蔞《べら》、仏座《ほとけのざ》、菘《すずな》、蘿蔔《すずしろ》ですが、土地や時代により多少の差異はあります。この七種を叩《たた》く時の唱え言葉もいろいろありますが、この音声《おんじょう》に邪気を払う効果があると言われます。

薺 なずな 薺摘《なずなつ》む・薺粥《なずながゆ》・初薺《はつなずな》

春の七草の一つで、七種粥《ななくさがゆ》に入れますが、生長してみれば、どうということのない三味《しやみ》線草《せんぐさ》、つまりぺんぺん草のことです。日本では雑草ですが、中国では野菜として扱われ、薺菜《チーツアイ》と呼ばれ、いろいろな種類があります。春の七草の原形は、永仁年間（一二九三～九九）成立の『年中行事秘抄』中に見られ、薺で始まり、蘩蔞《はこべら》、芹《せり》、菘《すずな》、御形《ごぎょう》、蘿蔔《すずしろ》、仏座《ほとけのざ》の七つに定まりました。江戸時代には、この薺を陰暦四月八日に行燈《あんどん》に吊るし、虫除けの呪《まじな》いとしています。

蘿蔔 すずしろ 須《す》々《ず》代《しろ》

七種粥《ななくさがゆ》に使う大根の異名で、野菜の王とも言えます。中国でも古い野菜で、中国最古の詩集

『詩経』に「菲《ひ》」と出てくるのが大根だと言われます。日本でも古い野菜で、『古事記』には、仁徳天皇が皇后に贈った歌として「つぎねふ山代女《やましろめ》の木鍬《こくわ》持ち打ちし淤富泥《おほね》根白の白腕《しろただむき》枕《ま》かずけばこそ 知らずとも言はめ」と出てきますが、「淤富泥」が大根で、しかも白い腕に譬《たと》えて美化していますから、現在の〝大根足〟と貶《おとし》める様子とは大分違います。

菘《すずな》 菁《すずな》・鈴菜《すずな》・蕪菁《あおな》

蕪《かぶら》の別名で、正月七日の七種粥《ななくさがゆ》に使います。『三国志』に出てくる蜀《しょく》の軍師・諸葛孔明《しょかつこうめい》が、行軍の先々で蕪を作らせ、兵糧《ひょうろう》の助けとしたところから諸葛菜《しょかつさい》の名で呼ばれます。日本への伝来は大根よりも早く、『日本書紀』には既に、持統天皇の七年（六九三）三月に、桑、紵《からむし》、梨、栗、蕪菁などを植え、五穀の助けとするよう勧める記載があります。延喜《えんぎ》五年（九〇五）に定まった律令の施行細則『延喜式』には、根も葉も漬物にして食し、種は薬用にされる様子が、栽培法とともに書かれていますから、当時から大切な野菜でした。

鳥総松《とぶさまつ》 留守居松《るすいまつ》

正月の松を取り払った後に、松の秀《ほ》を一本挿しておくことを言います。樵《きこり》が木を切った後、その枝を切った株に立てて山の神を祀るのが鳥総の語源です。「朶」とも書いて「とぶさ」と読み、木の梢とか、斧に砕かれたこけらの意味もあります。土地により留守居松と呼んでいるところもあります。

餅間　もちあい｜餅中《もちなか》・餅《もち》あわい

正月に搗《つ》く餅と小正月に搗く餅の間ということで、厳密には松の明ける一月八日から、小正月の餅を搗く十四日の前日の十三日までを指します。この間に餅が食べられないということではなく、餅を搗くような「晴《はれ》」の日がないということで、人びとは一息つく期間だったのかもしれません。土地によっては、茨城県南部のように、十一日を「田耕《たう》ち正月」と呼んで餅を搗くところもあるにはあります。また、この日は鏡開《かがみびらき》ですが、正月に供えた鏡餅を食べる日ですから、餅を搗く行事ではありません。

鏡開　かがみびらき｜鏡割《かがみわり》・お供開《そなえびらき》・具足開《ぐそくびらき》

正月に供えた鏡餅《かがみもち》を下げて食べる儀式で、一月十一日に行われます。切るという言葉を忌《い》み嫌《きら》い、手や槌《つち》で割って「開く」と言います。かつては二十日に行われ、この「二十日」を、武士の刃柄《はつか》に掛けていました。ところが徳川の三代将軍・家光の月命日が二十日（祥月命日は四月二十日）に当たるところから十一日に改められ、民間でもこの日に行われるようになりました。

「開く」には仕事始の意味も込められますから、商家の仕事始や蔵開《くらびらき》の日と一致します。

小正月《こしょうがつ》｜十五日正月《じゅうごにちしょうがつ》・花正月《はなしょうがつ》

元旦に始まる朔旦《さくたん》正月を大正月と言うのに対して、一月十五日の正月を小正月と呼びます。この日は木の枝に餅《もち》や団子を刺して豊作を祈願したり、養蚕の盛んな地方では、餅で繭玉を作って吊ります。また小豆粥《あずきがゆ》を炊き、作物の豊凶を占う「粥占《かゆうら》」を行うところもあります。作物に鳥が寄らないようにと「鳥追《とりお》い」をしたり、果物が実を付けるように叩く「成り木責め」など、作物の予祝につながるたくさんの行事がこの日に行われます。

女正月《おんなしょうがつ》｜女正月《めしょうがつ》

小正月の一月十五日ともなると、正月の忙しさから女性も解き放たれるので、この日をそう呼んでいます。その前夜を「女の年取り」と呼び、夕餉《ゆうげ》の仕度は男がする地方もあります。しかし、この名称の起こりは、元日を中心にした大正月を「男の正月」と言ったのに対して、小正月を「女の正月」と呼んだことに由来すると言いますから、男坂と女坂、男滝と女滝の区別程度だとすれば、女性にとってはあまりありがたくない正月です。

左義長《さぎちょう》

三毬杖《さぎちょう》・とんど・どんど・どんどん焼《や》き・吉書揚《きっしょあげ》・どんど正月《しょうがつ》・若火《わかび》・飾《かざ》り焚《た》き・飾《かざ》り焚《た》く

正月の火祭り行事で、十四日から十五日にかけて行われます。山から伐り出した栗や楢《なら》を焚火の中心に据え、正月の注連飾《しめかざり》や松飾などを焚き、手が上がるよう吉書（書初《かきぞ》め）を火に投じたりもします。年占《としうら》のため毬杖《ぎちょう》（毬《まり》を打つ道具）を三本立てた悪魔払いの儀式「三毬杖」に由来します。後漢の明帝の頃、仏教と道教の優劣を試みるため、両方の経典を左右に置いて焼きました。ところが、右に置いた道教の経典は灰になったのに、左に置いた仏教の経典は燃えないばかりか、仏舎利から五色の光明を発し、仏教の尊さを示したと言います。そのため「左の義、長ぜり」（優れている）で落着、「左義長」の語源となりました。

かまくら

秋田県で小正月に行われる子どもの行事の一つです。道端に二メートル四方に雪を積み上げ中を掘り、筵《むしろ》や莫蓙《ござ》を敷き、火を囲んで餅《もち》を焼いたり甘酒を沸かして、通りがかりの人に振る舞います。横手市のものは雪室に祭壇を設けて水神様を祀ります。もともとは、賽《さい》の神祭りに伴う左義長《さぎちょう》や鳥追い行事を起源としています。「かまくら」の名は、雪洞《ゆきあな》の形からの命名で、竈《かま》や釜《かま》に共通の発想です。

花の内　はなのうち

小正月の十五日から晦日《みそか》までを指す古い呼称で、松の内に相当する期間です。東北の平泉辺りでは、削り花や粟穂《あわほ》、稗穂《ひえほ》を立てておくので、こう呼ばれたと言います。また、小正月を「花正月」と呼ぶのは、柳の木を削り稲の花などと言って飾るからで、「花の内」はいかにも「松の内」と同じ意味になります。この花正月の中心は稲の予祝を行うことですので、稲の花に掛けた「花の内」という説もあります。

二十日正月　はつかしょうがつ

団子正月《だんごしょうがつ》・二十日団子《はつかだんご》・骨正月《ほねしょうがつ》・頭正月《あたましょうがつ》

正月の一つの区切りの日と考え、終《しま》い正月とか正月納め、送り正月などと呼ぶ地方もあります。正月の年肴《としざかな》の食べ残しの骨や頭を使って、団子や鍋《なべ》料理を作って正月を終えるので、団子正月や骨正月、頭正月などの呼び名も生まれました。鏡台に供えてあった鏡餅《かがみもち》をこの日に食する習慣もかつてありましたが、鏡に映る「初顔《はつがお》」と「二十日」を掛けた他愛もない駄洒落《だじゃれ》なのです。

三寒四温　さんかんしおん

三寒《さんかん》・四温《しおん》・四温日和《しおんびより》

寒い日が三日も続くと、その後、比較的暖かな日が四日くらい続く現象です。シベリア高気圧から吹き出す寒風にさらされる中国北部や朝鮮半島で言われる俚諺《りげん》で、太平洋高気圧に支配される日本の気象には、そぐわない言葉です。それでも季語とされるのは、三寒と四温を連続で考えずとも、寒い日が三日も続いたり、暖かい日がたまたま四日ほど続いた折に「三寒四温」の発想を借りて、その繰り返しを思ってもよいからです。

鰤起し《ぶりおこし》

鰤の定置網漁は十一月から一月にかけて、海水温の下がる頃、南下する鰤を獲ります。これが寒鰤漁ですが、不思議と雷（寒雷）が鳴ると豊漁になるところから、この雷を鰤起しと呼びます。寒冷前線の通過に伴う界雷ですが、富山湾を中心にした北陸地方や佐渡などで言われてきた言葉です。雪がまさに降らんとする時に鳴る雷を「雪起し」と呼ぶのと同じ発想です。能登で獲れた鰤を、行商人が担いで野麦峠を越えて信州に着くと、産地で一斗鰤（米一斗に相当）と言われたものが、一俵鰤に変身します。

雪見酒《ゆきみざけ》

花見酒や月見酒と並んで雪見酒もまた風流の極みです。大雪の日に、わざわざ雪見船を仕立て、雪見の名所に繰り出し、雪見酒を楽しむ御仁《ごじん》も多かったようです。こんな贅《ぜい》を尽くさなくても、雪の深い宿から雪山を眺めながらの一献《いっこん》もまた、酒飲み冥利《みょうり》に尽きます。雪見障子を上げ、庭の千両や万両に降りかかる雪を見ながらの盃でさえも、左党は興奮を覚えるものです。

雪見舞《ゆきみまい》｜雪消《ゆきけ》し

大雪で家屋が破損したり、雪下ろしや除雪に難儀している家を見舞うのが雪見舞で、安否を尋ねながら、労力奉仕をしたりします。こうした見舞には、先方の不自由を慮《おもんぱか》って、米や餅《もち》、赤飯、饂飩《うどん》、饅頭《まんじゅう》などを携行して行きますが、形式的に一升壜《びん》を提げて行く場合もあります。これら見舞客には必ず酒食を供する地域も残っています。

雪棹《ゆきざお》｜雪竿《ゆきざお》

雪の深さを測る目盛りの付いた棹のことです。鈴木《すずき》牧之《ぼくし》の『北越雪譜《ほくえつせっぷ》』にも、「高田御城大手先の広場に、木を方《かく》に削り尺を記して建給ふ。是を雪竿といふ。長一丈也。雪の深浅公税に係るを以てなるべし」と出てきます。高田は今の上越市で、かつての日本一雪の多いところです。「雪の深浅公税に係る」とは、雪の多い年は豊年といわれていましたから、雪の多寡はその年の年貢に影響があったのです。現在も、雪国の道路の路肩に、目盛りの付いたポールが立っていますが、これも強いて言えば雪棹ですが、建てた目的は大違いです。

雪しまき　ゆきしまき　雪《ゆき》じまき・しまき・しまき雲《ぐも》

風と雪が同時に吹き荒れるところでは、吹雪と同義で使われますが、「しまく」に漢字を当てると「風巻《しま》く」ですから、螺旋状《らせん》に吹く風、平たく言えば吹き巻く風のことになります。もう一つの語源の「繞《しま》く」も「巻きつく」の意ですから、同じ吹き方になります。ただし、「しまき」は季節に関係なく使われていましたが、「雪しまき」の用法に引かれて、「しまき」だけでも「雪しまき」と同義語として使われるようになりました。

雪女　ゆきおんな　雪女郎《ゆきじょろう》・雪《ゆき》おんば・雪降《ゆきふ》り婆《ばば》・雪鬼《ゆきおに》・雪坊主《ゆきぼうず》・雪《ゆき》の精《せい》・雪男《ゆきおとこ》

喜多川歌麿描くところの錦絵の雪女は美人ですから、そのイメージで一般に流布していますが、これまでの伝承に出てくる雪女は、老女や産死者の場合もあるようです。当然のことながら、雪の害の怖さや、雪中に閉じこめられた閉塞状態の中から生まれた幻想譚《たん》ですので、そうなります。雪の夜に不定期に現れるのが常ですが、青森県西津軽郡の雪女は、元旦《がんたん》に現れて、最初の卯《う》の日に帰るといいますから、年によっては随分と長逗留《とうりゅう》になります。

橇 かんじき

輪橇《わかんじき》・金橇《かねかんじき》・板橇《いたかんじき》

一口に橇と言いますが、泥土の上で作業するために履く板橇に、氷の上を歩くための鉄製の金橇と、雪の上の歩行に便利な輪橇の三種があり、ここでいう橇は輪橇のことです。素材もいろいろで、黒文字、板谷楓《いたやかえで》、黄櫨《はぜ》、山桑、竹、蔓木《つるぼく》などが使われ、災難除けの呪《まじな》いに、輪の前後を異なった材で仕上げました。古くは「橇《そり》」の字を当てて「かんじき」と読んで、「かじき」の転です。欧米では素直に「スノーシュー」と言います。

玉栗 たまぐり

雪玉《ゆきだま》・玉割《たまわり》

雪を鶏卵の大きさに握り固め、さらに上に雪を重ね、固いものに打ち付けて、かちかちに固めたものが玉栗で、これを相手の玉栗にぶつけて勝負を競う子どもの遊びです。じゃんけんで順番を決め、相手の玉栗に自分の玉栗をぶつけ、砕けた方が負けです。どこか独楽《こま》とビー玉を一緒にしたような遊びです。玉栗を作る際に塩を加えると固くなるので、子どもの間では塩を使わないルールが自主的にできています。

スキー

スキー場《じょう》・スキー列車《れっしゃ》・スキー宿《やど》・スキーヤー・ゲレンデ・スキー帽《ぼう》

もともとスキーは、雪国や山地の移動手段として使われましたが、後に近代スポーツ、冬のレジャースポーツとして発達しました。スキーの語源は、古代ノルウェー語の「シー」で、木を割《さ》き割る意ですから、木の板（ヒッコリー）をスキーに使っていた頃まではよかったのですが、素材にメタル材を使うようになってからは語源から離れました。日本で最初にスキーを履いたのは間宮林蔵と言われますが、日本に技術とともに定着したのは、オーストリアの参謀少佐テオドール・エドラー・フォン・レルヒが、明治四十四年（一九一一）に新潟県高田（現在の上越市）の歩兵第五十八連隊のスキー指導をしてからですから、たかだか百年の歴史です。

氷柱　つらら

垂氷《たるひ》・立氷《たちひ》・銀竹《ぎんちく》

北国の旅で見かける氷柱には、どこか詩情も湧きますが、生活者にとっては厄介な代物です。氷柱が落ちて人に刺さったり、寒気が緩んでくると氷柱は内側に曲がって「すが漏り」（家の中に雫《しずく》が入る）したり、硝子《ガラス》を割ったりしますので、絶えず割《か》いておかねばなりません。「つらら」の語源は「つらつら」の約《つづ》まったもので、途切れることなく連続して生じる様子を指します。漢字を当てると、熟や倩になります。垂氷は古語で、銀竹はその異名です。

寒昴　かんすばる

冬昴《ふゆすばる》・六連星《むつらぼし》・昴宿《ぼうしゅく》・羽子板星《はごいたぼし》・すまる

冬の宵に、牡牛座《おうしざ》の肩先に見えるプレアデス星団の日本名で、星団の星々が糸を通して統《す》べるように集まっているところから「統《す》ばる星」を語源としています。『古事記』にも、「美須麻流《みすまる》之珠《のたま》」とたたえられ、『枕草子』でも、「星はすばる。ひこぼし。明星……」といの一番に挙げています。古くから農耕の時を教える星、航海の目標の星として親しまれ、星の数から六連星と呼び、その星を結んだ形から羽子板星とも呼ばれてきました。「昴」の字を当てたのは、中国の呼び名「昴宿」に由来します。

冬北斗
ふゆほくと｜寒北斗《かんほくと》

北の空に見える大熊座《おおぐまざ》の首座で、七つの星がひしゃく（斗）の形に似ているところから北斗七《ほくとしち》星《せい》の名があります。古来、航海の指針とされたり、斗の柄の指す方向で時を見てきました。また、北斗七星《ほくとしちしょう》を供養して、延命や除災を祈る修法「北斗法」も、かつて盛んに行われました。人は生まれた日や干支《えと》により、七星のいずれかが本命星《ほんみょうしょう》だとする信仰です。「北斗を支《ささ》う」と言えば、北斗七星に届くほどの金を積む意で、既に唐の白居易《はくきょい》の『白氏文集《はくしもんじゅう》』にも見られる言葉です。

天狼
てんろう｜狼星《ろうせい》・青星《あおぼし》

冬の南天に見える大犬座《おおいぬざ》の首星シリウスの中国名が天狼です。全天でも最も強い青白光を放つところから日本名は青星と言います。「シリウス」はギリシャ語で「焼き焦がすもの」の意で、古代エジプトでは、毎年この星が夏の夜明け前に、太陽に先立って東天に現れ始めると、ナイル川の水量が増し始めるとされていました。「天狼のひかりをこぼす夜番の柝《たく》」などの天狼の句を詠んだ山口誓子《やまぐちせいし》は、幼時に樺太《からふと》（サハリン）で見た冬空の天狼の印象が強かったので、自ら主宰する雑誌名を「天狼」としました。

凍豆腐造る《しみどうふつくる》

豆腐《とうふ》凍《こお》らす・凍豆腐《いてどうふ》・凍豆腐《こおりどうふ》・寒豆腐《かんどうふ》・高野《こうや》豆腐《どうふ》

寒中に豆腐を凍らせ、組織の中の氷の結晶を成長させてスポンジ状態に仕上げたのが凍豆腐で、東北地方や長野、北関東などの寒さの厳しい地方で作られます。武田信玄または真田幸村が、兵の携行食糧として考案したと言われます。また高野山の僧が発案したところから高野豆腐とも呼ばれていますが、そうではなくて幸村が高野山に隠れていた折に発明したとするやや我田引水的な説もあります。

千両《せんりょう》

仙蓼《せんりょう》・草珊瑚《くささんご》・実千両《みせんりょう》

その名前の豪勢さで、万両とともに正月の花材として欠かせません。古くは千両より仙蓼で表記されていて、『抛入花伝書《なげいればなでんしょ》』（一六八四）では、葉が蓼《たで》に似ているとして仙蓼をとり、『花壇地《かだんち》錦抄《きんしょう》』（一六九五）でも仙蓼の表記をしています。千両の名が出るのは江戸も後期で、藪柑子《やぶこうじ》科の唐橘《からたちばな》の異名「百両金」にまさる意味で付けられたといいますから、江戸っ子の気概が読めます。草珊瑚も異名ですが、これも贅沢《ぜいたく》な名前です。

万両《まんりょう》　硃砂根《すさこん》

千両とともに正月の花材として使われますが、千両（仙蓼）にまさるの意で名付けられたというから妙です。その千両も藪柑子《やぶこうじ》科の唐橘《からたちばな》の異名「百両金」の上をいただいていますから、当時は金額の高低を互いに競ったのでしょう。それもそのはず、唐橘は十八世紀末に大流行し、六十六品種があったといいますから、後発の千両も万両も焦ったに違いありません。もともと万両は「まん竜」とか「万量」「万里やう」などと綴《つづ》られ、「万両」が定着したのは文政年間（一八一八〜三〇）の頃からです。

南天の実《なんてんのみ》　実南天《みなんてん》・白南天《しろなんてん》

彩りの少ない冬の花材として、千両や万両、藪柑子《やぶこうじ》などとともに貴重です。雪との対比が際立ちますが、白南天もあります。中宮権大夫《ちゅうぐうごんのだいぶ》が前栽《せんざい》に植えたことを、藤原定家が『明月記』に書き留めていますし、金閣寺の夕佳亭《せっか》の床柱に南天の材が使われたくらいですから、南天は当時から貴重だったのでしょう。また最古の花道書『仙伝抄《せんでんしょう》』に既に記載があり、花材としての歴史も随分古いことになります。

藪柑子《やぶこうじ》｜山橘《やまたちばな》

正月の蓬萊台《ほうらいだい》にも使われる藪柑子ですが、古名は山橘で、『万葉集』にもこの名で五首詠まれています。春日王《かすがのおおきみ》は、「あしひきの山橘の色に出でよ語らひ継《つ》ぎて逢ふこともあらむ」と恋の暗示に使っています。冬にも枯れない葉と紅い実は「卯杖《うづえ》の飾り」などにも使われます。また、正月に松竹梅と組み合わせて飾る風習は江戸時代から始まりましたが、明治になって園芸品種が流行《はや》り、投機の対象にもなったので、新潟県は県令で売買を禁じたほどです。

葉牡丹《はぼたん》

キャベツの仲間で、葉に色を持つよう、観賞用に改良したものです。日本へは江戸時代にオランダから野菜として渡来しましたが、明治になって改良が進み、東京丸葉葉牡丹（江戸葉牡丹）、名古屋縮緬《ちりめん》葉牡丹、大阪丸葉葉牡丹などが生まれましたが、最近になって切れ葉の珊瑚《さんご》葉牡丹も作られています。牡丹の花のように葉が重なり合うところから牡丹の名をもらいましたが、江戸時代の山岡恭安《きょうあん》の『本草正正譌《ほんぞうせいせいか》』には、「牡丹菜一名葉牡丹」と出てきます。

水仙《すいせん》　水仙花《すいせんか》・雪中花《せっちゅうか》

暖かい海辺に自生し、伊豆の爪木崎《つめきざき》や越前海岸などが群生地として知られます。ギリシャ神話には、水に映る自らの姿に恋い焦がれ身投げしたナルキッソス（ナルシス）の化身として描かれます。ナルキッソスは、麻酔とか昏睡を意味するギリシャ語のナルケが語源とされますが、水仙に含まれるアルカロイドのナルシチンが麻酔状態を引き起こすことにちなんだ、因縁の名前です。ですから、水仙とはギリシャ神話に影響を受けた中国名で、室町時代の漢和辞典『下《か》学集《がくしゅう》』には、漢名水仙花、和名雪中花と出てきます。

大寒《だいかん》

二《に》十四節気《じゅうしせっき》の一つで、立春前の十五日間、またはその初日のことで、字義通り、一年中で最も寒さの厳しい時期です。そう思っていたら、意外に暖かい大寒の日々が続いたりしますから、「小寒の氷大寒に解く」などという諺《ことわざ》も生まれ、物事、必ずしも順序通りにいかない譬《たと》えに使われます。寒の期間中はまた、作物の豊凶を占う時期ですので、「大寒がひどければ麦がよくできる」的な言葉がたくさん生まれます。

室咲《むろざき》　室《むろ》の花《はな》・室《むろ》の梅《うめ》

梅や椿などは、冬の間に蕾《つぼみ》を付けますが、その枝を切って室に入れ、「一夜之を煖《あたた》む、則其火気に感じて忽《たちま》ち花を発《ひら》く」と、『滑稽雑談《こっけいぞうだん》』にはあります。その時節も同書には、「小春以来一《いち》陽来復《ようらいふく》の比《ころ》」とありますから、冬至の頃までが適期だったようです。しかし現在では、冬に限らず、季節に先がけて花を咲かせる技術が進んでいますから、一年中いろいろな花が見られます。三月三日の節句に出回る桃の花も、一か月早く咲かせた花です。

節分《せつぶん》　節替《せつがわ》り・節分《せちぶ》

季節の変わり目を言う言葉で、立春、立夏、立秋、立冬の前日が広義の節分ですが、中でも立春の前日が重んじられ、陽暦では二月三、四日がその日に当たります。陰暦を使った時代には、大晦日《おおみそか》より前に節分がやってきて、「年内立春《ねんないりっしゅん》」になる年もありました。この日行われる追儺《ついな》（鬼やらい）は、寺院の修正会《しゅしょうえ》と結び付いた仮装鬼を追う芸能形式のものと、枡《ます》に入れた炒《い》り豆を撒《ま》く行事が行われます。一般の家では、戸主が年男となり、「福は内、鬼は外」と枡に入れた福豆を撒きます。

追儺《ついな》｜鬼《おに》やらい・なやらい

節分の豆撒《ま》きをこう呼びますが、本来は疫鬼を追い払う行事です。中国から伝えられ、日本では陰陽道《おんみょうどう》の行事として伝えられ、文武《もんむ》天皇の慶雲《きょううん》三年（七〇六）、諸国に疫病が流行したので、土牛を作って大儺《おおやらい》をしたのが初見です。宮中では毎年、大晦日《おおみそか》の夜に行われましたが、民間では二月の節分に行われてきました。豆撒きも、単に鬼を追い払うだけでなく神への散供《さんぐ》（供物）の意味もありますから、悪霊を抑える存在の善鬼としての面もあるようです。

柊挿す《ひいらぎさす》｜鰯《いわし》の頭挿《かしらさ》す・豆殻挿《まめがらさ》す・柊売《ひいらぎうり》・目突柴《めつきしば》・鬼《おに》の目《め》さし

豆を撒《ま》いて鬼やらいをした節分の夜、柊の枝に鰯の頭や豆殻を挿して門口に掲げます。これを徳島県では鬼の目突きと呼び、静岡県でも鬼威《おど》しと呼んでいます。『古事記』や『続日本紀《しょくにほんぎ》』には、柊で作った邪霊を鎮める儀礼用具「比比羅木之八尋矛《ひひらぎのやひろほこ》」を、天皇が将軍に授ける話が出てきます。「ひいらぎ」は触れるとうずく疼《ひいら》ぐ木の意味ですから、鬼除けには格好の植物です。ただし「柊」の字は国字で、冬に花開く木の意ですので、鬼やらいとは無関係です。

二月

如月　きさらぎ
衣更着　きさらぎ
梅つ五月　うめつさつき
梅つ月　うめつづき
梅見月　うめみづき
小草生月　おぐさおいづき
木の芽月　このめづき
雪消月　ゆきぎえづき
雪解月　ゆきげづき
花朝　かちょう
恵風　けいふう
令月　れいげつ

鶯《うぐいす》

陰暦の二月は、今の陽暦に直すと、三月から四月にかけてですから、雪も消え、梅が満開の時期を迎え、木々が芽吹き始めます。そんな風景にふさわしい異称もたくさん生まれました。二月の古称・如月《きさらぎ》は衣更着《きさらぎ》とも書きますが、春とはいえまだ寒いので、どんどん重ね着して着ぶくれる古人の姿が想像されます。ただし陽気はよくなっていますから、「気更来《きさらぎ》」説もうなずけますし、草木の芽吹きの頃ですので、「草木《くさき》張月《はりづき》」の転が如月だとする説にも相づちが打てます。西行の有名な歌「ねがはくは花のしたにて春死なむそのきさらぎの望月の頃」で言う「きさらぎの望月の頃」とは、釈迦が入滅した二月十五日（望）が下敷きにあります。この日は涅槃会《ねはんえ》（現在は三月）で、涅槃図を掲げ、釈迦の遺した教え「遺教経《ゆいきょうぎょう》」を誦《ず》します。この涅槃会が「きさらぎの別れ」の名でも呼ばれます。中国では、二月が事を始めるのに最もよい、めでたい月とされ、二月の異称を令月《れいげつ》と呼んでいます。陽暦で想像する二月はまだ暗いイメージですが、陰暦ですと万物開明の明るい月ということになります。

魚氷に上る うおひにのぼる

七十二候《しちじゅうにこう》の一つで、陽暦（新暦、現行暦）に直すと二月十五日から十九日頃に相当します。氷もぬるんできて、氷の割れ目から魚が躍り出て、氷の上に乗る、というやや荒唐無稽《こうとうむけい》の言葉ですが、俳人はわりに好んで使います。もともと中国の『呂氏春秋《りょししゅんじゅう》』（秦《しん》の呂不韋《りょふい》の選と伝えられる書）に出てくる言葉ですが、日本でこしらえた七十二候にも「魚氷に上る」の形で取り入れられています。『滑稽雑談《こっけいぞうだん》』にも「孟春《もうしゅん》発端の気に乗じて、魚泳ぎ出して、氷に上り添ふなり」と出てきます。

初午 はつうま

午祭《うままつり》・初午詣《はつうまもうで》・一《いち》の午《うま》・福参《ふくまいり》・稲荷講《いなりこう》・お山参《やままい》り・験《しるし》の杉《すぎ》

初午《はつうま》の日を祭日にしている代表は稲荷神社です。稲荷は稲生《いねなり》が転じたものというだけでなく、五穀《ごこく》の中でもとくに稲を司る倉稲魂《うかのみたま》を祀《まつ》っていますから、春の農事に先がけての豊作を祈る祭りなのです。初午と稲荷の縁日の関係も不思議ですが、京都の伏見《ふしみ》稲荷神社の祭神《さいじん》が稲荷山に降臨《こうりん》したのが和銅《わどう》四年（七一一）の二月十一日（または九日）で、その日が初午の日だったからです。当時は七日間参籠《さんろう》して下向《げこう》する際、稲荷山の杉の枝を折って、これを験の杉（または標《しるし》の杉《すぎ》）としましたが、今では杉の葉に四手《しで》を付けたものを神社で授与しています。この日は大きな神社だけでなく横町やビルの屋上の祠《ほこら》でも祭礼が行われます。稲荷の祭りのことを稲荷待《いなりまち》とも言いますが、この日を待っていた庶民の心情がのせられています。

雨水《うすい》

二十四節気《にじゅうしせっき》の一つで、立春の後十五日といいますから、陽暦の二月十九日頃に当たります。ちょうど雪が雨に変わり、氷や雪が解けて水になる頃ですから、こう呼ばれました。この時期は冬型の気圧配置がくずれる頃で、東京地方では大雪に見舞われることがしばしばです。折から受験時期に重なり、交通機関が乱れ、受験生が難儀する大雪にもたびたび見舞われています。農家はこの頃から、農耕の準備に入ります。

雪間《ゆきま》　雪《ゆき》のひま・雪《ゆき》の絶間《たえま》

地面を覆っていた雪が部分的に消えて、地表が顔をのぞかせることが「雪間」の意。ところが、雪間には古くから、雪がやんだ後、次の雪の降るまでの間という意味と、雪の降っている間という意味があります。傍題の「雪のひま」も「雪の絶間」も、語感からすると、雪がやんで次の雪が降るまでの意を取り込んでしまったのかもしれません。雪の消えた地面から、はやばやと芽を出している草を見つけることがありますが、これが「雪間草《ゆきまぐさ》」です。

春一番《はるいちばん》

春一《はるいち》・春二番《はるにばん》・春三番《はるさんばん》・春四番《はるよんばん》

風の呼び名には、漁師や農民が言いならわしたものが多いのですが、春一番は壱岐《いき》や能登・志摩以西の漁師たちが使っていました。日本海低気圧によって吹く風で、漁の海難だけではなく、フェーン現象による火災、雪崩《なだれ》、雪解《ゆきげ》洪水につながる風をもたらします。立春前に吹いて春の近いことを告げることもあれば、四月上旬には春嵐《はるあらし》ともなる春三、四番が吹くこともあります。春一番で木々の芽が緩み、春二番で花が咲き始める、まさに春を告げる風です。戦後、マスコミがしばしば使ったところから、なじみの風となりました。

白魚《しらうお》

しらお・膾残魚《しらお》・王餘魚《しらうお》・銀魚《しらうお》・白魚捕《しらおとり》・白魚舟《しらおぶね》・白魚汲《しらおく》む・白魚火《しらおび》・白魚汁《しらおじる》

かつては各地の河口に分布していた白魚科の硬骨魚。中でも歌舞伎の『三人吉三《さんにんきちざ》』大川端の名台詞《ぜりふ》「月もおぼろに白魚の、篝《かがり》もかすむ春の空」で、隅田川の白魚はつとに有名です。その隅田川の両国橋上流の「首尾《しゅび》の松《まつ》」(吉原へ舟で通う人たちの目印)まで白魚が上ったという記録もあります。その江戸の白魚も勢州(伊勢)から種を取り寄せ、品川に蒔《ま》いたとの記述も見られます。芭蕉の「明ぼのやしら魚しろきこと一寸」は、桑名《くわな》近くでの作ですが、初案は「明ぼのや」が「雪薄し」と冬の句でした。「冬一寸、春二寸」ともいわれる白魚ですが、一寸が春の季節のイメージにふさわしいと考えたのでしょう。躍り食いで知られる白魚（素魚）は「しろうお」と読み、鯊《はぜ》科の硬骨魚ですから別種です。

公魚《わかさぎ》

鰙《わかさぎ》・若鷺《わかさぎ》・桜魚《さくらうお》・ちか・あまさぎ・雀魚《すずめうお》

湖面の氷に穴をうがって釣る冬の穴釣りが知られますが、盛漁期は網によって獲る春です。「わかさぎ」の「わか」は「わく」と同義の発生する意、「さぎ」は「多い」の義で、合わさって「群れてたくさんいる魚」のことになります。諏訪湖では、目纏《めまと》いと呼ぶ揺《ゆす》り蚊が大発生した年は豊漁と言われています。霞ヶ浦産のものが将軍に献上されてから「公」の字をもらうことになりました。松江の辺りでは「あまさぎ」、北海道や東北では「ちか」と呼んでいます。

鱵《さより》

竹魚《さより》・細魚《さより》・針魚《はりお》・針嘴《さより》・水針魚《さより》・さいより・長《なが》いわし

どの当て字を見ても分かるように、体形は極めて細く、しかも細い下あごが長く伸びています。立春後の暖気に誘われて、二～三月頃群れをなして陸に近付き浮上し、満潮時には川筋にまで入ってきます。漢名でも和名に似た「針口魚」と表記します。姿から、料理には糸作りがふさわしく、これには煎酒《いりざけ》を添えると味が引き立ちます。吸い物、茶碗蒸し、握り鮨、押し鮨にも合う素材です。漁期も比較的長い魚といえます。

末黒野　すぐろの

末黒《すぐろ》・焼野《やけの》・焼野原《やけのはら》・焼原《やけはら》

害虫の駆除と肥料のため野原や牧草地、畦などを焼くのが野焼きですが、その後に黒々と広がる大地が末黒野です。焼いたばかりというのに、地面から芽生えが始まっています。ただ動物にとっては悲劇で、「焼け野の雉《きぎす》夜の鶴」（子どもをかばって犠牲になるという、親が子を思う情の切なさの譬《たと》え）の雉《きじ》のような例もよくあることです。古来、末黒野の薄《すすき》の芽ぐみを「末黒の薄」といい、歌に多く詠まれてきましたが、これは間違いで、「末黒」は「す黒」だから、野焼きの際、先が焼けて黒く残った薄だろう——という説が有力になっています。

片栗の花　かたくりのはな

堅香子《かたかご》の花《はな》・ぶんだいゆり・かたばな・うばゆり・はつゆり

早春、茎の先に紅紫色の釣鐘《つりがね》状の花を下向きに付けます。『万葉集』の大伴家持《おおとものやかもち》の歌「もののふの八十《やそ》をとめらが汲《く》みまがふ寺井《てらい》の上の堅香子の花」の「堅香子」が片栗の古名です。ところが、この歌の序に「堅香子草の花を攀《よ》ぢ折れる歌」とあるところから、万葉学者が木と錯覚して「かたかし」と読んだのです。そのため、古語辞典の「堅樫《かたかし》」の項には「かたかごの誤訓より生じた語」の説明が入っています。この根から片栗粉が採れますが、少量で高価なため、東北地方に片栗落雁《らくがん》なる名菓の称として残っているに過ぎません。花や茎も食べられますが、貴重な植物なので、今は群生地が保護されています。

菠薐草《ほうれんそう》

春野菜として最もなじみの深い菠薐草ですが、他に呼び名もなく、出自もはっきりしません。『滑稽雑談《こっけいぞうだん》』にも、「西国のものなるべし。是《これ》和訓にあらず」と素っ気なく書かれています。「ほうれん」の音は中国の唐宋音の「菠薐《ほりん》」からきたことは確かです。また唐の太宗の時代に頗《ほ》稜《りん》国より献上されたとありますが、その頗稜国がどこなのか、ネパール説、ペルシャ説などあって定かではありません。

水菜《みずな》｜京菜《きょうな》

関東では京菜の名で呼ばれ、二、三月の菜類の乏しい季節に珍重されています。京菜と呼ばれはしますが、京都でいう京菜は壬生菜《みぶな》のことなので、名称はややこしくなります。水菜の呼び名は、かつて畝の間に流水を入れて栽培したところに由来します。『物類称呼《ぶつるいしょうこ》』には、いろいろ呼び名が出ていて、「京にて、みづな、又はたけなといふを、近江にて、うきな、又ひやうずなと云。鄙《いなか》にて、京菜といふ。江戸にても、水菜といふ有」と紹介しています。

海苔《のり》

紫菜《のり》・紫海苔《むらさきのり》・甘海苔《あまのり》・幅海苔《はばのり》・海苔篊《のりひび》・海苔粗朶《のりそだ》・流《なが》れ海苔《のり》・拾《ひろ》い海苔《のり》・海苔砧《のりきぬた》・海苔簀《のりす》・海苔干《のりほ》す・浅草海苔《あさくさのり》

海苔は古くから、干満《かんまん》線の間に海苔篊や海苔粗朶を立て、その間に網を張り、付着するものを採っていました。それを海苔砧で打って、海苔簀に干して乾海苔になります。期間も十二月から四月まで五か月に及びますが、二月までのものが良質で珍重されてきました。産地も浅草海苔で名高い東京湾をはじめ、全国に及びますが、湾の汚染で大分採れなくなりました。浅草海苔の名は、下総《しもうさ》国葛西（千葉県）のものが美味で、これを浅草で製したからです。「のり」の名称は承応年間（一六五二〜五五）、後《ご》水尾《みずのお》天皇の皇子が日光の輪王寺に門跡として入山した際、試みに海苔を差し上げたところ、ことのほか喜ばれ、仏法の「法《のり》」にちなんで命名されたと言われます。

獺魚を祭る《かわうそうおをまつる》

獺《うそ》の祭《まつり》・獺祭《だっさい》・獺祭魚《だっさいぎょ》

「獺」は、「かわうそ」または「かわおそ」と読みます。七十二候《しちじゅうにこう》の一つで、陽暦で言えば二月二十日から二十四日の頃に当たります。獺の習性は、魚を巧みに捕り、それを岸に並べてなかなか食べないので、先祖の祭りの供え物になぞらえた命名です。獺は中国、日本に伝説、俗信が多く、老鰡《ぼら》や鯰《なまず》が変じたもの、化けて人をだまし水に引き入れる……などと言われます。獺が岸に魚を円形に並べるのを女陰に見立てた説もあります。「獺祭書屋主人《だっさいしょおくしゅじん》」は正岡子規の別号ですが、子規には多くの本を周囲に散乱させる癖があったからです。子規の忌日もまた獺祭忌と言います。

鶯《うぐいす》

黄鳥《うぐいす》・匂鳥《においどり》・歌詠鳥《うたよみどり》・経読鳥《きょうよみどり》・花見鳥《はなみどり》・報春鳥《はるつげどり》・春告鳥《はるつげどり》・黄粉鳥《きなこどり》・留鳥《とどめどり》・人来鳥《ひとくどり》・初音《はつね》・藪鶯《やぶうぐいす》・鶯《うぐいす》の谷渡《たにわた》り

一口に「梅に鶯」と言いますが、どちらも日本人にはそれほどなじみ深く、詩歌にもよく詠まれてきました。それだけに立派な名辞をたくさんもらいました。「春告鳥」は「春告魚」の名の鰊《にしん》と春の双璧《そうへき》です。「匂鳥」も「歌詠鳥」も声や姿から当然過ぎる美辞と言えます。しかし「経読鳥」は鶯の鳴き声のホーホケキョーを法華経《ほけきょう》にひっかけた駄洒落ですから、名辞のニュアンスも少し違います。また「ホーホケキョー」の後に語尾をのばして「ケキョ、ケキョ、ケキョ」と鳴くのを「鶯の谷渡り」と言いますが、どこか時鳥《ほととぎす》の鳴き声と似ています。時鳥は、産んだ卵を鶯の巣に托す習性があるので、模倣性の強い鶯が近くにいる時鳥の声を真似るのだとも言います。

梅《うめ》

好文木《こうぶんぼく》・花《はな》の兄《あに》・春告草《はるつげぐさ》・香散見草《かざみぐさ》・匂草《においぐさ》・風待草《かざまちぐさ》・香栄草《かばえぐさ》・初名草《はつなぐさ》・野梅《やばい》・白梅《しらうめ》・臥竜梅《がりゅうばい》・青竜梅《せいりゅうばい》・枝垂梅《しだれうめ》・飛梅《とびうめ》・鶯宿梅《おうしゅくばい》・老梅《ろうばい》・梅《うめ》が香《か》・梅園《ばいえん》・梅林《ばいりん》・闇《やみ》の梅《うめ》

梅が中国から渡来したのが紀元七〇〇年頃と言いますから、日本人と梅の関係は既に千三百年の歴史を持ちます。百花に先がけて咲く花ですから花の兄、春告草と呼ばれ、並みはずれた香りゆえ、香散見草、匂草、香栄草などの名も与えられました。加えて気品を備えているところが、日本人の好みにかなっていたのでしょう。兼好法師などは、「梅は白き、薄紅梅。一重なるが疾く咲きたるも、重なりたる紅梅の匂ひめでたきも、皆をかし」（『徒然草《つれづれぐさ》』）と絶賛します。詩歌にも梅の題は多く、『万葉集』だけでも百十九首が入集しています。和歌に詠まれるのは白梅で、雪や鶯と取り合わせて作られていました。

黄梅《おうばい》

迎春花《げいしゅんか》・金梅《きんばい》

春も浅い頃、葉に先立って黄色い筒状の六弁の花を付けます。「梅」の字を当ててはいますが梅ではなく、花弁の形が似ているところから付けられました。「迎春花」の名でも呼ばれますが、他の花に先がけて花を付けるからです。中国の原産で、日本には観賞用として渡来しましたが、古歌にはほとんど用例はありません。ジャスミンの仲間なのに佳香には恵まれなかった花です。

いぬふぐり

いぬのふぐり・ひょうたんぐさ

植物にはいろいろな名辞が与えられますが、犬の陰嚢《いんのう》に見立てた「いぬふぐり」は、何とも可《か》憐《れん》です。「ひょうたんぐさ」の命名もまたその姿から付けられました。明治の初期に入ってきた「おおいぬのふぐり」は繁殖力が強く、在来種の「いぬふぐり」をほとんど絶滅させ、全国に伝播してしまいました。今、俳句に詠まれている「いぬふぐり」は、実は「おおいぬのふぐり」なのです。花の色も「いぬふぐり」は淡紅色ですが、「おおいぬのふぐり」は空色で、花も大きめです。漢名は「地錦」ですが、これは正真正銘の「いぬふぐり」の方です。

若布

わかめ

和布《わかめ》・にぎめ・和布《わかめ》売《うり》・若布《わかめ》汁《じる》・和布《わかめ》刈《がり》・和布《わかめ》干《ほ》す・和布《め》刈舟《かりぶね》

食用に供される海藻は若布と同様に語尾に「め」が付きます。搗布《かじめ》、黒布《くろめ》、荒布《あらめ》などがそうですが、鹿尾菜《ひじき》や角叉《つのまた》のように「め」の付かないものもあります。古くは若布のことを「め」またはは「にぎめ」と呼んでいました。太平洋岸のものは肉厚で、日本海産は肉薄だとも言われています。鳴門や南部の若布が有名ですが、『本朝食鑑』では伊勢のものが最も美味としています。海藻中最も多くカルシウム分を含むため、若芽、若女、若目とも書き、若返り薬と信じられてきました。

三月

弥生　やよい
桜月　さくらづき
花見月　はなみづき
花咲月　はなさきづき
早花咲月　さばなさきづき
竹秋　ちくしゅう
春惜月　はるおしみづき
季春　きしゅん
夢見月　ゆめみづき
姑洗　こせん
嘉月　かげつ
冬三月　ふゆさんがつ
春三月　はるさんがつ

雛《ひいな》遊《あそ》び

陰暦でいう三月は、ちょうど春たけなわの頃ですから、異称はどれも明るいものばかりです。そもそも弥生《やよい》の語も「風雨改まりて、草木いよいよ生ふるゆゑに、いやおひ月といふを誤まれり」（『奥義抄《おうぎしょう》』）と、「いや生ひ」が訛《なま》ったものだとされています。桜月《さくらづき》も花見月《はなみづき》も花咲月《はなさきづき》も、字義通り桜の季節を言い当てた異称ですし、同じ頃に竹の葉が黄ばんで、これを「竹の秋」というところから竹秋《ちくしゅう》の呼び名も頂戴しました。春惜月《はるおしみづき》も晩春を表す言い方ですが、暖かいとはいっても、時々寒波がやって来てコートを羽織ることさえありますから、そんな日は冬三月《ふゆさんがつ》と呼ぶにふさわしいかもしれません。語源は定かでないのですが、珍しい呼び名に夢見月《ゆめみづき》があります。古代人は現代人より夢に特別な思いを寄せていましたから、夢の吉凶《きっきょう》を占う夢合《ゆめあわせ》とか、夢不語日《ゆめかたらぬひ》といって見た夢を他人に語らぬ日も設けました。夢にまつわる故事は限りなくあります。なぜ鳥なのかわかりませんが、夢見鳥《ゆめみどり》といえば蝶のことで、さらに贅沢なことに蝶は夢虫《ゆめむし》の名ももらっています。少々難しい姑洗《こせん》の名は中国の音名を表す言葉で、日本の十二律（音階）の「下無《しもむ》」や、洋楽の「嬰《えい》へ」に当たると言いますから、三月の名はまさに満艦飾になりました。

桃の節句 もものせっく

三月節句《さんがつせっく》・弥生《やよい》の節句《せっく》・桃花《とうか》の節句《せっく》・雛《ひな》の節句《せっく》・桃《もも》の日《ひ》

古くから日本人は季節の変わり目を節日《せちにち》と呼んで大切にしてきました。江戸幕府が定めた五節供もその一つです。人日《じんじつ》（七種《ななくさ》の節供、正月七日）に続くのが、上巳《じょうし》（桃の節供、三月三日）で、これが今日の桃の節句です。さらに端午（菖蒲《しょうぶ》の節供、五月五日）、七夕（七夕祭、七月七日）、重《ちょう》陽《よう》（菊の節供、九月九日）と併せて五節供と呼ばれました。桃の節供に鶏合《とりあわせ》や曲水の宴なども開かれましたが、中世より江戸時代にかけ民間に伝わるようになると、雛祭とも一緒になり一層賑やかになります。海辺に出かけ飲食をする磯遊びも現在汐干狩として残されています。「桃」といってもこれは陰暦ですから、陽暦の三月三日には桃の花は間に合わないのです。

雛祭 ひなまつり

雛遊《ひなあそび》・雛人形《ひなにんぎょう》・雛壇《ひなだん》・親王雛《しんのうびな》・内裏雛《だいりびな》・官女雛《かんじょびな》・五人囃《ごにんばやし》・矢《や》大臣《だいじん》・三人使丁《さんにんしちょう》・雛《ひな》の調度《ちょうど》・雛菓子《ひながし》・雛《ひな》・坐雛《すわりびな》・立雛《たちびな》・室町雛《むろまちびな》・寛永雛《かんえいびな》・元禄雛《げんろくびな》・享保雛《きょうほうびな》・京雛《きょうびな》・糸雛《いとびな》・紙雛《かみびな》・折雛《おりびな》・変《かわ》り雛《びな》・雛合《ひなあわせ》・ひいな・雛《ひな》の間《ま》・雛《ひな》の膳《ぜん》・雛椀《ひなわん》・雛《ひな》の酒《さけ》・雛《ひな》の宴《えん》・初雛《はつびな》・古雛《ふるびな》・譲《ゆず》り雛《びな》・雛《ひな》の宿《やど》・雛《ひな》の客《きゃく》・雛《ひな》の燭《しょく》・桃《もも》の酒《さけ》

日本古来の行事として、人形《ひとがた》（形代《かたしろ》）を撫で、体のけがれを移して、川や海に流す巳《み》の日《ひ》の祓《はらえ》があります。いわゆる身代わり信仰のこの人形と、平安時代からあった「ひいなあそび」が一緒になってできたのが、今日の雛祭の原型です。人形を作る技術が中国から伝えられると雛壇は賑やかになり、雛の調度や雛菓子にまで贅《ぜい》の限りが尽くされます。人びとは料理を作り磯遊び、山遊びを楽しむ日でもありました。また、おのおの人形を比べ合う雛合や雛を使者に見立てて親戚を訪ねる雛《ひな》の使《つかい》のような贅沢な遊びが流行《はや》った時代もありました。今日も残る雛流し、雛送りの行事は、巳の日の祓に人形を川に流した名残といえます。

曲水　きょくすい｜曲水《きよくすい》の宴《えん》・曲水《ごくすい》・曲水《めぐりみず》の豊明《とよあかり》・流觴《りゆうしよう》・盃流《さかずきながし》

中国の古い風俗に、三月最初の巳《み》の日に、水辺に出かけ災厄を払う行事がありましたが、これが曲水の源流です。しつらえられた水流に臨んで座し、上流から流れ来る盃が自分の前に来るまでに詩を作り、その盃をすくい酒を干す。このあと別室で宴を張り、おのおの作品を披講するのが曲水の宴です。宮中で曲水の宴が行われたのは五世紀末頃からでしたが、平城《へいぜい》天皇の大同三年（八〇八）に取り止めとなり、以後は天皇の命により文人によって引き継がれてきました。

雛の使　ひなのつかい｜雛《ひな》の駕籠《かご》

今でも祝い事の折、赤飯や料理を親戚や知人に配る風習が残っていますが、これは雛を使者に見立てたもので、江戸時代も元禄から宝暦の頃（十七世紀末〜十八世紀中頃）、裕福な階層の間に流行《はや》った贅沢《ぜいたく》な遊びといえます。作り物の乗り物や紙の雛、食べ物を運ぶ行器《ほかい》や樽などを載せた釣台《つりだい》を小者に担がせ、婦人の先導で親戚等を回ります。雛を使いに立てる一種の擬人法は、当時の人びとのゆとりと、ユーモアを感じさせます。

雛流し　ひなながし

雛送《ひなおく》り・流《なが》し雛《びな》・捨雛《すてびな》

古くは、禊《みそぎ》や祓《はらえ》に使った形代《かたしろ》を川に流す風習が、春の他の行事と重なってできたものです。地方によって送り方もまちまちで、テレビなどにも紹介される鳥取市のものは、雛壇に飾る雛とは別の流し雛を飾ります。赤い紙でこしらえた数対の雛を竹ではさんだ流し雛を、雛祭のあと川へ流しますが、その雛の風情があまりにもかわいいので、郷土玩具としても人気があります。関東では、道辻《みちつじ》の祠《ほこら》などへ送る地方も多いのですが、紀州の粉河寺《こかわでら》のように寺社で流し雛を授けるところもあります。流す雛には、身代わりになってもらうので、川岸で白酒による別れの盃ごとをしたり、泣く真似をするところもありました。

淡雪　あわゆき

沫雪《あわゆき》・牡丹雪《ぼたんゆき》・綿雪《わたゆき》・泡雪《あわゆき》・かたびら雪《ゆき》・たびら雪《ゆき》

冬の雪と違って気温も高いので、雪の結晶が互いにくっつきやすく、雪片が大きくなります。

その形状に日本人は淡雪や牡丹雪などといった美しい名辞を与えてきました。淡雪に至っては、「淡雪蕎麦」「淡雪豆腐」と、その姿を料理にまで拝借してしまいました。「たびら雪」に漢字を当てますと「太平雪《たびらゆき》」となり、「太平」は「太平広《たびらびろ》」の略ですから、刀の身の幅が広いこととなります。「広い」の意が雪片の大きさにつながったのでしょうか。

初雷《はつらい》　虫出《むしだ》しの雷《らい》・虫出《むしだ》し・初神鳴《はつかみなり》

立春を過ぎて初めて鳴る雷をこう呼びます。虫が穴からはい出る啓蟄《けいちつ》の頃に鳴ることが多いので「虫出しの雷」または単に「虫出し」と呼んでいます。「初雷」も「春雷」の一つに含まれますが、歳時記によっては、「初めて聞く」意から「初雷」の季語を別に立てています。「初雷」より少し前の冬の季語に「鰤起《ぶりおこ》し」があります。十二月から一月の鰤の獲れる頃の雷で、北陸地方では豊漁の前兆だとして浜が大いに沸きます。また別に、雪催《ゆきもよ》いの時に鳴る雷を「雪起し」と呼んでいます。

啓蟄《けいちつ》　驚蟄《けいちつ》

二《に》十四節気《じゅうしせっき》の一つで、陽暦の三月六日頃に当たります。土中で冬眠していた昆虫類が穴を出ることで、この頃に鳴る雷を「虫出しの雷《らい》」と呼んでいます。またこの時期は、哺乳類《ほにゅうるい》や爬虫類《はちゅうるい》、両棲類《りょうせいるい》も冬眠から覚めて出てきますので、「熊穴《くまあな》を出《で》る」「蛇穴《へびあな》を出《い》ず」といった別の季語もあります。啓蟄の言葉は律令の施行細則『延喜式《えんぎしき》』にも出てきます。

東風　こち　正東風《まごち》・朝東風《あさごち》・夕東風《ゆうごち》・強東風《つよごち》・雲雀東風《ひばりごち》・鰆東風《さわらごち》・梅東風《うめごち》・桜東風《さくらごち》

王朝時代より、凍《い》てを解き春を告げる風、梅を開花させる風として多くの歌に詠まれてきました。冬の気圧配置がくずれた時に、太平洋から大陸に向かって吹く柔らかい東風《ひがし》ですから、王朝歌人に限らず、日本人なら誰でもこの恩恵を受けたはずです。瀬戸内海の漁師の間では雲雀東風、鰆東風、梅東風、桜東風などと呼びながら、漁や開花の目安にしていました。壱岐には「朝東風《ごち》昼南風《ばえ》夕真西《まにし》」の言い伝えがありますが、これが晴天の日に変化する風向きの最も普通の型だということです。

山笑う　やまわらう　笑《わら》う山《やま》

北宋の画家・郭熙《かくき》の「山水訓」の、「春山淡冶《たんや》にして笑ふが如く、夏山は蒼翠《そうすい》にして滴《したた》るが如し。秋山は明浄《めいじょう》にして粧《よそお》ふが如く、冬山は惨淡《さんたん》として眠るが如し」から引用して、春夏秋冬の山をそれぞれ「山笑う」「山滴る」「山粧う」「山眠る」と季語にしたものです。春の山の「山笑う」も言い得て妙ですが、擬人法になっているため、使い方としては大変難しい季語といえます。

蜆 しじみ

蜆貝《しじみがい》・真蜆《ましじみ》・大蜆《おおしじみ》・大和蜆《やまとしじみ》・瀬田蜆《せたしじみ》・蜆舟《しじみぶね》・蜆売《しじみうり》・蜆取《しじみとり》・蜆掻《しじみかき》・蜆掘《しじみほり》

味の点から春が旬になってはいますが、土用蜆も寒蜆もまた人気の蜆です。古来、産地として琵琶湖がつとに有名ですが、摂津《せっつ》（大阪と兵庫の一部）の住江《すみのえ》、信州の諏訪湖、武州（埼玉）の利根川、江戸の隅田川なども名を連ねています。「しじみ」の語源は、殻が縮む、煮ると縮む……など諸説があり、「ちぢむ」の語感には説得力があります。昔から肝臓の病や宿酔《ふつかよい》に効くとは言われていますが、「消渇《しょうかち》（糖尿病）、水腫《すいしゅ》、盗汗《とうかん》（寝汗）によし」の効能も物の本にはよく出てきます。

田螺 たにし

大田螺《おおたにし》・丸田螺《まるたにし》・長田螺《ながたにし》・姫田螺《ひめたにし》・山田螺《やまたにし》・田螺売《たにしうり》・田螺取《たにしとり》・田螺鳴《たにしな》く

字義通り田にいる螺《にし》（巻き貝の総称）で、春の田にはどこにもいた貝です。真水につけて泥を吐かせ、茹《ゆ》でて身を取り出し、味噌《みそ》煮にしたり、木の芽和え、分葱《わけぎ》の酢味噌和えにして食べます。その歯ごたえから田螺は丹波蛸《だこ》とも呼ばれました。春の行事と結び付くことが多く、雛《ひな》の節句には欠かせない食材でした。その不格好な田螺の声を聞きとろうとする田螺鳴くの季語も生まれました。しかし、亀鳴く、蚯蚓《みみず》鳴くの季語と同様に、田螺も鳴かないのです。

蜷《にな》

みな・河貝子《かばいし》・川蜷《かわにな》・あげまき・にだ・蜷《にな》の道《みち》

田螺《たにし》の螺と同様に蜷も巻き貝の総称ですが、川蜷、海蜷、磯蜷などのうち、俳諧《はいかい》では川蜷を指すことになっています。以前は食用にもされましたが、肺吸虫の第一中間宿主であったりして、現在は利用されません。春田の底に筋道を付ける蜷の道はいかにも俳諧好みの季語です。蜷の貝に似せて糸を結び重ねる「蜷結び」は、日本の伝統的な結び方の一つです。

鮎汲《あゆくみ》

冬の間を海で育った稚鮎は、春先になると川を遡ります。この鮎を狙って、小石を結んだ縄を引きずって下り、川下の扇網《おうぎあみ》に追い込み、その網から柄杓《ひしゃく》で鮎を汲み取るのが鮎汲です。現在は、初夏まで鮎は禁漁ですから、歳時記にだけ残る言葉となりました。

お水取《おみずとり》

水取《みずとり》

テレビの放映でなじみの風景ですが、奈良東大寺の二月堂で行われる行の一つで、三月十三日の午前二時から始まります。笙《しょう》、ひちりきの音に「はす」と呼ばれる大松明《おおたいまつ》が現れ、続いて咒《じゅ》師《し》を先頭にした練行衆《れんぎょうしゅう》が手松明、法螺貝《ほらがい》、金剛鈴《こんごうすず》、牛王杖《ごおうづえ》を持ち堂の南階段を降り、良弁杉《ろうべんすぎ》の下の閼伽井《あかい》から香水《こうずい》を汲み本堂に運びます。この香水は、若狭の遠敷《おにゅう》明神から送られた聖水と言われ、仏事に供するため五個の壺に入れ須弥壇《しゅみだん》の下に収めてあったものです。この香水をいただくと諸病諸厄が四散すると言います。童子がこの夜回廊で振る大松明の火の粉をあびると厄除けになると信じられるところから、群衆がうねりとなって回廊下に殺到します。このお水取が済むと、誰もが「春が来た」と言います。

涅槃西風　ねはんにし｜涅槃吹《ねはんぶき》

涅槃会《ねはんえ》は釈尊入滅の陰暦二月十五日ですが、この前後に吹く冬の名残の風を言います。またこの頃が雪の降りじまいで「雪の果《はて》」と言い、「涅槃雪」と言えば、雪の降りじまいを指すことになっています。涅槃西風が吹き荒れると寒さが戻りますので、人びとは重ね着をして耐えたようです。

貝寄風　かいよせ｜貝寄潮《かいよせ》・貝寄《かいよせ》

貝寄風の起源は、かつて大坂の四天王寺で、陰暦の二月二十二日に営まれた聖霊会《しょうりょうえ》に由来します。この日は聖徳太子の忌日で、境内の石舞台に曼珠沙華《まんじゅしゃげ》という飾りが立てられます。飾りの心棒には貝殻が飾られ、これを貝の華《はな》と言いました。貝は住吉の浜に寄せられた貝を使うのがならわしだったので、聖霊会の前後に吹く風を「貝寄風」と言うようになりました。同じ呼び名は各地にもあります。

比良八荒

ひらはっこう

比良《ひら》の八荒《はっこう》・はっこう・八講《はっこう》の荒《あ》れ

滋賀県の白鬚《しらひげ》神社（比良明神）で、陰暦の二月二十四日から四日間行われる法華《ほっけ》八講の法会が比良八講ですが、この頃吹く強い風が比良八荒で、琵琶湖は荒れることが多くありました。冬の名残の季節風ですが、近江の人びとは比良八講が済んで初めて春が来る、と言います。「比良のお水取が済むと春に」という言い方にどこか似ています。

つちふる

霾《つちふる》・黄沙《こうさ》・霾晦《よなぐもり》・霾風《ばいふう》・霾天《ばいてん》・蒙古《もうこ》風《かぜ》・つちかぜ・つちぐもり・つちぼこり・よなぼこり・胡沙来《こさきた》る

モンゴルや中国北部で、強風のため吹き上げられた黄沙が、空一面を覆い降ってくる現象です。空は一面黄褐色になり、太陽は遮られ、上空の西風にのり日本にまで運ばれてきます。日本への飛来は四月に多く、次いで三月と五月の順ですが、被害というより、春の風物詩とも見られています。同じ現象はアフリカの砂漠にもあって、砂塵はヨーロッパから大西洋までの広い範囲にまで行き渡ります。黄沙まじりの雨のことを、ヨーロッパでは「血の雨」とも呼んでいます。

斑雪《はだれ》

はだら・はだれ雪《ゆき》・斑雪野《はだれの》・斑雪山《はだれやま》・斑雪嶺《はだらね》・まだら雪《ゆき》

歌論書の『正徹物語《しょうてつものがたり》』によると、「はだれ」は、草木の葉の傾くほどに降った雪、あるいはまだらの雪のことですが、「いづれにてもあれ、うすき雪のことなり」と出てきます。ですから古くから「葉垂《はだ》れ」説、「まだら」説がありました。さらには降る雪の形容説も言われますが、定義は「地上における雪、霜のさま」に落ち着いています。また、鹿の毛のまだらに見立てた「鹿《か》の子《こ》斑《まだら》」という表現も古くからあります。

雪の果《ゆきのはて》

名残《なごり》の雪《ゆき》・雪《ゆき》の別《わか》れ・雪《ゆき》の終《おわり》・涅槃雪《ねはんゆき》・雪涅槃《ゆきねはん》・忘《わす》れ雪《ゆき》・終雪《しゅうせつ》

春の、雪の降りおさめにもいろいろ言い方があるもので、「果《はて》」とか「終《おわり》」といえば、長かった冬からの解放感が伝わりますが、「名残」や「別れ」には惜しむ情感が込められます。涅槃《ねはん》会《え》は、陰暦の二月十五日ですが、この頃が雪の降りじまいになるところから、「涅槃雪」の呼び方があり、その言葉通り涅槃会が雪に見舞われれば「雪涅槃」となります。雪だけでなく、「寒さの果ても涅槃まで」という地方、この頃吹く強い風を「涅槃の荒れ」という地方などさまざまです。

鳥曇　とりぐもり

鳥雲《とりぐも》・鳥風《とりかぜ》

雁《かり》や鴨《かも》、鶴《つる》といった渡り鳥は、秋に日本にやって来て、春にまた帰ります。その頃の日本の上空は巻層雲や高層雲に覆われて曇る日が多いところから、鳥曇と呼ばれます。鳥の帰る姿を見えなくなるまで見届けたいわけですが、それがかなわないとすれば、鳥曇には人びとの哀惜の念が込められもします。鳥風は、鳥の群れ飛ぶ羽音を風と感じた人びとの、これもまた哀惜の思いなのかもしれません。ちなみに春の東京での曇り日の平均日数は二月は七日ですが、三月になると十一日、四月では十二日となります。

彼岸　ひがん

彼岸中日《ひがんちゅうにち》・彼岸太郎《ひがんたろう》・入《い》り彼岸《ひがん》・さき彼岸《ひがん》・初手彼岸《そてひがん》・終《しま》い彼岸《ひがん》・彼岸《ひがん》ばらい・彼岸会《ひがんえ》・彼岸参《ひがんまいり》・彼岸寺《ひがんでら》・彼岸講《ひがんこう》・彼岸舟《ひがんぶね》・彼岸団子《ひがんだんご》・彼岸過《ひがんすぎ》

凡俗の此岸《しがん》から見た悟りの境地が彼岸ですが、その此岸から、日が西に沈む西方浄土に思いを馳せることが彼岸の行事です。陽気もよくなる頃で、農事の始まる前の骨休めの時季でもありました。また、太陽の中心が春分点に達して昼夜の長さが等しくなるのが彼岸の中日で、かつては歴代の天皇・皇后の霊を祀《まつ》る春季皇霊祭の日でしたが、現在は春分です。彼岸太郎は彼岸の入りの日ですが、「彼岸太郎、八専二郎《はっせんじろう》、土用三郎、寒四郎」と言い、春の彼岸の第一日、八専（壬子《みずのえね》の日から癸亥《みずのとい》までの十二日のうちの八日間）の第二日、夏の土用の第三日、寒の第四日――が晴天ですと、その年は豊年と言われるところから、彼岸の入りの晴天を願った言葉です。

春分《しゅんぶん》

中日《ちゅうにち》・時正《じしょう》

二十四節気《にじゅうしせっき》の一つですが、立春の日から数えて四十五日から十五日間、または最初の日のことで、彼岸の中日に当たります。太陽が春分点に達する日ですので、昼と夜の長さもほぼ等しくなります。昼夜等分の意で、時正という言葉も使われます。「暑さ寒さも彼岸まで」はよく言われることですが、この頃から気温も急に上昇し始め、吹く風も次第に快くなってきます。

社日《しゃにち》

社日《しゃじつ》・春社《しゅんしゃ》・社日様《しゃにちさま》・社日詣《しゃにちもうで》・社翁《しゃおう》の雨《あめ》・社燕《しゃえん》

「社」は、中国では土地の神の意ですから、土地の神を祀《まつ》って農事の無事を祈る日で、春と秋の二回行われ、それぞれ春社、秋社と呼び、単に社日と言えば春のものを指します。春は豊作の予祝の、秋は収穫への感謝の意を込めます。春分または秋分に最も近い戊《つちのえ》の日に行いますが、中国から伝わって後、土地土地の農神の祭りと習合していますが、大方は、春の社日は田の神が里に下りる日であり、秋の社日は田の神が帰って行く日と考えられています。燕が春に来、秋に去るので、この日を社燕と言いますし、中国ではこの日不思議と雨が降るので社翁の雨なる言葉も生まれました。また、社日の日に酒を飲むと聾《みみしい》が治るとも言われるので、治聾酒《じろうしゅ》と称してこの日に酒を飲みますが、左党にはいい口実になります。

炉塞《ろふさぎ》｜炉《ろ》の名残《なごり》

炉塞とは、もともとは茶道用語です。十月朔日《ついたち》、または十月中の亥《い》の日の「炉開《ろびらき》」に開いた炉を、三月末日塞ぐことを言っていました。この日には名残の茶会が開かれますが、これを「炉の名残」と呼んでいます。このならわしが、暖炉や囲炉裏《いろり》のような炉にも一般に使われるようになってきました。ただし、茶道人口の多い今日、「炉塞」は茶道だけの用語と強く主張する人たちもいます。ちなみに言えば、「炬燵《こたつ》塞《ふさ》ぐ」「囲炉裏塞ぐ」の季語もあるにはあります。

初蝶《はつちょう》

蝶といえば春の季語ですが、それをあえて初蝶と言ったところに初々《ういうい》しさが強調されます。日本人はこの「初」に対する思いを大切にしてきました。初午《はつうま》、初霞、初霜、初蟬といった具合いに、初めて出会うものに感動を寄せてきました。家人が「初蝶が来ましたよ」と告げます。高浜虚子《たかはまきょし》はそれを見ないまま、「何色だった？」と問いかけます。すると家人は「黄色でしたよ」と答えます。「初蝶来《はつちょうく》何色と問ふ黄と答ふ」の虚子の句の出自の一瞬です。専門家に言わせると、初蝶は大方白なのですが、仮に白だったら初蝶に似合いすぎて一句は成らなかったかもしれません。

鷽 うそ

鷽鳥《うそどり》・琴弾鳥《ことひきどり》・鷽《うそ》の琴《こと》・照鷽《てりうそ》・雨鷽《あまうそ》

鳥は鳴き声によって、いろいろな名辞をもらいますが、鷽はやや古風な琴弾鳥と名付けられました。その声に引きかえ、梅や桜の花の蕾《つぼみ》を食い荒らすので嫌われることもあります。胸に赤みのある雄を照鷽、全体が灰褐色の雌を雨鷽と呼ぶのは、雄が晴れを呼び、雌が雨を呼ぶところからきています。天満宮では毎年、鷽替《うそかえ》の神事が行われますが、禍事《まがごと》をうそ（虚言）にして吉事《きちじ》と鳥（取り）かえる、との説もありますが、定かではありません。嘘と鷽の音が同じだけでのことでしたら、鷽鳥には迷惑な話です。

春霖 しゅんりん

春霖雨《はるりんう》・春《はる》の長雨《ながあめ》

春も半ばを過ぎると、気圧配置が梅雨の頃に似てきて長雨の季節となります。霖雨は長雨のことで、秋の長雨の秋霖と比べると、春霖には明るい情感が伴います。折から芽吹きの頃、桜など春の花の盛り、やがて迎える夏——などのイメージを伴いますから語感は明るくなるのでしょう。謡曲の『隅田川』で知られる梅若の忌日（陰暦三月十五日）の梅若忌は、隅田川河畔の木《もく》母寺《ぼじ》で毎年四月十五日に修されますが、不思議とこの日には雨が降り、「梅若の涙雨」の季語（春）も生まれました。しかしこの日の降雨は不思議でも何でもなく、一番雨の降りやすい時節なのです。

春の土　はるのつち

土恋《つちこい》し・土現《つちあらわ》る・土匂《つちにお》う・土乾《つちかわ》く・土《つち》の春《はる》

南宋の詩人の范成大《はんせいだい》の詩「春日田園雑興《しゅんじつでんえんざつきょう》」の一節に「土膏《どこう》動かんと欲して雨頻《あめしき》りに催《うなが》し」がありますが、「土膏」とは土の中の養分のことで、春が近付くとうごめきだすと、中国では信じられています。また「土恋し」の季語は、比良暮雪《ひらぼせつ》の『北海道樺太新季題集《ほっかいどうからふとしんきだいしゅう》』に見られるもので、北国の春への思いが切々と込められています。「春泥」が市井的なのに対して、「春の土」は田園的、あるいは園芸的である、と言ったのは山本健吉氏です。

山椒の芽　さんしょうのめ

木《き》の芽《め》

まだ透き通ったような青い葉で作る木の芽田楽《でんがく》、木の芽和えはまさに春の香りです。福島県の会津地方では干した鰊《にしん》と山椒の嫩葉《わかば》を交互に重ね、醤油《しょうゆ》と酢、味醂《みりん》、酒で漬ける鰊漬けが名物料理で、これを漬ける会津の本郷焼の四角い鰊鉢がどの家庭にも備えられています。早春の山椒の木肌をはぎ、この皮を細かく刻んで、酒と醤油でじっくり煮込んだつくだ煮も春の味です。

「山椒喰《さんしょうくい》」の名の鳥も春の鳥です。飛びながら「ひりん、ひりん」と鳴くことからの連想です。

田楽《でんがく》

田楽豆腐《でんがくどうふ》・木《き》の芽《め》田楽《でんがく》・田楽焼《でんがくやき》・田楽刺《でんがくざし》

一口に田楽と言いますが、豆腐に味噌《みそ》を付けて火で焙《あぶ》る田楽豆腐と、魚に串を打ち味噌を塗って焼く、いわゆる〝魚田《ぎょでん》〟と言われる田楽焼に大別されます。豆腐を短冊に切って串を二本差して、山椒味噌《さんしょみそ》を付けて焼けば木の芽田楽ですが、いつの時代にもユーモアを解する人がいるもので、刀を二本差して歩く武士を揶揄《やゆ》して「田楽串」と言った時代もありました。一方、田楽焼の方は、山女《やまめ》や岩魚《いわな》といった魚に山椒味噌をかける魚田で知られていますが、これら魚の代わりに里芋や蒟蒻《こんにゃく》、茄子《なす》を使った田楽もまた懐かしいものです。

青饅《あおぬた》

饅とは味噌《みそ》の和え物のことで、沼田《ぬた》とも書いてこれは泥濘《でいねい》のことです。『万葉集』には醬酢《ひしおす》と出てきますが、これは酢味噌ですから、饅は随分昔から食膳に上っていたようです。それも青饅となると春の青野菜をふんだんに使ってこしらえます。菠薐草《ほうれんそう》でも大根の葉でも、手近にある青野菜と貝の剝身《むきみ》、筍《たけのこ》、烏賊《いか》など白い材料を合わせ、酢味噌または芥子《からし》酢味噌で和えるだけです。早春の土手などに生える胡葱《あさつき》と浅蜊《あさり》の剝身などを酢味噌で和えた胡葱膾《なます》も、青饅の領域と言えましょう。つんと鼻を突く酢の匂いと、見た目の青野菜から春の到来を感じます。

蒸鰈　むしがれい｜柳《やなぎ》むしがれい・やなぎむし

塩蒸しにして陰干しにしたものが蒸鰈で、「若狭には仏多くて蒸鰈」（森澄雄）のように、若狭湾で獲れたものが最高級品とされます。『和漢三才図会《わかんさんさいずえ》』でも、「若狭及び越前より出る大さ尺《しゃく》許《ばかり》」のものがよいとしています。「柳むしがれい」は漢字で書くと「柳虫鰈」で、「虫」と「蒸し」がややこしくなります。わが国最初の分類漢和辞書『倭名類聚鈔《わみょうるいじゅしょう》』には、鰈は加良衣比《からえひ》と表記されています。「から」は美称ですから、美味で鱏《えい》に似た魚という意味になりそうです。

鰆　さわら｜馬鮫魚《さわら》・狭腰《さごし》・さごち・いぬさわら

大阪でいう魚島時《うおじまどき》とは、陰暦の三月から四月にかけて、瀬戸内で獲れる鯛《たい》が、安くたくさん食べられる時期を言いますが、鰆もまたこの時期の鯛と双璧《そうへき》です。晩春に産卵のため岸に寄る魚は、刺し身、照り焼き、塩焼きのどれでも美味で、西京味噌に漬けたり、大阪では魚すきにもします。瀬戸内の漁師は、この鰆のことを「ストップと声をかけると死んでしまう」と言いますが、それほど弱いのです。とくに冬のものを寒鰆《かんざわら》と呼び珍重します。『和漢三才図会《わかんさんさいずえ》』には、「春月盛《はるづきさかん》に出づ、故に俗に鰆の字を用ふ。形狭く長し。故に狭腹《さはら》、狭腰《さごし》と称するか」と出てさますが、ここで言う狭腰は大阪での呼び名で、東京近辺はさらになまって「さごち」と呼んでいます。

鰊《にしん》

鯡《にしん》・青魚《にしん》・黄魚《にしん》・春告魚《にしん》・鰊《かど》・かどいわし・高麗鰯《こうらいいわし》・初鰊《はつにしん》・鰊群来《にしんくき》

かつて鰊漁に沸いた北海道は、この時期になると大変な賑わいを呈しました。鰊漁の季節労務者「やん衆」を大勢抱えた網元の羽振りはよく、立派な屋敷を構え、今でも北海道のあちこちに鰊御殿が残っています。礼文島《れぶんとう》のそれは、日本に数本しかなかった杉の一枚板で幅一間、長さ十数間の廊下をこしらえています。そんな様子が、春告魚や鰊群来の言葉にしのばれます。江差追分《えさしおいわけ》の元唄に「オショロ高島及びもないが、せめて歌棄《うたすつ》、磯谷《いそや》まで」と歌われたオショロ（忍路）、高島辺りの石狩湾が、鰊の世界三大漁場の一つでした。数の子は東北地方の方言「かど」の子の転です。福島県の会津地方では、干した鰊を出たばかりの山椒《さんしょう》の芽と漬けた鰊漬けが昔から作られています。この鰊漬けのため、会津の本郷焼の四角い鰊鉢がこの地方のどの家にもあります。

鰊曇《にしんぐもり》

鰊空《にしんぞら》

春告魚《にしん》とも書く鰊の漁のかつての最盛期には、主産卵場ともなる北海道沿岸が賑わいました。

その頃はまた曇り日が多いところから鰊曇と呼ばれましたが、この頃は発達した低気圧が通過するので、鰊漁船の海難も多く、かつての鰊漁場近くの海岸には、いくつもの海難碑が立っています。たまたま曇る日が多いだけのことですが、それが豊漁につながるとすれば、鰊雲は豊漁のしるしの瑞雲《ずいうん》だったのかもしれません。その点では、十二月から一月にかけての冬の雷を、鰤《ぶり》の豊漁の予兆として鰤起しと呼ぶ北陸の漁民の思いに通ずるところがあります。

飯蛸《いいだこ》

望潮魚《いいだこ》・高砂飯蛸《たかさごいいだこ》・いしだこ

その名の通り、腹に飯粒状の卵をたくさん持っています。『和漢三才図会《わかんさんさいずえ》』には「正・二月盛《さかん》に出づ。播州《ばんしゅう》（兵庫県）高砂の産は頭中の飯多し。摂泉《せっせん》の産は飯無き物相半す」と書いてあるところから、高砂飯蛸の名高いことが分かります。同書はさらに「季春に至り魚痩《や》せ飯無し」とも書いてあるので、古い歳時記の一部に飯蛸の季を「冬」としていることも得心できます。茹でて酢味噌で、また醤油と酒で炊いた桜煮も春ならではの味わいといえます。

椿《つばき》

山椿《やまつばき》・藪椿《やぶつばき》・山茶《つばき》・乙女椿《おとめつばき》・紅椿《べにつばき》・白椿《しろつばき》・雪椿《ゆきつばき》・玉椿《たまつばき》・唐椿《からつばき》・つらつら椿《つばき》・花椿《はなつばき》・落椿《おちつばき》・散椿《ちりつばき》・海石榴《つばき》

椿は日本人に最も愛される花の一つで、日本の花暦では二月の花とされています。日本に広く自生したので上代から人びとに観賞されてきましたが、庭木として花を咲かせるものの多くは江戸時代に作られました。さらに帰化植物としての椿も加えると、今ではその種類は八百種と言われています。もともと椿は霊木と見られていて、『豊後風土記《ぶんごふどき》』に出てくる、天皇が海石榴の椎《つち》を作って土蜘蛛《つちぐも》（神話伝説で、大和朝廷に服従しなかった辺境の民の蔑称《べっしょう》）を打った話も、椿の呪力を信じたものです。「椿」の字は、中国では喬木を指し、架空の長寿の木とされたので、わが国でも帝王の寿を願う意に用いてきました。ただし、山茶花《さざんか》と違って一輪のまま落花するので、打ち首を連想する武士の間では嫌われたようです。

胡葱 あさつき

浅葱《あさつき》・小葱《あさつき》・糸葱《いとねぎ》・千本分葱《せんぼんわけぎ》・せんぶき

野蒜《のびる》と同様、地下に鱗茎《りんけい》を付けますが、野生のものは、匂いも辛みも強く、酒の肴《さかな》には生のまま味噌を付けて食べるに限ります。また嫩《わか》い茎をお浸しにすると、独得の春の香りを感じます。浅葱の字も当てますが、これには、葱《ねぎ》の根深に対して根が浅いからとか、野蒜の蒜（昼）に対して朝（浅）と洒落たとの説までいろいろですが、どれも眉唾ものです。近世の頃江戸では、三月三日に「胡葱膾《あさつきなます》」を雛に供え、翌日これを食べて雛を片付ける風習がありましたが、胡葱と浅蜊《あさり》の剝身《むきみ》などを酢味噌で和える胡葱膾は、日本人が一番好みそうな食べ物です。

韮　にら　かみら・みら・ふたもじ

若者の好物・餃子《ぎょうざ》に欠かせないのが韮ですが、近頃は酢味噌《すみそ》和えや卵とじ、炒《いた》め物、鍋物、雑炊にと広く使われる食材です。中国では三千年の歴史があり、中でも周族の祭事には羊とともに韮が供えられたと言います。中国では「韭」と書き、呉音でも漢音でも現代中国語の発音でも「久」と同じですから「幾久しく」の思いが重ねられたのでしょう。『古事記』では加美良《かみら》、『日本書紀』でも計美良《かみら》と綴られ、匂いを強調した「香みら」の意味になります。「ふたもじ」は女房詞《ことば》です。

屋根替　やねがえ　葺替《ふきかえ》・屋根葺《やねふ》く

かつては民家の屋根の大方は茅葺《かやぶ》きか藁葺《わらぶ》きでした。多少の不便はありますが、冬暖かく、夏涼しい利点もあり、素材の茅や藁の入手も簡単でしたから、長い間続きました。ただ葺替の作業が大変ですから村人総出で行うことが多く、村々に必ずあった屋根屋という職業が独立したのは随分と後のことです。総替えでなく、挿茅《さしがや》のように、一部傷んだ個所に茅を補給することもありましたし、屋根の上に金属の鞘《さや》をかけて雨風を防ぐ工法もとられました。屋根替は秋の収穫期を終えてからも行われましたが、春耕の始まる前の農閑期が多いので、春の季語に定着しています。

陽炎｜かげろう｜糸遊《いとゆう》・遊糸《ゆうし》・野馬《やば》・かぎろい

春の日差しに暖められて地面から立ちのぼる水蒸気によって光が屈折し、遠景が揺らめいて見える現象で、日差しの強くなる春にとくに現れるので春の季語としています。その自然の現象を、一種の比喩《ひゆ》として取り込む知恵もまた日本人特有のものです。蜻蛉《かげろう》はとんぼの古称ですが、透く羽の様子からこう呼ばれますし、薄羽《うすば》蜉蝣《かげろう》、草蜉蝣《くさかげろう》などの昆虫も、羽の透明さと、はかない命を陽炎になぞらえた命名です。また、「蜻蛉の」と言えば、「あるかなきか」や「それかあらぬか」「ほのか」「ほのめく」といった輪郭の定かでないものに掛かる枕詞《まくらことば》です。野馬も陽炎のことですが、この表記で「かげろう」「のべのうま」と読ませる文献もあります。

春興｜しゅんきょう｜春《はる》の興《きょう》・春愉《はるたの》し・春嬉《しゅんき》・春遊《しゅんゆう》

春のおもしろさや興趣万般を指す言葉で、使い方も自在なところがあります。要するに春の到来を喜び、春のさなかにいることを興がれば、この言葉の目的を満たすことになります。もともとは俳諧用語で、新年に行った句会の結果を刷り物にして知友に配るその刷り物のことをこう呼んでいました。刷り物には、発句《ほっく》または三物《みつもの》（俳諧の発句、脇句、第三句）に彩画を添えたりしましたが、この習慣は、正岡子規の時代まで存在したといわれます。「春興御すり物、甚だ感心仕候」は、蕪村の手紙に書かれた一節です。

踏青 とうせい　青《あお》き踏《ふ》む・青《あお》きを踏《ふ》む・踏草《とうそう》

もともと中国にあった風習が日本に伝えられたもので、春先に野に出て青い草を踏んで遊ぶことです。野遊《のあそび》や磯遊《いそあそび》とも似ていますが、踏青には、素足の蹠《あなうら》でじかに春を感じる趣があります。正月の初めの子《ね》の日に、野に出て小松《こまつ》を取り、歌の宴を張る小松引《こまつひき》は、子《ね》の日《ひ》の遊《あそび》とも呼ばれていますが、この遊びにも似た風習といえます。

野遊 のあそび　山遊《やまあそび》・野《の》がけ・春遊《はるあそび》・ピクニック

今の時代では信じられないことですが、かつては、家にいて仕事をしてはいけない特定の日があって、戸外に出ないと禍事《まがごと》が起きると信じられていました。つまり物忌《ものい》みの日で、この日は村人がこぞって、野や山に出かけました。これが野遊や山遊で、後には行楽的な遊山《ゆさん》やピクニックに変わっていきます。

嫁菜 よめな　莵芽木《うはぎ》・薺蒿《おはぎ》・野菊《のぎく》・嫁萩《よめがはぎ》

摘草《つみくさ》の対象としてつとに知られていますが、どちらかというと、四国や九州に多く、関東地方には少ないのが特徴です。茹でて炒り胡麻を添えるお浸しも一般的ですが、薄い塩味で仕上げる嫁菜《よめな》飯《めし》は、菜飯の代表格とも言えます。嫁菜の名は、婿菜《むこな》と呼ばれる白山菊《しらやまぎく》の対語と考えられ、女郎花《おみなえし》と男郎花《おとこえし》の関係と同じです。ちなみに、白山菊の嫩葉《わかば》もやはり食べられます。古名は、あまり聞いたことのない莵芽木、薺蒿と呼びますが、嫁萩を「鶏児腸草」と、およそ似つかわしくない文字を連ねて「よめがはぎ」と読ませてもいます。

母子草　ははこぐさ　鼠麴草《ほうこぐさ》・御形《ごぎょう》・御形蓬《ごぎょうよもぎ》・おぎょう

春になるとどこにでも生えてくる草で、春の七草に数えられる御形のことです。『文徳実録《もんとくじつろく》』には餅《もち》につき込んだとあります。「三月三日婦女これを採《と》って蒸《む》し擣《つ》いて以て餅となす、伝へて歳事となる」と書いていますから、かつては雛祭にはこれを用いていたようです。漢名の鼠麴草は、全体に白い毛の密生する様子からの命名と言われています。同じ菊科に父子《ちちこ》草《ぐさ》もありますが、母子草に比べて知名度が低いのは、母の日のついでに父の日を設けたようなものかもしれません。

土筆　つくし　つくづくし・つくしんぼ・筆《ふで》の花《はな》・土筆野《つくしの》・土筆摘《つくしつ》む・土筆和《つくしあえ》・土筆飯《つくしめし》

「土筆だれの子杉菜の子……」などと歌にもうたわれた土筆ですが、正式には「つくづくし」と言います。袴《はかま》を取って湯で灰汁《あく》抜きしてから和え物、煮物、浸し物にしますが、季節感は土筆飯に限ります。「筆の花」も言い得て妙ですが、『夫木和歌抄《ふぼくわかしよう》』には、「さほひめの筆かとぞみるつくぐくし雪かきわくる春のけしきは」と、春を司る女神・佐保姫《さおひめ》の筆と見立てた歌も残っています。

蕨 わらび

岩根草《いわねぐさ》・山根草《やまねぐさ》・蕨手《わらびて》・蕨飯《わらびめし》・蕨汁《わらびじる》・干蕨《ほしわらび》・初蕨《はつわらび》・蕨長《わらびた》く

芽が出ると、赤子の手のようになるので蕨手とも言われますが、葉になる前のこの頃を食べます。干したり塩漬けにもしますが、採りたての方が風味も優れています。束のまま桶の中に逆さに入れ、藁《わら》の灰を根元に振り、蕨が浸るくらいの熱湯を注ぎ、微温になった頃清水に晒《さら》すと灰汁《あく》は抜けます。茹でる時に堅炭《かたずみ》を入れて灰汁を抜き軟らかくする方法も昔からあります。根からは蕨粉《わらびこ》がとれ、これを練って蒸したものに黄粉《きなこ》をまぶせば、春の味覚の蕨餅になります。蕨粉からは粘着力の強い蕨糊《わらびのり》ができ、これを柿渋で溶いて傘や提灯などを張る糊にしていました。蕨糊をとった後の繊維は丈夫なので、土木作業に使う蕨縄《わらびなわ》を作るなど、蕨は不思議なほど用途の多い植物です。

薇《ぜんまい》

狗背《ぜんまい》・紫萁《ぜんまい》・干薇《ほしぜんまい》

嫩《わか》い芽が丸く渦巻くところから銭巻《ぜにまき》と呼ばれたのが語源です。もともと山村の備蓄食品でしたから、ほとんどが乾燥して使われてきました。今でも山村では庭先に広げて干し、こまめに手で揉んでいる光景を見かけますが、蕨《わらび》より値段が数段高いところから、農家の格好の収入源になっています。灰汁《あく》を加えた熱湯に浸してから、水を替えては洗い上げ、適当な大きさに切って油揚げなどと煮て食べるのが一般的です。昔から歯の薬になるとか、常食すれば神経痛や脚《かっ》気《け》に効くとも言われ珍重されてきました。

菫《すみれ》

紫花地丁《すみれ》・菫草《すみれぐさ》・花菫《はなすみれ》・菫野《すみれの》・菫摘《すみれつ》む・壺《つぼ》すみれ・姫《ひめ》すみれ・茜《あかね》すみれ・岡《おか》すみれ・山《やま》すみれ・野路《のじ》すみれ・雛《ひな》すみれ・藤《ふじ》すみれ・桜《さくら》すみれ・小《こ》すみれ・叡山《えいざん》すみれ・相撲取草《すもうとりぐさ》・相撲草《すもうぐさ》・相撲花《すもうばな》・一夜《ひとよ》草《ぐさ》・一葉《ひとは》草《ぐさ》・ふたば草《ぐさ》

茎のない種類とある種類に大別されますが、日本で百種、世界では四百種と言われるほど、種類の多い植物です。可憐《かれん》な名のわりに語源はクラシックで、大工さんや石屋さんの使う墨入れ（墨壺《すみつぼ》）に花が似ているからと言いますが、その墨入れも墨壺も今や死語に近い言葉かもしれません。星や菫に託して恋を歌った「星菫派《せいきんは》」は、浪漫派《ロマンは》詩人たちの一派で、雑誌「明星《みょうじょう》」によった与謝野鉄幹・晶子を中心にした人びとでしたが、この「星菫派」の名もそろそろ死語になりそうです。子どもがこの花を引っかけ合って遊ぶところから、相撲取草、相撲草、相撲花とも呼ばれます。

蒲公英　たんぽぽ

鼓草《つづみぐさ》・藤菜《ふじな》・たんぽ・たな・蒲公英《たんぽぽ》の絮《わた》

春の野の代表的な花ですが、地域によって、関東たんぽぽ、関西たんぽぽ、えぞたんぽぽと少しずつ違っています。しかし、ヨーロッパから帰化した繁殖力の強い西洋たんぽぽに、今や日本中席巻《せっけん》されてしまいました。別名の鼓草は花の輪郭が鼓面に似通っているところからの命名ですが、「たんぽぽ」の発音も、鼓を打つ擬音に似た不思議な響きがあります。「たんぽぽ」は遠州（静岡）地方では通草《あけび》のことを指し、香川県の小豆島《しょうど》では曼珠沙華のことだったりします。

紫雲英　げんげ

翹揺《げんげ》・げんげ・げんげん・げんげんばな・五形花《げげばな》・蓮華《れんげ》草《そう》・砕米薺《れんげばな》・紫雲英《げんげ》田《だ》・げんげ摘《つ》む

稲の収穫後の田に蒔《ま》き、翌春すき込んで緑肥にしますが、すき込む前の一面の紫雲英田は、日本の農村地帯の典型的な風景でした。見渡す限りの花野は、「紫雲」の文字にふさわしい景色です。蓮華《れんげ》（蓮の花）に似ているところから蓮華草とも言い、一般には「げんげ」より「れんげ」の言い方の方が多いようです。『大和本草《やまとほんぞう》』にも、「砕米薺　京畿の小児これをれんげばなと云《いう》」とありますから、「れんげ」の呼び方は随分昔からあったことが分かります。

薺の花《なずなのはな》　花薺《はななずな》・ぺんぺん草《ぐさ》・三味線草《しゃみせんぐさ》

春の七草の一つに数えられていますが、一般にはぺんぺん草の方が通りのよい名前です。花はすぐ小さな実となり、その形は三角で三味線の撥《ばち》に似ているところからまず三味線草となり、その音感の連想からぺんぺん草に落ちつきました。「ぺんぺん草が生える」は家などが荒れはてる形容、「ぺんぺん草を生やす」は相手を威嚇《いかく》する啖呵《たんか》、どちらも不名誉な譬《たと》えです。

虎杖《いたどり》　さいたずま

虎杖の花は夏に咲きますが、早春の頃、細い筍《たけのこ》の形をした茎が現れ、これを食べるので春の季語となっています。山村では樽《たる》に塩漬けにし、食べる際塩抜きして利用しました。葉は天麩羅《てんぷら》にもしますが、戦時中の煙草の配給時代には、陰干しにして刻み煙草の代用品になりました。何ともいかめしい「虎杖」の文字をもらいましたが、「虎」は若芽の茎の斑《ふ》が虎のそれに似ているからです。「杖」は中国では茎のことですから合点がいきます。

茅花 つばな

針茅《つばな》・あさぢがはな・ちばな・茅花野《つばなの》・茅萱《ちがや》の花《はな》

茅花の花穂をつまんで噛《か》むと甘いので、子どもたちは皆そうしたものです。花だけでなく地下茎も甘いので甘根《あまね》と呼ばれます。江戸時代には、茅花売りが登場し、それが少女ですから、川柳にも「つばなうりよく〳〵見れば女の子」(『柳多留《やなぎだる》』)と詠まれ、「色気なく田舎くさい」代表とされました。茅萱《ちがや》の古名を「茅《ち》」と言い、その花の「ちばな」が訛《なま》って「つばな」になったと言われます。

春蘭 しゅんらん

ほくり・ほくろ・えくり・はくり

山野の日当たりのよいところに自生しますが、観賞用として庭にも植えます。本来は、春蘭とは中国種のことで、日本のものは「ほくり」と呼んでいるようです。東洋では昔から、秋菊と並んで優劣をつけがたいものの譬《たと》えとして使われてきました。その辺の事情は、江戸後期の文人画家・田能村竹田《たのむらちくでん》の随筆『山中人饒舌《さんちゅうじんじょうぜつ》』も、「春蘭秋菊各々宜《よろ》しき所有り。以て一世に馥郁《ふくいく》たり」と絶賛します。「馥郁たり」は単に匂いを言ったのではなく、風情の持つ格を言ったのでしょう。春蘭には方言が多く、雌しべと雄しべの形から連想する「じじばば（爺婆）」は、福島、新潟、長野、群馬、千葉などで呼びならわされていました。

四月

卯月　うづき
卯の花月　うのはなづき
花残月　はなのこりづき
夏初月　なつはづき
植月　うえづき
清和月　せいわづき

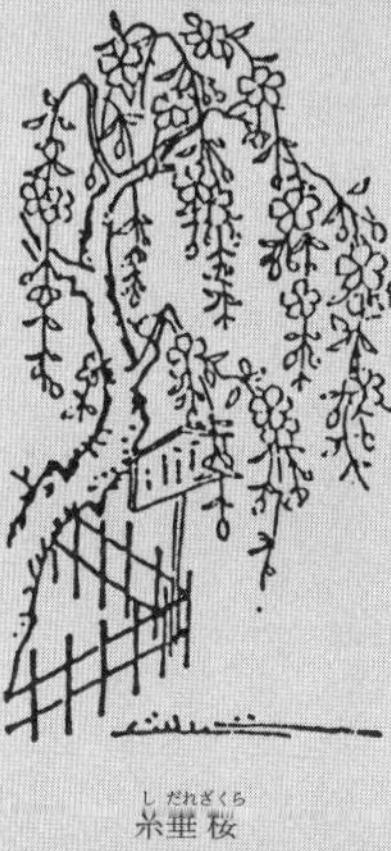

糸垂桜《しだれざくら》

卯月《うづき》は陰暦で四月のことですから、今の陽暦に直すと五月に相当します。日差しが強くなり、花を終えた桜も若葉を茂らせ、少々汗ばむ陽気です。ちょうど卯の花の咲く季節ですから卯《う》の花月《はなづき》とか、単に卯月《うづき》と呼ばれます。卯の花の咲く頃は、そろそろ梅雨にかかりますので、卯月曇《うづきぐもり》とか卯《う》の花曇《はなぐもり》の天候が続き、長雨が多くなります。ちょうど盛りの卯の花を、この長雨が腐らせるようなところから、この雨を卯《う》の花腐《はなくた》しとも呼んでいます。大阪の住吉神社《すみよしじんじゃ》では卯《う》の葉《は》の神事《しんじ》が執り行われ、静岡の白津《しらつ》神社《じんじゃ》では卯《う》の花祭《はなまつり》が開かれるなど、卯の花一色に埋まる月だったのです。田植えの季節でもありますから植月《うえづき》、これが訛《なま》って「うづき」になったとする説も説得力があります。桜は陰暦で言えば弥生《やよい》の花ですが、山の高みや春の訪れの遅い地方には残っていたのでしょう、花残月《はなのこりづき》の異名もあります。桜は梅とともに一番待たれた春の花ですから、散った後もその余韻に浸ります。ですから月が改まって咲き残っている桜には余花《よか》の命名をしましたし、春の末の桜には残花、名残の花と言いながら別れを惜しみます。花残月もそんな思いに支えられた呼び名と言えます。

日永 ひなが　永日《えいじつ》・永《なが》き日《ひ》・日《ひ》永《なが》し

「冬至から畳の目一目ずつ日が延びる」は言い古された諺《ことわざ》ですが、昼夜の永さが同じ春分を過ぎると日永の思いは一層強まります。例えば陽暦に置きかえた二十四節気《にじゅうしせっき》の春分の昼の永さは十二時間八分ですが、約一か月後の四月二十一日の穀雨《こくう》には一時間八分、立夏の五月五日には一時間三十八分も昼が永くなります。日が短くなると気も急きますが、逆に永くなると心もゆったりしてきます。日永とは時間に置きかえて自然を把握させる見事な季語と言えます。短夜《みじかよ》（夏）や、夜長《よなが》（秋）、短日《たんじつ》（冬）などにも、同じ意味が込められています。

清明 せいめい　清明節《せいめいせつ》

二十四節気《にじゅうしせっき》の一つで、陽暦の四月五日頃に当たります。清明は、清浄明潔《せいじょうめいけつ》の略で、この時節になると草花も咲き始め、小鳥たちもにぎやかにさえずりだすような、万物が清明になると考えられていました。四季の変わり目には火を改めることを先人はしてきましたが、中国の唐・宋の時代には、この日の清明節で、楊柳《ようりゅう》（柳）の木で火種を作り、新火として百官（もろもろの役人）に配る制度があったようです。また、この日に踏青《とうせい》をする風習があり、日本にも伝えられましたが、野遊《のあそび》程度に考えられた踏青も、中国では、もっと深い信仰的意味合いがあったようです。

四月馬鹿《しがつばか》｜万愚節《まんぐせつ》・エイプリルフール

西欧では四月一日を「四月馬鹿の日」（April Fools' Day）、または「万愚節」（All Fools' Day）と呼んで、この日の午前中は、社会の安寧秩序を乱さない限り、他人を担いだり、いたずらをしてもよいとされ、だまされた人を四月馬鹿と呼びました。「万愚節」は、十一月一日の諸聖人の祝日「万聖節《ばんせいせつ》」（All Saints' Day）に対する称で、キリストがユダヤ人に愚弄《ぐろう》されたことを忘れないための日とか、キリストの命日とか言われています。

遍路《へんろ》｜遍路宿《へんろやど》・善根宿《ぜんこんやど》・遍路道《へんろみち》・遍路笠《へんろがさ》・遍路杖《へんろづえ》・四国巡《しこくめぐ》り・一国巡《いっこくめぐ》り・島四国《しましこく》

遍路は四国遍路の略で、江戸期に入ってからは今のように庶民も辿《たど》ることができますが、それ以前はもっぱら聖《ひじり》や山伏の修行のコースでした。八十八の弘法大師ゆかりの札所は阿波に二十三か寺、土佐に十六か寺、伊予に二十六か寺、讃岐に二十三か寺で、道のり三百里は四十日を要す難コースです。そのいでたちも、金剛杖に、同行二人《どうぎょうににん》と書いた菅笠《すげがさ》、白衣の背には南無大《なむだい》師遍照金剛《しへんじょうこんごう》と書き、手甲《てっこう》、脚絆《きゃはん》に笈摺《おいずり》を着る……が正式ですが、今は略式が多くなっています。その人たちの列が菜の花の向こうに見える頃が、四国の春の真っ盛りの季節です。行き暮れた遍路を無料で泊めてくれる善根宿があったり、遍路に湯茶が振る舞われる摂待《せったい》と、四国の春はまたさまざまな人間の交流の場ともなります。

春の虹　はるのにじ｜初虹《はつにじ》

虹は夏に多く見かけるところから夏の季語になっていますが、春も半ばを過ぎるとよく見かけるのが春の虹です。清明《せいめい》（陽暦の四月五日頃）の三候（七十二候《しちじゆうにこう》の一つ）に「虹始見」（虹始《にじはじ》めて見ゆ）とあるように「始（初）めて」見た感動を古人は大切にしてきました。また、虹に吉凶を見た古人も多く、「三月、虹を見れば米の価魚《あたいうお》の価より高し」、つまり米は不作で魚は大漁だという諺《ことわざ》もあります。さらに、平安から鎌倉時代にかけては、虹の立つところに市を立てる民間習俗のあったことを物の本は伝えています。夏の虹に比べ、春の虹は、すぐに消える淡々したイメージです。

佐保姫　さおひめ｜佐保神《さおがみ》

中国の五行説《ごぎようせつ》では、四方を四時《しいじ》（四季）に配すると、春は東に当たります。その春を司る造化《ぞうか》の女神が佐保姫で、秋を司る女神「竜田姫《たったひめ》」と対語になっています。奈良の東には佐保山があり、その裾を佐保川が流れ、古くから歌枕として詠まれてきました。歌謡集『梁塵秘抄《りようじんひしよう》』には「春の初の歌枕、霞たなびく、吉野山、鶯《うぐいす》、佐保姫、翁草《おきなぐさ》、花を見すてて帰る雁《かり》」とあり、代表的な春の歌題としてきました。古くは霞と組み合わせ、「佐保姫の裳裾《もすそ》」などと使われてきましたが、俳諧となると、一茶の「佐保姫の尿《ばり》やこぼして咲く菫《すみれ》」のように卑猥《ひわい》にとらえたものも見られます。与謝野晶子には『佐保姫』の題の歌集もあります。

桃の花　もものはな
三千世草《みちよぐさ》・三千歳草《みちとせぐさ》・白桃《しらもも》・緋桃《ひもも》・桃見《ももみ》・桃《もも》の村《むら》・桃咲《ももさ》く

古く中国から渡来した植物ですから、桃にまつわる故事は数多くあります。能の演目の神物《かみもの》の一つ『西王母《せいおうぼ》』は、西王母が周の穆王《ぼくおう》に桃の実を贈った中国の故事を題材にしています。この西王母の仙桃《せんとう》は、三千年に一度実を付けるというところから、三千年《みちとせ》や三千歳《みちとせ》の言葉は、「三千歳の桃」の略語として使われてきましたし、三千世草・三千歳草の季語も生まれました。中国では、桃が邪気を払うという信仰がありますが、わが国の上巳《じょうし》（桃の節供）に桃の花を飾り桃酒を飲む風習も、追儺《ついな》の折に桃の木で作った弓で鬼を射るならわしも、みなこれに由来しています。

沈丁花　じんちょうげ
丁子《ちょうじ》・沈香《じんこう》・瑞香《ずいこう》・芸香《うんこう》・ちょうじぐさ

花の香りが沈香に似ていて、花の形が丁子そっくりであるところから、両者の頭文字を頂戴しました。秋の木犀《もくせい》とともに、花が咲き始めると香りが辺りに四散し、この木の存在が確認できます。香りが強いゆえに、その匂いが諸病の毒だとされ、『立花秘伝書《りつかひでんしょ》』では嫌われ、茶花としては禁止される始末です。とはいうものの、中国の宋の張景修《ちょうけいしゅう》が、画題として、十二の名花を十二種の客になぞらえた「名花十二客《めいかじゅうにかく》」の中では、沈丁花が瑞香（漢名）の名で「佳客《かかく》」と扱われていますから、茶花禁止のうっぷんを晴らしたことになります。

辛夷　こぶし

木筆《こぶし》・山木蘭《やまもくれん》・幣辛夷《しでこぶし》・こぶしはじかみ・やまあららぎ・田打桜《たうちざくら》

蕾《つぼみ》が赤子の握り拳《こぶし》に似ているところから「こぶし」の名が付きました。古名の「こぶしはじかみ」は、実が山椒《はじかみ》のように辛いのを由来としています。もう一つの古名「やまあららぎ」は「山蘭」と書いて、そう読ませていますが、『和名鈔《わみょうしょう》』には「夜万阿良々岐《やまあららぎ》」と、思わせぶりの真仮名《まがな》でも書かれています。この花の咲く頃を目安に春耕を始めるところから田打桜の呼び名もあります。

木蓮　もくれん

木蘭《もくれん》・紫木蓮《しもくれん》・白木蓮《はくもくれん》・はくれん・玉蘭《ぎょくらん》・更紗木蓮《さらさもくれん》・烏木蓮《からすもくれん》

紫と白の花に大別されますが、とくに紫の濃い花を烏木蓮と呼び分けています。単に木蓮と書いた場合は、紫木蓮を想像することに、俳句作りの間ではなっています。貝原益軒の著した『大和本草《やまとほんぞう》』では「紫を木蓮と云、花色あしゝ。白を白木蓮と云、白花を好とす」と、白花の良さに軍配を上げています。原産は中国ですが、漢名で木蘭と書くと紫木蓮のことで、玉蘭と書く白木蓮とは区別されています。また、これとは別に、桑科の犬枇杷《いぬびわ》と、葵《あおい》科の木芙蓉《もくふよう》の異名も「木蓮」ですから、誤解のもとになりそうです。

柳《やなぎ》

枝垂柳《しだれやなぎ》・川柳《かわやなぎ》・糸柳《いとやなぎ》・青柳《あおやぎ》・楊柳《ようりゅう》・川端柳《かわばたやなぎ》・柳《やなぎ》の糸《いと》・遠柳《とおやなぎ》・柳影《やなぎかげ》

柳を大別すると、枝垂柳と、楊柳と呼んで上向きに伸びる川柳に分けられますが、春の新芽の頃から若葉の枝垂柳は、ことに日本人の好みに適った風情と言えます。蘇東坡《そとうば》の「柳は緑、花は紅」も日本人の好きな言葉の一つです。この柳は、材としても古くから使われていたらしく、福井県の鳥浜貝塚から見つかった縄文前期の石斧《せきふ》の柄も柳でした。ですから簗木《やなぎ》に由来し、漁労用具としても重要だったようです。古代の中国では魔除けや蠍《さそり》除けに使った記録も残っています。

春暁《しゅんぎょう》

春《はる》の暁《あかつき》・春曙《はるあけぼの》・春《はる》の曙《あけぼの》

あまりにも有名な『枕草子』の一節、「春は曙。やうやう白くなりゆく山ぎは、少しあかりて、紫だちたる雲の細くたなびきたる」によって、「春の曙」は、「秋《あき》の夕《ゆうべ》」とともに歌題として定着してきました。厳密にいうと、かつては明け方も何段階かに分けていました。まず、暁ですが、これは明時《あかとき》の転で、夜を三つに分けた宵、夜中に続く時刻のことで、夜が明けようとする、まだ暗い時刻を指していました。次にやってくる時刻が東雲《しののめ》（または篠《しの》の目《め》）で、うっすら明るくなる頃です。「春は曙」の曙はこの後の時刻で、東の空が明るみ始める頃です。曙と同じ頃をいう朝ぼらけは、主に秋や冬に使う言葉です。とはいうものの、現代ではこれほど厳密に使われてはいません。

朧《おぼろ》

朧夜《おぼろよ》・草朧《くさおぼろ》・谷朧《たにおぼろ》・燈朧《ひおぼろ》・鐘朧《かねおぼろ》・庭朧《にわおぼろ》・海朧《うみおぼろ》・朧《おぼろ》めく

太陽や月の周りを巻層雲や高層雲の薄い雲が覆うと、ぼんやりした輪ができ、これを暈《かさ》と呼んでいます。この暈が月にかかると朧月となりますが、朧はもう少し広義に使われ、春の夜のもうろうと見えるものすべてを取り込み、鐘の音にさえ朧の定義をはめています。秋のドライに対して春のウェットという思いの代表でもある朧は、自然のみならず私たちの日常生活のほとんどを支配する情感でもあります。言ってみれば、春の季節を理解するキーワードでもあるわけです。

亀鳴く《かめなく》

亀《かめ》の看経《かんきん》

鳴き声を出す動物には、必ず発声器か共鳴器がありますが、亀には声帯も鳴管もありませんから鳴かないはずなのに、人びとは昔から亀が鳴くと信じてきました。おまけに、その声がお経を唱えているように聞こえたのでしょうか、「亀の看経」などという位の高い名前ももらいました。藤原為家《ふじわらのためいえ》までが「川越のをちの田中の夕闇に何ぞときけば亀の鳴くなり」（『夫木《ふぼく》和歌抄《わかしよう》』）と詠んでいます。元来、亀はめでたい動物とされ、年号にも霊亀《れいき》に神亀《じんき》、宝亀《ほうき》と使われたくらいですから、大事にされたに違いありません。その声を聞き届けようとしたのでしょうか。

蝌蚪《かと》

お玉杓子《たまじやくし》・蛙《かわず》の子《こ》・数珠子《じゆずこ》・かえるご・蛙生《かえるうま》る

蛙は春、池や沼、田などに寒天質の紐《ひも》状の卵を産みますが、これが数珠子です。十日ほどするとこれが孵《かえ》り蝌蚪になります。中国の古代の文字に科斗（蝌蚪）文字があり、木や竹の先に漆《うるし》を付けて竹簡に書き付けました。漆の粘りにより点や画《かく》の頭が太く、先が細くなりました。その形が蛙の子に似ているところからこの名前をもらいました。

桜《さくら》

花《はな》・染井吉野《そめいよしの》・深山桜《みやまざくら》・大山桜《おおやまざくら》・大島桜《おおしまざくら》・牡丹桜《ぼたんざくら》・里桜《さとざくら》・丁字桜《ちようじざくら》・豆桜《まめざくら》・富士桜《ふじざくら》・金剛桜《こんごうざくら》・左近《さこん》の桜《さくら》・雲珠桜《うずざくら》・楊貴妃桜《ようきひざくら》・朝桜《あさざくら》・夕桜《ゆうざくら》・夜桜《よざくら》・桜月夜《さくらづきよ》・嶺桜《みねざくら》・庭桜《にわざくら》・若桜《わかざくら》・姥桜《うばざくら》・桜《さくら》の園《その》

一口に桜と言いますが、植物学上の特定の桜はなく、何々桜の総称をこう呼んでいて、自生と栽培の品種を合わせると数百種になると言われています。現在の花見の対象となる桜のほとんどは染井吉野ですが、この花は、明治の初年に東京の染井の植木屋から全国に広まった種類です。それ以前の桜の表記は、山桜や彼岸桜、里桜などのことになります。桜が登場する最も古い歌は『日本書紀』の「花ぐはし佐区羅《さくら》の愛《め》でこと愛でば早くは愛でず」でしたが、『万葉集』の頃は桜より梅の方が好まれ、「花といえば桜」の言い方は平安中期以降になってからです。この時代には、貴族たちが盛んに観桜の宴を開き、桜狩や花見のならわしもこの頃生まれたものです。

花守　はなもり　桜守《さくらもり》・花《はな》の主《ぬし》・花《はな》のあるじ

桜の花の盛りを演出する黒子《くろこ》が花守です。またの名を桜守とも言い、一年間手塩にかけながら、それでいて主役になれない人びとです。風流人ですから謡曲にもよく「花守とや申さん」と出てきます。謡曲『田村』でも、「これは地主権現《じしゅごんげん》に仕へ申す者なり。いつも花のころは木蔭を清め候ふほどに、花守とや申さん、また御奴《みやつこ》とや申すべき」と紹介されますが、御奴ですから、身分は随分低かったようです。桜の名所の花時に、地下足袋姿の花守を見かけますが、頭を下げたくなります。

花盗人　はなぬすびと

桜の枝を盗もうとした男が、和歌を作って許され、酒まで振る舞われるのは狂言の『花盗人』の筋書きですが、昔から日本には、桜に限らず花盗人は風流とされ、許される風潮がありました。美しいものに対して心ない行いをすることの譬《たと》えに「花を見て枝を手折《たお》る」もあり、風流とばかりは言っていられません。

花筏 はないかだ

今はもうあまり見かけなくなった筏の川下りですが、その筏に桜の花が散りかかる様子を花筏と言っていました。水面に散って吹き寄せられた桜の花びらが、さながら筏流しに似ているところから、こちらも花筏と呼ばれます。むしろ後者が人気季語で、さまざまに変わる姿を十分に楽しめます。紋所にも花筏の名がありますが、こちらは、川を下る筏に花の散りかかる様子を文様にしていますから前者です。

桜鯛 さくらだい

花見鯛《はなみだい》・乗込鯛《のっこみだい》・姿見の鯛《すがたみのたい》・烏賊鯛《いかだい》

学名で桜鯛を名乗る鯛もあるにはありますが、歳時記で言う桜鯛は、外海から産卵のため瀬戸内に入ってくる、婚姻色の赤みを帯びた真鯛のことを言うのが普通です。折から四月の半ば頃、やや盛りは過ぎても桜の花の頃ですから、この桜鯛の到来は一層待たれます。味覚から言えば鯛の旬は身の締まった厳冬期なのですが、その姿の美しさを賞《め》でるのもまた日本の文化です。外海から瀬戸内の陸地近くに集まった魚は、さながら魚の島の様相を呈すので「魚島《うおじま》」とも呼ばれますが、その主役が桜鯛なのです。冬籠りの深場から浅いところへ移動することを乗っ込みと言いますが、鯛にも乗込鯛の名があり、東京湾口から三浦半島の鴨居《かもい》沖に乗っ込む鯛を姿見の鯛と呼び、その辺で獲れ始める小烏賊《こいか》を餌に鯛が釣れるので、烏賊鯛の言われ方もします。

汐干狩《しおひがり》

汐干《しおひ》・汐干潟《しおひがた》・汐干船《しおひぶね》・汐干貝《しおひがい》・汐干籠《しおひかご》

彼岸の頃の大潮は彼岸潮とも言われ、一年中で干満の差が一番大きいため、干潮時には海浜が遠くまで干上がり、汐干狩には好都合となります。浅蜊《あさり》や蛤《はまぐり》、馬刀貝《まてがい》などが素手で採れるため、格好の磯遊びとなります。東京の品川沖や芝浦沖、京阪の住吉の浜、堺の浦などが、かつての汐干狩の名所でした。潮の干満を潮汐と呼び、古くは満ちて来る潮を「潮」に、返る潮を「汐」としていますから、「潮干狩」より「汐干狩」の方が正しいようです。

蛤《はまぐり》

浜栗《はまぐり》・蛤鍋《はまなべ》・蒸蛤《むしはまぐり》・焼蛤《やきはまぐり》

蛤も栄螺《さざえ》と同様、陰暦三月三日の雛祭《ひなまつり》には欠かせない素材でした。その頃がちょうど大潮の汐干の時期だったことと、本来毒のない蛤も、産卵期に中毒の多い浅蜊《あさり》と一緒に、仲秋の八月十五夜まで、雛祭を最後に食い納めにしていた説など諸説紛々《ふんぷん》です。少々消化はよくないと言われながら、「肺を潤し、胃を開き、腎を増し、酒を醒《さ》ます」（『本草綱目《ほんぞうこうもく》』）とあるように、日本では貝塚時代から好んで食べられました。「蜃《しん》」という字は大蛤《おおはまぐり》のことで、その蜃が吐く気が富山湾などで見られる蜃気楼《しんきろう》（または蜃楼《かいやぐら》）だと古人は信じてきました。どういうわけか蛤には、こういった荒唐無稽な発想が伴います。「漁父の利」と同根の「鷸蚌《いっぽう》の争《あらそ》い」も、鷸（しぎ）と蚌（はまぐり）が争っている間に両方漁師につかまる故事から来ています。

浅蜊　あさり

浅蜊《あさり》取《とり》・浅蜊《あさり》売《うり》・浅蜊《あさり》汁《じる》・浅蜊《あさり》舟《ぶね》

汐干狩でなじみなのが浅蜊ですが、全国どこでも採れるので、春の食卓には欠かせない食材です。今でこそ深川飯の名で呼ばれる浅蜊飯も、浅蜊の剥身《むきみ》と葱《ねぎ》を味噌《みそ》で煮て、飯の上からかけた簡単なもので、東京・深川の浅蜊産地の大衆食堂で出されたものです。『宝暦現来集』には「浅蜊売。天明ころ迄は、正月末より三月迄に限りて来るものなり」とあり、売り声は「からあさり、からあさり」でした。「からあさり」とは、剥身ではなく殻付きの浅蜊ということです。

鮎並　あいなめ

鮎魚女《あいなめ》・あぶらめ・あぶらこ

北海道から朝鮮半島、中国にかけて分布する魚で、旬は四、五月頃です。「鮎並」の字を当てるのは、鮎に姿が似ているからです。『本朝食鑑《ほんちょうしょっかん》』でも、命名の趣旨は同じですが、こちらは「鮎魚女」と少し艶っぽい字を当てています。分布が広いので呼び名もいろいろあって、関西や東北では「あぶらめ」、北海道では「あぶらこ」、小さいものを東京では「くじめ」と呼びます。煮付けをはじめ、椀だね、照り焼き、味噌・粕漬けにと、用途も多様です。

鮊子《いかなご》

玉筋魚《いかなご》・小女子《こうなご》・魳子《かますご》・魳《かます》・じゃこ・いかなご舟《ぶね》・いかなご干《ほ》す

体つきが鵜《う》に似て、鷗《かもめ》ほどの大きさの鳥、阿比《あび》には、魚群を求めて集まる習性があるので、漁師はこの鳥の動向を漁の目安とします。鮊子は鯛の大好物ですから、群れを見つけると追います。すると水面が騒立《さわだ》ち、これを阿比が追うので、この頃の阿比は鯛を見つけてくれる鳥なのです。鮊子は、晩春から初夏にかけ瀬戸内に寄る稚魚が旨《うま》いとされます。姿が魳に似ているので魳子、小女子魳とも呼ばれますが、決して魳の稚魚ではありません。季節の関係で貯蔵には向かず、もっぱら煮干しにしたものが出回ります。鮊子を百日以上塩漬けにしてできる塩汁は、玉筋魚醬油《じょうゆ》とも呼ばれ、讃岐地方（香川県）で昔からこしらえられ、秋田の塩汁《しょっつる》などとともに、わが国の魚醬《ぎょしょう》文化の一翼を担っていました。

宝貝《たからがい》

子安貝《こやすがい》・貝子《ばいし》・八丈宝貝《はちじょうたからがい》

古代の中国で通貨として使われた貝子がこの貝で、経済に関する漢字に「財」や「資」が使われるのもその名残と言えます。分娩《ぶんべん》の折、これを握っていれば安産間違いなしの俗信もあって、別名、子安貝とも言います。古代ギリシャより装飾品としてもてはやされてきたカメオは、近代になってから宝貝などの巻き貝を使うようになりました。

栄螺 さざえ｜拳螺《さざえ》・栄螺子《さざえ》

多くは外海に面した海底や岩礁で採れます。昔から雛祭《ひなまつり》の供え物としてなくてはならないものでした。酢の物や和え物でもいただきますが、なじみの食べ方は壺焼きに尽きます。水を張った丼《どんぶり》の上に割り箸を二本渡し、その上に栄螺を伏せて置くと、身が乗り出してきますから、手早く引き出します。腸《わた》は砂袋を除いて茹《ゆ》で、肉は塩を振って酢洗いしてから刻み、ともにもとの殻に戻し、清汁《すましじる》ほどの割り醤油を入れ炭火にかけます。その香りと熱々感は春の季感です。北海道の遅い桜の頃に露店で売られる「つぶ焼き」の「つぶ」も傍題季語として栄螺に加えている歳時記も見られますが、こちらは螺《つぶ》または海螺《つぶ》と書いて、栄螺とは種類の違うものです。

望潮 しおまねき｜潮招《うしおまねき》・田打蟹《たうちがに》・てんぽ蟹《がに》

有明海や九州南部に分布する蟹で、雄が片方のはさみ脚を高く上げて振り下ろす求愛動作を、さながら潮の満ちてくるのを招く動作になぞらえ、この名が付きました。この亜種にフィドラークラブがいますが、その意は、「バイオリンを弾く蟹」のことです。佐賀料理の「がんづけ」は、この蟹のふんどしを取り、足、胴、臓物を一緒に擂《す》りおろし、唐辛子を混ぜて半年ほど寝かせた珍味です。

寄居虫《やどかり》｜ごうな・かみな・本《ほん》やどかり・ごうな売《うり》

その名の通り巻き貝に宿を借りて棲みます。古名の「かみな」は、巻き貝の殻に棲んで、これを背負って歩く意で、「かみな」が転じて「ごうな」とも呼ばれます。その寄居虫が人間の起源の神話の主役とされていた琉球諸島では、明治の初期まで、女性の左手に星形の刺青《いれずみ》をし、これをアマン（寄居虫）と呼んでいました。中でも石垣島では、昔の世を「アマンユー」つまり「寄居虫の世」と言い、寄居虫が阿檀《あだん》の実を食べて変生したのが人間であるとされていました。

海髪《うご》｜おご・江籬《おごのり》・うごのり・なごや

鮨や刺し身のつまに使う海髪は、生臭さを消す作用もあり、赤身の魚に調和すると言われています。波の静かな湾内の、それも海水と淡水が入り混じった海底の岩などに付きますが、その様子が婦人の髪に似ているところから、こんな字が当てられました。漂白して寒天作りの際の天草と混ぜて使ったり、織物や渋紙の糊などにも使われます。

鹿尾菜｜ひじき｜鹿尾菜藻《ひじきも》・鹿角菜《ひじき》・羊栖菜《ひじき》・ひじき干《ほ》す

近頃その栄養価が見直されている鹿尾菜ですが、春の大潮の頃採れるものが美味とされます。ところが、古くは「煮て食す。貧民米にまじゑて飯とし粮《ろう》を助く」（『大和《やまと》本草《ほんぞう》』）と下賤な食べ物とされたようです。平安時代には比須岐毛《ひずきも》、比支岐毛《ひじきも》の表記で出てきますが、これは干した鹿尾菜が杉の枝のようになる「干《ひ》杉藻《すぎも》」の転という説もあります。鹿尾《ろくび》菜《さい》は漢名です。

一人静｜ひとりしずか｜吉野静《よしのしずか》・眉掃草《まゆはきそう》

山野の林の中でよく見られる多年草で、花の穂が一本ですから一人静の、何とも優雅な名前をもらい、名菓にもこの名が使われています。女人《にょにん》の眉掃《まゆは》きを連想するところから眉掃草の名もありますが、命名に限って言えば、花の冥利《みょうり》に尽きます。同じ千両科の二人静《ふたりしずか》の方は晩春から初夏にかけて咲きますので、夏の花としている歳時記もあります。

翁草｜おきなぐさ｜白頭翁《はくとうおう》・うばがしら・しゃぐまさいこ・ぜがいそう・ねこぐさ

山野の比較的乾いた草地に生え、花が終わると、外側が白い羽毛で覆われるところから銀髪の翁を想像したのでしょう。白頭翁も同じ発想ですが、こちらは中国産の広葉翁草《ひろはおきなぐさ》のことですから、日本にはない種類です。翁の相は昔から尊敬の対象になっていましたから、「翁草」と言うと、このきんぽうげ科の植物のほかに、蛇《じゃ》の鬚《ひげ》または竜の鬚をも言いますし、菊の異名、松の古名もまた翁草です。

三色菫《さんしきすみれ》｜パンジー・遊蝶花《ゆうちょうか》・胡蝶花《こちょうか》

花弁が紫、黄、白の三色で彩られることからこの名があります。日本には江戸時代に渡来し、遊蝶花の名で親しまれてきました。イギリスには退役した海軍の提督・ガンビア卿が三十年に及ぶ育種で観賞パンジーを作ったとの話が伝わります。シェークスピアは『真夏の夜の夢』の中で、パンジーを媚薬《びやく》として使い、眠っている間に花汁を瞼《まぶた》に塗られると、目を覚ました際、最初に出会った人に恋をする、という筋を立てました。パンジーは、フランス語でパンセ（考える）の意ですが、下向きに咲く花のイメージそのものです。

アネモネ｜紅花翁草《べにばなおきなぐさ》・はないちげ・ぼたんいちげ

花壇や鉢植えとしてなじみの花ですが、日本への渡来は明治になってからです。風に吹かれて飛び散る花びらや綿毛の種子から、ギリシャ語のアネモス（風）を語源としています。また、イギリスやドイツの俗信では、十字軍の史実とからみます。第二回の十字軍遠征（一一四七）の頃、イタリアのピサ大聖堂の僧正が運ばせた土の中に、アネモネの球根が混じり、その土を使った十字軍殉教者の墓に血のような赤い花が咲きます。このことから殉教者のよみがえりとして、アネモネは、「奇跡の花」と言われるようになりました。

囀《さえずり》

囀《さえず》る・鳥囀《とりさえず》る

朝の床の中で聞く鳥の声や、木や草が一斉に芽吹き始めた山野を歩いていて聞く鳥の声に、どこか普段と違う気配を感じることがあります。地鳴きは日常的に聞こえる鳥の鳴き声ですが、囀は、主に雄が雌に求愛を呼びかける鳴き声か、テリトリーを主張するための高鳴きですから、一種の甲高《かんだか》さもあってそれと気付きます。中でも鶯《うぐいす》と駒鳥、瑠璃鳥《るりちょう》のことを鳴鳥《めいちょう》の王《おう》などとも呼んでいます。

百千鳥《ももちどり》

春のいろいろな鳥が野山や林で群れ鳴く様子が百千鳥ですから、囀《さえずり》とどこか似ていますが、囀と違って鳥の個々の鳴き声の輪郭が定かでないのが、百千鳥の特徴かもしれません。野山や林がどことなく騒立《さわだ》つのも、この時季特有のものです。『古今集』の中の三種の鳥を定めた『古《こ》今三鳥直伝《きんさんちょうじきでん》』には、呼子鳥《よぶこどり》の筒鳥《つつどり》、稲負鳥《いなおおせどり》の鶺鴒《せきれい》と並んで、鶯《うぐいす》を百千鳥としていますから、諸説を生む原因ともなりましたが、今では鳥の群れ鳴きを百千鳥と断じてもよいでしょう。

菜種梅雨《なたねづゆ》

かつては俳人など限られた人の専門用語だった菜種梅雨の語も、今ではいろいろな人びとに使われるようになり、お天気に左右されやすい大工さんやペンキ屋さんなども「菜種梅雨のさなかですから、工期に余裕をみましょう」などと使うようになりました。菜種とは油菜、通称菜の花の種を言いますが、広く油菜のことも指します。この油菜に花の付く頃の雨が菜種梅雨で、花を催す雨、催花雨《さいかう》とも言われています。菜の花は、菜種油を採るだけでなく、長い花季《はなどき》と、その群生の見事さから観賞用に土手や公園にも蒔《ま》かれます。

壬生菜《みぶな》 糸菜《いとな》・千筋蟬菜《せんすじせみな》

京都では京菜と呼んでいますが、水菜の変種で、その名も、近世の後期頃より、京都の西郊の壬生で栽培されたことに始まっています。『拾遺都名所図会《しゅういみやこめいしょずえ》』にも、「水菜は京の名産也、殊に洛西壬生の地は美味にして」と出てきます。その壬生産は株が小さく、茎の筋が細くたくさんあるところから千筋蟬菜と言われていることも紹介しています。千枚漬など漬物の添え葉としても使われていますが、関東地方の人はあまり口にしない野菜です。

諸葛菜《しょかつさい》

花大根《はなだいこん》・むらさきはな・おおあらせいとう

春先に路傍のどこにでも見られる大根に似た花を諸葛菜と呼んでいますが、現在の歳時記の中には、諸葛菜のいわれに触れたものはありません。一方、『三国志』で名高い蜀《しょく》の軍師・諸葛《しょかつ》孔明《こうめい》は、戦上手ですから行軍の先々で、兵糧《ひょうろう》の助けとして蕪《かぶ》の栽培をします。ですから蕪のことを諸葛菜と言うと、中国の『斉民要術《せいみんようじゅつ》』に出てきます。この蕪と花大根の誤伝も当然考えられそうなことです。

松露《しょうろ》

松露掻《しょうろか》く・松露掘《しょうろほ》る

四月から五月頃にかけて、日当たりのよい松林の中に生えるのが松露で、これを掘るのは子どもの仕事でした。食用菌《きのこ》で、肉が白く、若いものは粘り気がありますから粘り松露とか米松露と呼んで、吸物の種や和え物、酢の物にします。松林に生えたのですから特有の松の香りが上品にしてきます。これが生長すると色も濃くなり麦松露と言って、もう見向きもされません。物の本には、松露狩には犬の嗅覚を利用するとありますが、特別に訓練した犬や雌豚に探させる世界三大珍味の一つ、トリュフの収穫にどこか似ています。そういえば、トリュフの日本語訳は西洋松露または黒松露でした。

鞦韆《しゅうせん》

ぶらんこ・秋千《しゅうせん》・ふらここ・ふらんど・ゆきはり・半仙戯《はんせんぎ》

子どもならずとも懐かしいのがぶらんこですが、方言も含めると呼び名は数限りなくあります。鞦韆の名は中国のものです。中国には、冬至の後百五日目の日は、風雨が激しく、火の使用を禁じて冷食をした古俗があり、これが寒食です。その寒食の節の女児の遊戯が鞦韆でした。また、唐の時代の玄宗皇帝が、人間に羽が生え仙人となり天に登る「羽化登仙」を感知したという故事にならって「半仙戯」の名もあります。「ぶらんこ」の方は、揺れ動く意のポルトガル語「バランソ」が語源と言われます。

春眠《しゅんみん》

春睡《しゅんすい》・春眠《はるねむ》し・春《はる》の眠《ねむ》り

誰にでも身に覚えのあることとですが、春の朝の床離れはしがたいものです。怠惰と愉悦が同居した名状しがたい幸せを感じるいっときです。孟浩然《もうこうねん》の詩「春暁《しゅんぎょう》」に、「春眠暁を覚えず。処々啼鳥を聞く、夜来風雨の声、花落つること知んぬ多少ぞ」とあるところから、「春眠暁を覚えず」は、日本の譬《たと》えにもなりました。ですから「春眠」の季語は、朝寝に限って使われていますが、昼間の眠い状態にも言います。わけても苗代《なわしろ》のできる頃の蛙の声を聞いているとつい眠くなりますが、これは蛙に目を借りられるからだとして、「蛙《かえる》の目《め》借時《かりどき》」とか単に「目借時」なる季語も生まれました。これもまた春眠と言えます。

蛙の目借時《かえるのめかりどき》

目《め》借時《かりどき》・めかる蛙《かえる》

歳時記には俗信のたぐいがおもしろく取り込まれていますが、目借時などもその一つです。晩春の頃になると、どうにもがまんならないほどの眠気を催すことがあります。そんな時、夜が短くなったからなどと言えば無粋ですが、蛙が目を借りにきたからと言えば微苦笑も出るものです。ところが、目借時は、蛙が異性を求める時季ですから、妻《め》狩《か》り時、または女《め》狩《か》り時だとする説もあります。そんな蛙の鳴く頃の奇想天外な発想ですが、どうも目借時の方が、先人の大きな自然観が見えてくるようです。

穀雨《こくう》

二《に》十《じゅう》四《し》節《せっ》気《き》の一つで、立春の日より数えて七十五日目からの十五日間のことですから、陽暦の四月二十一日から十五日間を言います。字義通り穀物を育てる雨が降る頃で、折から菜《な》種《たね》梅《づ》雨《ゆ》のさなかでもあります。桜の花も散らしますが、穀類に限らず、野菜も花木も芽吹きから葉を育てる時季にかかっています。

蜃気楼　しんきろう

海市《かいし》・山市《さんし》・蜃楼《しんろう》・貝楼《かいろう》・空中楼閣《くうちゅうろうかく》・かいやぐら・きつねだな

季語の中には奇想天外のものも随分とありますが、蜃気楼もそのたぐいです。「蜃《しん》」は大蛤《おおはまぐり》のことですが、この蜃が吐く気で空中に楼閣ができると、昔の人は信じていました。富山湾の蜃気楼はとくに有名ですが、雪解け水が海に入り、海面付近の空気が低温になったところに暖かい風が吹き込み、光の異常屈折によって起きるなどと説明しますと味も素っ気もなくなってしまいます。古い文献には、勢州（伊勢）桑名では「きつねのもり」と言い、奥州（陸奥《むつ》）津軽では「きつねだち」と言ったと伝えますから、ここでは狐の仕業と思われていたようです。

山吹　やまぶき

面影草《おもかげぐさ》・かがみ草《ぐさ》・山振《やまぶき》・八重山吹《やえやまぶき》・濃山吹《こやまぶき》・白山吹《しろやまぶき》・葉山吹《はやまぶき》

桜も散り果てた頃に咲き始める山吹は、どこかひそやかな風情を湛《たた》えています。風に揺れやすいところから、『万葉集』の歌には山振の表記で詠まれていますし、山吹の「吹」もそういえば風に吹かれやすい特徴をとらえています。渓流や川のほとりに自生するところから、和歌では川や蛙《かわず》と取り合わせて詠《うた》われることも多く、「山吹の」といえば「止む」に掛かる枕詞《まくらことば》になります。この花の鮮黄色もまた日本人好みの色ですから、単に山吹といえば、色の名や襲《かさね》の色目を指すことになり、さらにその色の連想から大判や小判の意にもつながる珍しい花です。

馬酔木《あしび》

花馬酔木《はなあしび》・あせび・あせぼ・あせみ・あせぶ

壺《つぼ》状の小花をびっしり付けた馬酔木に近付くと、その壺が小鈴のように一斉に鳴り出しそうな錯覚にとらわれる花です。この葉を馬や牛が食べると中毒症状を起こし酔ったようになるところから、見かけによらない馬酔木の当て字をもらいました。農家では毒の効用を利用して、茎や葉を煎《せん》じ、害虫駆除や牛馬の寄生虫駆除にも使ったくらいです。「あしび」の呼び名は、奈良付近から畿内一円にかけてのもので、『万葉集』でもこう詠んでいますが、正式には「あせび」と呼ぶことになっています。

都忘れ《みやこわすれ》

野春菊《のしゅんぎく》・吾妻菊《あずまぎく》・東菊《あずまぎく》

位負けするほどの名前ですが、本州、四国、九州に広く分布する深山嫁菜《みやまよめな》の栽培品種で、昭和になってからのお披露目です。承久《じょうきゅう》の乱《らん》（一二二一）に敗れ、佐渡に配流《はいる》された順徳天皇が、この花を見て都を忘れようとしたとも伝えられますが、原種の深山嫁菜にその伝説があったのか、それとも順徳天皇の思いを栽培品種に重ねたのか、その辺は定かではありません。

水口祭《みなくちまつり》

苗代祭《なわしろまつり》・種祭《たねまつり》・みと祭《まつり》・苗《なえ》じるし・苗棒《なえぼう》・苗尺《なえじゃく》・田《た》の神《かみ》の腰掛《こしかけ》

稲作りの作業は、田の神を抜きに考えられないものですが、水口祭は苗代に種を蒔く時に行う最初の行事になります。「水口」も「みと」も、田へ水を引く入り口ですから、そこに土を盛って、柳や栗の木、藤や空木《うつぎ》の枝や季節の花を挿し、これを神の宿る依代《よりしろ》として供え物をします。かつては、依代に使う木や花は田の近くに生えるものが用いられましたが、これは日常的なものの方が神の降臨にふさわしいと考えたからのようです。供物として焼米も上げますが、これは苗代を荒らす鳥のためですから、「鳥の口」とか「鳥の焼米」と呼んでいます。いってみれば鳥の害を未然に防ぐための生活の知恵だったようです。

種蒔《たねまき》

種《たね》おろす・すじ蒔《まき》・籾蒔《もみま》く・籾《もみ》おろす・種蒔桜《たねまきざくら》

種蒔と言えば、籾種《もみだね》を苗代に蒔くことで、春の彼岸から八十八夜前後にかけて行われます。種籾を塩水に入れ、浮いた悪い籾を取り除き（種選《たねえらび》）、蒔く前に籾の俵を池（種池《たねいけ》）や川、井戸（種井《たねい》）に浸けてから蒔きます。農業は自然に左右されますから、種蒔も自然の営みに合わせて行う地方が多く、秋田や岩手では、県境にそびえる駒ヶ岳の残雪の白馬の形で決めています。また、東北し、長野・北アルプスの爺《じい》ヶ岳《たけ》では「種蒔きじいさん」の出現によって始めます。島根県地方では春に先がけて咲く辛夷《こぶし》を種蒔桜と呼び、この開花を種蒔の目安としています。では、この辛夷を山木蘭《やまもくれん》と言い、この花が咲いたら籾蒔をし、散ったら田植えをする、という伝えが残っています。

八十八夜　はちじゅうはちや

「八十八夜の別れ霜」は言い古された諺《ことわざ》ですが、立春の日から数えて八十八日目に当たるこの頃から霜の心配がなくなるので、農家では種蒔《たねま》きの目安としている節目です。陽暦の五月初旬ですが、天候の荒れる時節ですから、農家に限らず、海事に携わる人たちも航海の注意は怠らなかったようです。同じ頃に当たりますが、地方によっては、大寒から百五日目を「百五《ひゃくご》の霜《しも》」と呼び、やはり農事の節目としています。八十八夜はまた一番茶を摘む時季ですが、この日摘んだお茶にこだわるのは、この日に摘んだお茶を飲むと中風《ちゅうふう》にならないとする古い言い伝えもあるからです。米の字は八十八から成り立ち、八十八回の手間暇がかかるので「一粒たりとも粗末にしない」は戦前の教えでしたが、五穀の中でも米を大切にしてきた知恵が「八十八夜」へのこだわりにもなっています。

茶摘　ちゃつみ

一番茶《いちばんちゃ》・手始《てはじめ》・茶山《ちゃやま》・茶摘女《ちゃつみめ》・茶摘籠《ちゃつみかご》・茶摘唄《ちゃつみうた》・茶摘時《ちゃつみどき》・茶摘笠《ちゃつみがさ》

四月半ば頃ともなると茶山に茶摘の人の姿を見かけますが、五月初旬の八十八夜から二、三週間が最盛期となります。その最初の十五日間に摘んだものが一番茶として珍重されます。嫩葉《わかば》の三枚目を摘み取った三枚掛《さんまいがけ》が一番茶ですが、さらに味のよいのは最先端の二枚掛、一枚掛だとされています。嫩葉は霜や寒さに弱いので芦《あし》で編んだ簾《すだれ》や寒冷紗《かんれいしゃ》で覆いますが「八十八夜の別れ霜」の時節ともなるとこれが除かれ、茶摘女が畝間《うねま》に立ち、茶摘唄も聞こえましたが、今では機械摘みが主流で、かつての茶摘風景がなかなか見られなくなりました。茶の名所・宇治にはこの季節、大勢の茶摘の男女が集まるところから、「宇治は茶所茶は縁所」と言われ、多くのカップルも誕生しました。

聞茶《ききちゃ》

利茶《ききちゃ》・嗅茶《かぎちゃ》・齅茶《かぎちゃ》・茶《ちゃ》の試《こころ》み

蛇の目茶碗で色を見、口に含んで味を鑑定する利酒《ききざけ》の光景はよく知られていますが、市販前のお茶も、香味、風味を鑑定する聞茶が行われます。口に含むのでなく鼻で嗅ぐので嗅茶とも言います。江戸時代には、走りのお茶を諸大名や貴人、茶人に贈る風習「茶の試み」がありましたが、これも聞茶の一種と言えましょう。これとは別に、室町時代には茶の質の優劣を競う遊びの闘茶《とうちゃ》があり、現在も行われている茶歌舞伎《ちゃかぶき》または茶香服《ちゃかぶき》は、銘を伏せて幾種類かのお茶を味わって銘を当てる茶会で、茶道の七事式《しちじしき》の一つにさえなっています。現代の若者の間に流行《はや》っている麦酒《ビール》の銘柄当てにも似ています。

四月

磯竈《いそかまど》｜磯焚火《いそたきび》

海藻や貝類の成育期間は採取が禁じられていますが、その禁が解けると一斉に採取が始まります。これが磯開《いそびらき》とか磯の口明《くちあけ》と呼ばれるもので、漁師や海女《あま》はこの日から海に入ります。三重県の志摩では、まだ冷たい海に入る海女のために、磯竈をしつらえます。焚火の周りを背丈ほどの笹竹で囲い、中に十四、五人ほどが入れる空間を作り、風の入らない東側に入り口をこしらえるのが決まりです。海女小屋などと同じく、男はこの中に入れません。磯焚火とも呼ばれるこんな竈が、最盛期には浜のあちこちにできます。

満天星の花《どうだんのはな》｜満天星躑躅《どうだんつつじ》

四月になると新しい葉とともに、白い壺《つぼ》状の鈴蘭に似た花をびっしり付けますが、この花もさることながら紅葉の赤の発色が見事なので、庭木として植え、丸く刈り込んで観賞用に仕立てます。細い三本の木を紐《ひも》で結わえて上下を広げ、上の空間に油の皿を置いて灯火にしたものを「結び灯台」と言いますが、満天星の細い小枝の交錯具合いが、この灯台の脚に似ているところから、「とうだい→どうだん」に転訛したのが語源です。ではなぜ「満天星」の字を当てたのかですが、恐らく花の咲き方から、空一面に輝く星を連想したのかもしれません。そうだとすれば剛胆な発想と言えます。

雀隠れ《すずめがくれ》

春の草丈も伸びて、雀の姿が隠れるほどになった、の意ですが、草丈を直接言わずに、雀を添えて表現した味わい深い言葉です。『蜻蛉日記《かげろうにっき》』にも、「三月になりぬ。木の芽すゝめかくれになりて、祭のころおぼえて」と出てきます。もちろん三月は陰暦、祭とは京都の葵祭《あおいまつり》のことですから、その頃の行事とともに、周辺の風景も見えてきます。

清和《せいわ》｜和清《わせい》の天《てん》

陰暦四月（陽暦五月頃）の、気候の穏やかな頃を清和と言い、陰暦の四月の異名を清和月《せいわづき》と言いますが、言い得て妙です。中国の唐の白居易《はくきょい》の詩文集『白氏文集《はくしもんじゅう》』にも「四月ノ天気ハ和シテ且《か》ツ清シ」と出てきますが、これもごく初旬で、陰暦の卯月《うづき》のこの月は、このあと梅雨の洗礼を受けることになります。和清の天は、古俳諧の季題として用いられたものです。

風薫る《かぜかおる》｜薫風《くんぷう》・薫《かお》る風《かぜ》・風《かぜ》の香《か》

青葉の梢《こずえ》を揺すって吹く南風は青嵐と呼ばれますが、その風が緑の香りを運ぶと見立てたのが、風薫るです。『史記《しき》』にも「南風の薫《くん》ずる、以って吾が民の慍《うらみ》を解く」とあり、慍とは怒りのことですから、人の心を鎮める作用が薫風にはあるとの定義になります。橘《たちばな》や梅の風は、それらの香りを運ぶ手段としての風でしたが、風薫るは、風が緑の香りを運ぶととらずに、風そのものが香ると主観的にとらえた方が詩情は膨らみます。

五月

皐月　さつき
早苗月　さなえづき
小苗月　さなえづき
橘月　たちばなづき
五月雨月　さみだれづき
月見ず月　つきみずづき
たぐさ月　たぐさづき
悪月　あくげつ

端午《たんご》

皐月《さつき》は陰暦五月の異名ですから、陽暦で言うと六月頃になります。ちょうど田植えの頃ですので、早苗月《さなえづき》、小苗月《さなえづき》の略とする説はもっともです。接頭語の「さ」は田植えに関する言葉に付けられ、「早」の字を当ててきましたから、早苗、早乙女や田植えを終えた祝い早苗饗《さなぶり》などの用法にも合点《がてん》がいきます。折から梅雨の真っただ中ですから五月雨月《さみだれづき》というのも分かりますし、当然のことながら月がほとんど見えませんから月見ず月《つきみづき》もなるほどと思わせます。梅雨の月は、ものが腐り、病人が出、気分も塞ぎますから、一年の中でも一番辛い時季です。ですから中国では陰暦の五月を悪月《あくげつ》とも呼んできました。仏教発祥の地・インドもこの時節は雨期で、洪水の災難や毒蛇、猛獣の危険もありましたから、雨期の三か月間は僧たちを一定の場所に集め、修行させました。これが日本でも行われている安居《あんご》、夏安居《げあんご》と言われる制度のもとで、その期間は陰暦の四月十六日から七月十五日までの九十日にも及びます。この間、夏籠《げごも》りし、ひたすら夏行《げぎょう》に専念するのです。在家の熱心な信者たちもこれにならった行を行いましたが、悪月《あくげつ》の言い方といい、その後の行といい、自然から身を守る生活の知恵だったのかもしれません。

牡丹　ぼたん

ぼうたん・深見草《ふかみぐさ》・名取草《なとりぐさ》・富貴草《ふうきそう》・廿日草《はつかぐさ》・白牡丹《はくぼたん》・紅牡丹《べにぼたん》・黒牡丹《くろぼたん》・牡丹園《ぼたんえん》・牡丹見《ぼたんみ》

中国から渡来し、平安時代から観賞され、画題にも多く取り込まれてきました。中国では、宋の張景修《ちょうけいしゅう》が十二の名花を選び、それぞれ客になぞらえて名辞を与えています。牡丹を貴客《きかく》、梅を清客《せいかく》、菊を寿客《じゅかく》などとし、牡丹を一位に置いています。この「名花十二客《めいかじゅうにかく》」は日本にも伝わり、南画家が好んで題材に使っています。また、牡丹は唐獅子、胡蝶《こちょう》、眠り猫などと取り合わせて画材となって、「牡丹に唐獅子」の絵柄も生まれています。和歌では、「ぼたん」の音《おん》ではあまり詠まれず、深見草のような大和言葉《やまとことば》に置きかえて詠むのが一般的でした。花時ともなると、奈良の長谷寺《はせでら》、当麻寺《たいまでら》、福島県須賀川の牡丹園などの名所が異常な賑わいを見せます。

更衣　ころもがえ

衣更《ころもか》う

かつては陰暦の四月朔日《ついたち》を更衣とし、宮中では衣裳だけでなく、室内の装飾、調度品までかえました。江戸時代には宮中の例にならい武家や民間でも更衣をし、四月一日から五月四日までが袷衣《あわせ》、五月五日から八月末までは帷子《かたびら》、九月一日から同八日までが袷衣、九月九日から翌年三月末までが綿入れ、となっていましたが、陰暦とはいえ現代人にはピンときません。今では、制服のある学校の生徒や公務員、鉄道職員などに限られ、一般人は、暑くなって上着を脱げば、それが更衣です。秋の更衣は「後《のち》の更衣《ころもがえ》」と言い、更衣と区別しています。

端午　たんご

端午《たんご》の節句《せっく》・五月《ごがつ》の節句《せっく》・菖蒲《しょうぶ》の節句《せっく》・重五《ちょうご》・菖蒲《あやめ》の日《ひ》・菖蒲《あやめ》の節会《せちえ》・初節句《はつぜっく》

『詩経《しきょう》』と並び称される中国古代の詩集『楚辞《そじ》』を集大成した屈原《くつげん》が、汨羅《べきら》の淵《ふち》に身投げしたのを弔《とむら》った故事が由来とされ、これにならって平安朝以来宮廷で五月に行われてきた節句です。五月の端《はじめ》の午《うま》の日に行われたので端午と言っていますが、後に五月五日に定まってもこう呼ばれています。月日が重なる重日《じゅうにち》を佳《よ》き日とするのも中国の影響で、雛祭《ひなまつり》の三月三日と並んで五月五日が佳き日と定められました。このことにちなみ重五の言葉も生まれています。この頃咲く菖蒲《しょうぶ》には邪気を払う霊力があると信じられていますから、菖蒲の節句と呼ばれ、何につけこの日は菖蒲を使います。それもそのはずで、陰暦の五月を中国では悪月《あくげつ》と呼んでいたのです。陽暦で言えば梅雨の真っ盛りだからです。菖蒲は古くは「あやめ」とも呼ばれたので「しょうぶ」「あやめ」の二つの言い方が残っています。

菖蒲　しょうぶ

白菖《はくしょう》・あやめ・あやめ草《ぐさ》・軒《のき》あやめ

「いずれ菖蒲《あやめ》か杜若《かきつばた》」は、区別のしにくいものの比喩《ひゆ》に使われますが、この菖蒲《しょうぶ》もまた言葉の区別の難しい植物です。江戸後期の本草《ほんぞう》（薬用植物）学者・小野蘭山《おのらんざん》は、その著書『本草綱目《ほんぞうこうもく》啓蒙《けいもう》』の中で、明快な区別をしてくれています。「古歌にアヤメと読《よむ》は皆今端午《たんご》に簷《のき》に挿《さゝ》むセウブなり。今俗にアヤメと呼《よび》て花を賞玩《しょうがん》するものはハナアヤメの略なり」とあり、菖蒲《しょうぶ》を「あやめ」と読むのは古名だからです。菖蒲《しょうぶ》は薬草で繁殖《はんしょく》もよい陽性の植物で、陰暦五月の異称「悪月《あくげつ》」の邪気を払うのにふさわしい植物ですので、菖蒲湯にしたり、軒を菖蒲で葺《ふ》いたりして、端午の節句には欠かせない素材です。

菖蒲葺く｜しょうぶふく｜菖蒲挿《しょうぶさ》す・軒菖蒲《のきしょうぶ》・蓬葺《よもぎふ》く・樗葺《おうちふ》く・かつみ葺《ふ》く

菖蒲の古名で「あやめ葺《ふ》く」と言う場合もあります。菖蒲には邪気を払う霊力があると信じられていましたから、端午の節句の前日の五月四日に、菖蒲と蓬を束ねて軒に挿しました。これが菖蒲葺く、菖蒲挿すですが、同じ効力を期待し、菖蒲の代わりに樗（栴檀《せんだん》の古名）や勝見《かつみ》（真菰《まこも》の異称）で葺く地方もあり、樗葺く、かつみ葺くの言葉も残っています。中国では、邪気を払う植物として、菖蒲や蓬、樗などのほかに、芦、桃、桑、柊《ひいらぎ》などを使いますが、これらの習慣も、日本へはいろいろな形で伝わってきています。

武者人形｜むしゃにんぎょう｜五月人形《ごがつにんぎょう》・甲人形《かぶとにんぎょう》

江戸時代の初期の頃は、家の前に柵《さく》を結って、甲や薙刀《なぎなた》・毛槍《けやり》・幟《のぼり》・吹流しなどを立てましたが、江戸中期になると、表からも見える家の中に飾るようになり、やがて小型化して家の奥に飾る今日の形に移行しています。人形のモデルも、男の子の節句ですから、金時《きんとき》、牛若丸《うしわかまる》と弁慶《べんけい》、加藤清正《きよまさ》、鍾馗《しょうき》など〝強さ〟が強調されましたが、現代では歴史上の人物が減って、童話や伝説物が大半を占めるようになっています。

幟《のぼり》

五月幟《さつきのぼり》・皐月幟《さつきのぼり》・外幟《そとのぼり》・内幟《うちのぼり》・紙幟《かみのぼり》・座敷幟《ざしきのぼり》・初幟《はつのぼり》・幟杭《のぼりくい》・幟竿《のぼりざお》・幟飾《のぼりかざ》る

『東都歳事記』には、「武家は更なり。町家に至る迄、七歳以下の男子ある家には、戸外に幟《のぼり》を立《たて》、冑人形《かぶとにんぎょう》等飾る」と、端午の節句の日の街中の賑わいぶりが描写されていますが、家々の幟が風にはためく場面を想像すると音まで聞こえてきそうです。幟は母方の実家から贈られるのが常で、当初は紙幟が主流でしたが、後に工夫が凝《こ》らされ、父母両家の家紋を染め抜いたり、和藤内《わとうない》、牛若丸など武者人形と同じ絵柄が描かれました。幟は、縦の長さの約十分の一が幅の寸法と定められてもいました。後の端午の節句の主流でもある鯉幟はそれより遅れて、江戸中期頃から登場してきます。

吹流し《ふきながし》

戦場で用いた半月形に湾曲した幟《のぼり》が吹流しで、その勇壮ぶりにあやかって、端午の節句にも用いられたのがこれです。これとは別に、湾曲部を円筒状にして風をはらみやすくしたものも、古くは吹流しでしたが、後にこちらは吹貫《ふきぬ》きと呼ばれるようになりました。現在では簡略化したものが掲げられます。

鯉幟　こいのぼり　五月鯉《さつきごい》

武家社会の間で、旗指し物や幟、吹流し等の武家飾りが流行した中で、町人層が対抗意識を見せたのが鯉幟です。中国で鯉は竜門伝説の故事から立身出世の象徴として親しまれてきました。その鯉幟の人気に切歯《せつし》扼腕《やくわん》の武家の人びとの顔が目に浮かびそうです。明治期までは紙製で、真鯉（黒）を上に、緋鯉（赤）を下にするのが正式のしきたりでした。現在のように木綿や化学繊維が使われるようになったのは、その後随分と経ってからのことです。

粽　ちまき　茅巻《ちまき》・粽結《ちまきゆ》う・粽解《ちまきと》く・笹粽《ささちまき》・菰粽《こもちまき》・笹巻《ささまき》

糯米《もちごめ》や粳《うるち》の粉を、水で練って茅《ちがや》の葉や熊笹、竹の皮などで包み蒸した餅菓子です。茅の葉で包んだ「ちがやまき」が語源です。わが国にも奈良時代に存在した記録もありますが、端午の節句に供えるのは、もともと中国の習俗です。いわゆる「屈原《くつげん》の故事」（楚《そ》の時代の詩人で政治家の屈原が、楚の国運回復に奔走しながら失脚し、汨羅《べきら》の淵《ふち》に身を投じた故事）に由来します。身を投じた淵に姉が、毎年命日の五月五日に餅を投じて弟の霊を弔ったと言います。

柏餅《かしわもち》

小豆餡《あずきあん》や味噌《みそ》餡を糝粉《しんこ》餅でくるみ、柏の葉で包み蒸した端午の節句の餅菓子。この時期には、柏の新しい葉が出ると古い葉が落ち、さながら跡継ぎができて一家繁栄につながる思いが、柏の葉に込められたようです。柏餅の記録は椿餅ほど古くはなく、江戸時代の初期に初めて現れます。

薬降る《くすりふる》｜神水《しんすい》

陰暦五月五日を薬日《くすりび》と言い、この日の午《うま》の刻（正午前後）に降る雨をこう呼んでいます。竹の節に溜まった雨水が神水で、この水を使って医薬を製すれば薬効がある——と、今の薬事法に触れそうなことが伝えられています。この日は薬日ですから、悪疫除けに、錦の袋に麝香《じゃこう》、沈《じん》香《こう》、丁子《ちょうじ》などの香料を玉にして入れた薬玉《くすだま》を吊ったり、山野に出て薬草を採集する着《き》襲狩《そいがり》などをしました。その延長線上に生まれた話が薬降るなのかもしれません。

薬玉《くすだま》｜長命縷《ちょうめいる》・続命縷《しょくめいる》・五《さ》月玉《つきだま》

今では起源さえ定かにせず、橋の開通や開店などの祝いごとに使われる薬玉も、端午の節句には欠かせない道具立ての一つでした。邪気を払い、悪疫を除くと信じられた薬玉は、錦の袋に麝香《じゃこう》、沈香《じんこう》、丁子《ちょうじ》などの香料を玉にして入れ、蓬《よもぎ》、菖蒲《しょうぶ》などを結び、五色の糸を長く垂らしたもので、家の中に掛けたり、身に着けたりもしました。朝廷では、裁縫などを司る糸所《いとどころ》から献上された薬玉を柱に掛け、九月九日に菊の花と替えました。これが民間にも伝わり、近世の頃の京都では、節句の前に薬玉の売り出しも行われたくらいですから、端午には欠かせないものだったのです。

小満　しょうまん

二十四節気《にじゅうしせっき》の一つで、立夏から数えて十五日目ですから、陽暦で言えば五月の二十日か二十一日頃になります。陽気が盛んになって万物が次第に長じて満つる、の意ですので、木々が若葉に覆われ、やや汗ばむような陽気と言えましょう。この頃は東京近辺でも真夏日になることもありますが、本格的な梅雨を予感させる走り梅雨のシーズンでもあります。

常磐木の落葉　ときわぎのおちば

柊落葉《ひいらぎおちば》・木斛落葉《もっこくおちば》

常磐木とは常緑樹のことですが、新しい葉が出て古い葉が散る落葉の時期が、広葉樹と針葉樹とではおのずと違ってきます。楠《くすのき》や楪《ゆずりは》、柊、樫、椎などの広葉樹は、新しい葉の出る五月頃に古い葉を落としますが、落葉の季節ではないので目立ちます。一方、針葉樹の方は、秋から冬にかけてですから、落葉樹の落葉と時期が一緒です。言葉としては常磐木の落葉で、広葉樹でも針葉樹でも差しつかえないわけですが、季語として使うなら夏ですから、広葉樹の落葉に限られることになります。

蚕豆《そらまめ》 はじき豆《まめ》

豆の中では一番早く出回り、あっという間に季節を終えます。筍《たけのこ》と同じように、九州から順に〝走り〟が北上して来ますので、今では比較的長く食卓に上ります。蚕豆の字は、豆の莢《さや》がさなぎになる前の蚕《かいこ》に似ているからですが、時々、飲み屋のメニューに天豆や空豆の当て字を見るとうれしくなります。東京の浅草の三社祭《さんじゃまつり》や神田祭の頃を最後に、八百屋の店先から姿を消し、代わって枝豆の季節となります。

芍薬《しゃくやく》 夷草《えびすぐさ》・貌佳草《かおよぐさ》・花《はな》の宰相《さいしょう》

牡丹と並んで珍重される花で、中国では花の宰相と呼ばれています。日本には奈良時代に中国から渡来、室町から江戸時代にかけて独自の品種をふやしています。森川許六《もりかわきょりく》は『風俗文選《ふうぞくもんぜん》』

で、芍薬の妖艶《ようえん》さを、「芍薬といふ花は、いまだ嫁《か》せざる娘の齢も二八あまりたるが、寝よげに見ゆる心地ぞする」と、娘の寝姿に見立てましたが、「君が寝姿窓から見れば牡丹芍薬百合の花」の諺《ことわざ》の原形は中国にもあります。牡丹と並び称される芍薬ですが、牡丹は芍薬の根に接ぎますので、なかなか牡丹を超えられない、女の嫉《そね》みを感じさせる花が芍薬でもあります。

泰山木の花　たいさんぼくのはな

泰山木《たいさんぼく》・大戔木《たいさんぼく》の花《はな》・泰山木蓮《たいさんもくれん》・常磐木蓮《ときわもくれん》・白蓮木《はくれんぼく》・洋玉蘭《ようぎょくらん》

初夏の頃強い花の香りに気付き、見上げると葉叢《はむら》から空に向けて咲く、石楠花《しゃくなげ》に似た大型の花に出会います。泰山木の花との出会いは、いつもこんな調子です。北米原産の木で、日本へは観賞用として明治十二年に入ってきましたが、中国・山東省《さんとうしょう》の名山・泰山《たいざん》（または岱山《たいざん》）の影響からか「たいざんぼく」と読みそうですが、正確には「たいさんぼく」です。原産が中国でないので妙ですが、漢名では洋玉蘭と呼ばれています。

花水木　はなみずき

アメリカ山法師《やまぼうし》

四、五月頃に赤や白の平たい花をたくさん付け、秋には赤い実を付け美しく紅葉する花水木は、庭木や街路樹として人気のある植物です。しかし、その来歴はそう古いものではなく、明治四十五年（一九一二）に当時の東京市長だった尾崎行雄《おざきゆきお》が、アメリカに桜を贈った返礼として贈られたのが花水木ですから、まだ百年と経っていない花木です。ワシントンのポトマック河畔は贈られた桜で彩られ、日本の家庭の多くに花水木が花を付けていますから、尾崎行雄の目指した日米親交は十分過ぎるほど図られたことになります。日本に自生する山法師《やまぼうし》に似ているところからアメリカ山法師の名もあります。

金雀枝《えにしだ》

金雀花《えにしだ》・金雀児《えにしだ》

五月から六月にかけて、葉の腋《わき》に一、二個の蝶に似た花を付け、それが群れ咲く姿は壮観です。日本には延宝年間（一六七三〜八一）に渡来し、当初は「えにすた」と呼ばれていましたが、これはラテン語の「ゲニスタ（金雀枝）」を語源とします。イギリスでは、蕾《つぼみ》や莢《さや》を塩漬けにしたり、若芽をホップの代用としたと言いますから、それで作った麦酒《ビール》を飲んでみたい思いも募ります。それより日本では、中世のヨーロッパの伝説の魔女が、この金雀枝で作った箒《ほうき》にまたがって飛ぶことで知られています。実際にヨーロッパでは、この金雀枝で実用的な箒を作っていたのです。

薔薇《ばら》

薔薇《そうび》・しょうび・薔薇《ばら》香《かお》る・薔薇《ばら》切《き》る・薔薇《ばら》散《ち》る・薔薇園《ばらえん》

中国から渡来した薔薇は、『万葉集』にその例が見えますから、相当古いなじみになります。

「ばら」は「うばら」の転で、漢字を当てると「棘」や「荊」になり、薔薇や枳殻《からたち》などとげのある植物の総称です。その意味では「そうび」の呼び名の方が正確かもしれません。園芸種の薔薇は数百種もあり、夏咲きが圧倒的に多いのですが、春秋咲きや四季咲きもあって通年楽しめます。襲《かさね》の色目「そうび」は、表が紅、裏は紫で、夏に用いる色目です。

卯の花 うのはな

空木《うつぎ》の花《はな》・花卯木《はなうつぎ》・花仰木《はなうつぎ》・垣見草《かきみぐさ》・潮見草《しおみぐさ》・夏雪草《なつゆきぐさ》・初見草《はつみぐさ》・雪見草《ゆきみぐさ》・卯《う》の花垣《はながき》・卯《う》の花月夜《はなづきよ》

陰暦の四月が卯月《うづき》ですから、卯月の花の意ととると一番分かりやすくなります。また、この木の材で木釘《きくぎ》を作ったから、打木《うつき》が訛《なま》ったものとする説は、詮索《せんさく》好きの向きにはたまらない説です。さらに、木の幹や枝の空虚《うつろ》から空木と引き出す説を肯定するのは、古典植物に詳しい松田修氏です。それはともかく、この時節、どこでも卯の花が見られます。卯月の忌《いみ》は葵祭《あおいまつり》にかかわる人たちが潔斎することですが、そんな夏祭の頃にも当たります。

卯の花腐し うのはなくたし

卯《う》の花腐《はなくだ》し・卯《う》の花降《はなくだ》し

陰暦四月のまたの名を卯の花月と呼び、その頃に降る長雨が、盛りの卯の花を腐らせるように降るので、こう呼ばれます。春の長雨と梅雨の中間の霖雨《りんう》で、この頃のどんより曇った日を卯《う》月暈《づきぐもり》とか卯の花曇と呼んでいましたから、昔は市中のあちこちに、盛りの卯の花が見られたのでしょう。古い和歌に、万葉仮名で、「宇乃花具多思《うのはなぐたし》」と出てきますが、「ぐたし」ですと、散らすとか駄目にする意で、腐《くた》すとは意味が少々違ってきます。

海酸漿《うみほおずき》

長刀《なぎなた》ほおずき・軍配《ぐんばい》ほおずき・とっくりほおずき・南京《なんきん》ほおずき

海底の岩などに群れなして付着する酸漿貝の、触手冠が海酸漿です。江戸時代の喜田川守貞の随筆『守貞漫稿《もりさだまんこう》』にも、「白あり或は蘇枋染《すおうぞめ》の赤あり、ともに鬼灯花《ほおずき》と同じく口に含み風を納《い》れ、かみひしぎてこれを鳴らすを弄《あそび》とす」と、既に色染めした表現が出てきます。「ほおずき」の語源は、もう一つの茄子《なす》科の鬼灯の火《ほ》が「つき」(染まる)の意としています。『千夜一夜物語』では、海酸漿をランプに見立てています。

初鰹《はつがつお》

初松魚《はつがつお》

黒潮に乗って北上してくる鰹は、三月頃四国沖に、四月は紀州沖に、青葉の五月になると関東近海に回遊して来ます。「褞袍質《どてらしち》に置いても初鰹」の諺《ことわざ》は、その到来を待っていた昔の庶民の気風《きっぷ》を言い当てています。皿鉢《さはち》料理で知られる土佐で獲れる鰹は、脂味が弱くかえって鰹節に向いていますが、相模灘沖に差しかかる頃が脂がのり一番美味とされます。とは言うものの、舌の肥えた現代人は、三陸沖からはるか沖合いを戻って来る秋の鰹の方が、腹に太い脂を巻いていておいしいと、ひたすら「戻り鰹」を待ちます。

蝦蛄　しゃこ

同じ甲殻類でも海老や蟹《かに》より貶《おとし》められますが、蝦蛄は庶民の夏の味です。塩茹《ゆ》でにしてもよいし、殻のまま甘辛く煮た具足煮、天麩羅《てんぷら》や鮨のねたとしても格好です。沖合いで獲れた蝦蛄を炊き込んだ品川飯も明治時代の庶民の味でした。煮ると淡紫色になるところから石楠花鯢《しゃくなげ》と呼んだと、『本朝食鑑』にはあります。また、色が青いので尾僧帽《ぼうずのずきん》に似ているとし、「青竜」の名のあったことも紹介しています。形が似ていることで言えば、近代の女性の髪形には蝦蛄なる結い方もありました。

穴子　あなご　海鰻《あなご》・穴子釣《あなごつり》・真穴子《まあなご》

岩礁地帯や砂泥の底に棲《す》むのでこの名があります。関東の人は鰻《うなぎ》を好みますが、関西人はこの穴子の方を選びます。蒲《かば》焼き、煮物、天麩羅、茶碗《ちゃわん》蒸し、酢の物などにしますが、京都では地元の八幡《や》牛蒡《わたごぼう》を巻いた八幡巻きを食べます。安芸の宮島の名物と言えば、この穴子飯です。穴子の稚魚「のれそれ」は土佐料理の珍味とされています。穴子の「なご」も、鰻の「なぎ」も同義で、水中の霊物の主という意になりますから、心して膳に迎えたいものです。

飛魚《とびうお》 あご・つばめ魚《うお》・つばくろ魚《うお》・とんぼ魚《うお》

大航海時代の文献などによく、キチキチキチの羽音とともに船室に飛びこんで来る飛魚の話が出てきますが、そんな勇壮な飛翔を見せるのが飛魚です。「あご」の名も両顎《あご》がすこぶる小さいので「あごなし」の略と言われます。刺し身が抜群ですが、塩焼きや照り焼きも一般的で、蒲鉾《かまぼこ》の材料としては鯛のそれより数段上等です。九州の肥筑地方の干しあごや焼きあごは、正月料理の出し用として珍重されます。

皮剝《かわはぎ》 はげ

この魚の皮は鞣《なめ》し革のように厚いので、皮を剝いで調理するところから、この名があります。関西ではもっと露骨に、裸になるところから諸肌を脱ぐイメージで「博打《ばくち》打ち」と呼ぶ始末です。近い種の魚で、皮剝より味の落ちる馬面剝《うまづらはぎ》と言う、その名の通り顔の長い魚がいるところから、皮剝を「うしづら」と呼んで区別している地方もあります。肉が締まって骨離れがよい魚ですから椀だねやちり鍋も美味ですが、薄造りにそいだ刺し身に肝《きも》を付けて食べるのが最高です。肝は蒸して食べると、鮟鱇《あんこう》より淡泊な奥深い香りに出会えます。

城下鰈　しろしたがれい

季節になると料理屋の品書きに城下鰈の名が見えます。とくに美味とされる限定された水域の魚を待つ食通がいるからです。同じ九州の関鯖《せきさば》や関鯵《せきあじ》もまた同じです。大分県の日出湾《ひじわん》で獲れる真子鰈《まこがれい》の別名が城下鰈で、それも日出町の豊岡から大神《おおが》に至るわずか四キロの間で獲れたものにだけ許される名称です。その点、関鯖などが対岸の四国産に使われるのを嫌うのと同じです。この町には木下氏の城跡があり、その城の下から湧く淡水によって、真子鰈の餌が豊富だからです。五月から七月が旬の魚です。

海鞘　ほや　ほや・保夜《ほや》・老海鼠《ほや》

海鞘には根まで付いていますから、動物か植物かでよく話題になりますが、れっきとした動物です。おたまじゃくしに似た幼虫が、さ迷っているうちに岩礁などに根をおろすもので、パイナップルに似ているところから海鞘の名をもらいました。海鼠《なまこ》の味の連想から老海鼠の字も当てています。「海鞘食ったら水も飲め」の言い方は、海鞘の中の水（原液）が通人にはたまらないからです。生を酢で食べるのが理想ですが、臭みを嫌う向きには、甘味噌を塗って焼くか、天麩羅《てんぷら》にすると結構いけるものです。

章魚《たこ》

蛸《たこ》・鮹《たこ》・蛸壺《たこつぼ》・麦藁蛸《むぎわらだこ》

京都辺りでは「麦藁蛸に祭鱧《まつりはも》」と言いますが、麦藁蛸とは、麦の熟す頃の蛸の意です。海から遠い京都では、生きて入ってくる魚貝類はせいぜい蛸か鱧くらいだった、という解釈もあります。延縄《はえなわ》でとる蛸壺漁が有名ですが、蛸は白いものを抱きたがる習性がありますから、電柱などに取り付ける碍子《がいし》や豚の脂身でも釣ります。生で刺し身で食べるのが一番ですが、一般的には酢蛸にします。軟らかく煮ても美味です。蛸の卵は藤の花房に似ていますから海藤花《かいとうげ》の名で呼ばれ、珍味中の珍味なのです。

源五郎鮒《げんごろうぶな》

堅田鮒《かただぶな》

琵琶湖畔の堅田の漁師、源五郎がとって安土城主に献じたことに由来した鮒で、琵琶湖にしかいません。普通は寒鮒を美味としますが、源五郎鮒は夏が旬と言われます。近江の名産、鮒鮨《ふなずし》の材に用いたとありますが、現在は煮頃鮒《にごろぶな》と呼ばれる、源五郎鮒より小ぶりの鮒を使います。煮頃鮒はまた似五郎《にごろ》鮒とも書かれ、源五郎鮒に似るの意です。鮒鮨は、春の乗っ込みの鮒をとって塩漬けにし、夏に飯を加えて本漬け、正月の食卓に上るという気の遠くなる工程を経た馴《なれ》鮨《ずし》です。

麦の秋

むぎのあき

麦秋《ばくしゅう》・麦秋《むぎあき》

麦の黄ばむ頃を麦の秋と呼びますが、麦秋《ばくしゅう》は陰暦四月の異名です。「秋」の語源をたどれば、穀物の成熟収穫の季節ということですから、麦の秋の言い方は、季節は夏でも理にかなうことになります。「むぎあき」に対して、秋の稲の取り入れの頃も「こめあき」と言いますから、これも理にかなっています。一面に黄ばんだ麦畑から立ち上る植物の乾く匂いや埃《ほこり》の匂いに郷愁を感じる人は多いはずです。

六月

水無月　みなづき
鳴神月　なるかみづき
風待月　かぜまちづき
蟬の羽月　せみのはづき
常夏月　とこなつづき

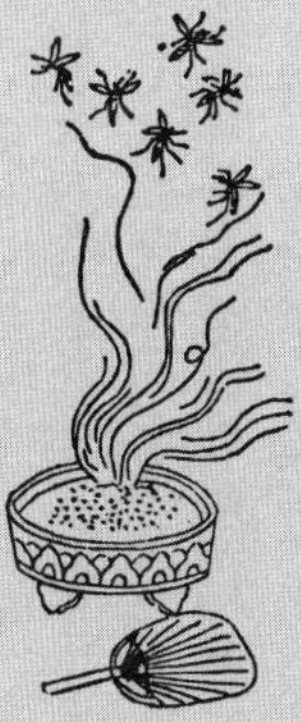

蚊《か》遣《やり》火《び》

陰暦の六月の異名は水無月《みなづき》で、今の陽暦に直すとほぼ七月に当たります。梅雨も明けて連日猛暑の続く頃ですから水無月の語感はぴったりですが、田植えも終え稲作りも一段落しますので、「皆《みな》し尽《つ》き」の語源説にも相づちが打てます。雷鳴は梅雨明けの徴《しるし》ですが、以後、夕方になると雷は雨をもたらしてくれますし、その雷光が稲を実らせると信じた人たちは稲妻の名をこの雷光に与えました。六月の異名、鳴《なる》神月《かみづき》もそんなところから付けられたのでしょう。盛夏になると風がぱたりと止みますから、風死すの季語もあります。朝夕の凪《なぎ》もそうですが、土用凪のような凪は何日も続き風が待たれます。そんな思いを伝えたのが風待月《かぜまちづき》の異名です。陸から海に吹く風が「だし」で、船の帆が風を孕《はら》みやすい方へ向けて吹く風ですから、港で風待ちしていた船には追い風となります。風待月のイメージがここにも重なります。蟬の羽のように薄くて軽い夏の衣服を蟬羽衣《せみのはごろも》と言いますが、出盛りの木々の蟬の羽に人々は暑さを預けたのでしょう、蟬《せみ》の羽月《はづき》とは言い得て妙です。常夏月《とこなつづき》も六月の異名ですが、ハワイの浜につながるモダンな語感があります。

杜鵑花　さつき　五月躑躅《さつきつつじ》・皐月躑躅《さつきつつじ》・山躑躅《やまつつじ》

関東以西、屋久島までに見られ、多くは河岸や岩の上に自生します。その名の通り、陰暦の五月に花を付けますが、なぜ「杜鵑」の字を当てるのかを示す歳時記は見当たりません。杜鵑《とけん》とは「ほととぎす」の漢名で、蜀《しょく》の王、杜宇《とう》の魂が化した鳥がほととぎすだと信じられていて、杜魄《ほととぎす》の表記も見えます。この鳥が鳴く頃、「さつき」が血に染めたような色の花を開くので、杜鵑の字をもらった――とする説がありますが、案外この辺が正解のようです。

杜若　かきつばた　燕子花《かきつばた》・かいつばた

この花の姿が燕の飛ぶさまに似ているところから燕子花の字ももらいました。夏の初めに、あやめに似た濃紫《こむらさき》の花を咲かせます。あやめが乾燥地に咲くのと違い、杜若は水辺に根を下ろします。『伊勢物語』で業平が「かきつばた」の五文字を頭に据えて、「唐衣《からころも》着つつなれにしつましあればはるばる来ぬる旅をしぞ思ふ」と都に残してきた妻をしのぶ歌を残してから、三河八橋《みかわやつはし》（現在の愛知県知立市《ちりゅう》）の杜若が有名です。「杜若」の表記は藪茗荷《やぶみょうが》の意だから誤用の説もありますが、定かではありません。

花橘　はなたちばな

橘《たちばな》の花《はな》・右近《うこん》の橘《たちばな》・常世花《とこよばな》・昔草《むかしぐさ》

卯の花と並んで古くから詩歌に詠まれた初夏の代表的な花です。『万葉集』だけでも、橘が六十六首詠まれています。垂仁天皇が田道間守《たじまもり》を常世国《とこよのくに》に遣わして求めたのが、橘の古名でもある「非時香菓《ときじくのかぐのこのみ》」で、食用蜜柑の古い呼び名でした。「香ぐはし波那多知婆那《はなたちばな》」のように香りを賞《め》でながら、時鳥《ほととぎす》と取り合わせて和歌にも仕立てられました。香りと言えば、北原白秋作詞の「ちやっきり節」にも、「花はたちばな／夏はたちばな／茶のかおり」とその香りがたたえられています。

アイリス　西洋《せいよう》あやめ

初夏に花菖蒲《はなしょうぶ》より少し小さめの花を付け、西洋あやめとも呼ばれます。あやめ科のイリス属の総称で、イリスはギリシャ語の虹のことですから、さながら虹のように美しい花を付ける意味になります。エジプトの王トゥトメス三世が紀元前十五世紀にシリアから持ち帰ったと伝えられ、古代ギリシャでは香水にも使いました。また、フランスの王家では、アイリスを十九世紀まで紋章として使っていた記録も残っています。

梔子の花《くちなしのはな》

花梔子《はなくちなし》・山梔子《くちなし》・梔子《しし》

梅雨の頃の匂いはと問われると、この花の香りを連想します。漢名の梔子は、この花が酒杯に似ていることからの名辞ですが、和名の「くちなし」の方は花ではなく、実が熟しても口を開かないからなのです。この実から染料を採り染物や料理に使われています。梔子色という色名は、梔子に紅を合わせた赤みのある黄色のことを言います。この花を病気見舞いに持って行こうものなら大変です。「死人に口無し（梔子）」だからです。鉢物が根付く（寝付く）と嫌われるのと同じです。

紫陽花《あじさい》

あずさい・手毬花《てまりばな》・四葩の花《よひらのはな》・七変化《しちへんげ》・八仙花《はっせんか》・かたしろぐさ・刺繍花《ししゅうばな》・瓊花《たまばな》

長い梅雨の間をなごませてくれるのが紫陽花です。白に始まって青、紫、淡紅と変身するこの花を古人は、七変化、八仙花と呼び、日に日に変わる彩《いろどり》を楽しみました。集まる意の「あず」と、その色の「真藍《さあい》」が合わさって「あずさい」となったのが語源です。和歌では、もっぱら四葩の花が使われました。近頃目立つ西洋紫陽花は、日本の紫陽花の改良種で、赤みが強く、透明度に欠けます。

紅の花　べにのはな

紅花《べにばな》・紅藍花《べにばな》・末摘花《すえつむはな》

かつて「江戸紫に京紅」とうたわれた京紅の原料は紅花でした。この紅や染料を作るため出羽（山形）から京へ紅花が運ばれ、中でも江戸時代には最上紅《もがみべに》が知られていました。エジプトの原産と言いますが、日本へは高句麗《こうくり》の僧・曇徴《どんちょう》が持ち込んだとされ、曇徴の来朝は六一〇年ですから、千四百年も前に伝わったことになります。紅花は末の方から摘むので末摘花の名をもらいましたが、『源氏物語』の「末摘花」の同名の主人公は、大きな赤鼻の醜女《しこめ》として描かれ、紅花のイメージとは大きくかけ離れています。

蕺菜　どくだみ

蕺菜《どくだみ》の花《はな》・十薬《じゅうやく》・之布木《しぶのき》

その強い悪臭から手腐《てぐさ》れと呼んだり、毒草と思われがちですが、さにあらずです。「どくだみ」の名前からして「毒を矯《た》める」ですから薬草なのです。俳人が好んで使う十薬も、植物を十種類も合わせたくらいの薬効があるところから名付けられました。そういえば四枚の花びらは、数字の「十」にも見えてきます。毒下しの内服から、腫物《はれもの》、化膿《かのう》、切り傷などに効きます。また、干したり茹《ゆ》でたりすれば臭みも消えるので食用にもします。『大和本草《やまとほんぞう》』には、根を掘ってご飯を炊く時に入れ、蒸して食べる方法も紹介されています。著者の貝原益軒が言っているのですから間違いないでしょう。

鈴蘭　すずらん　君影草《きみかげそう》・君懸草《きみかけそう》

北海道をはじめ、中部以北の山野に自生し、その花の可憐《かれん》さに人気がある花です。西欧での歴史は古く、各国の伝説や民話に取り入れられ、フランスでは五月一日を鈴蘭の日と定め、各地で祭りが開かれます。この日に鈴蘭の花束を贈られると、幸福が訪れることになっています。日本で一般に知られるようになったのは明治も末頃になってからです。アイヌの人たちは、保存食として行者《ぎようじやにんにく》 葫を大切にしますが、鈴蘭はセタプクサ（犬の行者葫）とかチロンヌプキナ（狐《きつね》の行者葫）と呼んで利用しませんでした。

五月雨　さみだれ　五月雨《さつきあめ》・皐月雨《さつきあめ》・さみだるる・五月雨雲《さみだれぐも》・五月雨傘《さみだれがさ》

梅雨と同じですが、梅雨は主に五月雨の降る時候を指しているのに対して、こちらは雨そのものを言う表現です。「五月《さつき》」の「さ」は、早苗《さなえ》や早乙女《さおとめ》の「さ」と同じで、神にささげる稲にかかわる言葉です。では「みだれ」は何なのかですが、山本健吉氏は「水垂《みだ》れ」説をとっています。また「さみだれ」の動詞化した「さみだる」を、接頭語「さ」プラス「乱れる」とし、恋心の乱れる意に使った和歌も見られました。

六月

青梅雨 あおつゆ

梅雨の頃はまた新緑の時節ですから、そこに降る雨を青梅雨と見立てた先人には頭が下がります。古代中国の哲理「陰陽五行説《いんようごぎょうせつ》」に従えば「青」は、東や春などに通う明るいイメージということになります。そう言えば夏の季語にも、青嵐、青簾《あおすだれ》、青東風《あおごち》、青葉潮、青水無月《あおみなづき》などのように、ことさら「青」を強調したものが多く見られます。じめじめした梅雨のさなかであれば、その思いも一層募ったことでしょう。

五月闇 さつきやみ

梅雨闇《つゆやみ》・夏闇《なつやみ》

五月雨《さみだれ》の降る頃の昼の暗さと、月のない闇夜の両義に使われていますが、その闇の原因が五月雨によっていることは同じです。古人は「闇」に、末法《まっぽう》に至り仏が廃れると思い、「闇路」は死者の行く世界と観じ、好ましくない事態に手が施せない時「闇々《やみやみ》」の言葉をつぶやきました。中国人が陰暦の「五月」を「悪月《あくげつ》」と呼んだ思想が、日本人の心の中にも脈々と生きているような季語が「五月闇」かもしれません。

黒南風 くろはえ

くろばえ・ながし南風《はえ》

「はえ」の言い方は、主に近畿以西のもので、黒南風と言うと、雲の垂れこめた梅雨の頃に吹く南風です。梅雨が明けてから吹く白南風《しらはえ》と違い、黒の文字がその暗さを表しています。九州と四国の一部では、梅雨のことを「ながし」と言いますので、その頃に吹く南風は「ながし南風」なのです。また、全国で長雨のことを「ながしけ」とか「ながじけ」と呼びますが、長雨に嫌気がさしている生活者の実感が読みとれる言葉です。

白南風　しらはえ｜しろばえ・しらばえ

梅雨の明けた頃に吹く南風のことを言います。梅雨雲が重く垂れこめた頃に吹く黒南風《くろはえ》と違って、夏空の下を吹く風には、いかにも「白」の文字がかなっています。そして、陰から陽への転換に、弾みさえ感じる語感があります。黒と白の対比は、その差を際立たせる手法で、かつての新嘗祭《にいなめさい》や大嘗祭《だいじょうさい》に供された黒酒《くろき》と白酒《しろき》のような使われ方が、周囲にはたくさんありました。

やませ　山背風《やませかぜ》・山瀬風《やませかぜ》

「せ」は、古くは風の意ですから、「やませ」と言えば、山から吹いてくる風のことです。『利根川図志』では「やまで」、つまり日光山より出てくる風の意としています。しかし、この「やませ」は北海道や東北に冷害をもたらす北東風なのです。黒潮は夏、青森沖から北海道沖まで上りますが、時には金華山沖以北に上らない年があります。すると冷夏となり、餓死風《がしかぜ》と呼ばれる北東風の「やませ」が続くのです。

だし｜七日《なのか》だし

「だし」に漢字を当てれば「出し風」になります。出し風とはうまく言ったもので、船を出すのに都合よく、陸から海に向けて吹く風のことです。どこか北前船の行き来していた時代を想像させてくれる風です。従って土地によって風向きもまちまちですが、航海には順風で、「七日だし」と言われるように、何日も吹き続けることがあったようです。全国の方言を集めた『物類称呼《ぶつるいしょうこ》』には、「越後にて東風をだしといふ」とありますが、太平洋側の静岡や愛知での「だし」は西北から吹く風となっています。

あいの風《かぜ》｜東風《あゆのかぜ》・あゆの風《かぜ》・あい

「あい」は「あゆ」の転ですから東の風の意になります。日本海側では、東風、北東風、北風といろいろな風をこう呼びますが、いずれにしても沖から陸に吹きつける風のことです。東風の用例は古く、『万葉集』には大伴家持《おおとものやかもち》の歌「東風《あゆのかぜ》いたく吹くらし奈呉《なご》の海人《あま》の釣する小船漕ぎ隠る見ゆ」が見えます。『全国方言辞典』（東條操編）には、「あいの風」の言葉は、北は北海道、青森から南は山口に及ぶ日本海沿岸地方の方言として出てきます。

優曇華｜うどんげ

梵語《ぼんご》のウドンバラ（祥瑞《しょうずい》）の訳語が優曇華で、無花果《いちじく》の一種と言われる植物です。三千年に一度花を付け、その開花の時は仏が出世すると言われますから、極めて得がたい時機に会うことの比喩としても使われました。その優曇華も日本では、草蜉蝣《くさかげろう》の卵のことで、糸の先に十数本の球がついたものです。この昆虫の幼虫は蟻巻《ありまき》を食べる益虫で、蟻巻の巣の周辺に卵を産みます。本来は祥瑞のしるしの優曇華が、凶事の予兆と見られる地方があるのは、何とも無気味な卵の姿に関連がありそうです。

螻蛄《けら》｜おけら

蟋蟀《こおろぎ》ほどの大きさの虫で、昼は土中に潜んで、夜空中を飛び灯火に集まります。土を掘るにふさわしいユーモラスな脚を広げるので、かつての子どもの間には、自分の知りたいものの大きさを、この螻蛄に問う遊びがありました。沖縄の石垣島などではニーラ・コンチェンマ（地底の世界の姉さんの意）と呼んで、螻蛄に模した子どもが砂に伏せ、ほかの子が砂をかけ、地底の様子を尋ねる遊びもあり、占いに似たこの問いかけは全国共通だったようです。

鰻 うなぎ

鰻掻《うなぎがき》・真蒸《まむ》し・鰻筒《うなぎづつ》

鰻の稚魚のしらすは、春に川を遡りますが、夏は貪食《どんしょく》になり、小魚から昆虫、貝、海老など何でも口にします。淡水域で五〜十年を過ごした親魚は、秋に産卵のため海に下ります。現在、食膳に供されるのはほとんどが養殖ものです。『万葉集』に大伴家持《おおとものやかもち》の歌が見られるくらいですから、随分古い付き合いになります。土用丑《うし》の日に食べる蒲焼きは、鰻を今のように裂かずに、口から串を刺して焼きました。その形が蒲《がま》の穂に似ているので「蒲」をもらったと物の本にはあります。

鯰 なまず

梅雨鯰《つゆなまず》・ごみ鯰《なまず》・鯰鍋《なまずなべ》

地震の予知能力が真剣に問われている鯰ですが、大別すると、清流に棲《す》み味に臭みのない「いわとこ鯰」と、一般的な泥鯰、それにアメリカ鯰に分けられると言います。子どもたちがかつて置き鈎《ばり》で釣った泥鯰は、泥臭いので塩でぬめりを取り、酒や生姜《しょうが》、葱《ねぎ》などで匂いを消して、汁物、鍋、杉焼きに仕立てました。地震鯰の迷信は、「鹿島の事触《ことぶれ》」によって全国に広まったと伝えられます。近世の頃、その年の豊凶を鹿島大明神の神託と称して触れ回った神人が「鹿島の事触」ですが、その折に大魚や亀、竜が寝返りを打つと地震が起きるので、地震押えの要《かなめ》石《いし》の功徳を触れ歩いたということになっています。

紫蘇　しそ

赤紫蘇《あかじそ》・青紫蘇《あおじそ》・紫蘇《しそ》の葉《は》

赤紫蘇は梅漬けに、青紫蘇（大葉）は薬味として日常生活に欠かせない香辛野菜です。この紫蘇は野菜の中でも最も古いもので、五千年前の縄文前期の福井県・鳥浜貝塚から種子が出土しています。中国でも、六世紀の『斉民要術《せいみんようじゅつ》』に、羊や豚肉の醤油《しょうゆ》漬けに使ったり、干した紫蘇を火で焙《あぶ》って細かくし鳥汁に使うなど、香辛料としての紫蘇の活用が既に紹介されています。

鴉の子　からすのこ

烏の子《からすこ》・子鴉《こがらす》

全国に見られる留鳥で、嘴太鴉《はしぶとがらす》はカーカーと鳴き、嘴細鴉《はしぼそがらす》の方はガーガーと鳴くと言われます。悪食《あくじき》でずる賢い鴉は嫌われものですが、親鳥に育てられる夏の鴉の子はかわいいものです。中国では、太陽の中に三本脚の鴉がいると信じられ、鴉を陽鳥としてきました。また、母鳥が六十日間も子を育み、成長した子鴉は母鳥を養う俗説もあり、これが儒教で言う「烏に反哺《はんぽ》の孝あり」です。おなじみの童謡「七つの子」も、その子育ての様子を歌にしたものです。

早乙女　さおとめ

そうとめ・五月女《さつきめ》・五月乙女《さつきおとめ》・早女房《さにょうぼう》・植女《うえめ》・早乙女宿《さおとめやど》

かつては、単衣《ひとえ》の紺絣《こんがすり》に手甲《てっこう》、脚絆《きゃはん》、赤い帯に、これまた赤の襷《たすき》、頭には菅笠《すげがさ》が、早乙女の定番でした。農家の互助組織「結《ゆ》い」の手間で間に合わない場合は、出稼ぎの早乙女を使い、その人たちの泊まる早乙女宿もあったくらいです。早乙女の「さ」は田にかかわる言葉で、五月《さつき》や早苗《さなえ》、田植えを終えた後の宴、早苗饗《さなぶり》の「さ」と同じ意味を持ちます。ですから早乙女は、田の神に奉仕する神聖な少女の意味でしたが、五十代、六十代の女性でも、この日ばかりは早乙女と呼ばれています。

早苗饗　さなぶり

田植仕舞《たうえじまい》・さのぼり・さなぼり

田植えを終え神に感謝する祝宴ですが、辛かった作業の骨休みの日でもありました。田植えを始める日の祝いを「さおり」と言いますが、「さ」は稲の意ですから漢字を当てれば「早下《さお》り」になりましょう。同じ祝いを「早開《さびら》き」と言います。これらに対して田植えを終えた後の祝いが早苗饗で、九州や四国には「早上《さのぼ》り」の表現も見られます。群馬では「まんが洗い」と言いますが、「まんが」は馬鍬《まぐわ》の訛《なま》ったものですから、具体的に鍬を洗う光景が見えてきます。農家にとって区切りの大切な儀式だったことが想像できます。

蛍狩　ほたるがり

蛍見《ほたるみ》・蛍舟《ほたるぶね》・蛍見物《ほたるけんぶつ》

農薬などの散布で一時は姿を消しましたが、近頃はあちこちに蛍狩の新名所が生まれています。箒《ほうき》や団扇《うちわ》を手に、蛍狩に興ずる風景は名所図会でおなじみですが、石山や宇治の蛍の名所では、蛍舟を出して蛍見を楽しんだという記録もあります。「都下の遊人黄昏《たそがれ》より漫遊し、籠中《ろうちゅう》に入て家裏《いえづと》（土産《みやげ》）とす」は、『東都歳事記』に描かれた、かつての東京の風俗です。『源氏物語』の「蛍」には、光源氏がたくさんの蛍を室内に放ち、玉鬘《たまかずら》の美を際立たせる場面が出てきます。

蛍袋　ほたるぶくろ｜山小菜《ほたるぶくろ》・釣鐘草《つりがねそう》・提燈花《ちょうちんばな》・風鈴草《ふうりんそう》

子どもは、周りにある自然を何でも利用して遊ぶ天才ですが、蛍籠の代わりにこの花を代用しました。容れ物としてだけでなく、淡紅紫色の花を透かして明滅する蛍火に感動したに違いありません。釣鐘草、提燈花、風鈴草も、花の姿から言い得て妙ですが、こちらの命名には大人の発想を感じます。その点、蛍袋には、蛍を触った際のあの臭さまで思わせるリアリティーが込められています。

蝲蛄　ざりがに｜ざりがに

北海道や東北の渓流に棲息する日本古来の蝲蛄もいますが、普通はアメリカ蝲蛄を指します。昭和の初め、神奈川県の大船付近での繁殖が見つかり、食用としての評価も高く、アメリカから輸入した、と物の本にはあります。農薬を使わない時代には、どこの田川にもいて、子どもにも簡単に獲れるところから、戦中、戦後の貴重な蛋白源《たんぱく》になりました。稲の株を切ったり、田の畔《くろ》に穴を開け漏水の原因になる蝲蛄は、農家からは目の敵にされていました。

鮎　あゆ

年魚《ねんぎょ》・香魚《こうぎょ》・鮎鮨《あゆずし》・鮎膾《あゆなます》・鮎魚田《あゆぎょでん》・鮎狩《あゆがり》・鮎掛《あゆかけ》・囮鮎《おとりあゆ》・鮎籠《あゆかご》・鮎漁《あゆりょう》

川で孵化《ふか》した稚魚はいったん海に入り、春先になると川上へ遡《さかのぼ》ります。一年で命を終えるところから年魚、西瓜《すいか》のような匂いを発するので香魚の別名も持ちます。石苔《いしごけ》を常食とします。六月一日の解禁とともに鮎漁が始まり、淵釣《どぶづ》り、友釣り、簗《やな》、鵜飼い等でとります。塩焼きにして蓼酢《たです》で食べるのを最高に、鮨、膾《なます》、魚田などにしますが、腸《わた》や卵は塩漬けの鱁鮧《うるか》にして秋に食べます。「鮎は夏なり。若鮎は春なり。錆鮎《さびあゆ》は秋なり」が、俳諧の定法となっています。

黒鯛　くろだい

ちぬ・黄鰭《きびれ》・本《ほん》ちぬ・かいず・けいず・ちんちんかいず・ちんちん・梅雨《つゆ》かいず・ちぬ釣《つり》・かいず釣《つり》

関東地方では、幼魚をちんちん、やや大きくなってかいず、成魚を黒鯛と呼び、釣り人の垂涎《すいぜん》の的と言える魚です。西日本ではちぬと呼ばれますが、古くは大阪湾を茅渟海《ちぬのうみ》と呼び、黒鯛の獲れた海の名残と言えます。瀬戸内海の四年物を美味としますが、それも外洋から入って来た黒鯛は身が細く、意外に冷たい瀬戸の底にじっと耐えたものを良品と言うとは、高松の料理屋で教わった話です。

藺　い

藺草《いぐさ》・藺田《いだ》・細藺《ほそい》・燈芯草《とうしんそう》

この植物の茎で畳表や花筵《はなむしろ》をこしらえ、かつては行燈《あんどん》などの燈芯にも使われましたし、墨の原料とする煤煙用にも利用しました。岡山の月の輪古墳からは、鉄の鏃《やじり》を包んだ藺草の芯が見つかっています。江戸中期には、備後《びんご》の畳表が最高級品とされ、続いて備中《びっちゅう》、備前、近江の物の名が挙がっています。倉敷市の五座《ござ》八幡《はちまん》は、神功《じんぐう》皇后に茣蓙《ござ》を奉ったゆえの命名で、茣蓙の発祥の地とされます。

蚊帳　かや

蟵《かや》・蚊蟵《かや》・蚊幬《かや》・蚊屋《かや》・蚊帳《かちょう》・蚊袋《かぶくろ》・麻蚊帳《あさがや》・青蚊帳《あおがや》・蚊帳《かや》の手《て》・初蚊帳《はつがや》・枕蚊帳《まくらがや》・母衣蚊帳《ほろがや》

蚊帳には一般に麻が使われ、萌黄《もえぎ》色や白、水色などに染め、赤い縁布が付いていました。初めて蚊帳を吊ってもらった晩などは、蚊帳独特の匂いと別空間に興奮したものです。蚊帳の出入りも裾《すそ》を揺すらないと蚊が入るので、子どもはよく叱られました。死者の遺骸や産婦も蚊帳の中に入れる風習があり、蚊帳の魔除けの効果を信じたのかもしれません。そういえば、雷の時は蚊帳の中が安全と言われましたし、吊り初めも秋の蚊帳の別れの日も吉日が選ばれたのは、これと無縁ではなさそうです。

蚊遣火　かやりび

蚊遣《かやり》・蚊《か》いぶし・蚊火《かび》・蚊遣草《かやりぐさ》・蚊遣粉《かやりこ》・蚊取線香《かとりせんこう》・蚊取香水《かとりこうすい》

夏の夕方、縁先に出て涼風に当たりながら過ごす夕端居《ゆうはしい》の時など、蚊遣火を焚いていれば蚊や蚋《ぶよ》の難から免れます。また、就寝前に蚊遣火を焚いて蚊を追い出してから蚊帳《かや》を吊りました。蚊遣火には、榧《かや》、桜、松などの小枝や、菊や枯れ草、松葉、杉の葉、陳皮《ちんぴ》などのほか鉋屑《かんなくず》、縄まで使いますが、長時間燻《いぶ》さねばならず、縄に水をかけて使ったりもします。除虫菊でこしらえた蚊取線香の出現は当時、革命的なことでした。

南風　みなみ

大南風《おおみなみ》・南吹《みなみふ》く・正南風《まみなみ》・南風《みなみかぜ》・南風《なんぷう》

南から吹く暖かい湿った風が南風で、低気圧が通過する時の強い風は大南風と呼んでいます。風を方角で言うのは、東風《こち》を除いて、西風《にし》、北風《きた》と同じで、漁民や農民といった生活者の省略なのかもしれません。南風の言い方は関東以北の、それも太平洋岸の漁民や船乗りなどのもので、ほかの地方では「はえ」や「まじ」の表現が主流です。単に「南」と書いただけで南風《みなみかぜ》を指す言い方は『万葉集』の歌にも出てきます。

はえ

南風《はえ》・正南風《まはえ》・南東風《はえごち》・南西風《はえにし》・沖南風《おきはえ》

「はえ」や「まじ」の言い方は、主に近畿以西で使われる南風のことです。穏やかに吹く順風のことですから船乗りに喜ばれる風です。梅雨の頃に吹く風は別に黒南風《くろはえ》と呼ばれ、とくに九州や四国の一部では梅雨のことを「ながし」と言うので「ながし南風《はえ》」の言い方もあります。梅雨が明けた頃の南風《みなみかぜ》は白南風《しらはえ》で、空が明るくなりますので「白」の字を用いています。強い西南風の「野分《のわき》の南風《はえ》」が吹くと秋がやって来るとも言います。

筍流し

たけのこながし

筍梅雨《たけのこづゆ》・筍黴雨《たけのこづゆ》

風の呼び名には、そこに暮らす人びとの思いがいろいろに込められているものです。九州や高知県、それに徳島県祖谷《いや》地方で「ながし」と言えば梅雨のことを指しますが、筍流しの「ながし」は、筍の季節に吹く南風のことを言います。同じ季節の茅花《つばな》の絮《わた》がほぐれる頃の風を茅花《つばな》流《なが》しと言うのと発想は同じです。この風が「ながし南風《はえ》」で、梅雨の頃よく吹く風ですから、九州や四国の一部で梅雨を「ながし」と呼ぶこともうなずけます。「ながし」は「長し」に置きかえることもできます。折から卯《う》の花《はな》の咲く季節、この花を腐らすような雨ですから卯《う》の花《はな》腐《くた》しの言葉もあります。

葭切　よしきり　葦切《よしきり》・行々子《ぎょうぎょうし》・葭原雀《よしはらすずめ》・葭雀《よしすずめ》・葦鶯《あしうぐいす》

普通に葭切と呼ぶ鳥は、大葭切のことで、葭原に群棲するので葭原雀や葭雀の異名があります。葦鶯の名もありますが、およその名にはふさわしくなく、けたたましくギョギョシ、ギョギョシと鳴くところから行々子とも呼ばれます。四月末から五月にかけて飛来し、湖沼や河畔などの葭の密生する場所に生息します。「葭切が土用に入ったよう」は群馬県の諺《ことわざ》ですが、葭切は土用になると鳴かなくなると信じられているところから、騒がしい人が押し黙った時などの比喩に使います。

蝙蝠　こうもり　かわほり・蚊喰鳥《かくいどり》・家蝙蝠《いえこうもり》・大蝙蝠《おおこうもり》・山蝙蝠《やまこうもり》

翼はあっても哺乳類《ほにゅうるい》ですので、子を産み乳を飲ませます。視覚が退化し、代わりに聴覚が発達し、喉《のど》から出す超音波の反射で距離を計って飛びます。見るからに無気味な姿ですので、西欧では魔女の化身などと言われます。しかし中国では蝠が福に通じるので歓迎されます。蚊を食べるところから蚊喰鳥の異名も付けられました。市川団十郎の替え紋の一つが蝙蝠ですので、団十郎を蝙蝠と呼ぶ人もいます。

時鳥 ほととぎす

杜鵑《ほととぎす》・子規《ほととぎす》・不如帰《ほととぎす》・郭公《ほととぎす》・蜀魂《ほととぎす》・杜魄《ほととぎす》・田長鳥《たおさどり》・妹背鳥《いもせどり》・沓手鳥《くつてどり》・卯月鳥《うづきどり》・杜鵑《とけん》・杜宇《とう》・賤鳥《しずどり》・童子鳥《うないごとり》・冥途《めいど》の鳥《とり》

五月中頃に渡って来て晩秋に南方へ帰る渡り鳥です。鳴き声に特徴があって、その擬音を「天辺《てっぺん》かけたか」とか「本尊《ほんぞん》かけたか」と聞いたり、「特許許可局」とアナウンサーの早口テストのようにも聞いていました。しかしその声を待つ風流人も多く、鶯《うぐいす》とともに初音《はつね》の言葉が許されました。忍《しの》び音《ね》も、渡って来たての頃のひそやかな時鳥の鳴き声にだけ許される言葉です。「鳴いて血を吐くほととぎす」の有名な台詞《せりふ》は、時鳥の口腔が赤いことと、昼夜を分かたず喉が裂けんばかりに鳴くことに起因します。また、時鳥の托卵も有名で、鶯の巣から卵を一つくわえ出して、そこに卵を産むちゃっかりぶりです。

郭公 かっこう

閑古鳥《かんこどり》

古くは閑古鳥の呼び名でしたが、その鳴き声から郭公の方が親しまれています。時鳥《ほととぎす》、筒鳥《つつどり》、慈悲心鳥《じひしんちょう》などとともに、時鳥科の鳥で、五月中頃に南方から渡って来ます。郭公も時鳥と同じように頬白《ほおじろ》、鵙《もず》、葭切《よしきり》などの巣に托卵します。寂しそうに鳴くところから閑古鳥と呼ばれましたが、この名前がひとり歩きして、「閑古鳥が鳴く」と言えば、店から客足が遠のいた時などに使いますし、さらに悪意の、貧乏や一文なしの代名詞にすら使われる始末です。

仏法僧《ぶっぽうそう》｜三宝鳥《さんぼうちょう》・木葉木菟《このはずく》

不思議なことに、昭和十年に実体が分かるまで、木葉木菟の鳴き声「ブッポーソー」を、仏法僧の鳴き声と、誰もが信じていました。この誤りは、仏法僧と木葉木菟の生息地が一緒のことが多かったからです。以後は、「姿の仏法僧」「声の仏法僧」などと分けて呼ばれた時代もあります。動物学的な分類は分かっていても、詩人にとっては、仏法僧が「ブッポーソー」と鳴くと信じたいところがあります。ちなみに本物はギャーとかゲアと濁声《だみごえ》で鳴き、本当のところ艶消しです。

駒鳥《こまどり》｜こま

鳥は鳴き声から名前を付けられる例が多いのですが、駒鳥もヒインカラカラと囀《さえず》り、馬の嘶《いなな》くのに似ているところからの命名で、鶯《うぐいす》、大瑠璃《おおるり》と並んで三名鳥の称号をもらっています。『和《わ》漢三才図会《かんさんさいずえ》』にも、「其声高く清くして長く滑らかなり。必加羅加羅と曰《い》ふが如く、走馬の轡《くつわ》を鳴らすに似る」とあります。嘶きに似ているのか、轡を鳴らすのに似ているのか、これだけではあいまいですが、駒鳥の語源にだけは届いたようです。

慈悲心鳥《じひしんちょう》｜十一《じゅういち》

動物学的にはもっぱら十一を使いますが、俳人の方は、というより文学作品の中では慈悲心鳥の名の方が多く用いられます。鳴き声がジュイッチー、ジュイッチーですから、十一の名でもよいのですが、「慈悲心」と聞こえた方がどこか深みがあります。一般には慈悲心の字から仏法僧の異名と解し、日光山中に棲むと伝えられてきた鳥です。この鳥も時鳥《ほととぎす》科ですから、自分で卵や雛《ひな》を育てず、大瑠璃《おおるり》や瑠璃鶲《るりびたき》に托卵《たくらん》します。

虎鶫《とらつぐみ》｜鵺《ぬえ》・ぬえつぐみ

鶫の仲間では最大で、新月形の虎斑《とらふ》があるところから、この名があります。夜半から夜明けにかけて、口笛に似た悲しげな声で鳴くので、昔から忌むべき鳥とされ、鵺の名まで付けられました。平安時代の末期、源頼政《みなもとのよりまさ》が宮中で射落としたのが鵺で、「かしらは猿、むくろは狸、尾はくちなは（蛇）、手足は虎の姿なり」と『平家物語』には、やや大仰に書かれています。枕詞《まくらことば》としての「鵺鳥《ぬえどり》の」も、鳴き声の悲しさを取り込んで、「うらなく」「のどよふ」「片恋ひ」に掛かります。

三光鳥《さんこうちょう》

雄の鳴き声が「ツキ（月）ヒ（日）ホシ（星）、ホイホイホイ」と聞こえることから、名誉ある三光鳥の名をもらいました。本州から屋久島までは夏鳥としてやって来ますが、奄美《あまみ》大島以南の南西諸島や台湾などでは、留鳥として分布しています。

万緑《ばんりょく》

夏の盛りの草木が、最も緑を濃く湛えている様子を言います。北宋の政治家で、唐宋八家の一人に数えられる王安石の詩に「万緑叢中紅一点」と出てくる言葉です。この万緑を中村草田男が「万緑の中や吾子《あこ》の歯生え初《そ》むる」と使ったことにより、新しい季語として誕生しました。普段はあまり新季語に関心を示さない高浜虚子までもが、「万緑の万物の中大仏」と使ったところから、俳人は競ってこの季語に挑戦しました。虚子が使ったからだけでなく、この季語の風景の大きな把握に魅力を感じたのでしょう。

陶枕《とうちん》

磁《じ》枕《ちん》・青磁《せいじ》枕《ちん》・白磁《はくじ》枕《ちん》・石枕《いしまくら》・金枕《かねまくら》・竹枕《たけまくら》・木枕《きまくら》・瓦枕《かわらまくら》

陶磁でこしらえた枕で、色によって青磁枕や白磁枕などと呼ばれます。中には山水などの涼しげな模様を描いたものもありました。こんな発想は中国渡来のもので、中世の説話集『十訓抄《じっきんしょう》』には、右大臣の徳大寺公継《きんつぐ》が、獅子《しし》の形の陶枕を女房に贈るくだりが見えます。硬くてひんやりした感触から、江戸時代の文人墨客に好まれ、もっぱら昼寝用に愛用されたと言います。

夏暖簾｜なつのれん｜麻暖簾《あさのれん》

「のれん」は唐音《とうおん》の「のうれん」の転です。とくに夏暖簾は麻のように軽く透明感のある素材が使われ、花柳界では絽《ろ》の暖簾が使われていました。そもそも暖簾は、禅家で寒風を防ぐ垂れ幕として普及し、格式のある大店《おおだな》、民家でも使われるようになりました。「暖簾に腕押し」は暖簾そのものの表現ですが、「暖簾に傷」や「暖簾分け」は商家の信用の代名詞として使われた諺《ことわざ》です。

虎が雨｜とらがあめ｜虎《とら》が涙《なみだ》・虎《とら》が涙雨《なみだあめ》

雨にも随分と変わった名もありますが、虎が雨もその一つです。陰暦の五月二十八日は曾我兄弟が討たれた日ですが、その日は不思議と雨が多いのです。誰言うとなく、十郎祐成《じゅうろうすけなり》と契った遊女・虎御前《とらごぜん》の涙が雨となったと。気象学的には、十一月三日の文化の日のように雨の降らない「特異日」があるのだそうですが、改めてこの日を見直して下さい。陽暦に直せば梅雨の真ったただ中です。特異日でも何でもないのです。

夏越

なごし

夏越《なごし》の祓《はらえ》・大祓《おおはらえ》・祓《はらえ》・禊《みそぎ》・茅《ち》の輪《わ》・菅貫《すがぬき》・輪越祭《わごしまつり》・撫物《なでもの》・形代流《かたしろなが》す・川社《かわやしろ》・水無月祓《みなづきはらえ》・夏祓《なつはらえ》

毎年、陰暦の六月の晦日《みそか》に行われる大祓の神事が夏越です。この日は白茅《ちがや》で編んだ茅の輪または菅貫を潜《くぐ》って祓を行います。茅の輪くぐりの霊験は、蘇民将来《そみんしょうらい》（疫病除けの神）が腰に茅の輪を着けていて疫病を免れた『備後風土記《びんごふどき》』の説話に基づいています。この日はまた、身代わりの形代《かたしろ》を神社に納め、川に流して穢《けがれ》を祓ってもらいます。

氷餅を祝う

ひもちをいわう

氷《こおり》の朔日《ついたち》・氷室《ひむろ》の節供《せっく》

氷室は冬の氷を貯蔵しておいて、夏に供するための室ですが、陰暦の六月一日に、宮中では臣下に氷室の氷を賜りました。その故事にならって、民間でもこの日、氷餅を食べ祝います。正月や小正月の鏡餅、餅花を保存したものが氷餅で、山陰や北陸、東北などでは歯固《はがため》と称してこの日に食べる習慣があります。近松門左衛門の浄瑠璃には『心中刃は氷の朔日《しんじゅうやいばはこおりのついたち》』があって、この日を氷の朔日と呼んでいますし、石川県の南部には氷室の朔日の言い方も残っています。

富士垢離　ふじごり｜富士行《ふじぎょう》・富士小屋《ふじごや》

神仏に祈願する際、冷水を浴び体の穢《けがれ》を清めるのが水垢離ですが、富士詣《ふじもうで》をする人たちも、富士宮市の浅間神社《せんげんじんじゃ》わきのお壺《つぼ》と呼ばれる池で禊《みそぎ》を行いました。一方、富士行者の山伏が行う人垢離《ごり》は、富士詣の始まる陰暦六月一日の前の一週間、富士小屋にこもり、毎日川辺で垢離をとり、富士山を遥拝《ようはい》しますが、富士山には登りません。つまり大垢離=代垢離《だいごり》で、金銭をもらい、願主《がんしゅ》に代わって病気平癒や招福を祈願したもので、職業としても成り立っていました。

七月

文月　ふみづき
文披月　ふみひらきづき
棚機月　たなばたづき
女郎花月　おみなえしづき
蘭月　らんげつ
親月　おやづき
涼月　りょうげつ

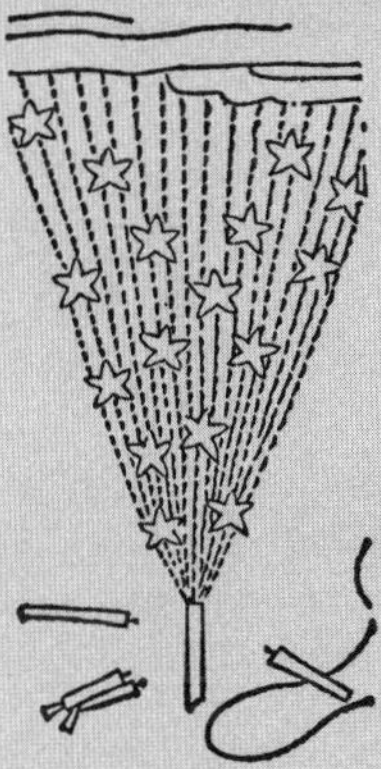

花火

陰暦の七月は、七夕や盂蘭盆会《うらぼんえ》の月ですから、これにちなんだ異称があります。文月《ふみづき》は単に「ふづき」とも言いますが、七夕竹に付ける文を広げる文披月《ふみひらきづき》を語源とする説と、稲の実りの頃ですので、穂の「含み月《ふふづき》」を語源とする両説があります。棚機月《たなばたづき》の方は、字義通り牽牛《けんぎゅう》と織女《しょくじょ》の七夕伝説にあやかった異称です。古人にとって、盂蘭盆会は一年のうちで最も重要な行事でしたから、親月《おやづき》の呼び名もあります。現代風に言う親は単に両親ですが、祖《おや》と同義語で祖先の意味の方が強く、精霊としてやってくる祖先をいかに大事にしていたかがうかがえます。今の暦で言えばほぼ八月で、既に秋の風情が感じられる頃です。ですから、女郎花月《おみなえしづき》も蘭月《らんげつ》もまた適切な名辞です。中でも女郎花は、盆花になくてはならない花ですし、奈良県の吉野地方では、盆花と言えば女郎花を指すことになっています。冷やかに感じる秋の月を涼《りょう》月《げつ》と言いますが、この表現も七月の異称に取り込んでいます。誰もが待ち望む十五夜や十三夜の名の月の到来を予感させる思いも涼月には込められています。

半夏生《はんげしょう》｜半夏《はんげ》・半夏雨《はんげあめ》

七十二候《しちじゅうにこう》の一つで、夏至から数えて十一日目ですから、七月二日頃が半夏生です。半夏とは妙な名ですが烏柄杓《からすびしゃく》の別名で、この植物が生える季節なので半夏生の呼び名は理に適っています。またこの日は、物忌みが多く、酒肉をとらず、野菜を食べず、井水を飲むことを禁じたり、地荒神（畑の神）を祀り、神酒、麦団子を神に供える日でもありました。それもこれも、「半夏半作」と言われる稲作の後半にかける思いが込められているからです。この日の雨を半夏雨と言い、この雨が降ると大雨が続くと信じられていました。

月見草《つきみそう》｜月見草《つきみぐさ》・待宵草《まつよいぐさ》・大待宵草《おおまつよいぐさ》

七、八月頃、白い花を夕方に付け、朝方萎《しぼ》むのでこの名がありますが、自然環境に弱く、現在はほとんど見られません。今日、月見草と言われているのは、別種の待宵草や大待宵草で、こちらは黄色い花を夕方に付け、月見草と同様に朝萎みます。竹久夢二の『どんたく』の中で「待てど暮らせど来ぬ人を宵待草のやるせなさ」と歌う宵待草は明確ですが、太宰治の小説『富嶽百景《ふがくひゃっけい》』の中で言わしめた「富士には月見草がよく似合ふ」の月見草とは、どちらの花を指しているのでしょう。

百合　ゆり

百合《ゆり》の花《はな》・山百合《やまゆり》・鬼百合《おにゆり》・鉄砲百合《てっぽうゆり》・笹百合《ささゆり》・姫百合《ひめゆり》・鹿の子百合《かのこゆり》・黒百合《くろゆり》・早百合《さゆり》

牡丹《ぼたん》や芍薬《しゃくやく》と並び称される日本の代表的な花が百合です。山百合や姫百合は上代から見られましたが、近世になって、観賞用として鬼百合や笹百合などが栽培され始めています。自生地も多く、白山に群落のある黒百合は石川県の郷土の花ですし、神奈川県は山百合を県花としています。ただ森川許六《もりかわきょりく》の『風俗文選《ふうぞくもんぜん》』では「生得いやしき花」と貶《おとし》めて、輿車《こしぐるま》にのれる位を持たない女のようだ、とします。一方襲《かさね》の色目としての百合は、表が赤、裏が朽葉《くちば》色のあでやかなもので夏に用います。

合歓の花　ねむのはな

花合歓《はなねむ》・ねぶの花《はな》・ねむり木《ぎ》・合昏《ごうこん》・こうかの花《はな》・絨花樹《じゅうかじゅ》・合歓《ねむ》の条花《すじばな》

六月から七月にかけてほぼ二か月間、掌を差し伸べたような枝の上一面に、化粧用の牡丹刷毛《ぼたんばけ》に似た花を付けます。この花を芭蕉は中国の美女・西施《せいし》に見立てましたが、この発想は蘇東坡《そとうば》の詩にも見られます。日が暮れると葉が左右から閉じるので「ねむ」ですが、「合歓」の字には、その葉の性質から男女の交合の意味も込められています。合歓を音読みにした「ごうかん」が転じて「こうかの木」とも言い、合歓を植えると、人の怒りを除く効果があると書く、古い書物もあります。

夏の月　なつのつき

月涼《つきすず》し・夏《なつ》の霜《しも》・月《つき》の霜《しも》

詩歌では、四季折々の月が実に丁寧に詠まれています。類題和歌集『古今和歌六帖《こきんわかろくじよう》』では天象から草虫木鳥までを五百十六題に分けていて、月も春から冬までの四季の月から、雑月《ぞうのつき》、三日月までに分類し、古人の月への強い思いを垣間見せています。とくに夏の月は、地面を白々照らすところから、夏の霜とか月の霜の名辞を与えられています。しかし、現代に連なる季感から言えば、夏の月は「涼し」と言い留めることが適っているようです。

夏の宵　なつのよい

宵《よい》の夏《なつ》

夏の夕より夏の宵の方が幾分情緒的な使い方です。縁台将棋を指したり、手花火に興じたりと家にこもるまでの短い時間を指します。ところが宵とは、もともとは、夜を宵・夜中・明時《あかとき》と分けた時の、日暮れから夜中までの長い時間帯を指す言葉だったのです。「宵越しの銭は持たぬ」の江戸っ子の気風《きっぷ》も、「宵っ張りの朝寝坊」の言葉も、そう取らないと理解できないはずです。一般に宵待草と呼ばれる大待宵草は日没後に咲きますので、現代的な宵の解釈での命名と言えます。

雷

かみなり

鳴神《なるかみ》・いかずち・はたがみ・雷《らい》・雷電《らいでん》・雷鳴《らいめい》・雷声《らいせい》・雷響《らいきょう》・雷雨《らいう》・激雷《げきらい》・遠雷《えんらい》・迅雷《じんらい》・日雷《ひかみなり》・落雷《らくらい》・雷火《らいか》・雷神《らいじん》

雷は昔から地震とともに恐れられ、その被害も大きかったので、宮中に雷の警固の臨時の陣「雷《かみなり》の陣《じん》」が設けられた記録が『延喜式』には出てきます。積乱雲により起こる空中の放電現象と現代風に言ってしまえばそれまでで、古人は俵屋宗達の「風神雷神図屏風」のように鬼の仕業《しわざ》と見、円山応挙の「七難七福図・雷《いかずち》」のように、雷に地獄を見ていました。ですから「いかず（づ）ち」の語源は厳《いか》つ霊《ち》なのです。また雷の光が稲と結合して実を結ぶと信じるところから稲妻の言葉も生まれました。稲もこの頃から分蘖《ぶんけつ》し、花を咲かせ、穂孕《ほばら》みの時期に移ります。

虹

にじ

蜺《にじ》・朝虹《あさにじ》・夕虹《ゆうにじ》・虹《にじ》の輪《わ》・虹《にじ》の橋《はし》・虹《にじ》の帯《おび》

夕立の後などに架かる大きな虹には、真夏の安らぎを得た思いがします。虹の色の配列は、紫・藍・青・緑・黄・橙・赤の順に並びます。この美しい色相になぜ虫偏《むしへん》の虹の字を当てたかですが、古代中国では虹を大蛇に見立て、虹《こう》は雄で明るい主虹を、蜺《げい》の方は雌で外側の副虹を指していました。また、ギリシャ神話では、虹の女神アイリスが翼を広げて天地の間を行き来する際の橋が虹だということになっています。春の虹より長時間架かる夏の虹を見ながらこんな想像をすることも、銷夏法《しょうかほう》の一つになります。

青祈禱《あおぎとう》｜丑《うし》の日祭《ひまつり》

和歌山県東牟婁《むろ》地方で、七月十五日に行われる稲の青苗の生育を祈禱する行事です。神社から受けた札を、田の上に振り歩くもので、陰暦六月の丑の日に行っていたので、丑の日祭とも言っていました。同じ和歌山の西牟婁地方には、この日、小麦粉で作った餅を枝の付いた栗の葉で包み、田の畔《くろ》に立てる風習があります。この餅を食った鳥が親子の別れをするのだと言います。どちらの行事にも、「青田半作」と言われる稲作りの、後半にかける素朴な願いが込められています。

川床《かわゆか》｜床《ゆか》・床涼《ゆかすず》み・納涼床《すずみゆか》・涼床《すずみどこ》

夏の間、京都の四条河原一帯に出す涼床の通称で、古くから「祇園の涼みの折ふし、四条河原の床のうへにて……」（『軽口露がはなし』）などの表現で出てきます。今でも、先斗町《ぽんと》や西石垣《さいせき》などの茶屋や料亭が川床を作り、客は川風に吹かれながら涼を楽しみます。さらに郊外の清滝《きよんき》の貴船《きぶね》にもあり、暑さの盛りの七月の祇園会の頃は賑わいます。

団扇《うちわ》

団《うちわ》・渋団扇《しぶうちわ》・白団扇《しろうちわ》・絵団扇《えうちわ》・絹団扇《きぬうちわ》・水団扇《みずうちわ》・京団扇《きょううちわ》・団扇掛《うちわかけ》・団扇売《うちわうり》

扇はやや気取った場所で使いますが、団扇なら湯上がりの諸肌脱ぎや洗い髪を乾かす風送りにも使える気軽さがあります。渋団扇だと七輪の魚焼き用の団扇です。団扇は中国では、日光を遮ったり、小虫を打ち払う用具で、後者の意から「撃《う》ち羽《は》」が語源と言われます。日本では涼をとるために用い、扇が男性用、団扇が女性用とされた時代もありました。昔、町中に現れた団扇売の売り声は「さらさ団扇や、奈良うちは、本渋団扇、ならうちは」と呼ばわったと、物の本にはあります。

花茣蓙《はなござ》

花筵《はなむしろ》・絵筵《えむしろ》・綾筵《あやむしろ》

赤、青、緑、黄などに染めた藺草《いぐさ》で織ったもので、夏の寝茣蓙や板の間の敷物、畳の上縁《うわべり》などに使います。肌に冷やっとした感触がありますし、藺草や藍の匂いにも独特のものがあります。「はな蓙《ござ》を巻いた小口《こぐち》は観世水《かんぜみず》」の川柳が『柳多留《やなぎだる》』にありますが、「観世水」とは、渦を巻いた水の模様で、観世大夫の紋所ですから、相当な皮肉になります。「ござ」の「ご」は尊敬の接頭語ですから、貴人の座席の意です。江戸時代の、春を販《ひさ》ぐ夜鷹《よたか》は、これまた皮肉なことに、この茣蓙を巻いて持ち客を待っていました。

日傘《ひがさ》

絵日傘《えひがさ》・夏洋傘《なつこうもり》

江戸時代には、主に子どもが日除けに使う日傘が生まれ、いろいろな図柄が描かれていました。後に女性も使うようになりましたが、それなら男性もとばかりに男も使い始めたところ、これは禁制になります。なぜ女性にだけ許されたかと言えば、笠では髪形を損ねるからです。現代の巷《ちまた》に置きかえてみても、女性の日傘は絵になりますが、男性のそれはちょっといただけません。とはいえ、日盛りには男も日傘が欲しいと思う人もいるはずです。実際に、関西の一部には今でも男が日傘を差す風習があります。

薫衣香《くのえこう》

くぬえこう・薫衣香《くんえこう》・百歩香《ひゃっぽこう》・黒方《くろほう》

着物に炷《た》きしめる香のことで、沈香《じんこう》、白檀《びゃくだん》などに麝香《じゃこう》を加えたり、沈香、丁子《ちょうじ》に麝香を調合して作ります。香道の発達に伴って、衣服に炷きしめる香にも工夫が凝らされ、連歌や茶の湯の席、坐禅の際にも使われるようになりました。薫衣香もまた、立ち昇る香りに誘われる重要な銷夏法《しょうかほう》だったことがうかがい知れます。

天道虫《てんとうむし》

瓢虫《てんとうむし》・てんとむし・ひさごむし

七月

その姿、形の愛らしさから、童話や童謡、図案などに登場した天道虫ですが、枝先から羽を割り太陽に向かって飛び立つところから、この名が付きました。油虫や貝殻虫を捕食する益虫で、日本には、明治四十三年、蜜柑に付く貝殻虫駆除のため移入されたものです。七星《ななほし》の天道虫に対して二十八星《にじゅうやほし》の天道虫は、偽瓢虫《てんとうむしだまし》と呼ばれ、こちらは茄子や馬鈴薯の葉を食い荒らす害虫ですから嫌われます。

玉虫｜たまむし｜吉丁虫《きっちょうむし》・金花虫《たまむし》・黒玉虫《くろたまむし》・青玉虫《あおたまむし》・姥玉虫《うばたまむし》

桜や樫《かし》、欅《けやき》、柿などの老木に寄生する害虫ですが、その前翅《まえばね》が美しいところから珍重されます。法隆寺の玉虫厨子《ずし》にはこの翅が多数使われましたし、簞笥《たんす》にしまっておくと衣裳がふえるとか、白粉箱に貯えると人に愛される……などの俗信が多く残っています。光の当たり方でいろいろな色に見える玉虫にならって、経緯《たてよこ》糸の微妙な織り方「玉虫織」も生まれました。政治家の発言の「玉虫色」は聞きようによってどうにでも取れる発言のことで、玉虫の冒瀆《ぼうとく》に当たります。

金亀虫｜こがねむし｜黄金虫《こがねむし》・かなぶん・ぶんぶん・金亀子《こがねむし》

かなぶんの名で知られる金亀虫は、夏の夜をうるさく飛び回るので、日本では嫌われてきました。平安後期の大泥棒、熊坂長範《ちょうはん》は、子どもの頃、金亀虫に糸を結び、銭箱から銭を取ったことから、大泥棒の道に入ったと言います。ところが、ファーブルの『昆虫記』で知られるスカラベ・サクレ（玉押し金亀虫の一種）は、古代エジプトでは神聖な昆虫で、不死の象徴とされ、ミイラに添えて葬られてもいます。

山滴る　やましたたる

北宋の画家・郭熙《かくき》の「山水訓」に言う「春山淡冶《たんや》にして笑ふが如く、夏山は蒼翠《そうすい》にして滴るが如し。秋山は明浄《めいじょう》にして粧《よそお》ふが如く、冬山は惨淡《さんたん》として眠るが如し」を四季に配し、山笑う（春）、山滴る（夏）、山粧う（秋）、山眠る（冬）を季語としました。夏の季語、山滴るも、一語にして夏山を言い当てた見事な言葉と言えます。郭熙は、三遠《さんえん》（高遠《こうえん》、平遠《へいえん》、深遠《しんえん》）の原理をもって、中国の山水画の空間の描き方に新しみをもたらした人ですから、山滴るにもどこか画家の目差しを感じます。

お花畑　おはなばた　お花畑《はなばたけ》・お花畠《はなばた》

お花畑と言うと、夏の花をとりどり植え込んだ花壇を想像する人もいますが、これは高山植物の花野のことです。二千五百メートル以上の高山の展《ひら》けたところは雪が残りやすいので、雪消えの後、高山植物が一斉に花を付けます。白馬岳をはじめ、乗鞍岳、五色ヶ原などが知られま

七月

すが、接頭語の「お」を冠して呼ぶことに、清浄な花に出会った登山者の感動が込められています。単に花畑と言えば、誰でも想像できる花壇、花圃《かほ》のことで、こちらは秋の季語です。

御来迎　ごらいごう｜御来光《ごらいこう》

高山で迎える日の出をこう呼んでいますが、本当は、もっと神秘的な現象から御来迎の名は付けられたのです。日の出の際、自分の影が後ろの霧に投影され、その影の周りに紅環《こうかん》が浮き出ることから、さながら弥陀《みだ》が光背を負って来迎する姿に見え、こう呼ばれています。ドイツ中部のハルツ山脈のブロッケン山でもよく見られ、あちらでは神々しさとは無縁の「ブロッケンの妖怪」とすさまじい名前が付けられました。福島県・奥会津の只見町では、平地でもこの現象が見られます。

滝　たき｜瀑《たき》・瀑布《ばくふ》・滝壺《たきつぼ》・滝《たき》の音《おと》・滝道《たきみち》・夫婦滝《みょうとだき》・男滝《おだき》・女滝《めだき》・滝浴《たきあ》び・滝涼《たきすず》し・飛瀑《ひばく》・作《つく》り滝《だき》

目に訴える清涼感と、風向きによってかかる飛沫《ひまつ》、腹の底まで冷えそうなその音――、滝は夏の代表的な景物です。滝の見える場所に納涼の建物・滝殿《たきどの》をしつらえたのも、古人の知恵と言えましょう。上代には、滝は「たぎ」と呼び、急流や早瀬のことを指していました。水が激しく流れるさまを激《たぎ》つ（または、滾《たぎ》つ）と言いますから、その辺が語源でしょう。一方、今日の滝と呼ばれるものは垂水《たるみ》と表現して区別されていました。志貴皇子《しきのみこ》の有名な歌「石《いわ》ばしる垂水の上のさわらびのもえいづる春になりにけるかも」の垂水も、滝ということになります。

帷子《かたびら》

白帷子《しろかたびら》・染帷子《そめかたびら》・黄帷子《きびら》・絵帷子《えかたびら》・辻《つじ》が花《はな》

麻や苧麻《からむし》で織った布で作る単衣《ひとえ》のことで、肌にべとつかない盛夏の衣服です。「かたびら」とは片枚《かたひら》の転ですから裏を付けない布の意ということになります。晒《さら》してない麻織物が生平《きびら》なので、この転が黄帷子となります。今でいう生成《きなり》と同じ意味です。贅沢《ぜいたく》の代名詞のような辻が花は、絵帷子の染め模様の呼び名で、「つつじが花」の略ともと『俳諧御傘《はいかいごさん》』にはありますが、この説も定かではないようです。

浴衣《ゆかた》

湯帷子《ゆかたびら》・浴衣掛《ゆかたがけ》・初浴衣《はつゆかた》・藍浴衣《あいゆかた》・糊浴衣《のりゆかた》

湯帷子の略語として生まれたのが浴衣です。風呂と言えば今では浴槽式が当たり前ですが、風呂の語源は室《むろ》ですから、江戸時代までは蒸風呂が主流でした。その湯に入る時着たのが湯帷子ですし、そこから派生した浴衣の表記も合点がいきます。後の浴槽式になってからは、男子が下帯、女子が腰巻を使用し、風呂褌《ふろふんどし》、湯文字《ゆもじ》の名が生まれました。ですから風呂敷の言葉も、濡れた衣類を包んだり、着替えの折に敷いた布が語源です。

甚平｜じんべい｜甚兵衛《じんべえ》・じんべ

麻や縮《ちぢみ》、木綿でできていますから、湯上がりの素肌に着る心地はまた格別です。語源も甚兵衛羽織を着物仕立てにしたので、その略だろうと言われますが、定かではありません。甚兵衛羽織とは、もともと羅紗《らしゃ》で作った陣羽織を、下級武士向けにこしらえた綿入れのことです。現代の甚平には工夫が凝らされており、袖付けや脇がメッシュになっていて、風を通し易くしたものもあります。

すててこ

現代っ子が父親を蔑視《べっし》する第一の理由は、すててこ姿だそうです。汗を取り膝のすべりをよくする便利な代物ですが、この姿で人前に出ると、批判の対象となります。明治の初め、寄席や宴席で「すててこ踊り」が流行《はや》り、これを初代の三遊亭円遊が寄席で踊ったことから、その時穿いていただぶだぶの下着が、この名をもらいました。もともと「すててこ」は太鼓の音の擬声音で、式亭三馬《しきていさんば》の『浮世床』にも「アすてヽこすてヽこすてヽこてん」と出てきますので、音感といい、姿といいユーモアを湛えているものなのです。

腹当《はらあて》

腹掛《はらがけ》・寝冷《ねびえ》知らず

主に子どもの寝冷え防止のため着けたのが腹当または腹掛で、丸の中に金と書いた金太郎の腹掛をされたものです。大人でも胃腸の弱い人は晒《さらし》の腹巻をしましたが、これも腹当の一種です。とくに子ども用のものは「寝冷知らず」と呼ばれましたから、今でいう商品名だったのかもしれません。古い資料には、京坂で腹当といい、江戸では腹掛といったとあります。職人の用いた労働着の腹当は、この季語に該当しません。

簟《たかむしろ》

籐筵《とうむしろ》・蒲筵《がまむしろ》・花茣蓙《はなござ》・絵筵《えむしろ》

涼をとる用具で、竹を細く割き筵のように編んだものです。同じように籐で編んだものを籐筵、蒲で編んだものを蒲筵と言います。その意味では涼しい花柄をあしらった花茣蓙も簟の部類に入りましょう。簟はまた竹蓆《たかむしろ》とも書きますが、「むしろ」とは、藁《わら》や竹、真菰《まこも》、籐などで編んだものの総称です。ですから敷物に限らず、筵屏風《むしろびょうぶ》、筵帆《むしろほ》、筵戸《むしろど》のように用途も多様でした。筵破りは現代の障子破りのように、男をにやっとさせる言葉でした。

竹床几《たけしょうぎ》

夕涼みに竹床几を出し、足元に蚊遣《かやり》を置き、縁台将棋をしたり、井戸端会議をしている風景は、東京の下町で見られる当たり前の夕景でした。床几の起こりは、軍中の将が使った折りたたみの将几《しょうぎ》でしたが、今日の数人掛けの長い床几は、寺社の門前の茶売りの台や商店の店棚の転用だと言われています。これを、関東では縁台、関西では床几と呼んでいました。語源の将几と並んで、これを使う大将の乗る軍船を将几船《しょうぎぶね》とも呼んでいました。

竹婦人
ちくふじん｜竹夫人《ちくふじん》・抱籠《だきかご》・添寝籠《そいねかご》・竹奴《ちくど》

竹や籐《とう》を円筒形に編んだもので、寝苦しい夜など布団に引き込んで涼を入れる用具です。中国から渡ってきて、江戸時代に流行《はや》ったと言いますが、見てくれはともかく、おもしろい発想です。婦人は一般の女性、夫人は妻のことを指すので、そんな使い分けを思うだけでまた楽しくなります。竹奴の「奴《ど》」は人をいやしめて使う語ですから、その使い方にも微妙な思いが込められています。

髪洗う
かみあらう｜洗《あら》い髪《がみ》

髪洗うの季語には、埃と汗にまみれた夏の髪を洗う爽快感が伴いますが、日常的なこの行為が夏の季語に収まったのは、七夕の行事と密接につながっていると思えます。七夕は水に所縁《ゆかり》のある行事ですから、この日に井戸替えをするならわしとともに、人が髪を洗うことも意味があったのでしょう。近世の遊里では髪洗日《かみあらいび》が特定されていましたが、とくに吉原では、七月十二日をその日に特定していました。単に盆を控えて、の理由ではなかったのです。

瓜漬《うりづけ》

漬瓜《つけうり》・胡瓜漬《きゅうりづけ》・越瓜漬《しろうりづけ》

胡瓜や越瓜を塩や糠味噌に漬けたり、奈良漬にした香の物を言います。味噌は香りが高いところから香《こう》と呼ばれ、味噌に漬けたものが香の物と言われた時代がありました。これに対して当座の新漬物が、今日に言われる新香です。江戸の漬物屋の元祖・河村瑞賢《かわむらずいけん》が修業中のことですが、盂蘭盆会《うらぼんえ》の後の精霊《しょうりょう》送りの瓜や茄子《なす》が海辺に寄せるのにヒントを得て、塩漬けにして売り出したところ評判を得、立身出世の緒となったと言います。瓜を二つ割りにした面は相似形ですから「瓜二つ」の言葉が生まれました。

麦湯《むぎゆ》

麦茶《むぎちゃ》・麦湯冷《むぎゆひや》し・麦茶冷《むぎちゃひや》し

大麦を炒《い》ったものを煎《せん》じて作る飲み物で、今日で言えば麦茶の方が通りがいいかもしれません。既に寛文年間（一六六一〜七三）にはあったらしく、夏の夕方になると、町ごとに麦湯の行燈《あんどん》を出して、涼み台を並べる茶店があったことを伝える書物もありますが、「近来のことにて、昔はなかりし也」と書き添えていますから、この時代に流行《はや》ったものでしょう。同じ大麦を炒って粉にした麨《はったい》と同じ香ばしさを楽しんだはずです。

ラムネ　冷《ひや》しラムネ

炎天を振りあおいでラムネを飲む醍醐味は、少年期の思い出として誰もが持っています。ソーダ水にレモンの果汁と砂糖を加えただけの単純な清涼飲料水ですが、英語のレモネード（レモン水）が訛《なま》ってラムネになりました。別物になった例では、仏語の林檎《りんご》酒シードルからサイダーが生まれたのと同じです。ラムネは明治元年に現れていますが、当時は胡瓜《きゅうり》型の瓶《びん》に入っていました。浮気娘とかけてラムネの徳利と解く。その心は「尻がすわらぬ」でした。これはある新聞に出ていた本当の話です。

麦酒　ビール　ビール・黒《くろ》ビール・生《なま》ビール・ビアホール・ビアガーデン・缶《かん》ビール

毎年秋になると、盛夏のビールの消費量が東京ドームを枡《ます》にして発表されますが、日本人のビール消費量も欧米並みになったようです。ビールの起源は古代エジプトから始まり、ギリシャ、ローマを経てヨーロッパ中部に広まったと言われます。日本への伝来はずっと遅れて、明治四年にドイツから輸入していますが、国産の第一号は同七年、三《み》ッ鱗《うろこ》印のビールが市場に出た時でした。

水羊羹　みずようかん

小豆餡《あずきあん》と寒天を混ぜて作る水羊羹は、寒天の量を極端に少なくしてありますから、楊枝《ようじ》や匙《さじ》で簡単に食べられます。竹などいろいろな容器に入っているものもあり、冷やしておけば、客の姿を見てからでも間に合う手軽な夏の食べ物です。羊羹は文字通り、中国では羊の羹《あつもの》、つまり肉と野菜を合わせた吸い物ですが、一方に羊羹に似た羊肝糕《ようかんこう》という名の小豆と砂糖で作る羊の肝《きも》に似た蒸し餅があって、これが混同して日本に入ってきたようです。

心太　ところてん

心太《しんてん》・こころぶと・こころてん

万治元年（一六五八）の冬、山城国伏見の旅籠《はたご》を本陣としていた薩摩の島津藩の一行が、夕食に残した天草《てんぐさ》料理を屋外に置いたところ、翌朝に凍り、日中は溶けて乾燥しました。数日後に煮直したところ心太ができたと言います。これを黄檗山《おうばくさん》の隠元が試食し「仏家の食用として清浄無垢《むく》、これにまさるものなし」と称揚して「寒天」と名付けたと伝えられますが、話としてはできすぎです。冷たい水につけた心太を突き、酢醤油か蜜をかけて掻き込むと、胃の腑に清涼感が重く落ちます。心太売の呼び声は「ところー」と伸ばし「てん」と短く結ぶので、「心

七月

太売は一本半に呼び」の川柳もあります。古くは字面通り「こころぶと」と呼ばれました。

白玉　しらたま｜氷白玉《こおりしらたま》

糯米《もちごめ》の粉を寒晒《かんざら》しにしたもので、水でこねて丸めてから茹《ゆ》で、冷水で冷やしてから使います。汁粉や氷白玉にしてもよく、また味噌汁や清汁《すましじる》の具に、大根おろしと三杯酢で食べるおろし白玉も素朴な味です。かつての白玉売は、白玉を冷水に入れ砂糖を加えた白玉水を、黒塗りの桶に入れ、天秤棒《てんびんぼう》で担ぎながら、「かんざらし、しら玉ア」「ごぜんしら玉ア」と売り歩き、川柳にも「旅立の形《な》りで白玉売て来る」と詠まれ、身形《みなり》も想像させます。

蜜豆　みつまめ｜餡蜜《あんみつ》

賽《さい》の目《め》に切った寒天に、茹《ゆ》でた豌豆《えんどう》、求肥《ぎゅうひ》などを添え、蜜をかけただけのものですが、これに餡を乗せれば餡蜜です。好みでフルーツやアイスクリームを乗せれば今風になります。明治の末頃、六代目菊五郎と吉右衛門一座の芝居小屋・市村座の食堂で売られてから評判になりましたが、どう飾っても蜜豆は蜜豆で、庶民にうれしい食べ物です。

冷奴　ひややっこ｜冷豆腐《ひやどうふ》・水豆腐《みずどうふ》

これほど簡単な料理で、夏を感じさせるものは、冷奴をおいてあるまいと思えます。生醤油《きじょうゆ》に花鰹《はながつお》、生姜《しょうが》、紫蘇《しそ》、葱《ねぎ》、七味と薬味はどこにでもあるものばかりです。江戸時代の槍持奴《やりもちやっこ》の衣裳の紋所が四角だったから、が語源ですが、豆腐を賽《さい》の目《め》に切るという賽の目も四角です。「冷やっこい」が訛《なま》ったもの、という語源説もあります。「焼酎《しょうちゅう》に冷奴」は食い合わせの一つですが、今時ののんべえは、皆これでやっています。

鱧　はも　祭鱧《まつりはも》・生鱧《いきはも》・水鱧《みずはも》・鱧《はも》の骨切《ほねき》り・鱧《はも》の皮《かわ》

祭鱧と言われるくらいですから、六、七月の夏祭の頃が旬です。とくに京都で珍重されるので、「京都の鱧は山でとれ」などと言われます。表向きは運搬の途中の山で逃げ出しても生きているの意ですが、本当は、海もほとんどない京都の人が鱧をもてはやすのを揶揄《やゆ》したものです。鱧には小骨が多いので骨切りの技術がいります。湯に落とし冷水で晒すので、関西では鱧ちりを「落とし」と呼びます。骨切りした鱧に葛粉《くずこ》をまぶし熱湯をくぐらせたものは、その姿から牡丹鱧《ぼたんはも》と言い、吸物に入れます。皮は細かく刻んで胡瓜《きゅうり》などと酢の物にします。通人は、六月に明石《あかし》で揚がる鱧を、手ぐすね引いて待っています。

風鈴　ふうりん　風鈴売《ふうりんうり》

中国から伝来し、中世の頃に上流社会で用いられましたが、次第に大衆化しました。金属製のほか硝子《ガラス》や陶製、貝なども利用されます。大きな枠にたくさんの風鈴を吊って売り歩く風鈴売の風情は、東京の夏の風物詩でした。屋台に風鈴を付け、夜売り歩くのは風鈴蕎麦《そば》で、明和（一七六四〜七二）の頃に流行、価十二文だったという記録もあります。棋力に差のある人が、九子を置いた碁は井目《せいもく》ですが、もっと差があるとさらに四隅に石を置く井目風鈴となります。ぶら下げるという風鈴の語感の活用でしょうか。

箱庭　はこにわ｜盆山《ぼんさん》

底の浅い箱や盤に砂子を敷き、築山《つきやま》を置き、遣水《やりみず》を流し、植え込みや石組みを配したのが箱庭で、露店で売られたり、植木屋が売りに来たりもしました。器用な人なら盆栽用の木を育て、人や橋、鳥居といった小道具を、東京の今戸焼に求めこしらえたものです。箱庭の先祖は盆景、盆山、盆石で、中国では千数百年の歴史があります。盆景は室町時代に渡来しましたが、それを引き継ぐ宗家の家伝書には、四季の作り方が細部にわたり書かれてあります。

樟脳舟　しょうのうぶね

セルロイド製の小舟の端に、小さな樟脳片をのせて水に浮かべると、樟脳が溶けるに従って小舟はくるくると回り始めます。こんな遊びが樟脳舟ですが、防虫剤の樟脳は家の中のどこにでもありましたし、セルロイドも、今のプラスチックのように手軽に手に入るので、自分で作ってみたものです。同じように浮人形（浮いてこい）でも同じ遊びができます。樟脳は、樟《くすのき》の幹や根、葉を蒸留して結晶を取りますが、その火は燃えても熱くないので、芝居の狐火などにも使われます。

水中花　すいちゅうか｜酒中花《しゅちゅうか》

花や鳥、人形などの作り物を水に浮かせて楽しむ水中花も、延宝年間（一六七三～八一）の頃は、酒盃に浮かべた酒席の遊びで、俳諧では酒中花と言っていました。中国から長崎辺りに伝わった遊びですが、時代が下って明和年間（一七六四～七二）になると、江戸の浅草観音の楊枝《ようじ》店で売られ、名物となっています。酒中花は椿の種類にもあって、石田波郷がこよなく愛した花です。

夕焼　ゆうやけ｜ゆやけ・夕焼雲《ゆうやけぐも》

やや理屈っぽい言い方をしますと、日没の太陽光線は、大気を通過する距離が長いので、その際青色光は散乱し、波長の長い赤色光だけが見える現象が夕焼で、朝焼も同じ理由です。夏の夕焼が壮大なところから夏の季題となりました。古くは夕日焼《ゆうひやけ》と言っていました。「夕焼に鎌《かま》を研《と》げ」は、夕焼に明日の天気のしるしを見た諺《ことわざ》ですが、「夕焼の一遍《いっぺん》消え」の方は、あっと言う間に夕焼が消えたら、日和《ひより》が悪くなる兆しで、安芸（広島県西部）の漁民の間に伝わる諺です。

三伏　さんぷく

初伏《しょふく》・中伏《ちゅうふく》・末伏《まっぷく》

中国古代に起源を持つ陰陽五行説《いんようごぎょうせつ》にならった区分で、夏至から数えて第三の庚《かのえ》の日を初伏、第四の庚を中伏、立秋の後の第一の庚を末伏と言い、総称して三伏と呼んでいます。五行説では夏を火、秋を金に配しますが、庚は「金の兄《かえ》」の意であるところから、秋が夏に伏することになります。ざっくばらんに言えば、秋の気配などなく、ひたすら暑い夏が続くの意になります。「水に三伏の夏なし」は、猛暑のさなかの水の涼しさを言った言葉で、『和漢朗詠集』にも出てきます。

旱星　ひでりぼし

旱続きの夜にふさわしい強い光の星を、旱星と呼んでいます。その星の一つ、火星は見えない年もありますが、南の中空に輝く蠍座《さそりざ》の首星・赤星はそれに似合った星です。「火星の対抗者」

のギリシャ語名（アンタレス）を持つこの星は、またの名を豊年星と言い、色が赤い年ほど豊作の兆しがあると言われていますから、早続きの日常とともに、米作りの人たちには、気になる星です。赤い星ですから、もう一つの名を酒酔星《さけよいぼし》とも言いますが、だからと言って酔眼でのぞいたのでは、豊凶は見届けられません。

霍乱《かくらん》

平素丈夫な人が、珍しく病気になることを「鬼の霍乱」と言いますが、季語で言う霍乱は、口射病や暑気中《しょきあた》りを言います。霍乱をもっと厳密に言えば、これらによる急性胃腸カタルもコレラ、チフスの類も含めます。霍の字の正字は、雨冠《あめかんむり》の下に隹《ふるとり》を二つ書きますから、雨にあって鳥が急に飛び散る、つまり「にわか」の意なので、霍乱とは病を限定しない急病全般を指す言葉だったのかもしれません。

雨乞《あまごい》

祈雨《きう》・雨《あめ》の祈《いのり》・祈雨経《きうきょう》

古くは宮中でも雨乞を恒例の行事にしていましたが、盛んだったのは民間の行事です。神社の社殿でのお籠《こも》りや雨乞踊りなどは当たり前で、中には女相撲をしたり、牛の首を滝壺に投じて竜神の怒りを誘うような奇想天外なものまでありました。また、歌人までもが動員され「雨乞《あまごいの》

七月

和歌《わか》」を作っています。『万葉集』には大伴家持《おおとものやかもち》の長歌が残っていますし、小野小町や能因法師の歌もあります。俳諧の世界でも其角《きかく》が発句《ほっく》を詠んだ話が伝えられています。

空蟬　うつせみ　蟬《せみ》の殻《から》・蟬《せみ》の蛻《もぬけ》・蟬《せみ》の脱《ぬ》け殻《がら》

蟬の脱皮の様子を丹念に見届けた子ども時代の思い出は誰でも持っていることでしょう。羽に体液が行きわたり、乾いて羽搏《はばた》くまでの時間はまさに神秘です。その脱け殻が空蟬です。空蟬の語源は、蟬とはおよそ無縁の「うつしおみ」（現《うつ》し臣《おみ》）→「うつそみ」（現人）→「うつせみ」と転じたもので、目に見えない神に対する、この世の人の意味だと言います。ですから「空蟬の」と言えば、世、人、身に掛かる枕詞《まくらことば》で、無常を表すことになっています。

夏の海　なつのうみ　夏海《なつうみ》・夏《なつ》の波《なみ》

紺碧の海に立つ土用波、入道雲を連想させる男性的な海が、夏の海の印象です。暦の上では、立夏以後のすべてが夏の海ですが、雲の重く垂れ込めた梅雨時の海より、梅雨明けから秋風の立つ頃までの海に、夏の海のイメージはあります。海洋を表す「う」と、水を表す「み」が重なり「うみ」となりましたが、海を「わた」とも言います。「わたつみ」と言えば、「海《わた》つ霊《み》」、そんなところから、昭和二十四年に出版された戦没学生の手記『きけ　わだつみのこえ』の印象も、多くの人の心に、夏の海のイメージとして残っているかもしれません。

水母　くらげ

海月《くらげ》・海折《かいせつ》・石鏡《せっきょう》・水水母《みずくらげ》・行燈水母《あんどんくらげ》

土用過ぎの海水浴で恐れられているのが、電気水母の別名を持つ鰹《かつお》の烏帽子《えぼし》で、触手に触れると激痛を覚えます。食べられる水母は、越前水母や備前水母などで、傘を粕漬けにしたり中華料理の食材として珍重されます。江戸時代に備前の岡山藩から毎年幕府に献上されていましたが、これに肥前、筑前がならったところから、国名に「前」の付くところ以外で獲れた水母は有毒で食用にならないと言われました。もちろん営業上の防衛策でもあったわけです。

土用　どよう

土用入《どよういり》・土用中《どようなか》・土用太郎《どようたろう》・土用次郎《どようじろう》・土用三郎《どようさぶろう》・土用明《どようあけ》

一般に土用は夏だけと思われていますが、実は春夏秋冬にあります。夏は小暑《しょうしょ》の後の立秋までの十八日間が土用です。冬は立春までの、春は立夏までの、秋は立冬までの、それぞれ十八日間が土用です。この期間は「土」にかかわる農業をはじめ土木工事、移転などは避け、もっぱら英気を養うことに努めたようです。土用太郎は初日、次郎は二日目……となりますが、「彼岸《ひがん》太郎、八専《はっせん》二郎、土用三郎、寒《かん》四郎」と言い、その日が晴れるとその年は豊年と言われましたので、土用三郎（土用三日目）の天候も気になるところです。

七月

虫干　むしぼし

土用干《どようぼし》・曝書《ばくしょ》・書《しょ》を曝《さら》す・虫払《むしばら》い・曝涼《ばくりょう》・風入《かざい》れ

夏の土用の、それも天気のよい日を選んで、衣類や書籍、書画、経典などを陰干しにし、風を当てて虫や黴《かび》の害を防ぐのが虫干です。中国では虫干を曝涼と言いますが、これにならって宮中でも七月七日に御物《ぎょぶつ》を払うしきたりがありました。正倉院の曝涼は好天の続く晩秋に行われます。われわれ下々《しもじも》の虫干となると、祖母の着物を前にしみじみ感慨にふけったり、貴重品を包んであった古新聞に見入ったりと、しばし時間を忘れる一日でもあります。

紙魚　しみ

蠹《しみ》・蠹魚《しみ》・白魚《しみ》・衣魚《しみ》・雲母虫《きららむし》

よく古文書に虫食いの穴があき読めないものを見かけますが、これが紙魚の仕業です。書物に限らず布や壁紙などに入り糊を食い荒らします。体全体が銀白色の鱗片《りんぺん》で覆われているところが雲母に似ているので、雲母虫の別名でも呼ばれます。尾が二つに分かれているとして魚の字をもらいましたが、実は尾は三つに分かれています。ただし古文書などに穴をあける虫は別種で「ふるほんしばんむし」と呼ばれるものだとする説もあります。

梅干　うめぼし

梅干《うめほ》す・干梅《ほしうめ》・梅漬《うめつ》ける・梅筵《うめむしろ》

梅干の効用が今また見直されていますが、古くは村上天皇（在位九四六〜九六七）の病気が、この梅干と昆布の茶で快癒《かいゆ》した記録もありますから、相当古い歴史を持ちます。「三日三晩の土用干し」の言葉通り、土用ともなるとあちこちから梅を干す匂いがしたものです。その干梅を擬人化した「梅法師」が梅干の語源で、室町の末期から近世の初期にかけて多く使われた言葉だったようです。

茄子の鴫焼 なすのしぎやき ｜鴫焼《しぎやき》・茄子田楽《なすびでんがく》

茄子の鴫焼は、茄子を縦二つ割りし、切った面に胡麻《ごま》油を刷き、炭火で両面を焼いてから練味《ねりみ》噌《そ》を塗り、さらに焙《あぶ》って火からおろし、粉山椒《こなざんしょ》を振って、熱々を食べます。茄子をくりぬいて鴫の肉を入れて壺焼きにした料理の名残で、茄子の田楽焼きを鴫焼と呼んでいます。神奈川県大磯で西行が詠んだ「心なき身にもあはれは知られけり鴫立つ沢の秋の夕暮」に対して本歌取りの歌は「菜もなき膳にあはれは知られけり鴫焼茄子の秋の夕暮」と茶化します。これでは鴫焼もわびしい食物ということになります。

土用鰻 どよううなぎ ｜土用丑《どよううし》の日《ひ》の鰻《うなぎ》・鰻《うなぎ》の日《ひ》

夏の土用丑の日と鰻の関係には諸説があって、平賀《ひらが》源内《げんない》または大田《おおた》南畝《なんぽ》（蜀山人《しょくさんじん》）の知恵を鰻屋が借りたという説が一般的です。もっともな説は、自ら「うしの日元祖」を名乗る神田の春木屋善兵衛方の言い伝えで、出入り屋敷から暑中の蒲焼きの保存法を聞かれ、実際に焼いてみると、丑の日に焼いたものだけが、色も香りもよかったから、とする説です。土地によっては鰻に限らず「う」の字の付くものでもよく、うどん、梅干しを食べる人もいます。鰻好きの人にとり、土用に二度丑の日が巡ってくる年は、何か儲けものをした気分になります。

土用灸《どようきゅう》｜土用艾《どようもぐさ》

寒の時節とともに、夏の土用に灸を据えると効果があるとの俗信により、わざわざ土用を待って鍼灸院《しんきゅういん》に出かける人もあります。俗信のついでに言えば、「丑《うし》の日に灸を据えると良く効く」は香川県で言われる俗信ですが、日向《ひゅうが》地方（宮崎県）には「据えてはならぬ」の言い伝えが残っています。ま、土用の丑の日は鰻だけにした方がよろしいようで……。

天瓜粉《てんかふん》｜天花粉《てんかふん》・汗《あせ》しらず

汗しらずの名で呼び慣らされてきた天瓜粉ですが、「天瓜粉しんじつ吾子《あこ》は無一物《むいちぶつ》」（鷹羽狩行《たかはしゅぎょう》）などと詠まれると、天瓜粉を持つ親の手から逃げ回る素裸の幼児と、夏の風呂上がりの後の団欒《だんらん》が見えてきます。天瓜とは黄烏瓜《きからすうり》のことですから、この根を乾燥して粉にしたものが天瓜粉です。また雪の別名は天花で、仏教用語として「天下の妙花」などと使いますが、雪のようにさらさらしているところから、天花粉の表記もあります。しかし今の天瓜粉は、亜鉛華《あえんか》と澱粉をまぜて作っています。

振舞水《ふるまいみず》｜水振舞《みずふるまい》・摂待水《せったいみず》

路傍の湧き水や樋《とい》から引いた水を桶に満たし、通行人に振る舞ったのが振舞水です。炎天下を歩いてきた人には、文字通り命の水と言えます。摂待水とも言いますが、摂待とは四国の遍路に湯茶を振る舞うことでも知られています。もともと仏教用語で、善根を積むために、仏道修行者や行人《ぎょうにん》（乞食僧《こつじきそう》）に無料で湯茶を振る舞う意です。それが札所への道筋でなく、仏道とは無縁の市井にあったのですから、往時の人の優しさが思われます。

花火《はなび》｜揚花火《あげはなび》・仕掛花火《しかけはなび》

もともとは軍事用の狼煙《のろし》から始まった花火ですが、江戸時代になると観賞用として定着、鍵屋《かぎや》弥兵衛《やへえ》と玉屋市兵衛《たまやいちべえ》が、隅田川の川開きに上げることを許され妍《けん》を競った話は有名です。江戸だけでなく、鉄砲鍛冶《かじ》の伝統ある近江の八幡や三河の手筒花火が、民間伝承の形で残っていますが、これは水神祭の火祭りだったと言われます。花火も江戸時代までは初秋の季語とされていました。それは盂蘭盆《うらぼん》の景物だったからですが、東京の盆が陽暦で行われるようになってから、夏の行事に定着しています。

百物語　ひゃくものがたり

夏の夜にふさわしい怪談会が百物語です。黄昏時《たそがれ》から一度に百の燈をともし、怪談が一つ終わるたびに燈を一つ消して、丑三つ時《うしみどき》（午前二時〜二時半）になると必ず妖怪が現れると信じられた怪談会です。その源は『今昔物語』の「百鬼夜行」と言われ、森鷗外にも同名の『百物語』があり、林家正蔵の怪談『百物語化物屋敷の図』も夏に人気の噺《はなし》でした。怪談は、精神の鍛錬や魔除けの意味を持っていましたが、次第に遊戯的となり、夏の夜の暑さしのぎの定番となりました。

夕顔　ゆうがお

夕顔《ゆうがお》の花《はな》・夕顔棚《ゆうがおだな》

夏の夕方、白い花を付け翌朝しぼむので、夕顔の名で呼ばれます。実は剝《む》いて干瓢《かんぴょう》にしたり、中身を除き容器に用いたりもしました。変種の瓢簞《ひょうたん》などとともに、総称して瓢《ひさご》とも呼んでいます。『源氏物語』の「夕顔の巻」の主人公・夕顔が物の怪《もののけ》に取り憑《つ》かれて頓死《とんし》するところから、夕顔には薄幸な女性のイメージがあります。謡曲の『夕顔』でも、上方歌《かみがたうた》や箏曲《そうきょく》の『夕顔』もみな、『源氏物語』に題材をとっています。夕顔化粧は夕化粧のことですが、こちらは少々艶《つや》っぽ過ぎます。

蓮《はす》

はちす・蓮《はす》の花《はな》・蓮華《れんげ》・白蓮《びゃくれん》・紅蓮《べにはす》・蓮池《はすいけ》・蓮見《はすみ》・蓮見舟《はすみぶね》

真夏に紅、淡紅、白色の花を咲かせますが、花が開く時に音がするというので、早朝出掛ける人もいますが、どうも眉唾《まゆつば》のようです。古名の「はちす」は、花托《かたく》が蜂の巣に似ているところからの命名です。仏教では極楽浄土の象徴とされる花で、蓮華と呼びますが、粥《かゆ》を食べる時の陶製の匙《さじ》、散蓮華《ちりれんげ》は、その花弁に似たところが語源です。厳密には以下の字のどれも「はす」と読んで、荷は葉を、蓮は菓子の材料にする実を、藕は食用の蓮根を表すことになっています。

仙人掌《さぼてん》

覇王樹《さぼてん》・仙人掌《さぼてん》の花《はな》

今日では二千種もの仙人掌が発見されていますが、中には果物として食用に供されるものもあります。メキシコの遺跡から紀元前一万年前の種子や果実が見つかったり、北米のインディオのパパゴ族は、最近まで種子を穀物のように貯えていたと言います。日本へは江戸時代に伝わったとされますが、貝原好古の『和爾雅《わじが》』には覇王樹の名で出てきます。これは団扇《うちわ》仙人掌のことで、その汁を用いるとシャボンのように油の汚れを取る効果があるところから、これを語源にする説もあります。

ダリア
ダリヤ・天竺牡丹《てんじくぼたん》・浦島草《うらしまぐさ》・ポンポンダリア

スウェーデンの植物学者ダールの名をいただいた花で、和名も天竺牡丹と、これまた立派です。初夏から、ともすると秋まで咲き続ける花期の長さから、浦島太郎の長寿にあやかって浦島草とも呼ばれます。この名前に位負けしないほどの花を、夏の間じゅう見せてくれます。

向日葵 ひまわり
日廻《ひまわり》・日車《ひぐるま》・日輪草《にちりんそう》・天竺葵《てんじくあおい》・日向葵《ひゅうがあおい》・天蓋花《てんがいばな》・ロシア向日葵《ひまわり》

向日葵の名をもらったのだから、太陽に向かって首が回るのかと思えますが、そんなことはありません。ただそう思いたくなる風情は湛えています。ギリシャ神話では、日の神アポロを慕う水精《ニンフ》の姫クリーチェが向日葵で、太陽に向くのはアポロへの愛の証《あかし》だとしています。北アメリカの原産ですが、日本へは中国を経由して入ってきました。中国では西蕃蓮《せいばんれん》とも呼んでいますから、外来種の扱いを受けています。与謝野晶子は、「黄金日車《こがねひぐるま》」なる言葉を作ってくれました。

灸花 やいとばな
屁糞葛《へくそかずら》・五月女花《さおとめばな》・牛皮頭《ぎゅうひとう》・臭皮頭《しゅうひとう》

鐘状の花を逆さに置くと灸《きゅう》を据える時の艾草《もぐさ》に似ているので灸花と言いますが、よりによって屁糞葛の命名はひどすぎます。茎や葉、熟した実にも強い悪臭があるからです。「鬼も十八番茶も出花」をもじって、「鬼も十八屁糞葛も花盛り」とも言いますが、悪口の限りの屁糞葛でも花盛りはあるのだの意で、やや花時に救われた感があります。

沙羅の花　しゃらのはな　夏椿《なつつばき》・さらの花《はな》

木肌がインド産の沙羅樹《さらじゅ》（「しゃらじゅ」とも）に似ているところから沙羅の名はもらいましたが、じつは別種のため、植物学上は花の形から夏椿と呼んでいます。沙羅樹は建築用のラワン材ですが、釈尊の涅槃《ねはん》の折、二本の木が一本になる沙羅双樹《さらそうじゅ》の伝説があり、それにあやかった日本の沙羅の花にも、そんな神聖さが及んでいることは確かです。本物の沙羅樹の方は、気候、風土の違う日本では、まず見られない木ということになっています。

百日紅　さるすべり　百日紅《ひゃくじつこう》・紫薇《しび》・怕痒樹《はくようじゅ》・猿滑《さるなめり》・くすぐりの木《き》・笑《わら》いの樹《き》

花時が長いので百日紅の字を当て、木肌が滑らかなところから「さるすべり」の読みを与えられた花木です。もっとも、夏椿《なつつばき》なども木肌が同じですからこの名で呼ばれるので間違うことがあります。子どもの頃、この木の幹をくすぐると枝が揺れるので興がったものですが、「くすぐりの木」も「笑いの樹」もそんな光景を彷彿《ほうふつ》させてくれます。「怕痒」も字義通りに見れば、痒《かゆ》いことを恐れるとなりますから、怕痒樹とは、この木の身になって付けられた名前のようです。

仏桑花《ぶっそうげ》 ハイビスカス・扶桑花《ふそうげ》・紅槿《こうきん》・琉球木槿《りゅうきゅうむくげ》

木槿に似ているところから琉球木槿とも呼ばれ、どこか南国の雰囲気を持つ花です。スウェーデンの博物学者リンネが、中国原産と勘違いしてローサシネンシス（中国の薔薇《ばら》）の種名を与えて物議をかもした花です。日本には仏桑花の名で琉球に伝わり、慶長十九年（一六一四）薩摩藩主・島津家久が、茉莉花《まつりか》とともに琉球産の仏桑花を徳川家康に献上しています。また扶桑花の扶桑は、古代中国では東海中にあるとされる伝説上の高樹で、転じて中国から見た日本のことも言います。

落し文《おとしぶみ》 時鳥《ほととぎす》の落《おと》し文《ぶみ》・鶯《うぐいす》の落《おと》し文《ぶみ》

櫟《くぬぎ》や楢《なら》、栗などの巻き葉が路上に落ちているのをよく見かけますが、これが落し文で、落し文科の小甲虫が卵を産み筒状になったものです。これを時鳥や鶯の落し文に見立てた古人の知恵には感心するばかりです。あらわに言いにくいことを、誰の仕業か分からないように書いて、路上に落としておくのが落し文ですから、優雅な発想です。とは言え、近世になりますと脅迫にも用いられましたので、今日のストーカー行為に近いものに堕してしまいました。

虫送り　むしおくり

虫追《むしお》い・田虫送《たむしおく》り・稲虫送《いなむしおく》り・虫供養《むしくよう》・虫祈禱《むしきとう》・実盛祭《さねもりまつり》・実盛送《さねもりおく》り

晩夏から初秋にかけて稲は生育の重要な時期を迎えますので、浮塵子《うんか》や蝗《いなご》、髄虫《ずいむし》（螟虫《めいちゅう》）など害虫駆除の願いを込めて行う行事です。村人は氏神に集まり、鉦《かね》や太鼓を鳴らし、松明《たいまつ》を連ねて畦を巡りながら、村境や海、川まで虫を送ります。斎藤別当実盛の怨霊《おんりょう》が稲の害虫を発生させると信じられたところから、霊鎮《たましず》めの実盛祭とも呼ばれます。実盛が稲株につまずいて討ち死にし稲の虫と化したとか、田の中で討たれる折、稲の虫となって怨みをはらすといった説までいろいろ語り継がれています。

八月

葉月《はづき》
紅染の月《こぞめのつき》
木染月《こそめづき》
燕去月《つばめさりづき》
雁来月《かりくづき》
月見月《つきみづき》
桂月《けいげつ》

七夕

葉月《はづき》は陰暦八月の異称ですが、陽暦の九月初めから十月にかかる季節です。「木の葉やうやうに落つ」頃ですから「葉落ち月」が転じて葉月になりました。木の葉も色づく秋ですので紅染《こぞめ》の月《つき》、木染月《こそめづき》の別称もあります。色を濃く染める濃染《こぞめ》は古い言葉ですが、普通は紅に限定して使うので、どこか紅染に通うところがあります。折から日本列島は夏鳥と冬鳥が入れ替わる時季で、南へ去った燕に代わって雁や鴨、白鳥、鶴などが渡ってきます。去った燕に燕去月《つばめさりづき》の名を与え別れを惜しみながら、一方、雁の到来を雁来月《かりくづき》と言いながら迎えます。八月はまた月見の月ですから、月《つき》見月《みづき》は当たり前過ぎるくらいの命名ですが、その月を待ちに待った思いは伝わります。余談ですが陰暦の五月の異名、月見《つきみ》ず月《づき》は梅雨の季節ですから、月を見られない怨みが込められています。月《つき》の桂《かつら》は、月の中に生えているという桂の木の伝説で、転じて月の光にも使いますが、この中国の伝説を下敷きにした桂月《けいげつ》も八月の異称です。「月の桂を折る」は中国の官吏登用試験の科挙に及第することで、難しいことが叶う譬《たと》えです。

桐一葉　きりひとは

一葉《ひとは》・一葉落《ひとはお》つ・一葉《ひとは》の秋《あき》・桐《きり》の秋《あき》

前漢の淮南《わいなん》王劉安《りゅうあん》が編んだ『淮南子《えなんじ》』の「梧桐《きり》一葉落ちて天下の秋を知る」の語から、日本でも、桐の落葉が秋を象徴するものとして和歌や連歌、俳諧で多く詠まれてきました。それほどですから「一葉」または「一葉落つ」だけでも、桐の落葉を指すことになっています。中国では、想像上の瑞鳥《ずいちょう》・鳳凰《ほうおう》は桐の木に宿り、竹の実を食うとされますが、寂蓮《じゃくれん》の歌「もしきや桐の木ずゑにすむ鳥のちとせは竹の色もかはらじ」も、その故事を下敷きにしています。

ねぶた

ねぷた・眠流《ねむりなが》し・佞武多《ねぶた》・金魚《きんぎょ》ねぶた・扇燈籠《おぎどろ》・喧嘩《けんか》ねぶた・ねむた流《なが》し・跳人《はねと》

夏どきの睡魔を払う眠流しの民俗行事と、人形《ひとがた》流し、盂蘭盆会《うらぼんえ》の精霊送りの燈籠流しなどが習合してできた行事です。眠流しとはもともと水浴のことですから、津軽のねぶた祭の唱え言「ねぶた流れろ、豆の葉とどまれ」と符合します。その青森のねぶたの起源は、坂上田村麻呂がねぶたを作って、蝦夷《えぞ》をおびき寄せ討った伝説に結び付くと言われます。青森でねぶたと言い、弘前ではねぷたと呼んでいます。祭の時期も青森が八月二～七日、弘前が一～七日とほぼ重なります。

七夕《たなばた》

棚機《たなばた》・七夕祭《たなばたまつり》・星祭《ほしまつり》・星祭《ほしまつ》る・星祝《ほしいわい》・星迎《ほしむかえ》・星《ほし》の手向《たむけ》・星今宵《ほしこよい》・星七草《ほしななくさ》・星《ほし》の歌《うた》・芋《いも》の葉《は》の露《つゆ》・七夕送《たなばたおく》り・七夕竹《たなばただけ》・七夕笹《たなばたざさ》

中国では古くから、牽牛星《けんぎゅうせい》が農事を、織女星《しょくじょせい》が養蚕や糸、針を司る星として信仰されていましたが、後漢（二五〜二二〇）以後、天の川を隔てて対する二つの星の恋の伝説が生まれました。この伝説と、日本に古来からあった棚機《たなばた》つ女《め》の信仰が習合してできたのが七夕祭《たなばたまつり》です。棚機つ女が、人里離れた水辺の機屋にこもり、そこに神を迎えて禊《みそぎ》を行い穢《けがれ》を祓《はら》うのが、わが国固有の棚機つ女の信仰です。

天の川《あまのがわ》

銀河《ぎんが》・明河《めいが》・銀漢《ぎんかん》・雲漢《うんかん》・天漢《てんかん》・河漢《かかん》・星河《せいが》・銀湾《ぎんわん》

天の川は一年中見える小恒星群ですが、春は地平に沿って低く、冬は高いが光が淡く、夏の終わりからよく見え始め、仲秋になると北から南へ橋を架けたように見えます。「漢」とは川のことですから、銀漢や雲漢、天漢なども最上級の川の表現です。この大河をめぐって七月七日に牽牛《けんぎゅう》と織女《しょくじょ》の二星が年に一度会う七夕伝説が生まれ、鵲《かささぎ》が天の川を埋めて橋を成し織女を対岸に渡す伝説も生まれました。星とはそうした想念を掻き立てる光なのでしょう。

星合《ほしあい》

星迎《ほしむかえ》・星逢《ほしあ》う夜《よ》・星《ほし》の契《ちぎり》・星《ほし》の恋《こい》・星《ほし》の妹背《いもせ》・星《ほし》の別《わか》れ・石枕《いしまくら》・星合《ほしあい》の空《そら》・年《とし》の渡《わたり》・紅葉《もみじ》の橋《はし》

天の川を隔てて相対する牽牛星《けんぎゅうせい》（鷲座《わしざ》のアルタイル星）と織女星《しょくじょせい》（琴座のヴェガ星）の二星に恋の伝説が生まれたのは、中国の後漢（二五〜二二〇）以降のことですが、陰暦の七月七日に両星が最も接近するところから伝説に発展したものです。この伝説の日本への渡来は天平勝宝七年（七五五）ですが、『万葉集』には七夕の歌が百二十三首も入集していますから、二星の恋物語がいかに万葉人に好まれたかが分かります。石枕や年の渡、紅葉の橋といった季語は、その歌の中で創作されたものです。

鵲の橋《かささぎのはし》

星《ほし》の橋《はし》・行合《ゆきあい》の橋《はし》・寄羽《よりば》の橋《はし》・小夜橋《さよはし》・烏鵲《うじゃく》の橋《はし》・紅葉《もみじ》の橋《はし》

年に一度、牽牛《けんぎゅう》と織女《しょくじょ》が会う天の川を、鵲が羽を並べて橋を成したという中国の伝説に基づく季語です。二星が渡るため、七月七日になると鵲の首の毛が抜け落ちる、とも言います。鵲は秀吉による朝鮮への出兵の折持ち帰った鳥で、高麗鴉《こうらいがらす》、朝鮮鴉《ちょうせんがらす》と呼ばれ、主に九州にいたところから筑後鴉《ちくごがらす》、肥前鴉《ひぜんがらす》の名もありますが、今では韓烏《からがらす》と呼ばれています。天の川の伝説にかかわったこともあって、鵲の季節も秋ということになっています。

洗車雨《せんしゃう》　洒涙雨《さいるいう》

今風に読めば、夕立が汚れた自動車を洗って去ったようですが、これも七夕にちなんだ雨で、陰暦の七月六日に降る雨のことです。七日の七夕の車を洗うの意ですが、当の七日に降る雨は洒涙雨と呼びます。再会した牽牛《けんぎゅう》と織女《しょくじょ》の別れを悲しむ雨のことです。洗車雨と洒涙雨の日にちが逆の説もあり、そうなると洒涙雨の方は二星の再会を妨げる雨の意となり、意味がまったく逆になります。

乞巧奠《きこうでん》　きっこうてん・乞巧棚《きっこうだな》・乞巧針《きっこうばり》

乞巧は上達を願うこと、奠は祀《まつ》ることで、陰暦の七月七日に牽牛《けんぎゅう》と織女《しょくじょ》が一年振りに再会する伝説にあやかって、裁縫が上達することを祈って行われた祭りです。牽牛星は農事を、織女星は養蚕や糸、針を司る星と考えられているからです。禁中の清涼殿での祭りは大江匡房《おおえのまさふさ》の『江家次第《ごうけしだい》』に克明に書かれていますが、室町時代の頃から娯楽的な要素が加わり、江戸時代になると民間行事ともなり、今日の手習いの上達を願う祭りに変わってきています。

庭の立琴《にわのたてごと》　立琴《たてごと》・九枝燈《きゅうしとう》・火取香《ひとりこう》・紅葉《もみじ》の帳《とばり》

宮中で行われた乞巧奠《きこうでん》で、清涼殿東殿に設けた祭壇の上に横たえた、琴柱《ことじ》を立てた十三絃の箏《そう》のことを庭の立琴と言います。火取香《ひとりこう》の空薫《そらだき》（それとなく香をたきくゆらすこと）を絶やさず、九本の灯台（九枝燈）に灯をともし、几帳《きちょう》には五色の帳《とばり》と五色の糸をかけ（紅葉の帳）、二星を祀《まつ》ったのです。飾り物だった立琴も、後には供養のため演奏されますが、置いた琴から空音《そらね》を感じ取った方が、星合《ほしあい》の夜にふさわしかったかもしれません。

七夕竹売《たなばただけうり》

短冊竹売《たんざくだけうり》・笹売《ささうり》

七夕祭が市中で盛んになったのは、手習いが普及したことと、大名家に奉公する町家の娘が多くなって、屋敷の風俗が市井レベルに下りてきたからだと言われます。そういえば安藤広重の江戸百景の一つ「市中繁栄七夕祭」は、町家に林立する青竹が描かれています。七夕の前日の六日の夕方から七夕竹を立てる風習でしたから、その前の数日、「竹や、竹や」と声高に笹竹売がやって来た、と物の本にはあります。

梶の葉《かじのは》

梶《かじ》の七葉《ななは》・梶葉《かじのは》の歌《うた》・梶葉売《かじのはうり》

七夕の夜、梶の葉七枚に歌を書いて、星に手向ける風習です。七枚は七夕にちなんでの数ですが、七夕の前日には、梶葉売が梶の葉を売り歩いたと言います。同音であることと、天の川の連想から、船の楫《かじ》に言いかけて多くの歌が詠まれています。梶の葉の風習から棚機《たなばた》つ女《め》を、梶の葉姫とも呼んでいました。漢名は紙の原料になる楮《こうぞ》で、その楮の古名の「かぞ」が転訛して「かじ」となったとも言われます。

星の薫物《ほしのたきもの》｜星《ほし》の薫《かおり》

牽牛《けんぎゅう》と織女《しょくじょ》が再会する伝説にあやかって、裁縫の腕が上がることを祈ったのが乞巧奠《きこうでん》ですが、その行事が行われた清涼殿では、火《ひ》取香《とりこう》による空薫《そらだき》（それとなく香をたきくゆらすこと）が終夜行われました。これが星の薫物です。この薫物が、人びとと二星をつなぐ架け橋だったのかもしれません。

中元《ちゅうげん》｜お中元《ちゅうげん》・中元贈答《ちゅうげんぞうとう》・盆礼《ぼんれい》・盆《ぼん》の回礼《かいれい》・盆見舞《ぼんみまい》

中国では正月十五日と七月十五日、十月十五日を三元《さんげん》とし、上元、中元、下元と呼んでいました。「元」は区切りの始めですから、日本でも上元と中元を小正月と盆の節供として受け入れました。ことに中元は盂蘭盆会《うらぼんえ》と結び付いて、霊を供養する日となり、近世になってからは、親類や知人が往来して、盆の贈り物をする風習が生まれました。ですから上司が部下からもらう付け届けは、中元の名に恥ずべき贈り物です。

盂蘭盆会《うらぼんえ》

盂蘭盆《うらぼん》・盆会《ぼんえ》・盆《ぼん》・盆供《ぼんく》・盆祭《ぼんまつり》・盂蘭盆経《うらぼんきょう》・迎盆《むかえぼん》・新盆《にいぼん》・初盆《はつぼん》

七月十三日から十五日（または十六日）までの魂祭《たままつり》ですが、農事の関係で地方では月遅れの八月に行うところが多く、毎年飛行機や列車が混む民族大移動の観を呈します。陰暦の四月十六日から七月十五日まで、一室に籠って修行することを夏安居《げあんご》と言い、それを終えた僧の懺悔《ざんげ》を自恣《じし》と言います。盂蘭盆会の日に、その自恣僧に百味（美味・珍味）の供養をすると、餓鬼道《がきどう》にある両親や祖父母の飢渇の苦しみが救われるという「仏説盂蘭盆会経」の教えによって行われる行事です。現在では祖先の魂を祀《まつ》るだけの意で行われています。

施餓鬼《せがき》

施餓鬼会《せがきえ》・施食会《せじきえ》・施餓鬼寺《せがきでら》・施餓鬼幡《せがきばた》・施餓鬼棚《せがきだな》・施餓鬼壇《せがきだん》・川施餓鬼《かわせがき》・海施餓鬼《うみせがき》・施餓鬼舟《せがきぶね》

盂蘭盆会《うらぼんえ》の折に、縁者のいない精霊を祀《まつ》るのが施餓鬼で、施餓鬼棚を設け、供物を上げて読経供養します。これを行うのが施餓鬼寺で、檀家の人たちもお参りします。また家々でも無縁棚を作り丁重に供養します。水死者を弔うのが川施餓鬼や海施餓鬼です。飢渇に苦しむ餓鬼のために飲食《おんじき》を施す法会ですから施食会とも言い、僧に施食してはじめて食物が餓鬼道にある死者の口に入るという信仰なのです。施餓鬼の縁起は、中国の唐代の僧、不空《ふくう》の訳の「救抜焔苦餓《くばつえんくが》

八月

鬼陀羅尼経《きだらにきょう》」に、釈尊の十大弟子の一人、阿難《あなん》の話として既に出てくると言いますから、随分と古い話です。

盆休《ぼんやすみ》　盆《ぼん》の藪入《やぶいり》

盂蘭盆会《うらぼんえ》は大事な宗教行事ですから、昔から休む習慣があり、奉公に出ている人も七月の十五、十六日は盆の藪入（または後の藪入）で家に帰ってきました。また、古くは、陰暦の七月一日を釜蓋朔日《かまぶたついたち》と言い、この日は地獄の釜の蓋が開き、亡者も解放されるので、盆の入りとしていました。この日、茄子畑に入って土に耳を当てると、地獄の釜の蓋が開く音や、精霊の叫び声が聞こえるというので、畑に入ることを忌み嫌いました。盆休も、その意味では、「休む」より「禁忌」の日なのかもしれません。

千屈菜《みそはぎ》　溝萩《みぞはぎ》・聖霊花《しょうりょうばな》・鼠尾草《みそはぎ》・水萩《みずはぎ》・草萩《そうばぎ》・水掛草《みずかけぐさ》

古くは鼠尾草の表記が多く見られ、『和漢三才図会《わかんさんさいずえ》』にも、「于蘭盆《うらぼん》聖霊祭に鼠尾草を用ひて水を供《たむ》く。因《よつ》て水掛草と称す」と出てきます。このほか、盆会に使うことから盆花と呼ぶところもあります。「みそはぎ」の音も、盆会の習慣にちなんで、「禊《みそ》ぎ」と「萩」が一緒になったものと考えられます。

大文字《だいもんじ》

大文字《だいもんじ》の火《ひ》・精霊送火《しょうりょうおくりび》・妙法《みょうほう》の火《ひ》・船形《ふながた》の火《ひ》・鳥居形《とりいがた》の火《ひ》・施火《せび》

京都で八月十六日に行われる盂蘭盆会《うらぼんえ》の送火で、東山如意《によい》ヶ嶽《たけ》の「大文字」以下、松ヶ崎の西山と東山の「妙法」、西賀茂の明見山の「船形」、大北山の金閣寺山の「左大文字」、そして上嵯峨の水尾山《みずのお》の「鳥居形」の五山に火が点じられます。わずか三十分ほどの点火ですが、その荘厳さに灯の消えた京都市中から讃嘆の声が上がります。ことに「大文字」の余燼《よじん》を紙に包んで家の入り口に吊ると中風にならないと言われ、火の消えぬうちから見物人が殺到します。「大文字」は、箱根でも行われるようになりました。

相撲《すもう》

角力《すもう》・角觝《すもう》・宮相撲《みやずもう》・草相撲《くさずもう》・秋場所《あきばしょ》・九月場所《くがつばしょ》

豊作に感謝し、五穀豊穰《ほうじょう》を祈願する神事から生まれ、宮中の行事として、射礼《じゃらい》、騎射とともに相撲節《すまいのせち》が三度節の一つでした。この相撲節が七月（陰暦）に行われたので、俳諧では秋の季語と定めています。古くは『日本書紀』の「垂仁紀」に出てくる野見宿禰《のみのすくね》と当麻蹶速《たいまのけはや》の力比べが相撲の最初と言われますが、ここでは足で蹴《け》り合っていますから相撲と言えるかどうかです。後に寺社の建立や橋の改修のための勧進相撲が行われ、今日の形態が生まれたのは、寛政元年（一七八九）に谷風梶之助らが初めて横綱になった頃からです。

稲妻　いなづま　稲光《いなびかり》・稲《いね》の殿《との》・いなつるび・いなたま

地震・雷・火事・親父は世の中の恐ろしいものを順に並べた格言ですが、雷はその二番目です。稲光がして音が聞こえるまでの時間が短ければ近いので、稲光から音までの秒を測り、真夏の音速の約三百五十メートルを掛けて距離を予測する人もいます。この稲光も稲作と縁が深く『和漢三才図会《わかんさんさいずえ》』には、「稲実る故に稲妻稲交《いなつるび》の名之《こ》れ有り」と書いています。そんなことから、現在でも稲光が多いと稲の生育がよいと言われています。この稲妻に対して稲の殿なる、ややユーモアのある季語も生まれました。

流星　りゅうせい　流《なが》れ星《ぼし》・夜這星《よばいぼし》・星流《ほしなが》る・星飛《ほしと》ぶ・星走《ほしはし》る

四季を通じて見られますが、大気の澄む秋にはとくに目立ちます。中には燃え尽きずに隕石《いんせき》として地上に落ちて来るものもあります。『枕草子』の「星はよはひほし、すこしをかし」の「よはひほし」も夜這星で、これも流星ですから、よからぬことを想像してしまいます。しかし、夜這いの語源は、動詞の「呼ばう」ですから、繰り返し呼びかけるの意で、壮大な流星群に感動した古人が、そう呟《つぶや》いたと取ってもよさそうです。

朝顔 あさがお
牽牛花《けんぎゅうか》

四季折々の花を咲かせる東京・向島の百花園辺りは江戸時代「寺島村」と言い、朝顔の名産地でした。江戸っ子の気質に合うのか珍種もどんどんでき、『東都歳事記』では「培植《やしな》ふ事漸《しだい》に巧にして、千態万色あらざる物なし」とまで言い切っています。この朝顔の種子「牽牛子《けんごし》」を生薬として使うため、平安初期には中国から渡来していました。ところが、はかないものの例として使われる「槿花《きんか》一日《いちじつ》の栄《えい》」の木槿《むくげ》と混同して、古い和歌の中には木槿を朝顔とした例も随分見られます。『万葉集』にも、朝顔が牽牛花（今の朝顔）、木槿、桔梗《ききょう》、昼顔のいずれを指すのか判然としない和歌もあると言えます。

木槿 むくげ
木槿垣《むくげがき》・白木槿《しろむくげ》・紅木槿《べにむくげ》・花木槿《はなむくげ》・きはちす

朝開いた花が夕方には萎《しぼ》むので、人の世の栄華のはかなさに譬《たと》えて、「槿花《きんか》一日《いちじつ》の栄《えい》」なる言葉も生まれました。古代の中国でも、この花の短さから「舜《しゅん》」と呼ばれたようですが、この花を国花とした朝鮮では、一つ一つの花は短命だが、咲く時期の長さをたたえて、無窮花《ムグンファ》と愛《め》でました。そう言えば朝鮮の名も、朝、鮮やかに咲く木槿に由来するとの説もあります。しかし日本では、平安朝まで朝顔と混同され、槿を「あさがお」と訓《よ》んでいました。

芙蓉《ふよう》

木芙蓉《もくふよう》・花芙蓉《はなふよう》・白芙蓉《しろふよう》・紅芙蓉《べにふよう》・酔芙蓉《すいふよう》

白の一重、八重咲き、紅の八重咲きなどがありますが、酔芙蓉は半八重の白色で、午後に淡紅色から紅色に変わり、その名の通り色の変化を見せてくれます。元来、芙蓉は「大きい形(花)」の意で、中国でも唐以前は蓮を指していました。白居易が『長恨歌《ちょうごんか》』で楊貴妃を「面は芙蓉の如く、眉は柳に似る」と譬《たと》えた芙蓉も、実は蓮でした。その楊貴妃にちなんだ『源氏物語』の「桐壺」の巻の太液《たいえき》の芙蓉もやはり蓮のことです。ですから唐以前の芙蓉は木芙蓉の名で呼ばれていました。

鳳仙花《ほうせんか》

つまべに・つまぐれ・つまくれない・染指草《せんしそう》

釣舟草の一種で、赤、白、紫や絞りなど、いろいろな花を見せてくれますが、種子が熟すとすぐに果皮が破れて飛散するところから、この花の属名インパチェンスはラテン語で「忍耐しない」、つまりせっかちな種ということになります。赤い花をつぶし、明礬《みょうばん》か重曹を加えると、薄い茶色の液ができ、これで爪を染めたので「つまべに」「つまくれない」の言葉が生まれたと物の本にはありますが、遊び上手の女の子たちがままごとの中で、この色素に気付いた方が、案外先だったかもしれません。

弁慶草　べんけいそう　つきくさ・いきくさ・血止草《ちどめそう》・根無草《ねなしぐさ》・はちまん草《そう》・ふくれ草《そう》・はまれんげ

九月から十月にかけて、赤い小花の密生した半球状の花序を出します。渡来は平安時代と古く、当時の文献には伊岐久佐《いきくさ》の名で出てきます。「いきくさ」の命名と言い、弁慶草の呼び名と言い、その生命力の強さに由来していて、手折って放置しても根付く強さを持っています。葉は水分の多い多肉質なので、古い中国では「戒火《かいか》」「慎火《しんか》」の呼び名もあり、火を防ぐお守りにもされました。

南瓜　かぼちゃ　唐茄子《とうなす》・南京《なんきん》・南瓜《ぼうぶら》

甘藷《さつまいも》とともに、太平洋戦争時代の食糧難に貢献した作物ですが、棚を作って蔓《つる》を軒から屋根にはわせ、日除けに利用したりもしました。東南アジアのカンボジアから伝来したので、その名を取って「かぼちゃ」と呼ばれます。天文年間（一五三二〜五五）にポルトガル船により豊後（大分県）にもたらされたのが始まりで、天正十五年（一五八七）の九州平定の折に秀吉が試食した記録がありますから、日本人と南瓜の付き合いも随分長いことになります。

西瓜　すいか

四千年前の古代エジプト人が栽培したと推定される絵画もありますから、人類とは随分と長い付き合いの果物です。中国へは中近東からシルクロード経由で、十二世紀に西域に伝わっているので、西瓜の名も生まれました。日本への渡来は南北朝の頃ですが、当初は、果肉の赤が血肉の連想をさそい不評でした。元禄（一六八八〜一七〇四）以降は普及し、かの『和漢三才図会《わかんさんさいずえ》』では「貴賤、老幼、皆嗜之《これをたしなむ》」と、ほめちぎっています。

不知火《しらぬい》｜龍燈《りゅうとう》

陰暦の八月朔日《ついたち》の深夜に、九州の有明海と八代海《やつしろ》に現れる無数の火で、夜光虫や燐火など諸説があります。景行天皇が筑紫を巡幸した折、この火が行く手はるかに現れ、天皇の問いに「しらぬひ」と答えたのが語源で、筑紫に掛かる枕詞《まくらことば》ともなっています。この火も、気象学的には、漁火《いさりび》が原因の蜃気楼《しんきろう》現象といったところに落ち着いています。この肥後出身の第八代横綱・不知火諾右衛門が創始した土俵入りの型「不知火型」が今でも相撲界に残っています。

八月大名《はちがつだいみょう》

昔から陰暦の二月と八月は、農家の仕事が最も暇な農閑期で、とくに八月には嫁取りや法事を当て、親類の多い家では毎日ご馳走にありつけるので、八月大名と言う説を、ほとんどの歳時記がとっています。しかし別の資料では、八月が暇なので骨休めできることを大名になぞらえた解釈をしています。「二八の涙月」は盆、暮れの支払いの窮状を言った譬《たと》えですが、それゆえ株式も下がるので「二八の買い」の専門用語もあります。

九月

長月《ながつき》
菊月《きくづき》
紅葉月《もみじづき》
玄月《げんげつ》
季秋《きしゅう》
無射《ぶえき》

月

長月《ながつき》は陰暦九月の古称で、今の陽暦に直すと、十月から十一月にかけてですからもう晩秋です。その語源も、夜が長くなるので夜《よ》長月《ながづき》の略称とか、稲熟月《いなあがりづき》や稲刈月《いねかりづき》、穂《ほ》長月《ながづき》など稲の実りにかかわる月の略ではないかという説もあります。近頃では、折口信夫《おりくちしのぶ》説の秋の長雨の「ながめ」と呼ぶ物忌み月の語源説も出ています。折から重陽節《ちょうようせつ》にふさわしい菊の花の盛りでもあり菊月《きくづき》はもっともですし、当然と言えば紅葉で日本全土が彩られる月ですから紅葉月《もみじづき》の命名も、誰が考えても出てきそうです。少々難しい表現では玄月《げんげつ》という異称もあります。仏教の奥深く澄み切った真理を明月に譬《たと》えて言う言葉ですが、これも陰暦の八月と並んで、月が際やかに見える九月ならではの呼び名です。季秋《きしゅう》の呼び名も九月のもので、「季はまさに秋」と理解しそうですが、季の末の意味ですから秋の末、晩秋の意味となります。中国古代の十《じゅう》二律《にりつ》の音名の一つが無射《ぶえき》で、これも九月の異称とされます。日本の音名では神仙《しんせん》ですが、これを十二か月に配すと、ちょうど九月の音になるからです。

風の盆　かぜのぼん｜雨《あめ》の盆《ぼん》・おわら祭《まつり》・八尾《やつお》の廻《まわ》り盆《ぼん》

風の盆とは、二百十日が無事であることを祈る日ですが、養蚕と和紙で栄えた富山県婦負《ねい》郡八尾町では、毎年、九月一日から三日まで風の盆を行い、終夜「越中おわら」の町流しをします。「おわら」はもともと糸繰り唄で、「来たる春風、氷が解ける（キタサノサー、ドッコイサノサー）、嬉しや気ままに、オワラ、開く梅」が代表的歌詞です。この文言と、三味線と太鼓、笛、それに胡弓《こきゅう》の哀調ある伴奏による町流しには、どこか黄泉《よみ》の世界に引き込まれる錯覚さえ覚えます。

白露　はくろ｜白露《はくろ》の節《せつ》

二十四節気《にじゅうしせっき》の一つで立秋から三十日ですから、陽暦では九月七日か八日に当たります。また陰暦の八月節も白露と呼びます。美しい露を結ぶ時期の意ですから、そろそろ周囲に露の目立ち始める時節です。露が下り、秋の気配が見え始めることを示す言葉に「白露降《くだ》る」があります。

二百十日　にひゃくとおか｜厄日《やくび》・前七日《まえなぬか》・風祭《かざまつり》・風日待《かぜひまち》

立春から数えて二百十日目で、その十日後が二百二十日です。それまで太平洋上を東に抜けていた台風が日本本土に接近し始めます。七日前を前七日と言っていますが、ちょうどその頃が早稲《わせ》の花の付く頃ですから、まさに厄日です。さらに二百二十日は中稲《なかて》の、二百三十日は晩稲《おくて》の花の頃で、台風の到来が恐れられていました。農作物の風害を避けて豊作を祈る祭りが風祭で、各地の諏訪明神などで、現在も二百十日前後か八朔《はっさく》（陰暦の八月一日）に行われます。

二百二十日｜にひゃくはつか｜二百三十日《にひゃくさんじゅうにち》

立春の日から二百二十日目が二百二十日です。この二百二十日と、十日前の二百十日の頃は、台風が日本本土に最も接近する時分で、ちょうど稲の開花にぶつかり警戒されていました。今より田植えが遅かった時代は、二百十日が早稲《わせ》の、二百二十日が中稲《なかて》の、さらに二百三十日が晩稲《おくて》の開花時ですから、この厄日は稲の開花日と見事に合致します。「二百十日の荒れは二百二十日に持ち越す」の言い伝えは、二百十日に来る台風は大被害をもたらすとの譬《たと》えです。

燈火親しむ｜とうかしたしむ｜燈火《とうか》親《した》し・燈下《とうか》の秋《あき》

夏目漱石の『三四郎』では、「燈火親しむべし抔《など》といふ漢語さへ借用して……」と、漢語扱いをしていますが「燈火親しむ」は今や誰でも知っている日本語です。それでも原典は、唐の詩人・韓愈《かんゆ》（韓退之《かんたいし》）の詩「符、書を城南に読む」の一節、「時、秋にして積雨霽《は》れ、（中略）燈火稍《ようや》く親しむべく、簡編《かんぺん》、巻舒《けんじょ》すべし」なのです。簡編は書物のこと、巻舒は巻いたりのばしたりすることですので、書物を開く意になります。

秋乾き　あきがわき

秋になって湿度が低くなると、物みな乾いて、見る目にも、また葉騒《はさい》や竹を伐る音にさえそれを感じるようになるものです。この季語が初めて採録された改造社版の『俳諧歳時記』も時候の欄に入れ、「秋は風もするどく、日もいら〳〵と、物の乾きの著しきをいふ」の解説が添えられています。ところが本来は「秋渇き」と書き、夏の暑さのために衰えていた食欲や性欲が、秋になって盛んになることですから、現代の歳時記の分類では生活の部に入ります。『柳多留《やなぎだる》』に出てくる川柳「秋がわき先づ七夕にかわきそめ」は、二星の再会に刺激された性欲の方ですが……。

芒　すすき

薄《すすき》・尾花《おばな》・花芒《はなすすき》・穂芒《ほすすき》・芒原《すすきはら》・糸芒《いとすすき》・鬼芒《おにすすき》・真赭《まそほ》の芒《すすき》・一本芒《ひともとすすき》

秋の名月になくてはならない花ですが、獣の尾の形に似ているので、尾花が一般的な呼び名です。『万葉集』以来、秋の七草に数えられ、『万葉集』だけでも三十六首の芒が詠まれています。真赭の芒の「ますほ」は「まそほ」の転で、穂が出たばかりの赤い穂の芒を言います。この芒も枯れれば枯尾花（冬）と言われ、野焼きの後の芒は末黒《すぐろ》の芒（春）と言って情を寄せ、青芒

（夏）は、その勢《きお》いを詩歌に詠まれてきました。

撫子｜なでしこ｜瞿麦《なでしこ》・河原撫子《かわらなでしこ》・大和撫子《やまとなでしこ》

この花も秋の七草の一つですが、七草選択のきっかけとなった『万葉集』の山上憶良《やまのうえのおくら》の旋頭歌《せどうか》では「瞿麦の花」が使われています。別種の石竹《せきちく》を唐撫子《からなでしこ》と呼びますから、これに対して大和撫子とも呼ばれ、日本の女性の美称にも使われます。第二次世界大戦中の銃後を守る女性にも使われた言葉ですから、少々女性にはこそばゆい言葉です。女郎花《おみなえし》と同様に、花と、それに付けた和歌を競う「撫子合《あわせ》」が流行《はや》った時代もありました。夏から咲くので、夏の季に収録した歳時記もあります。

桔梗｜ききょう｜きちこう

山上憶良《やまのうえのおくら》が『万葉集』で挙げた七草の中に桔梗は入っていませんでしたが、憶良の言う朝顔が当時の桔梗だろうということで、秋の七草に仲間入りしました。しかし、朝顔イコール桔梗説は定かでなく、その反論の根拠に、『枕草子』六十四段の「草の花は、瞿麦《なでしこ》。唐《とう》のはさらなり。日本《やまと》のも、いとめでたし。女郎花《おみなえし》。桔梗。牽牛花《あさがお》。刈萱《かるかや》。菊。壺菫《つぼすみれ》」を引き、桔梗と朝顔が別物として並記されている例を示します。

女郎花　おみなえし｜女郎花《じょろうか》・粟花《あわばな》・おみなめし

秋の七草の一つで、全国どこにでも咲く花ですから、その美しさは誰にでも知られています。「おみな」は若い女性のことですが、「へし」は「へす（圧す）」の名詞形だから「若い女性を圧倒する」の意になります。平安時代には、女郎花の美の優劣を競いながら、その花に付けた和歌の優劣をも競う「女郎花合《あわせ》」も行われたと言いますから優雅な話です。女郎花月と言えば、陰暦七月の異称ですし、「立ち姿は女郎花の露重《つゆおも》げなる」となると、美人を形容する常套句《じょうとうく》でもありました。

男郎花　おとこえし｜おとこめし・茶《おおどち》の花《はな》・敗醤《はいしょう》

女郎花《おみなえし》の仲間で、生えている場所も姿も似てはいますが、丈がやや高く、茎も太く、全体に毛が密生し、花が白いところから、女郎花に対して男郎花と呼ばれます。敗醤も男郎花の名とされますが、『本草綱目啓蒙《ほんぞうこうもくけいもう》』によると、「皆短毛、臭気あり」とありますから、臭気からの命名だと、醤《ひしお》が腐る匂いとなりそうです。一方、「茶」は一般に苦菜《にがな》のことですが、古くは「茶」と一緒ですので、これも匂いからの名付けかもしれません。

藤袴　ふじばかま　蘭草《らんそう》・香草《こうそう》・香水蘭《こうすいらん》・らに

秋の七草の一つです。主に関東以西の山野や川岸に自生しますが、他の七草に比べて数の少ない植物です。藤色の花を付け、花弁の形が筒状ですから、藤袴の名をもらいました。この花に芳香があるところから、蘭草と呼ばれていますが、蘭科の蘭とは違います。『源氏物語』の「藤袴」の巻に出てくる「らにの花の、いとおもしろきをも給へりけるを」の「らに」は蘭、つまり藤袴のことです。同様に、『古今六帖《こきんろくじょう》』に「らに」の題で出てくる七首はどれも藤袴のことです。

思草　おもいぐさ　南蛮煙管《なんばんぎせる》・煙管草《きせるぐさ》

山野の芒《すすき》や茗荷《みょうが》の根に寄生する植物で、晩夏から秋にかけて筒形の花を咲かせますが、葉緑がなく茶褐色なのと、その形が南蛮人の銜《くわ》えるパイプに似ていると思えたのでしょう、南蛮煙管とは言い得て妙です。一方、思草の方は首を傾けて物思いに耽《ふけ》る人の姿を連想させたのかもしれません。ただ、思草と言うと竜胆《りんどう》や露草、女郎花《おみなえし》を指す時代もありましたから、扱いの難しい花と言えます。さらに煙草の異名も思草とか相《あい》思草と言うので、一層ややこしくなります。

葛の花　くずのはな

晩夏から秋の初めにかけて、豆の花に似た紅紫色の花を付け、葉が風に翻るたびに小さな花をのぞかせます。山上憶良《やまのうえのおくら》が挙げた秋の七草の一つで、萩や芒《すすき》、女郎花《おみなえし》などとともに、この時季の山野を彩ります。ところが、かつては花より葉がもてはやされ、和歌では葉がもっぱら歌材になりました。葛を渡る風を、葛の上風《うわかぜ》と言ったり、風に裏返る葛の葉を、恨みに掛けて「うらみ葛の葉」と言ったりもしました。葛の根から葛粉をとったり、漢方薬の葛根湯《かっこんとう》の主原料をとったりします。用途の多い葛布《くずふ》は茎の繊維でこしらえたものです。

萩　はぎ

山萩《やまはぎ》・鹿鳴草《しかなきぐさ》・鹿妻草《しかつまぐさ》・玉見草《たまみぐさ》・初見草《はつみぐさ》・古枝草《ふるえぐさ》・初萩《はつはぎ》・萩《はぎ》の花《はな》・野萩《のはぎ》・白萩《しらはぎ》・小萩《こはぎ》・こぼれ萩《はぎ》・萩《はぎ》の戸《と》・萩見《はぎみ》

秋草の代表として秋の七草に挙げられますが、『万葉集』の時代には、芽や芽子と書いて「はぎ」と読ませていました。萩は毎年、古い株から芽が出るので「生え芽《はき》」が語源とされたからです。その『万葉集』には、植物では最も多い百四十首が入集しています。秋の花に似つかわしい萩の表記は大分遅れて平安時代になってからでした。しかし、萩は国訓で、漢字では河原《かわら》蓬《よもぎ》または楸《ひさぎ》の意になります。

虫の音　むしのね　鳴《な》く虫《むし》・虫鳴《むしな》く・すだく

『万葉集』では、秋に鳴く虫を蟋蟀《こおろぎ》と総称していますが、古くから蟬や蜩《ひぐらし》までも虫として取り入れ、姿より声に、日本人は美を感じてきました。物合せの一つとして虫合せをし、和歌を添えたり、鈴虫の宴、松虫の宴を張ったり、秋の夕べには虫聞き、虫狩り、虫選びに郊外に足を運んだりもしました。その虫の美声も欧米人には雑音に聞こえると言いますから、虫の秋になると、「よくぞ日本に生まれけり」の思いもします。

虫籠　むしかご　むしこ

かつての子どもは、竹を自ら削って虫籠を作り、虫を集めましたが、江戸時代には、もっと細工に凝り、竹で家や船、扇形のものまで作られていました。当時は虫籠を「むしこ」と読み、虫籠格子《むしこごうし》、虫籠窓《むしこまど》の建築法も生まれました。どちらも、虫籠のように細かく組んだ格子や、それを組み込んだ窓のことで、通風や採光がよく、これをしつらえる民家が多かったと、物の本にはあります。

松虫　まつむし　青松虫《あおまつむし》・金琵琶《きんびわ》

松風が身にしみわたるようにリーンリーンと澄んだ音色で鳴くところから松虫と呼ばれ、虫の鳴き声の第一位とされてきました。ところが中世の頃までは松虫と鈴虫の呼び名が逆だったので、現在の古語辞典などにも、松虫の項に「鈴虫の古称」と書かれていますから、一層ややこしくなります。さらに「春蟬の異名」「にいにいぜみの異名」を挙げる辞書もありますから、読者はさらに混乱しそうです。

鈴虫《すずむし》｜月鈴子《げつれいし》・金鐘児《きんしょうじ》・大和鈴虫《やまとすずむし》

人工飼育が簡単な虫ですから、部屋の中でその声を楽しむことができます。西瓜の種に似ているこの虫は、東北以南ならどこにでもおり、秋草の名所・宮城野の鈴虫は、七ゆすり半鳴くと言われます。かつては鈴虫を松虫、松虫を鈴虫と逆に呼ばれてもいました。和歌の世界では、「鈴」を振る、経（古）る、降るなどに掛けたり、鈴の鳴るを鳴海に掛けて使う例が見られます。

馬追《うまおい》｜すいっちょ・すいと

早い季節から鳴き始めるこの虫は、忙しげにスイッチョ、スイッチョと鳴くところから、すいっちょの呼び名が一般的です。また、そのスイッチョが馬を叱咤《しった》する舌打ちに似ているので馬追と言われます。全国の方言を集めた『物類称呼《ぶつるいしょうこ》』には、「江戸にて、むまおひと云。近江にて、すいと〻いふ」と出てきます。柄になく凶暴な肉食性ですから、同じ虫籠《むしかご》に飼っていた他の虫が、馬追に食われた少年期の思い出を持っている人は多いはずです。

蟋蟀　こおろぎ

蛬《こおろぎ》・蛼《こおろぎ》・ちちろ虫《むし》・つづれさせ・いとど・筆津虫《ふでつむし》

人里近くにすみ、一番多く聞けるのが蟋蟀の鳴き声です。中でも一般的なリーリーリーと鳴くのは、つづれさせ蟋蟀で、衣の「綴《つづ》れ刺《さ》せ」、つまり秋の用意の促しと日本人は聞いたのです。最も大きいのは閻魔《えんま》蟋蟀《こおろぎ》で、雄の美声には哀愁が込められています。『万葉集』では秋に鳴く虫を蟋蟀と総称していました。『古今集』の頃には、蟋蟀を螽蟖《きりぎりす》とも呼んでいましたので、古歌の解釈では学者泣かせの一因にもなります。

竈馬　いとど

かまどうま・かまどむし・おかま蟋蟀《こおろぎ》

古歌には「いとど鳴く」などと出てきますが、この虫には発声器官がないので鳴けず、蟋蟀と混同して使われてきました。竈《かまど》の余熱を慕って寄ってくるので「かまどうま」の名もありますが、その周辺の残飯を食べる虫ですから「いひとど」、それが約《つづ》まったのが「いとど」の語源です。「いいぎり」の別名もありますが、これも飯を食う蟋蟀《きりぎりす》の略と言われ、どうも不名誉な名前ばかりです。

鉦叩《かねたたき》

蟋蟀《こおろぎ》の仲間で、間を置いて、チン、チン、チンと鉦を叩くように鳴くのでこの名があります。江戸時代には鍛冶屋《かじや》虫とも呼ばれました。金床《かなどこ》を槌《つち》で打つ音だと言うのですから、少々大袈裟《おおげさ》に過ぎましょう。鉦を叩き、歌念仏を唱え歩く乞食《こつじき》僧が、本来の鉦叩の意ですから、この虫の名に似つかわしいようです。同じ秋の季語に「蓑虫鳴《みのむしな》く」がありますが、蓑虫には発声器官がなく鳴けないので、鉦叩の声と間違えて伝えられたものです。

邯鄲《かんたん》

寒い土地柄を好む虫で、関東、東北、北海道では平地にいますが、関西などでは山地でないと声が聞かれません。ル、ル、ル、ルの長鳴きの美声は、虫の中でも際立っていますから、邯鄲の名で呼ばれます。官吏登用試験の科挙に落ちた青年・盧生《ろせい》が、趙《ちょう》の邯鄲で不思議な枕《まくら》を借りて寝たところ、立身して富貴を極めた夢を見ます。この「邯鄲の枕」(邯鄲の夢とも)の故事にあやかった命名ですから、古人はこの虫の音に、幽玄の思いを重ねていたことが分かります。

茶立虫《ちゃたてむし》

茶柱虫《ちゃたてむし》・小豆洗《あずきあら》い・粉茶立《こなちゃたて》

この虫が体の一部を使って障子を叩く音がサッサッサッサッと聞こえ、さながら茶を点《た》てる音に聞き留めた古人は、優雅な茶立虫の名で呼びました。ただ小豆洗いの擬音の方はやや大仰です。体長がわずか二ミリほどで、なかなか見つからず、隠れ座頭の呼び名もありますが、こちらは差別語に近いのであまり使いません。高野山では、あまたの障子からこの音が聞こえるので、七不思議の一つに数えられています。

蚯蚓鳴く《みみずなく》｜歌女鳴く《かじょな》

秋の夜に耳を澄ますと、切れ目なくジーと鳴く声に出会えます。この声の主が蚯蚓だと昔からよく言われましたが、その正体は螻蛄《けら》なのです。民間に伝わる説話によると、蛇は昔、目は持たないが歌は巧みでした。その蛇のもとへ蚯蚓が歌を教わりに行くと、蛇は蚯蚓の目と交換に歌を教えた――ということになっています。こんな説話が、案外、蚯蚓鳴くの根拠になったのでしょう。ところが、蚯蚓を煎じて飲むと声がよくなると信じている人が今の世にもいます。中国でも蚯蚓のことを歌女と言っています。

螻蛄鳴く《けらなく》

土中にあって農作物の根を食う害虫ですが、灯に寄った螻蛄の首の後ろを指でつまむと、両掌を広げますので、知りたいものの寸法をこの虫に仮託しながら囃《はや》す遊びが、かつての子どもの間で流行《はや》りました。この虫の雄が土中でジージーと鳴くのが螻蛄鳴くで、地虫鳴くとともに秋の寂しさを呼び込む季語として使われます。同じ秋の季語でも、蚯蚓《みみず》鳴くや蓑虫《みのむし》鳴くの方は、両方とも発声器官を備えておらず実際は鳴きません。

蓑虫　みのむし　｜　鬼《おに》の子《こ》・鬼《おに》の捨子《すてご》・父乞虫《ちちこうむし》・みなし子《ご》・親無子《おやなしご》・蓑虫鳴《みのむしな》く

蓑蛾《みのが》の幼虫で、木の葉や小枝を糸で綴《つづ》って袋を作り、これに入って移動します。可憐《かれん》な虫なのに、鬼の子とか鬼の捨子など残酷な名前の原因は『枕草子』にあります。「みのむし、いとあはれなり。鬼の生みたりければ、親に似てこれもおそろしき心あらんとて」で始まり、親が自分の汚ない衣をかぶせ、秋風の吹く頃戻ると言って捨てますが、そうとは知らない子は「ちちよ、ちちよ」と鳴くというのがそのくだりです。俳人が、鳴くはずのないこの虫に「蓑虫鳴く」の季語を立てたのも、このくだりに由来します。蓑虫の袋は頑丈にできているので、財布にも変身します。

初潮　はつしお　｜　葉月潮《はづきじお》・望《もち》の潮《しお》・秋《あき》の大潮《おおしお》

陰暦の八月十五日の大潮の満潮をこう呼んでいます。折から十五夜の名月、東京周辺では、月の出、月の入りの頃が満潮となるので、まさに望の潮にふさわしい日を迎えます。新月の頃と満月の頃は、太陽と地球と月が一直線に並ぶので潮の干満が大きくなり、大潮が起きます。この頃はまた、台風が日本本土に接近しますので、高潮や津波を起こすことが、ままあります。俳諧の式目書『御傘《ごさん》』には、「初潮、秋也。伍子胥《ごししょ》が死霊、八月十五夜に風波をおこす也」と出てきます。伍子胥とは中国の春秋時代（前七七〇～前四〇三）の楚《そ》の名族で、父と兄の仇を討ち、不慮の死をとげた人です。ここでも、自然界の変と死霊が結び付けて考えられていました。

弓張月《ゆみはりづき》

弦《ゆみはり》・弦月《げんげつ》・半月《はんげつ》・片割月《かたわれづき》・月《つき》の弓《ゆみ》・月《つき》の舟《ふね》

七日から八日にかけての上弦の月と、二十二、三日頃の下弦の月を、その形から弓張月と言っています。武家社会での弓は、単に武具としてではなく、もののふの魂の象徴でもあり、武家出の去来の「秋風や白木の弓に弦《つる》張らん」の句も生まれます。皇室で皇子誕生の際行われる、読書鳴弦《とくしょめいげん》の儀《ぎ》の「鳴弦」にも同じことが言えましょう。単に弓張月と言えば、源為朝一代の武勇外伝『椿説弓張月《ちんせつゆみはりづき》』のことも指します。

名月《めいげつ》

十五夜《じゅうごや》・満月《まんげつ》・望月《もちづき》・望《もち》の夜《よ》・今日《きょう》の月《つき》・月今宵《つきこよい》・今宵《こよい》の月《つき》・三五《さんご》の月《つき》・芋名月《いもめいげつ》

陰暦八月十五日の仲秋の満月です。一年のうちでもこの夜が最も澄んで明るく、秋草の花、競う虫の音、それに露と、秋の風物が揃う時節です。もともと中国では三五夜《さんごや》と言い、天人が降りてくるとされ、瓜や果物を庭に並べ、枝豆や鶏頭などを捧げて月を賞しましたが、わが国へは平安時代に伝えられ、月見の宴を持つようになりました。この日は小芋を煮て食べる習慣があり芋名月とも呼ばれます。『万葉集』には、望月が三五月《もちつき》、十五月《もちつき》、十五日《もちのひ》の表記で出てきますが、「もち」は「満ち」の母音交替形の音転で、前後の十四日、十六日の月も指していたようです。

十六夜《いざよい》

十六夜《いざよい》の月《つき》・いざよう月《つき》・既望《きぼう》

陰暦八月十六日の夜、またはその夜の月を言い、十五夜より五十分遅れて出てきます。いさよう（ためらう）ように出てくるので、この名があります。「いざよう」に漢字を当てると「躊躇」で、古くは「いさよう」と清音で読んでいましたが、鎌倉時代以後は「いざよう」と濁音で読みます。『万葉集』には、「不知世経月《いさよふつき》」「射狭夜歴月《いさよふつき》」などの表記で出てきます。河竹黙阿弥の『小袖曾我薊色縫《こそでそがあざみのいろぬい》』は、僧清心と心中する遊女の名が十六夜ですから、別名『十六夜清心《いざよいせいしん》』の外題でも呼ばれます。

立待月《たちまちづき》

立待《たちまち》・十七夜《じゅうしちや》

陰暦八月十七日の月で、前夜の十六夜《いざよい》より出が約五十分遅れますので立待の名はまことに適切でしょう。函館山の南東麓にある立待岬も月にゆかりと思いきや、こちらはアイヌ語で、立って待っていて魚を突く岩の意です。

居待月《いまちづき》｜座待月《いまちづき》・居待《いまち》の月《つき》・十八夜《じゅうはちや》の月《つき》

陰暦の八月十八日の月で、前夜の立待月よりおよそ五十分遅れて月は昇ります。十五夜に比べると二時間三十分の遅れですから、まさに居待の表現はぴったりです。この居待月にあやかって、居待年《いまちのとし》と言えば、妙齢十八歳のことです。ちょうど「娘十八花なら蕾《つぼみ》」や「娘十八番茶も出花」の年頃です。

臥待月《ふしまちづき》｜臥待《ふしまち》の月《つき》・寝待月《ねまちづき》・寝待《ねまち》の月《つき》・臥待《ふしまち》・寝待《ねまち》

陰暦の八月十九日の月のことで、前夜の居待月よりさらに三十九分も遅れて月が昇ります。名月の十五夜から数えると、都合三時間九分の遅れですから、ひと寝入りして待つしかありません。『源氏物語』の「若菜・下」には、「夜ふけゆくけはひ、ひやゝかなり。ふし待の月はつかにさしいでたる」とあり、秋とはいえ夜の冷えを感じる時刻とも言えます。

更待月《ふけまちづき》

更待《ふけまち》の月《つき》・亥中《いなか》の月《つき》・廿日《はつか》亥中《いなか》・二十日《はつか》の月《つき》・二十日月《はつかづき》

陰暦の八月二十日の月のことで、前夜の臥待月よりさらに四十五分遅れての月の出です。満月からの換算では三時間五十四分の遅れですから、これまた更待も言い得て妙です。亥《い》の刻《こく》は午後九時から同十一時ですから、その中間に当たる亥中（午後十時頃）の月の言い方もあります。月の異称は更待月までで、遅く昇って明け方まで残る月を「有明月」と一括りにしています。

衣被《きぬかつぎ》

里芋を皮のまま茹でたもので、指でつまんで押すと、つるっと口に入る感触は、江戸っ子の好みにぴったりです。衣被と書いて「きぬかず（づ）き」と読めば、貴婦人が外出の折、顔を隠すために小袖を頭からかぶることを言い、この見立てが里芋に使われたわけです。この姿にあやかって、相撲の技でも、相手を横ざまにかつぎ上げて投げる時「きぬかずき」と言います。十五夜の月に供える習慣があるので、十五夜の別名は芋名月です。

芋茎《ずいき》

芋殻《いもがら》

親芋と一緒に煮たり五目飯の具にする里芋の茎を芋茎と言いますが、その名は、夢窓国師の

「いもの葉に置く白露のたまらぬはこれや随喜の涙なるらん」の随喜から始まったと言われます。乾燥して日保ちがしますから、戦時食糧として、加藤清正が熊本城築城の折、畳の芯に芋茎を用いた話も残っています。「肥後芋茎」が知られていますが、時には淫具《いんぐ》にも利用されるので、夢窓国師の言う「随喜」が誤解されます。これは梵語《ぼんご》の訳で、正真正銘の仏教用語です。

蜻蛉 とんぼ

蜻蜓《やんま》・鬼《おに》やんま・銀《ぎん》やんま・塩辛蜻蛉《しおからとんぼ》・麦藁蜻蛉《むぎわらとんぼ》・猩々蜻蛉《しょうじょうとんぼ》・赤蜻蛉《あかとんぼ》・秋茜《あきあかね》・あきつ・とんぼう・蜻蛉釣《とんぼつり》

日本だけでも約二百種の蜻蛉がいると言いますから、一番のなじみの昆虫です。晩春から秋まで見られますが、あの乾いた羽音は秋を予感させます。古くは「とばう」とか「とうばう」と言っていたものが語源です。飛びながら一瞬に向きを変えられることに古人は敬嘆したのでしょう。蜻蛉返りと言えば、宙返りから蹴鞠《けまり》の足さばき、太刀や長刀《なぎなた》の使い方までに使われますし、目的地に着いてすぐ帰ることとの現在の譬《たと》えなどにも生きています。

雁 かり

雁《がん》・鴈《かり》・かりがね・二季鳥《ふたきどり》・初雁《はつかり》・雁渡る《かりわたる》・雁《かり》の棹《さお》・雁陣《がんじん》・雁行《がんこう》・雁《かり》の列《つら》・落雁《らくがん》・雁鳴《かりな》く・雁《かり》が音《ね》・雁《かり》の琴柱《ことじ》

秋に飛来する渡り鳥の代表が雁で、日本へは真雁《まがん》・菱喰《ひしくい》、酒面雁《さかつらがん》、黒雁《こくがん》など八種が渡って来ます。春と秋の二季に渡りをするところから、二季鳥などと呼び、それぞれの季節に日本人は熱い眼差しを送ってきました。一羽を先頭に「鈎《かぎ》になり竿になり」する飛行を雁行、雁陣、雁の列などと美化して表現します。『続日本後紀《しょくにほんこうき》』にも「常世《とこよ》の雁」とあるように、常世の国から渡って来た鳥と霊鳥視しているからなのでしょう。そういえば、雁を便りを伝える使いに見立てた中国の故事にならい「雁の玉章《たまずさ》」とか「雁の使《つかい》」と言えば手紙のことになります。

雁渡し かりわたし

雁が渡って来る九月から十月頃に吹く北風をこう呼んでいます。初めは雨を伴って吹き、後に青空の下を吹く風ですから、『物類称呼《ぶつるいしょうこ》』の分類では青北風《あおぎた》と同じ風で、歳時記の中には同じ季語として扱っているものもあります。ただし、青北風が漁や航海をする人たちが使ったのに対して、雁渡しの方は、雁の飛来を待ち望んでいた人たちの思いが込められています。この風の名から、雁の渡りの姿を連想させますから、同じ風でも名辞によって随分違うものです。

青北風 あおぎた 青北《あおぎた》

全国の方言を集めた『物類称呼《ぶつるいしょうこ》』によると、「畿内及中国の船人のことばに、八月の風を、あをぎたといふ」と出てきます。八月は陰暦ですから、陽暦では九月から十月にかけての北風です。初めは雨を伴って吹きますが、後に晴れわたった青空に吹くので、この名が生まれたのでしょう。主に西日本で使われた言葉で、晴れていながら何日も吹き募るこの北風に、漁師や船乗りは、海荒れの冬の先触れを感じたに違いありません。

鮭颪《さけおろし》

鮭下風《さけおろし》

鮭が産卵のために川へ上ってくる秋の半ば頃に吹く、野分に似た風を東北では鮭颪と呼んでいます。全国の方言約四千語を集めた『物類称呼《ぶつるいしょうこ》』にも、「八月（陰暦）の風を暴風といふ。陸奥《むつ》にて、鮭下風と呼ぶ。この頃より鮭の魚を捕るといへり」と出てきます。今でこそ鮭は脂の落ちる前の大洋で獲りますが、かつては川に溯上してくる鮭を獲っていました。茨城県の助川も、「河に鮭を取るが為に助川と名づく」と『常陸風土記』にあり、鮭の大きいものを須介《すけ》と言っていた名残です。

曼珠沙華《まんじゅしゃげ》

彼岸花《ひがんばな》・死人花《しびとばな》・天蓋花《てんがいばな》・幽霊花《ゆうれいばな》・捨子花《すてごばな》・狐花《きつねばな》・三昧花《さんまいばな》・したまがり・まんじゅさげ

その名の通り、秋の彼岸の頃になると、田の畦や堤をびっしり埋め尽くす花です。梵語《ぼんご》の音写で、天上界に咲く小さな赤い花の意ですから、いかにも秋の彼岸にふさわしい花と言えます。

それなのにこの花は、死人花や幽霊花、捨子花など残酷な名で呼ばれもしますが、その理由は、有毒植物で人びとから忌み嫌われてきたからのようです。とはいえ、この花の地下茎は澱粉《でんぷん》に富むところから、救荒食糧や平時の補食として、太平洋戦時下の四国南部で、精製が企業化されたこともあるくらいです。

鶏頭《けいとう》

鶏頭花《けいとうか》・鶏冠《けいかん》・韓藍《からあい》の花《はな》

夏の終わり頃から、霜の降りる頃まで、花時の長い花です。花色も赤、黄、白とありますが、とくに赤花が鶏の鶏冠《とさか》に似ているところからこの名があり、鶏冠《けいかん》はまた漢名でもあります。韓藍の方は古名で、既にこの名で『万葉集』に四首入集しています。立花としては使われますが、茶花としては葉鶏頭《はげいとう》以外は嫌われたり、逆に仏花として歓迎されるのは、濃い紅を湛える暗いイメージなのかもしれません。

秋刀魚《さんま》

三馬《さんま》・初秋刀魚《はつさんま》・さいら

夏の間、北の千島海域辺りにいる秋刀魚も、秋口に入ると南に移動して漁期を迎えます。どこの家庭も庶民的なこの秋の味を待っています。「あはれ　秋かぜよ　情《こころ》あらば伝へてよ」で始まる佐藤春夫の詩「秋刀魚の歌」のせいもあってか、日本人はこの魚にことのほか愛着を持ってきました。古い資料にも、江戸人は焼いて食べることを好んだ、とあるように、脂のしたたる熱々に大根おろしと醬油《しょうゆ》だけに限る魚です。秋刀魚は姿による当て字で、本来は三馬と書き、さいらは関西での呼び名です。

鰡《ぼら》 鰡《いな》・おぼこ・くちなめ・名吉《なよし》・とど・江鮒《えぶな》

「おぼこ」「いな」「ぼら」と名の変わる出世魚で、十年経つと「とど」と言われます。脂が瞼《まぶた》を覆うほどになり、これが世に言う「とどのつまり」です。幼魚の「おぼこ」の頃は江鮒《えぶな》と呼んで浪華名物の雀鮨《すずめずし》にします。「いな」になってからは刺し身、洗い、塩焼きと何でもよく、板場で鰡の臍《へそ》と呼ぶ幽門はちょうど算盤珠《そろばんだま》の形をしていて、この塩焼きは珍味中の珍味。よほど通い慣れないと、板場からこの味は届きません。卵巣の塩漬けが鱲子《からすみ》で、中国の墨「唐墨《からすみ》」に形が似ているからの命名で、台湾産が群を抜きます。

尾花蛸《おばなだこ》

京都辺りでは「麦藁蛸《むぎわらだこ》に祭鱧《まつりはも》」と言われ、一説には、海から遠い京都には、せいぜい生命力の強い蛸か鱧くらいしか入ってこないととらえていますが、麦の実る頃は蛸の産卵前ですから、一年中で一番美味の頃です。逆に尾花・芒《すすき》の咲く頃は産卵を終えていますので不味《まず》く、俗に言う「猫またぎ」の季節です。ところが蛸の卵は、米粒状に連なり、さながら藤の花に似ているところから海藤花《かいとうげ》と呼ばれる珍味です。干したものを戻して三杯酢などで食べますが、蛸のお腹に抱いたものに出会うこともあります。僥倖《ぎょうこう》としか言いようのない至福の時です。

秋海棠《しゅうかいどう》　断腸花《だんちょうか》

八月の終わり頃から淡紅色の花を付けますが、この花が咲き始めると、秋の到来を実感できます。その名の通り、春に咲く海棠に花色が似るところからの命名です。貝原益軒の『大和本草《やまとほんぞう》』には、「寛永年中（一六二四～四四）、中華より初て長崎に来る。それより以前は本邦になし」とあります。漢名の秋海棠をそのまま日本名に置きかえましたが、『滑稽雑談《こっけいぞうだん》』には、「真に美人の粧を倦《う》むが如し」と、やや艶《つや》っぽい姿で写されています。

竜胆《りんどう》　笹竜胆《ささりんどう》・蔓竜胆《つるりんどう》・深山竜胆《みやまりんどう》・蝦夷竜胆《えぞりんどう》

秋の代表的な花の一つですが、中国の呼び名・竜胆を音読みした「りゅうたん」が訛《なま》って「りんどう」になりました。わが国最初の分類体の漢和辞書『倭名鈔《わみょうしょう》』には、和名として衣夜美久佐《えやみくさ》、爾加奈《にかな》と出てきますが、これは、中国で、その苦さを竜の胆《きも》に譬《たと》えた和名で、後に笑止草《えやみぐさ》、苦菜《にがな》で通用するようになっています。既に『出雲風土記』にも登場しますが、『万葉集』には

九月

例歌はなく、当時の歌人からはそっぽを向かれたようです。

鳥兜《とりかぶと》

鳥頭《とりかぶと》・兜菊《かぶとぎく》・兜花《かぶとばな》

天然のものでは河豚《ふぐ》に次ぐと言われる毒を持ちますが、観賞用としても栽培されます。舞楽の舞人や楽人の装束に用いるかぶり物を鳥兜、鳥甲《とりかぶと》と言いますが、淡紫色の花を房状に付けた様子が、このかぶり物に似ているところからの命名です。アイヌがその毒を鏃《やじり》に塗ったりもしましたが、漢方では、その根を烏頭《うず》とか附子《ぶす》と呼んで、強心、利尿の薬として利用します。

吾亦紅《われもこう》

吾木香《われもこう》・我毛香《われもこう》・地楡《ちゆ》

古来から秋の名草として知られますが、暗紫紅色の花は、花というより実の趣があります。その目立たない花が、「吾《われ》も亦紅《またあか》いんですよ」と名告《の》りを上げているようなユーモアさえ感じさせます。漢名の地楡は、葉が楡《にれ》の葉に似ているからです。御簾《みす》などをかける際、その上部を隠す横長の飾りの布帛《ふはく》を重ねますが、これを帽額《もこう》と呼びます。この文様が蕾《つぼみ》の吾亦紅に似ているから、の語源説もあります。

杜鵑草《ほととぎす》

十月頃、葉の付け根に、百合の形の小さな紅紫色の斑点のある花を付けます。その斑点が時鳥《ほととぎす》（杜鵑《とけん》）の胸の斑点に似通っているので、この名が付きましたが、古い歳時記には時鳥草《ほととぎすそう》の表記が見られます。ところが厄介なことに「杜鵑花」と書いて「さつき」と読ませますから「草」と「花」の違いで誤解が生まれます。また漢名を油点草《ゆてんそう》としている歳時記も見られますが、どうもこれは誤用のようです。

狗尾草 えのころぐさ

猫《ねこ》じゃらし・えのこ草《ぐさ》・犬子草《いぬこぐさ》・紫《むらさき》えのころ

狗尾草と言うといかにも難しそうな植物に見えますが、猫じゃらしと言えば、すぐ合点がいく草です。その狗尾ですが、えの子（狗子）も、えのころ（犬児）も犬の子のことで、その子犬の尾にこの草が似ているところからの命名です。この草の穂に猫がじゃれつく様子と言い、子犬が自らの尾を追ってぐるぐる回転するさまと言い、この草には、ある懐かしさを呼び覚ましてくれるメルヘンの世界があります。

露草 つゆくさ

蛍草《ほたるぐさ》・月草《つきくさ》・鴨跖草《つきくさ》・青花《あおばな》・うつし花《ばな》・帽子花《ぼうしばな》・鎌柄《かまつか》

古くからこの花で布を摺《す》り染めし、月草の古名で呼ばれていました。ですから『万葉集』や『古今集』に出てくる和歌もみな、月草の表記です。夏から秋にかけて、蛤《はまぐり》の形をした小さな青い花を付けますが、朝露をためた露草の名が似合いますし、蛍が出そうな下闇に咲きますから蛍草も言い得て妙です。鎌柄の方は葉鶏頭の別名としてよく知られていますから、使い方によっては誤解を生みます。

嫁菜の花　よめなのはな

春の摘草の代表格としての嫁菜は、菜飯やお浸しで食べますが、秋は秋でまた花を楽しませてくれます。田の畦や土手などの湿り気のあるところに自生し、青藍《せいらん》色の上品な花を咲かせる野菊類の代表です。「嫁」の字を使うのは、婿菜《むこな》と呼ばれる白山菊《しらやまぎく》の対語だからと言われます。嫁菜にはまた嫁萩《よめがはぎ》の別名があって、秋の花時をたたえた名辞なのかもしれません。どちらかというと、関東より四国、九州に多く見られます。

鬼灯　ほおずき　酸漿《ほおずき》

かつての女の子には懐かしい鬼灯ですが、時代を遡って『古事記』では「あかかがち」（赤酸漿）と呼ばれ、八岐大蛇《やまたのおろち》の目に譬《たと》えられていました。「ほおず（づ）き」の「ほ」は火《ほ》で、「つき」は染まる意なので、実が赤く熟すことを語源としているようです。江戸時代には塩や砂糖に漬けて食用としましたが、そういえば、鳴らす鬼灯を作る際、多くの女の子は失敗すると赤い袋の汁をすすっていました。

秋茄子　あきなす　秋《あき》なすび

秋になってから採れる茄子は、形は小さいけれど種がなく、皮が引き緊《し》まっていて、とくに漬物によいとされます。ですから「秋茄子は嫁に食わすな」を嫁いびりの諺《ことわざ》ととっていますが、逆説もあります。「種がない」を「子種」ととって、子どもが生まれなくては困る姑《しゅうとめ》の心遣いとする説です。また、物の本には「秋に至りて毒最甚し」とあることから、嫁をいたわる老婆心説まであります。

玉蜀黍　とうもろこし　南蛮黍《なんばんきび》・なんばん・もろこし・唐黍《とうきび》・高麗黍《こうらいきび》

捥《も》ぎたての玉蜀黍を焼いたり、茹《ゆ》でたりして熱々をかぶりつく醍醐味《だいごみ》は、まさに秋のものです。ネイティヴ・アメリカンが常食にしていたものを、コロンブスがスペインに持ち帰り、煙草とともにヨーロッパに広まったと伝えられます。日本へは、コロンブスのアメリカ大陸発見より約百年遅れて天正年間（一五七三～九二）に、ポルトガル人によりもたらされました。「とう（唐）」も「もろこし（唐土）」も、その意味では外国から入ってきたことを文字で表しています。

隠元豆《いんげんまめ》

菜豆《いんげん》・莢隠元《さやいんげん》・鶉豆《うずらまめ》・唐豇《とうささげ》・隠元豇《いんげんささげ》

暑さで食欲の落ちた時など、嫩《わか》い莢隠元の青い色は食欲を盛り上げてくれますし、料理法もたくさんあって、豆そのものとともに、台所には欠かせない食材です。黄檗宗《おうばくしゅう》の開祖・隠元がもたらしたと言われますが、それも定かでありません。『物類称呼《ぶつるいしょうこ》』には「京にて、ゐんげんまめといふ、江戸にて、ふぢまめと云ひ、西国にて、なんきんまめと云ひ……」と各地の呼び名を紹介していますが、今では統一されていて、関西で隠元豆と言うと藤豆のことを示す程度の違いです。

梨《なし》

日本梨《にほんなし》・長十郎《ちょうじゅうろう》・二十世紀《にじっせいき》・洋梨《ようなし》・有《あ》りの実《み》

日本の梨は、赤梨と呼ばれる長十郎と、青梨の代表の二十世紀がありますが、現在は青梨を中心に新しい品種が生み出されています。また、日本人にはなじみの薄かった洋梨（西洋梨）も普及し始めています。梨の別の名を有りの実とも言いますが、なし（無）を嫌ってあり（有）と置きかえた逆さ言葉で、河豚《ふぐ》のふぐ（不具）をふく（福）に言いかえた例と同じです。

葡萄《ぶどう》

葡萄園《ぶどうえん》・葡萄棚《ぶどうだな》

棚から下がる葡萄畑の景も見事ですが、皿に盛られた瑞々《みずみず》しい葡萄には、秋の贅《ぜい》が思われます。最も古い産地として知られる甲州の葡萄は、平安朝末期の文治二年（一一八六）、甲州在岩崎村の雨宮勘解由《あめのみやかげゆ》が山葡萄の根を山から持ち帰ったのに始まると言われますが、記録こそありませんが、もっと古く、八世紀に既にあったとも伝えられます。この葡萄を自然発酵させた葡萄酒を武田信玄が愛飲した記録もあり、そんな場面を想像しながら秋の夜長を過ごすのに、ワインはまたよき仲間です。

木犀《もくせい》

木犀《もくせい》の花《はな》・金木犀《きんもくせい》・銀木犀《ぎんもくせい》・薄黄《うすぎ》木犀《もくせい》・桂《かつら》の花《はな》

この花が咲き始めると、四方八方が芳香に包まれますが、一週間ほども経つと、木の周りに円形の輪を描いて花は散ります。金と薄黄がやや早く咲き、銀はこれに遅れて花を付けます。徳川時代に中国から渡来、もっぱら庭園の木として植えられましたが、木の肌が犀《さい》の皮に似ているのでこの名をもらいました。糖類と有機化合物が結合した配糖体で酸が強いので、温度の低い夜や湿度の高い日に一層強く匂います。

雷声を収む《らいこえをおさむ》

七十二候《しちじゅうにこう》の一つで、秋分の初候ですから、九月二十二、三日から五日間を指します。「稲実る故に稲妻」と言われた雷も、秋の深まりとともに間遠となり終息します。気象学的には、大陸から乾いた空気が入り、日差しが弱まり、気温も上がりませんから、発生条件が整わないだけのことですが、稲作民族はそうは思わず、稲に実りをもたらした雷を送る思いがあったに違いありません。水を司る龍に対して「龍淵に潜む」(秋の季語)とした思いに、どこか似通っています。

龍淵に潜む　りゅうふちにひそむ

中国で最も古い部首別字書『説文解字《せつもんかいじ》』によると、龍は「春分にして天に登り、秋分にして淵《ふち》に潜む」とあるところから、「龍天に登る」(春)と、「龍淵に潜む」(秋)の季語が生まれました。中国で龍は神力を持ち、霖旱《りんかん》を支配するものと考えられ、「霖」は長雨、「旱」はひでりのことですから、稲作文化とかかわっていたと考えるのが自然です。その意味で言えば、龍も役割を終えたことになり、稲も実りの時期に入った頃に当たります。

十月

神無月　かんなづき
神去月　かみさりづき
神在月　かみありづき
時雨月　しぐれづき
孟冬　もうとう

案山子《かがし》

陰暦十月を神無月《かんなづき》と言いますが、陽暦では十一月になりますから、もう初冬の候です。この月は日本全国の神々が出雲大社に集まり、出雲以外の国では神が不在になるので、神無月《かみなしづき》が語源です。ところが出雲には神がいるので、出雲に限って神在月《かみありづき》と呼ぶことになっています。しかし他の諸国では神去月《かみさりづき》とも言います。神無月の語源にはまだまだ異説があって、その一つが、雷無月《かみなしづき》説です。六月の水無月《みなづき》の異称、雷鳴月《みなづき》に対しての雷無月《かみなしづき》で、あれほど賑やかだった雷も鳴りをひそめる頃なのです。季感があって嬉しいのは醸成月《かもなしづき》説です。かつては新米が収穫できると、すぐに酒の醸造にかかり、秋の末には新酒「新走り《あらばしり》」がお目見えしました。酒蔵では杉の葉を丸く束ねた酒林《さかばやし》を軒に吊るし、新酒のでき上がりの合図としました。左党は、この醸成月説に軍配を挙げたい思いです。天慶《てんぎょう》の乱（平将門《たいらのまさかど》の反乱）の顚末を書いた軍記『将門記《しょうもんき》』に、「時に津の中に孟冬《もうとう》の日黄昏《たそがれ》に臨めり」などと出てくる「孟冬」は冬の初めの意で、九月のことになりますが、平井易林《えきりん》が書いた「易林本《えきりんぼん》」の『節《せつ》用集《ようしゅう》』（室町時代にできた国語辞書）では、「孟冬」を十月としています。

寒露《かんろ》

二十四節気《にじゅうしせっき》の一つで、立秋の日より数えて六十日目ですから、陽暦の十月八、九日頃に当たります。移動性高気圧の影響で、天気も安定し、湿度も下がって、過ごしやすい陽気が続き、朝夕は肌寒ささえ感じる頃です。寒露とは字義通り、晩秋に置く冷たい露のことですから、冬の到来の近いことを予感させる時節でもあります。

雀蛤となる《すずめはまぐりとなる》

雀化《すずめか》して蛤《はまぐり》となる・雀大水《すずめうみ》に入《い》り蛤《はまぐり》となる

古代中国の七十二候《しちじゅうにこう》に基づく季語で、五経の一つ『礼記《らいき》』にも、「爵《すずめ》大水（海）に入りて蛤と為る」と出てきますが、ある物が変化して別の物になることの譬《たと》えとして引かれる言葉です。とはいえ、雀の羽と蛤の貝の色柄は似通っていますから「蛤に雀の斑《ふ》あり哀れかな」（村上鬼城）にも得心できますし、「蛤や少し雀のこゑを出す」（森澄雄）の可憐《かれん》さにも相づちが打てます。

山粧う《やまよそおう》

粧《よそお》ら山《やま》

紅葉に彩られた秋の山を、擬人法で描いた季語で、北宋の画家・郭熙《かくき》の「山水訓」に由来します。そこには「春山淡冶《たんや》にして笑ふが如く、夏山は蒼翠《そうすい》にして滴《したた》るが如し。秋山は明浄《めいじょう》にして粧ふが如く、冬山は惨淡《さんたん》として眠るが如し」とあって、山笑う（春）、山滴る（夏）、山粧う（秋）、山眠る（冬）を四季に配して季語としました。「粧う」と書くと化粧の意に取られますが、同義の「装う」と書いてもう一度秋の山を見直すと、端正な山容が改めて見えてきます。

色なき風　いろなきかぜ

風《かぜ》の色《いろ》・素風《そふう》・金風《きんぷう》

秋の風を「色なき風」と使ったのは、『古今六帖《こきんろくじょう》』に収める紀友則の歌「吹き来れば身にもしみける秋風を色なきものと思ひけるかな」からと言われます。中国の古い哲理によると、天地の間には循環して留まらない木・火・土・金・水の五つの精気があって、これが万物組成の元素だとします。この陰陽五行説《いんようごぎょうせつ》に秋風を配すると金風となり、色に配すと白で、素風ということになり、紀友則の歌も、この五行説を下敷きにしています。俳諧でも「秋風や白木の弓に弦《つる》張らん」（去来）の「白木」のように、「白」のイメージを重ねて使っています。

秋の暮　あきのくれ

秋《あき》の夕暮《ゆうぐれ》・秋《あき》の夕《ゆうべ》・秋夕《しゅうせき》

秋の暮は、古来季節の秋の暮と、秋の夕暮の両義に使われてきましたが、現在は秋の夕暮どきを指し、秋の終わりの方は「暮の秋」という表現をとっています。「秋の日は釣瓶《つるべ》落とし」と言うように、秋の夕暮はあっという間にやってきます。その短くなった時間への哀惜の念が、この季語の真意です。

松茸《まつたけ》

主に赤松の林に生えるのが松茸で、茸《きのこ》の王様です。丸のまま奉書紙に包んで焼く蒸し焼き、鱧《はも》と合わせて土瓶《どびん》蒸しに、そして松茸ご飯に清汁《すましじる》とくれば、一応堪能できます。京都・伏見の稲荷山産がもてはやされていた頃、京都守護職だった会津藩主・松平肥後守（容保《かたもり》）が、藩内にも松茸をと思い立ち、早飛脚《はやびきやく》を仕立てて、東山温泉近くの赤松林に移植しました。でも会津産松茸は今日まで聞いたことがありません。貴族社会では、形の連想から後宮《こうきゅう》では禁句で、女房詞《ことば》では単に「まつ」ですが、「待つ」にも掛かりそうです。

湿地茸《しめじ》　しめじ・占地《しめじ》

「匂いまつたけ味しめじ」と言われるように、松茸と並んで茸《きのこ》の双璧《そうへき》。湿地に生えるところから湿地の字をもらいましたが、一か所にぞっくり生えるので、占地の文字も当てられ、「千本しめじ」の異名もあります。日常食べている方には気の毒ですが、「しめじ」の名で市販される栽培物は、似てはいても実は平茸《ひらたけ》のことです。

十月

椎茸《しいたけ》

椎や楢《なら》、栗《くり》、櫟《くぬぎ》などの枯れ木に生えるので、これらの木を榾木《ほたぎ》として菌を植え付ければ栽培でき、どの家庭でも年間を通してごく普通に使える食材です。仲哀天皇が熊襲《くまそ》征討のため筑紫に行った折、土地の人から香ばしい茸を献じられ、宮の名を香椎《かしい》宮としましたが、皮肉にも征伐の途中、この香椎宮で崩じたとされています。この故事に関係があるのか、今でも九州が椎茸の主産地です。乾燥することで香りが高くなるので、中華料理はこれを利用します。

舞茸《まいたけ》

深山の水楢《みずなら》の幹や根本から生える茸《きのこ》で、茎が無数に枝分かれして、その先に箆《へら》状または扇状の傘が広がります。今でこそ栽培もできますが、当時は人里離れたところでしか採れないことと、味が良いことで、株を見つけると小躍《こおど》りしたので、舞茸と言うとの説があります。傘の広がり具合いを舞に見立てた説もあります。『今昔物語』には、京都の北山で舞茸を食べた尼が舞い踊る話が出てきますが、こちらは笑茸《わらいたけ》だということのようです。

新酒《しんしゅ》

新走《あらばし》り・今年酒《ことしざけ》・利酒《ききざけ》・新酒糟《しんしゅかす》

今年収穫した米で作るのが、新走りの名で呼ばれる新酒で、新酒ができ上がると、杉の葉を球状に束ねた酒林《さかばやし》が酒屋の軒に吊られました。杉の葉の青々とした酒林が売り出しの合図だったのです。今では寒造りが主流になり、十二月に仕込み、新酒は三月になりますから歳時記とは時期が大分ずれてしまいました。まず酛《もと》（酒母《しゅぼ》）をつくり、次に薫米と麹《こうじ》とを加えて醪《もろみ》をつくり、発酵を待って清酒はできますが、何しろ相手は生きものですから、蔵元も杜氏《とうじ》も不眠不休の作業が続きました。できた新酒の利酒は色香の分かりやすい蛇の目茶碗《ぢゃわん》で行います。

稲 いね

稲《いね》の花《はな》・稲田《いなだ》・稲穂《いなほ》・うるち・糯稲《もちいね》・陸稲《おかぼ》・しね・いな・田《た》の実《み》・水影草《みずかげぐさ》・富草《とみくさ》・すめらみぐさ・八束穂《やつかほ》

世界の人口の半分以上が主食としている米ですが、この稲を古くは『古事記』で志泥《しね》、『倭名鈔《わみょうしょう》』では之禰《しね》、『万葉集』では伊奈《いな》などと書いていました。縄文晩期に中国から九州に渡来したことになっていますが、神話の世界では発生の想をさらに膨らませます。高天原《たかまがはら》の斎《ゆにわ》の稲穂を天孫が持って高千穂峰《たかちほのみね》に天下ったとか、大気津比売《おおげつひめ》の死体の目から生まれた説までいろいろ語られます。

蝗 いなご

螽《いなご》・稲子《いなご》・蝗捕《いなごと》り・蝗串《いなごぐし》

稲とは切っても切れないのが害虫の蝗で、稲作はまさに蝗との闘いでした。農薬を使わない時代は、この蝗捕りに学童も駆り出され、竹筒を付けた布袋を持って田に入ったものです。「いなご」は「稲子」のことですが、「蝗」は飛蝗（集団移動する殿様蝗虫《とのさまばった》の個体）の意で、「いなご」のことではないとする説もあります。ただ味にすぐれるので、『和漢三才図会《わかんさんさいずえ》』には、「之を取りて炙《あぶ》り食ふ。味甘美、小蝦《こえび》の如し」とあり、かつて蝗捕りをした人には懐かしい味です。

案山子｜かがし｜捨案山子《すてかがし》・遠案山子《とおかがし》

稲の実る頃、田のあちこちに案山子が立てられますが、どれもユーモラスですから、コンクールも行われるほどです。もともとは鳥獣の毛や肉を焼いて、その悪臭で追い払いましたから「嗅《かが》し」で、案山子と書いても「かがし」と読みます。本来は鳥獣を防ぎ、作物を守る田の神の姿として立てられたもので、信州では十月十日の十夜に、案山子揚げの祭りを行い、田から庭先へ案山子を移します。この日が過ぎると案山子は山の神として山に帰り、今度は山の安全を守ります。

鳴子｜なるこ｜引板《ひきいた》・ひた・鳴竿《なるさお》・鳴子縄《なるこなわ》・鳴子守《なるこもり》・鳴子引《なるこひき》

鳥威しの一種で、竹の管を付けた小さい板を縄で引くと鳴る仕掛けですが、日がな一日鳴子守が番をしなくてはならず、大変な労力を必要としました。鹿や猪の被害を防ぐためにも利用されました。音が出るので便利ですから、戸口に付け、来客を知る装置にも使いましたし、江戸の深川の岡場《おかば》所《しょ》では、河岸に客が着いたことを茶屋に知らせる用具を鳴子と呼んでいます。

鳥威し　とりおどし　鳥驚《とりおどろか》し

田畑を荒らす鳥を追い払う仕掛けの総称で、案山子《かがし》や鳴子の類を言います。また、竹筒に水を受け、水が満ちると覆って石を打ち、高い音を響かせる添水《そうず》は別名「鹿威《ししおど》し」ですが、これも鳥威しに使います。鳥の嫌いな大きな目玉を描いた風船を吊ったり、鳥の死骸を見せしめに曝《さら》したり、カーバイドのガスに点火して大音響を出すものなど、知恵の限りを尽くしますが、実効はとなると、なかなか思惑通りにはいかないようです。

添水　そうず　鹿威《ししおど》し・僧都《そうず》・ばったんこ・ばった・唐臼《からうす》・兎鼓《とこ》・山田《やまだ》の僧都《そうず》

田や畑を荒らす鳥獣を追い払う仕掛けです。竹筒にたまる水が満ちると水を一気に吐き、その反動で筒の尻が石を叩き、その音で鳥獣をおどす装置ですが、後には庭の遣水《やりみず》にも利用されます。この原理を利用して米も搗《つ》いたので唐臼とも呼ばれ、また兎鼓のかわいい名で呼ばれもしました。古くは案山子《かがし》のことを「そおど」と言い、平安以後「そうず」に転じたものです。室町時代の辞書『下学集《かがくしゆう》』には「僧都」の項に「備中の国温川寺《うんせんじ》の玄賓《げんぴん》僧都始て焉《これ》を造る。故に世俗之《これ》を僧都と謂《い》ふ」とあり、これで僧正に次ぐ僧位「僧都」が使われた理由が明らかになります。

鵯　ひよどり

白頭鳥《ひよどり》・ひよ・ひえどり

雀と並んで人家周辺でよく見られる鳥で、青木や南天、千両、万両の実を啄《ついば》み、山茶花《さざんか》や椿の花の蜜《みつ》を吸う姿をよく見かけます。ピーヨ、ピイーヨと甲高く鳴き、用心深い鳥です。頭と首の羽毛から「白頭鳥」の字も当てます。姿からは想像もできませんが、宮廷や貴族の間で、鵯の鳴き声を競う鵯合《ひよどりあわせ》の遊びもありました。一谷《いちのたに》の合戦で、義経が坂落しの奇襲をかけた「鵯越《ひよどりごえ》」の地名の由来は、山道が険しいので鵯が道案内をした、ということになっています。

鵙　もず

百舌鳥《もず》・伯労鳥《もず》・鵙《もず》の高音《たかね》・鵙《もず》の晴《はれ》・鵙日和《もずびより》

秋になると人家の近くまで寄って、キーイッ、キーイッと鋭い声で鳴きますから、一般になじみの鳥です。この鳴き声は鵙の高音とか鵙の鋭声《とごえ》などとも言われ、秋の澄んだ大気とも調和して、鵙の晴や鵙日和なる季語も生まれました。この鵙は貪欲《どんよく》で、小鳥であろうと蛙、蜥蜴《とかげ》、魚、昆虫の何であろうと食べ、秋にはこれらを木の枝や枳殻《からたち》の棘《とげ》などに刺しておき、古いものから食べていきます。これを鵙の早贄《はやにえ》とか鵙の磔《はりつけ》などと言い秋の季語になっています。

鶉《うずら》

片鶉《かたうずら》・諸鶉《もろうずら》・鶉《うずら》の床《とこ》

尾が短く丸々としていて、茶色に黒の俗に言う鶉斑《うずらふ》があり、高い声でグワックルルルと鳴きます。東北や北海道で繁殖し、秋に南の暖地へ移ります。その美声は古《いにしえ》から和歌に詠まれましたが、『古事記』には「鶉鳥領巾《ひれ》取り掛けて」と、鶉の首から胸にかけての白い斑を領巾に見立てています。領巾とは、奈良、平安時代の女性が首に掛けて左右に長く垂らした布で、別れを惜しむ時これを振るので、「領巾振る」は別れの代名詞です。鶉もまた柄になく麗句で飾られたものです。

椋鳥《むくどり》

むく・白頭翁《はくとうおう》・小椋鳥《こむくどり》

北海道や東北地方で繁殖し、秋になると大挙して本州中部以西に移動、時には数万の大群が空を覆います。そんなところに原因があるのかどうか、田舎から都会へ出てくる者を嘲《あざけ》る言葉にも椋鳥を使います。果実を啄《ついば》み、地上に下りて虫も食べますが、「此の鳥常に椋木《むくのき》に棲む、故に名《な》づく」と、『本朝食鑑』に名前の由来が書かれています。顔と腰の白が目立つので白頭翁の名でも呼ばれますが、植物の翁草《おきなぐさ》の別称もやはり白頭翁です。

鴇《とき》

朱鷺《とき》・桃花鳥《とうかちょう》・鴾《とう》・つき

世界第十三番目の国際保護鳥に指定された鴇ですが、先頃、佐渡の保護センターで雛《ひな》が孵《かえ》り話題になりました。古くは羽の色から桃花鳥とか紅鷺《べにさぎ》、あるいは鴾などと呼ばれ、どこでも見られた鳥でした。ですから茶道の茶箒《ちゃぼうき》や矢羽、羽箒などが作られもしましたし、古い資料によれば伊勢神宮造営の際納める「須我流横刀」は「柄《つか》は鴇羽を以て之を纏《まと》ふ」のを例としており、二十年ごとの遷宮で、既に六十振りの太刀が納められています。日本人に床しい色名「鴇色」も、実物の鳥で確認できない時代が、近くやってくるかもしれません。

木賊《とくさ》

砥草《とくさ》

地下茎が発達しているので、思いがけないところからも顔を出します。その美しい青さは木賊色と言われ、庭園などの下草として彩りを添えます。かつては信州辺りで栽培し、秋に刈り取り、茎に多量の珪酸《けいさん》を含み硬いため、塩湯で煮てから干し、木材や竹、動物の角などを磨くのに使いました。そんなところから砥草の方が似合いもします。一方、漢名の木賊の方は、「賊」が「そこなう」の意ですから、木を傷める植物とされていたのでしょう。

林檎 りんご

林檎も品種改良が進み、果物というより近頃では芸術品の趣を感じるほどです。この林檎は明治の初年に入ってきた西洋種の系統で、中国から入った在来の種は林檎とは書いても「りんき ん」と呼ばれ、珍重されてはいませんでした。『本草綱目』にある「六月に熟す、その頭半紅色となる。内に黒子あり、梨核のごとし」は、在来の林檎です。しかも、夏の果物でした。檎の旁《つくり》の禽は鳥ですから、林檎は鳥を招きよせる木となり、檎は漢音で「きん」ですので「りんきん」と読み、呉音では「ごん」ですから「りんごん」と読んだものが訛《なま》って「りんご」となった次第です。

石榴 ざくろ

柘榴《ざくろ》・安石榴《ざくろ》・実石榴《みざくろ》

ざっくり割れた実から掌《てのひら》に種を採り、口に頰ばると、口中に甘酸っぱい香りが漂う思い出は、誰でもお持ちですが、一見バタ臭いこの果物も、じつは江戸時代から食用にされていました。人の子を攫《さら》っては食う鬼子母神（訶梨帝母《かりていも》）を改悛《かいしゅん》させるために釈迦が与えたのが、人間の味のする石榴でした。解脱《げだつ》後の鬼子母神像は懐に子どもを抱き、右手に吉祥果を持ちますが、この吉祥果が日本では石榴とされます。一茶の「わが味とざくろへ這《は》はす虱《しらみ》かな」も、「人間の味」の俗信からできた一句です。

無花果《いちじく》

無花果が熟して割れる寸前を待って、かつての子どもたちはかぶりつきましたが、食べ過ぎると舌が荒れますし、茎から出る乳状の灰汁《あく》を衣服に付けて親から叱られたものです。花は果実と思っている実の中にあるため人目に触れず、古来花をもたずに実を付けると信じの字が当てられました。ところで「いちじく」の音の源は、原産のペルシャから中国に渡って「映日」と音写され、これに「果」を付けた近世の中国語の発音は「イェン・ジェイ・クォ」です。どうです、「イチジク」の音に近付いたと思いませんか?

山葡萄《やまぶどう》

山に自生する葡萄で、豌豆《えんどう》程の粒が房となり、黒く熟すと食べられますが、酸っぱいので、よくジャムに仕立てます。北海道の山地などでたくさん見かけますが、冬眠前の熊の大好物ですので、茸《きのこ》採りに山に入る人は熊除けの鈴を持っていきます。神話の中で、わが国土や神を生み、山海、草木を司った神とされる伊邪那岐命《いざなぎのみこと》が、黄泉《よみ》の国にいる鬼女・黄泉醜女《よもつしこめ》に投げつけたのは、葡萄葛《えびかずら》の実ですが、これが蝦蔓《えびづる》とも呼ばれる山葡萄の一種と言われています。

いくら

鮭《さけ》や鱒《ます》の卵のことですが、では「いくら」と「筋子《すじこ》」はどう違うの、とは子どもの質問です。房状態のはららごの筋子を笊《ざる》や網の目を使って一粒ずつに分離したのがいくらです。こうすることで鮨《すし》ねたや食材として使いやすくなります。ところがこの「いくら」、語源はロシア語で、あちらでは魚や両棲類の卵一般を指しますから、ロシア特産の蝶鮫《ちょうざめ》の卵「キャビア」も、鰊《にしん》の卵の数の子も、食べるはずのない蛙《かえる》の卵も、みんな「いくら」なのです。

鱲子《からすみ》

真鰡《まぼら》の卵巣を塩漬けにしたもので、かつては肥前の野母《のも》（長崎）の鱲子と、越前の雲丹《うに》、尾張の海鼠腸《このわた》が「天下三珍」と言われたものです。後に台湾でも作られますが、こちらは長崎産に比べ卵巣の発育がよく、香り、色ともに上回りました。形が中国の墨に似ているので唐墨の字を当てています。「鱲」の字は鱲に似ているからの命名のようです。薄く切って供しますが、火で焙《あぶ》ると香りも出、歯ぬかりせずに食べられます。果実酢を一滴落とす洒落《しゃれ》た食べかたも参考になります。

十月

とんぶり

「畑のキャビア」と呼ばれる箒草《ほうきぐさ》の実で、キャビアより青みがかっています。これ自体風味はなく、薯蕷《とろろ》や納豆、大根おろしの中にたっぷり入れ、数の子のような歯ざわりを楽しめます。秋田の名物ですが、手間暇がかかるので、一部の好事家の嗜好《しこう》品でしたが、あちこちでもてはやされる今では、スーパーでも手に入る食材です。語源は定かでありませんが、秋田辺りの方言に由来するのかもしれません。

重陽《ちょうよう》

重九《ちょうく》・菊《きく》の節供《せっく》・菊《きく》の日《ひ》・重陽《ちょうよう》の宴《えん》・菊《きく》の酒《さけ》・三九日《さんくにち》

正月七日、三月三日、五月五日、七月七日とともに五節供と言われ、陰暦の九月九日は、九の数字を重ねるので、重陽とか重九と言われます。この日は菊の節供とも呼ばれ、前夜に菊の花を綿で覆い、その露や香を移し取り、当日の朝その綿で体を拭うと長寿が保てるという「菊《きく》の被綿《きせわた》」や、菊の花の優劣を競う「菊合《きくあわせ》」などが行われました。この祭りが全国にいろいろな形で残っていますが、長崎市の諏訪神社と唐津市の唐津神社の秋祭り「おくにち」（または「おくんち」）も、その流れの一つです。

菊　きく

千代見草《ちよみぐさ》・黄金草《こがねぐさ》・齢草《よわいぐさ》・翁草《おきなぐさ》・霜見草《しもみぐさ》・初見草《はつみぐさ》・花《はな》の弟《おとうと》・黄菊《きぎく》・白菊《しらぎく》・百菊《ひゃくぎく》・初菊《はつぎく》・菊作《きくづく》り・菊《きく》の友《とも》・菊《きく》の主《あるじ》・菊時《きくどき》・菊畑《きくばたけ》

菊は秋を代表する花ですから、春の梅の「花の兄」に対して「花の弟」などと呼ばれます。それまで野生の在来種はありましたが、栽培菊は奈良末期から平安にかけて、中国から伝えられたと言われます。大輪は一茎一輪の厚物咲きに、中輪は狂い咲きに、小輪は懸崖《けんがい》作りや菊人形などに使いました。またこれらの菊にたくさんの名辞を与え、互いの妍《けん》を競う「百菊」の遊びも生まれました。ですから、服部嵐雪の「黄菊白菊その外の名はなくもがな」の一句に、喝采《かっさい》を送った人が当時は多かったはずです。

菊の酒　きくのさけ

菊《きく》の盃《さかずき》

中国の宮廷行事・重陽《ちょうよう》の宴《えん》が日本に伝わったのは天武天皇十四年（六八五）とされており、この九月九日の重陽節に飲んだのが、菊の酒です。菊には霊力があり長寿の効果があるとされるからです。今の中国の南陽市近くの山上に菊が繁茂していて、その菊水が谷川を流れるため、この水を飲んだ人は百二、三十歳まで生きたという故事によっています。日本酒に菊水や千代菊など菊の名が多いのもそのせいかもしれません。

菊合　きくあわせ　菊《きく》くらべ・闘菊《きくをたたかわす》・勝菊《かちぎく》・負菊《まけぎく》

左右に分かれて、菊の作り物に和歌を添えて競う、物合せの一つです。宇多天皇の寛平年間（八八九〜八九八）の記録が残っていますから随分と古いものです。当初は純粋な菊合でしたが、次第に和歌の優劣を競う方に重点が移っていきます。これとは別に、菊の品評会の行事の一つとして行われる菊合もあり、左右に一対の花を並べるところは歌合《うたあわせ》と同じですが、こちらは作柄の優劣だけを競いました。元禄以降、菊作りの技術が進歩したことで盛んに行われました。

菊人形　きくにんぎょう　菊師《きくし》

江戸時代の文化年間（一八〇四〜一八）の頃に江戸麻布の狸穴《まみあな》で始まり、やがて染井吉野で有名な、植木職の多い巣鴨の染井に流行し、当時は菊細工と呼ばれていました。人気役者の似顔や世相、流行、風俗などが取り込まれ、巣鴨だけで菊細工を業とする家が五十軒もあったほどです。明治になってからは、団子坂や浅草の花屋敷、両国国技館で盛んになりましたが、明治二十年頃には団子坂を残して廃れ、遊園地の客寄せに細々行われる程度でした。

菊襲　きくがさね　九日小袖《くにちこそで》

陰暦九月九日の重陽《ちょうよう》節の日から着た襲《かさね》の色目で、表が白、裏が蘇芳《すおう》色のものですが、資料により裏を紫としているものもあります。宮中や貴人の家に仕える女房が重陽の日より着たとされます。九日小袖も菊襲で、同じ重陽節の日に、清涼殿に昇殿を許されない地下《じげ》の人たちが、縹《はなだ》色《いろ》の小袖を着て祝い合いました。このほか、菊の花を重ねた模様や兜《かぶと》の天辺にある菊座のことも、やはり菊襲と呼んでいます。

霜降《そうこう》　霜降《そうこう》の節《せつ》

二《に》十四節気《じゅうしせっき》の一つですから、陽暦だと十月二十三、四日頃に当たります。現在の初霜日はだんだん遅くなってきており、東京の初霜の平均は十二月十四日ですから、まだ大分先になります。札幌では十月二十二日ですから、ちょうど霜が降りた頃になります。周囲にも末枯れが目立ち、冬仕度も急がれる季節と言えます。

後の月《のちのつき》　十三夜《じゅうさんや》・二夜《ふたよ》の月《つき》・豆名月《まめめいげつ》・栗名月《くりめいげつ》・名残《なごり》の月《つき》・女名月《おんなめいげつ》・姥月《うばづき》

陰暦の九月十三日の月で、十三夜の名の方が通りがいいようです。十五夜とともに二夜の月と言い、十五夜の芋名月《いもめいげつ》に対して、枝豆や栗を供えるので豆名月とか栗名月の呼び名もあります。名の月の最後の意味で名残の月とも呼ばれます。陽暦で言えば秋も半ば過ぎですから、月見と言えど寒さを感じる季節です。十五夜の月を見て十三夜の月を見ないと、片見月と言って忌み嫌われた時代もありました。「十三夜に曇りなし」の譬《たと》え通り、天気も安定する頃ですから、十五夜の月より見られる確率が高いのです。

砧 きぬた

砧打《きぬたう》つ・衣打《ころもう》つ・擣衣《とうい》・夕砧《ゆうきぬた》・宵砧《よいきぬた》・小夜砧《さよきぬた》・遠砧《とおきぬた》・藁砧《わらきぬた》・紙砧《かみきぬた》・葛砧《くずきぬた》・砧盤《きぬたばん》

麻や葛などで作った繊維は粗かったので、布になってからもごわごわするため、水に浸けたり砧で打ってやわらかくしました。これが擣衣ですが、「きぬた」は「きぬいた（衣板）」を語源としますから、布をやわらかくし、つやを出すために、もっぱら使われました。このほか縄や草履《ぞうり》を編むための藁《わら》を打ったりなどにも使われました。夕砧や小夜砧、遠砧もその打つ音に秋の深まりを古人は感じてきました。世阿弥作の謡曲『砧』も、帰国しない夫を慕う妻が、砧を打つ音で妄念を断ち切ろうとしますが、ここでも砧の音が重要な役割をします。

薬掘る くすりほる

薬採《くすりと》る・薬草掘《やくそうほ》る

秋の野山で薬草を掘ることを、こう呼びます。薬として使う苦参《くらら》や茜《あかね》、千振《せんぶり》、柴胡《さいこ》、竜胆《りんどう》などは、根の熟した秋に採ることが適しているので、とくに「掘る」と言います。健胃薬として貴重な苦参や千振は、苦参引く、千振引くの単独季語になっています。「花のとき見しをとこなり薬ほり」(成美)は、春の花の頃の薬狩《くすりがり》で見た男に、薬掘りの折また出会ったというのでしょう。人びとの日常が見えてきそうな一句です。

葛掘る　くずほる　葛引《くずひ》く・葛根掘《くずねほ》る

葛掘りは晩秋の作業ですが、足場の悪いところに生え、根が深いので難儀な労働になります。この葛根を適宜の長さに切り、叩いて臼で挽《ひ》いて布袋に入れてもみ出し、沈澱《ちんでん》したものが葛粉で、吉野葛がつとに有名です。この葛の根に麻黄《まおう》、甘草《かんぞう》などを混ぜたものが、漢方の風邪薬、葛根湯《かっこんとう》となります。葛の蔓《つる》を長いこと水に浸けて腐らせ、叩いて繊維を分離させますと葛布《くずふ》の原料になります。葛根や葛の花を陰干しにして煎《せん》じて飲めば、宿酔《ふつかよい》には抜群の効果請合いです。

馬鈴薯　じゃがいも　ばれいしょ・じゃがたらいも・八升芋《はっしょういも》

広大な薯畑をトラクターで起こしていく北海道の風景は、いかにも秋そのものですが、その他の暖地での収穫は夏ですから、秋の季語に据えるには疑問も残ります。「じゃがたら」に漢字を当てると咬𠺕吧で、インドネシアのジャワ島、またはジャカルタを指し、ここからオランダ船がこの薯を持ち込んだとされます。それに馬鈴薯の字を当てたのは、薯の形が馬に付ける鈴に似ているからです。原産は南米のアンデスで、スペインの探検家フランシスコ・ピサロがコーロッパに伝えています。

甘藷《さつまいも》

藷《いも》・甘藷《いも》・唐藷《からいも》・薩摩藷《さつまいも》・琉球藷《りゅうきゅういも》・甘藷掘《いもほり》・藷畑《いもばたけ》・藷蔓《いもづる》・干藷《ほしいも》

全国的になじみの藷ですが、太平洋戦争前後の食糧難時代の思い出とともに、よい印象を持っていない人も多いはずです。日本への伝来も、ポルトガル人が持ち込んだとか、薩摩の島津氏が琉球から移入した説や、種子島から長崎に伝わった話など諸説ありますが、唐藷、薩摩藷、琉球藷の名辞からは、どれも正しく見えます。ただ江戸中期の蘭学者で、甘藷《かんしょ》先生の渾名《あだな》のある青木昆陽《あおきこんよう》が、救荒作物として栽培をすすめたことは事実で、救荒ならぬ救戦作物として、日本は当時救われもしました。

自然薯《じねんじょ》

自然生《じねんじょう》・山《やま》の芋《いも》・山芋《やまいも》

山野に自生する芋で、生長に時間もかかり、芋も長く伸びるので、掘る手間が大変です。地形によって形が変わり、陳《ひ》ね生姜《しょうが》のようなものを仏掌薯《つくねいも》、扇のごとくなったものを地紙《じがみ》芋、熊手のようなものを大和芋と、それぞれ呼んでいます。栽培のものと違って自然薯は、とろろにおろしても腰が強く、灰汁《あく》が強いのも特徴です。蕎麦《そば》切りや蒲鉾《かまぼこ》などにも使いますし、和菓子の材料にもなります。浄土宗で自然《じねん》と言えば他力と同義語ですから、芋だからと言って、あだや疎《おろそ》かに扱えません。

蒲の絮《がまのわた》｜蒲《がま》の穂絮《ほわた》

晩夏から初秋にかけ、蒲の穂に雌雄花が付き、白い毛の穂絮が飛ぶのを水辺でよく見かけます。この穂絮が、出雲神話の中で、因幡《いなば》の素兎《しろうさぎ》が大国主命《おおくにぬしのみこと》に教わって褥《しとね》にした代物です。ついでながら、田山花袋の小説『蒲団《ふとん》』の蒲の起源は、蒲の絮を芯に入れたからです。また白身の魚の擂《す》り身を板に塗った蒲鉾《かまぼこ》の原形は串《くし》に刺した竹輪《ちくわ》状のものでしたが、その姿が絮を飛ばす前の蒲の穂にそっくりだったところから「蒲鉾《がまぼこ》」と言われ「かまぼこ」に転訛《てんか》したものです。

葦火《あしび》

多くの歳時記は、葦を刈る人が暖をとるために焚く火を葦火としていますが、本来は、貧しい家で焚き物として葦を焚く場合に言います。「夜寒さこそと思へども、芦火にあたりてお泊りあれ」の一節は、須磨浦《すまのうら》の汐汲女《しおくみ》・松風と村雨の姉妹を題材にした謡曲『松風』のものですが、葦火のイメージは、「賤《しず》」（身分の低い者）とか、「伏屋《ふせや》」（みすぼらしい家）の言葉と一緒に使われることが多かったようです。

敗荷　やれはす　破蓮《やれはちす》・敗荷《はいか》

沼の水の面をあれほど深々と覆っていた蓮も、秋風が吹き始めると途端に、葉は破れて秋の風情になってきます。この景が敗荷ですが、さらに葉が枯れ、茎が折れして、戦場の趣になるのが枯蓮《かれはす》で、こちらは冬の季語です。「やれ」を「破《やれ》」ではなく「敗《やれ》」にしたのは、「損う」の意味があるからですが、少々勘ぐれば、「刀折れ矢尽き」た戦場の見立てもできなくもありません。「荷」は「蓮」と同じ意味です。

胡桃　くるみ　鬼胡桃《おにぐるみ》・姫胡桃《ひめぐるみ》・沢胡桃《さわぐるみ》・胡桃割《くるみわ》る

新胡桃が採れる頃、手で割れるネット入りの胡桃・菓子胡桃を鞄《かばん》に入れて旅をするのも楽しいものです。東北地方には陰暦の小正月に、胡桃を囲炉裏で焼き、月々の天候を占った胡桃焼《くるみやき》の風習がありました。擂《す》りつぶして味噌《みそ》を加えて和える山菜の和《あ》え物《もの》には郷愁がありますし、菓子にも多く利用されます。その菓子からは、胡桃割人形と鼠《ねずみ》の王様の出会いを描く童話からとったチャイコフスキーのバレエ音楽「胡桃割人形」の曲が聞こえてきそうです。西方から中国に渡来したので胡桃《ことう》とか呉桃《ごとう》と言われますが、その「呉《ご》」からの呉果《くれみ》が語源とされています。

銀杏　ぎんなん　銀杏《いちょう》の実《み》

かつては嵐《あらし》の去った後などに、バケツを持って拾いに行きました。あの異臭と手がかぶれるのには難儀しますが、一度土に埋めておくと果肉が取れ、洗ってから干したものです。老樹には乳状の瘤《こぶ》が垂れ下がるので、古来柞葉《ははそは》の「はは」に対して、乳（ちち）の木と呼ばれています。炒《い》って食べたり、茶碗蒸しに入れますが、植物油に浸けて毎朝一粒ずつ食べると食欲が増進し、殿方期待の強精剤にも。実が杏《あんず》に似るところから中国では「銀杏」と書き、これを日本では唐音で「ぎんあん」と読み、連声《れんじょう》で「ぎんなん」となったものです。

牛膝　いのこずち　ふしだか・こまのひざ

山野や道端などどこでも見られる草で、夏から秋にかけて、花穂に緑色の花を付けますが、花が終わると、刺《とげ》のような苞《ほう》が衣服などに付きやすくなります。「いの」は「猪《い》の」で、「こずち」は「クツチ」の転で、鼾《いびき》や癲癇《てんかん》の意だから、猪がこの刺に触れてショックを受けたのだろう、の説もありますが、どうも眉唾《まゆつば》ものです。『牧野日本植物図鑑』では「豕槌《いのこづち》」説をとります。この草の太い茎を豕、つまり豚の脚の膝頭《ひざがしら》に見立てていますが、これとて推量の域は出ていません。

豨薟　めなもみ　気連草《めなもみそう》・もちなもみ

どこにでも自生し、秋も半ばの頃に黄色い頭花を付けます。花の下に箆状《へら》の細い苞があって、粘液を出しますから、人の衣服などにすぐ付きます。古くは単に「なもみ」と呼ばれていましたから、「勿揉《なも》み」、つまり刺《とげ》のある実が衣服に付いても、揉んでは取れないので、一つずつ丹念に取れの意を語源とする説もあります。「め（雌）なもみ」に対して、葈耳と書き「お（雄）なもみ」と読む植物もあります。古くは「めなもみ」を「おなもみ」の方言だとする文献もありますから、両者に定かな区別がなかったのかもしれません。

竜田姫　たつたひめ

春を司る佐保姫《さおひめ》に対して、秋を司るのが竜田姫で、大和国・平群《へぐり》の竜田山に鎮座する女神です。中国の五行説《ごぎょうせつ》では四方を四時《しいじ》（四季）に配すると秋は西に当たるので、奈良の西方に位置します。平城京の西方の竜田山に住み、紅葉を織りなすと考えた古人の発想の豊かさには脱帽します。在原業平の「千早ぶる神世もきかず竜田川から紅いに水くくるとは」の竜田川はこの付近を流れる川で、上流は生駒川、中流は平群川と呼ばれています。

ななかまど

七竈《ななかまど》・野槐《ななかまど》・ななかまどの実《み》

「ななかまど」が秋の季語になったのは、紅葉が際立って美しいことと、葉が散った後の紅い実がまた美しいことからです。寒冷地の山野に多く見られ、高みから見下ろす景は見事です。非常に硬い材で、七度竈《たび》に入れても炭にならないほどだというところから、頑固の代名詞のような七竈の名をもらいましたが、じつは良質の炭になるのです。

かぼす

初秋から冬にかけて大分産のかぼすが全国に出回り、河豚《ふぐ》料理には欠かせない風味となります。起源は定かではありませんが、柚子《ゆず》の近縁種で、橙《だいだい》の古名「かぶす」からの転訛《てんか》と言われています。松茸《まつたけ》にも酸橘《すだち》よりかぼすに限ると主張する九州男児を、よく酒席で見かけます。かぼすに強いて漢字を当てれば「臭橙」となりますが、これでは風味も台無しです。

橙《だいだい》

代々《だいだい》

実が冬に熟して黄色くなり、年を越してもそのまま枝に残り、夏になるとまた緑色に戻るところから、「代々永続」のめでたい果物とされ、正月の蓬萊《ほうらい》や注連《しめ》飾りに使われます。『古事記』

や『日本書紀』に出てくる田道間守《たじまもり》が常世国《とこよのくに》から持ち帰った非時香菓《ときじくのかぐのこのみ》は、この橙だとも言われます。『和漢三才図会《わかんさんさいずえ》』には、「橙、俗に言ふ加布須《かぶす》、また言ふ太伊太伊《だいだい》」と出てきます。「かぶす」は、この皮を蚊遣《かやり》に使った蚊薫《かふすべ》に由来します。現在ではこの「かぶす」は「かぼす」と呼んで別の果物として扱われます。

檸檬《レモン》　レモン

日本でも瀬戸内の島々などで栽培されていますが、日本産は皮が厚く、カリフォルニア産は皮が薄いなどの古い言い方が残っているせいか、輸入物が圧倒的に多いようです。漢字で檸檬と書くと、梶井基次郎の小説『檸檬』の中で、ある日街で買った檸檬を「総ての善いもの総ての美しいもの」の集約と見た主人公のことが思えてきます。また、噛むと「トパアズいろの香気が立つ」と智恵子に言わしめた高村光太郎の『智恵子抄』の「レモン哀歌」の一節も思い出されます。

柞紅葉《ははそもみじ》

ぶな科の落葉高木で、古くは小楢《こなら》の古名でしたが、一般には楢や小楢、水楢、櫟《くぬぎ》などの総称でもそう呼び、その紅葉が美しい木です。「柞葉の」と言えば母の枕詞《まくらことば》で、和歌にも詠み込まれました。とくに『古今集』では春の女神・佐保姫《さおひめ》の在《おわ》す「佐保山」の景物として「秋霧は今朝はな立ちそ佐保山のははその紅葉よそにても見む」などと詠まれています。また、『源氏物語』の「少女《おとめ》」の巻には、六条院の冬の町の御殿に植えられた様子が描かれています。

瓜坊　うりぼう　瓜《うり》ん坊《ぼう》・瓜斑《うりまだら》

産まれたばかりの猪《いのしし》の子は、淡褐色の体に黄色っぽい白の縞《しま》が数本あり、その様子が真桑瓜《まくわうり》に似ているところから、瓜坊とか瓜ん坊と可愛い名で呼ばれます。この縞模様も生後五か月たつと消え、親と同じ剛毛になってきます。『誹風柳多留《はいふうやなぎだる》』には、「瓜り坊を三疋《さんびき》つれて角兵衛し」の川柳がありますが、猪を「しし」と言い、その子を「獅子の子」とも言うので、角兵衛獅子の「しし」に掛けたものです。

熊の架　くまのたな　熊栗架《くまくりだな》を掻《か》く・熊《くま》の栗棚《くりだな》・栗棚《くりだな》

月輪熊《つきのわぐま》は木登り上手ですから、栗の季節になるとこの木に登り、好物の栗を食べます。周りの枝を前肢で手許に引き寄せて栗を取るので、熊のいた場所が棚状になり、これを熊の架と呼んでいます。熊の臥所《ふしど》と見る説もありますが、晩春から夏にかけて蚊や蚋《ぶゆ》の害を避けて木に登るからのようです。熊は栗のほか団栗《どんぐり》などの木の実を手当たり次第に食べ、冬眠に入ります。北海道に棲む羆《ひぐま》の方は、木登り下手で知られます。

豺獣を祭る《おおかみけものをまつる》

狼《おおかみ》の祭《まつり》・豺《さい》の祭《まつり》

七十二候《しちじゅうにこう》による季語で、狼《おおかみ》が獣を生《い》け贄《にえ》にして天に祭るという中国の故事によります。狼と豺《やまいぬ》はもともと別ものと考えられていましたが、『和漢三才図会《わかんさんさいずえ》』では同じ扱いをしています。古くは、その狼は神の使いと信じられ敬い畏れる風があり、俗信もまたたくさん生まれてきました。「送り狼」は、夜道を行く人の前後に列をなして従い、人が命乞いをすれば危害を加えないばかりか、護衛する——の言い伝えですが、今の女性の敵を言う「送り狼」は逆なのです。

刺蛾の繭《いらがのまゆ》

玉虫《たまむし》・雀《すずめ》の田子《たご》

幼虫の刺虫《いらむし》は桜や柿の木などにいて、蛞蝓《なめくじ》に似た体に毒針を持っています。この蛾の作る繭が「刺蛾の繭」で、卵形または西洋梨の形をしています。繭とはいっても殻は硬く、中の蛹《さなぎ》が川釣りの餌《えさ》になるので、釣具屋で玉虫の名で売られています。この繭のことを「雀の田子」(「田子」は、担桶《たご》とも)と言いますが、田子は農夫のこと、担桶は天秤棒で担ぐ桶のことです。恐らく西洋梨に似たところからの見立てでしょうが、中には「雀の小便担桶」というのもありますから、雀に肥桶《こえおけ》を担がせることになってしまいます。

律の調

りちのしらべ

律《りち》の風《かぜ》

中国と日本の音楽用語に呂律《りょりつ》があって、十二律の奇数の六つの音律を律、偶数の六つの音律を呂と言い、両者合わせて「十二呂律」と呼びます。中国では律を陽、呂を陰としていますが、日本では逆に呂を陽、律を陰とすることになっていましたから、春を陽、秋を陰とし、秋は「律の調」ということになります。『源氏物語』の「帚木《ははきぎ》」の巻にも、「りちのしらべは、女の、ものやはらかに掻き鳴らして」と出てきますが、季感の音曲による見立てということになりましょう。

千秋楽

せんしゅうらく

雅楽の曲名で、演奏に際しては、「秋の野に萩、女郎花《おみなえし》、風に吹きしくが如く吹くべきや」が楽師の秘伝と言われます。ただ奏される時が秋とは限らないので、秋の季題としては疑問の意見もあります。謡曲『高砂』の終わりにもこの語が使われ、「秋」が「終」に、「楽」が「落」に通じるので、謡や歌舞伎、人形浄瑠璃《じょうるり》、相撲などの興行の最終日のことを言います。しかし歌舞伎ではもともと、秋の名残の興行「顔見世」の最終日のみを千秋楽と言ったので、晩秋の季語としても差しつかえないはずです。

十月

十一月

霜月　しもつき
霜降月　しもふりづき
露隠葉月　つゆごもりのはづき
露隠月　つゆごもりづき
神楽月　かぐらづき
雪待月　ゆきまちづき

鷹《たか》

陰暦十一月の古称は、見るからに寒々とした霜月《しもつき》です。それもそのはずで、陽暦に置きかえると、ほぼ十二月に当たりますから、露も霜にかわる本格的な冬の到来の季節です。そんな月ですから霜降月《しもふりづき》が訛《なま》って霜月になったことには誰も異論をはさみません。竜田《たつた》山《やま》の紅葉の美しさを描いた謡曲『竜田《たつた》』にも、「不思議やな頃は霜降月なれば、木々の梢《こずえ》も冬枯れて」などと出てきます。その霜月に、「露隠葉月《つゆごもりのはづき》」とか、単に「露隠月《つゆごもりづき》」という異称もあります。葉月は陰暦の八月ですから秋の真っ盛りで、その代表の季物は、月に虫、露です。その露も秋から冬にかけて霜にかわる露霜《つゆじも》の季を経て冬を迎えます。だから葉月の露も消える季節という意味になるのでしょう。一方、神楽月《かぐらづき》の異称は、神楽がこの月に奏されることが多い故の命名です。平安時代に始まった宮中の御《み》神楽《かぐら》は、今も毎年十二月半ばに、宮中賢所《かしこどころ》の前庭で行われますが、この時期を陰暦に直せば符節が合いそうです。雪待月《ゆきまちづき》の異称も、この時期特有の季感を言い当てています。一年の括りの師走《しわす》を前にした霜月はまた、初冬から本格的な冬を迎えるまでの微妙な季の移ろいの頃と言えましょう。

顔見世《かおみせ》

面見世《つらみせ》・足揃《あしぞろえ》・芝居正月《しばいしょうがつ》・歌舞伎正月《かぶきしょうがつ》

江戸時代には、興行主が役者を雇用する契約期間は一年で、十一月(陰暦)から翌年の十月までででした。ですから十一月は各座とも新しい座組を観客に見せる大事な興行で、顔見世とか面見世と呼ばれました。同時に役者にとって正月に相当しますので、芝居正月なる言葉も残りました。現在では京都の南座のほか、東京の歌舞伎座、それに名古屋の御園《みその》座で行われるだけとなりました。

神渡し《かみわたし》

神立風《かみたつかぜ》

陰暦の十月は神無月《かんなづき》で、その名の通り全国の八百万《やおよろず》の神が出雲大社に集まる月ですから、神が留守になります。しかし出雲には神々がいるので、出雲に限って神在月《かみありづき》と呼びます。この神々を送る風が神渡しで、西風です。伊勢の国・鳥羽や伊豆の船詞《ふなことば》で、強い西風を言い(『物類称呼《ぶつるいしょうこ》』)、香川県の粟島では、北風または北西風を神渡しと呼び、寒い風が連日吹くと言います。

星の入東風《ほしのいりごち》

風の呼び名には、船乗りが使った言葉が随分ありますが、これもその一つです。全国の方言を

十一月

集めた辞書『物類称呼《ぶつるいしょうこ》』には、畿内、中国地方の船人の言葉として、「九月の風をはま西といふ。十月の風をほしの入りごちといふ。十一月、十二月のころ吹く風を大西といふ」と紹介しています。これに従えば、星の入東風とは、陰暦の十月に吹く北東風のことです。さらに同書は「夜明にすばる西に入る時吹くなり」と書きます。昴星《すばる》は、初冬の頃日没から上り、航海の目印とされる星ですが、星が水平線に沈む頃日和《ひより》が変わりやすいと言いますから、船乗りにとってはは好ましい風ではなかったはずです。

牡丹焚火

ぼたんたきび

牡丹《ぼ》焚《たんた》く・牡丹供養《ぼたんくよう》

牡丹は数十年、中には二百年を超える長寿のものもありますが、そんな長寿を全うした木を焚いて供養するのが牡丹焚火で、福島県の須賀川牡丹園で初冬に行われます。日暮れを待って牡丹に火が入り、青い幻想的な炎が上がります。北原白秋は贈られた牡丹に対して「須賀川の牡丹の木《ぼく》のめでたきを炉にくべよちふ雪降る夜半に」の歌を残しています。当初は牡丹の花の終えた夏に行われていましたが、「焚火」の語感から冬の行事となり、原石鼎《はらせきてい》が初めて季語として使いました。

亥の子

いのこ

亥《い》の日祭《ひまつり》・亥《い》の神祭《かみまつり》・亥《い》の子餅《こもち》・亥《い》の子石《こいし》・亥《い》の子突《こづき》・玄猪《げんちょ》

陰暦十月の亥の日の祝いです。中国ではこの日の亥の刻に七色の餅を食うと無病になると言われ、日本でも白、赤、黄、栗、胡麻《ごま》の五色の餅を作るようになりました。これが亥の子餅の起こりですが、この日は東日本の十日夜《とおかんや》同様、子どもたちが丸い石や藁《わら》でこしらえた亥の子突で地面を叩いて回ります。亥の子神も春来て秋に帰るので、収穫祭の意味の強い行事です。亥の子餅は別名を玄猪とも言い、猪の多産にあやかるものでした。

十日夜《とおかんや》

陰暦の十月十日に行われる刈り上げ行事で、「刈上げ十日」などとも言われ、北関東から甲信越、東北南部にかけて行われます。西日本で行われる「亥《い》の子《こ》」と同じです。四月十日に山を下りた田の神が、この日山へ帰るのに感謝する祭りで、餅《もち》やぼた餅を田の神に供え、田から案《か》山子《がし》をあげ内庭に祀ったりします。群馬や埼玉、長野、山梨では、子どもたちが芋の茎を入れた藁鉄砲《わらでっぽう》をこしらえ、囃《はや》し唄を歌って地面を打って回ります。この地面打ちは土竜《もぐら》除けで、翌年の豊作を祈念したものです。

酉の市《とりのいち》

お酉《とり》さま・酉《とり》のまち・一《いち》の酉《とり》・二《に》の酉《とり》・三《さん》の酉《とり》・熊手市《くまでいち》・おかめ市《いち》・頭《かしら》の芋《いも》

十一月の酉の日に行われる鷲《おおとり》神社の祭礼で、古くから酉のまち、お酉さまと称し親しまれてきました。鷲神社は日本武尊《やまとたけるのみこと》を祀り、開運、商売繁盛の神ですが、東京・千束の鷲神社は、江戸時代より武運の神として武士の信仰があり、近くの遊廓・吉原とも結び付いて賑わいました。当日の参詣者は、縁起物の熊手を値切り、土産に頭の芋や黄金餅《こがねもち》を買います。三の酉まである年は火事が多いと、今でも言われます。

山茶花 さざんか｜茶梅《さばい》

花の少ない冬に花の見られる貴重な花木ですので、観賞用に庭園などに植えられます。椿と違って花弁で散りますから、大木の下は一面花びらで埋め尽くされます。中国の椿の呼び名・山茶花を取り違えて「さざんか」としましたが、「さざんか」の中国名は茶梅です。椿に比べて品種は多くありませんが、昭和十年の目録『茶梅』には百十八の品種が載っています。九州地方を中心に、種子から搾った食用油・茶梅油《さざんかあぶら》が出回っています。

七五三 しちごさん｜七五三祝《しめいわい》・千歳飴《ちとせあめ》

男の子は三歳と五歳、女の子は三歳と七歳の祝いで、三歳は髪置《かみおき》、五歳は袴着《はかまぎ》、七歳は帯解《おびとき》の儀式に基づいています。近世の頃から江戸とその周辺では、収穫祭としての氏神の祭日に当たる十一月十五日に、盛装してお宮参りをする風習がありました。中国の思想では奇数は陽の数字で、最初の一と、陰に返る最後の九を除いた「七五三」の組み合わせを吉事に用いています。注連縄《しめなわ》の異称も七五三《しめ》ですし、婚礼後の三日目と五日目、七日目に行う祝い事も七五三です。

髪置《かみおき》

櫛置《くしおき》

生まれてから剃っていた髪を、初めて蓄える祝儀で、江戸時代から民間では十一月（陰暦）十五日に行われます。白髪《しらが》と呼ぶ綿帽子を子どもにかぶせて長寿を祈願しました。この祝いの膳には金頭《かながしら》と小石を置くことをならいとしますが、この金頭は祝膳に出す魚で、『和漢三才図会《わかんさんさいずえ》』にも、「子出生する家、必ず此の魚を以て賀膳に供し……」と出てきます。僧が伊勢参宮の折には、坊主頭を隠すため付け髪をしましたが、これも髪置ですので、文脈を取り違えるととんだことにもなります。

大根《だいこん》

蘿蔔《だいこん》・だいこ・おおね・すずしろ・大根畑《だいこんばたけ》・土大根《つちだいこ》・大根市《だいこいち》・大根売《だいこんうり》

夏から秋にかけて蒔《ま》いたのがこの時期の大根で、冬の野菜として重宝されます。沢庵《たくあん》大根と干し大根、煮大根の三つに区別して使われます。多量のジアスターゼを含むので、正月用の餅《もち》を食べる時にはなくてはならない食材です。四、五千年前のエジプトのピラミッド建設従事者に供された記録もありますが、わが国では、『古事記』に淤富泥《おほね》と出てくるのが最初の文献です。

この大根は白い腕に譬《たと》えて美化していますので、女性の「大根足」に譬える現代とは大分違います。

沢庵漬《たくあんづけ》｜大根《だいこん》漬ける・新沢庵《しんたくあん》

沢庵漬には宮重《みやしげ》とか練馬大根がよく、干し加減は二つ折にできる程度に曲がるものがよいとされます。糠《ぬか》と塩の総量が一斗になるのを基準に、早く食べるものは二升塩とか三升塩で漬けます。その名の通り、江戸・品川の東海寺の開基・沢庵和尚の創案とか、境内にある和尚の墓石が漬物の重石に似ているとか、「たくわえ漬」の転とか、起源には諸説があります。干し大根に欲しいのは潮風ですから、静岡の三島沢庵、愛知の渥美《あつみ》沢庵、秋田のいぶり沢庵、和歌山の紀の川漬、山口の山口沢庵などが、その名を知られています。

鼬《いたち》｜蝦夷鼬《えぞいたち》

鼠《ねずみ》や蛙を主食にしますが、時には鶏小屋にまで入り込み鶏を食い荒らすので嫌われます。危険時に悪臭を放つので「鼬の最後っ屁《ぺ》」と言われ、いろいろな比喩《ひゆ》にも使われるほどです。同じ道を二度と通らない習性もあって、一度しか来ない人などの比喩にやはり「鼬の道」が使われます。鼠や波布《はぶ》（蛇）の天敵ですから林野庁の有益獣増殖所で繁殖させたりもしました。鼬に眉毛を数えられると化かされるというので、唾《つば》で眉を濡らした覚えのある人はまだ多いはずです。

鷲《わし》

犬鷲《いぬわし》・大鷲《おおわし》・尾白鷲《おじろわし》

かつては多かった鷲も、現在日本で見られるのは犬鷲・大鷲・尾白鷲の三種に減ってしまいました。動物や鳥、魚、爬虫類《はちゆうるい》を餌として、人を襲うことはありませんが、東大寺の開基・良弁《ろうべん》僧正の生い立ちの中に、大鷲に攫《さら》われた良弁が義淵《ぎえん》僧正に助け育てられ、後に母と再会した話が『東大寺要録』に出てきます。鷲が子を攫う同じ話は『日本霊異記《りょういき》』や『今昔物語』などにも出てきます。また良弁の故事は、義太夫節の『二月堂良弁杉の由来』でも語られますが、こちらは、鷲に攫われた話より三十年後の母子の涙の対面が主題になっています。

鷹《たか》

熊鷹《くまたか》・隼《はやぶさ》・沢鵟《ちゅうひ》・長元坊《ちょうげんぼう》・鵟《のすり》・鷂《はいたか》・雀鷂《つみ》・刺羽《さしば》・鷹渡《たかわた》る・荒鷹《あらたか》・若鷹《わかたか》・寒鷹《かんだか》

鷹は鷲《わし》に次ぐ猛禽《もうきん》ですが、熊鷹などは、鷲に近い立派な体軀《たいく》をしています。現在日本には十五種の鷹がいますが、隼や沢鵟は冬北方から飛来してきます。日本で繁殖する鷹は長元坊、鵟、雀鷂、刺羽などで、中でも冬、九州南端より南方に渡る刺羽の群れは壮観です。鷹の羽は矢羽として珍重されましたから、鷹が自らの抜け羽を山奥の岩の間などにしまっておく羽蔵を見つけると、一生楽に暮らせるという話も残っています。

小春 こはる

小六月《ころくがつ》・小春日《こはるび》・小春日和《こはるびより》・小春空《こはるぞら》・小春凪《こはるなぎ》

陰暦十月の異称が小春ですから、陽暦ではほぼ十一月の暖かい日を指します。気圧配置が西高東低となり冷たい北風が吹きますが、翌日には大陸高気圧は移動性となり、風も弱まって小春日和となります。「小六月」は冬でありながら汗ばむ陽気のことで、「小」は接頭語ですから、六月の陽気に準ずる、くらいの意でしょう。同じ現象は世界中にあって、北米ではインディアン・サマー、欧州では老婦人の夏とか翡翠《かわせみ》の日、英国では聖者の名前をもらって、聖マルティヌスの夏、聖ルカの夏などと呼んでいます。

木の葉髪 このはがみ

髪の毛は季節にかかわりなく抜け落ちるものですが、中でも秋から冬にかけてそれが多いので、折からの木の葉の落葉になぞらえたのでしょう。江戸時代の方言や俗語などを集めた『俚言集覧《りげんしゅうらん》』にも、「十月の木葉髪　十月木葉の零る頃頭髪もぬけるを云」と出てきます。十月は陰暦ですが、髪が薄くなり始めた人にはわびしい季語です。

凩 こがらし

木枯《こがらし》

この風が吹き出すと、冬の到来を実感します。源俊頼の歌論書『俊頼髄脳《としよりずいのう》』には、「こがらしといへる風あり、冬の初めに木の葉を吹き散らす風なり」と定義されていますから、「木枯為《こがれし》」「木嵐《こがらし》」の語源説もうなずけます。いったんこの季節風が吹き始めると、日本全土が冬の様相を深めます。「凩の果はありけり海の音」などの凩の名句を成した池西言水《ごんすい》の異名は「凩の言水」です。

時雨《しぐれ》

山《やま》めぐり・液雨《えきう》・朝時雨《あさしぐれ》・夕時雨《ゆうしぐれ》・小夜時雨《さよしぐれ》・村時雨《むらしぐれ》・北時雨《きたしぐれ》・横時雨《よこしぐれ》・片時雨《かたしぐれ》・時雨雲《しぐれぐも》・時雨傘《しぐれがさ》・川音《かわと》の時雨《しぐれ》・松風《まつかぜ》の時雨《しぐれ》・木《こ》の葉《は》の時雨《しぐれ》・泪《なみだ》の時雨《しぐれ》

しとしとと降る霖雨《りんう》の降り方ではなく、さあっと短い時間降る雨が時雨で、日が射しているのに降ったり、山から山へ移り降っていくこともあります。北西の季節風が山に当たって吹き上がり、冷却して雲となり、雨を降らせるので、京都のような地形のところに多く見られます。陰暦の十月を時雨月と呼ぶように、初冬に多いのが特徴です。中国で液雨と呼ばれる雨も時雨と言えます。古歌では、時雨が紅葉《もみじ》を一層色づかせることに感動したり、降る音に哀感を寄せてきました。しかし俳諧では、川音や松風、木の葉の音を時雨と聞きなす比喩《ひゆ》的な用法が盛んに用いられました。

網代

あじろ

網代木《あじろぎ》・網代簀《あじろす》・網代守《あじろもり》

入江や川筋、湖などに柴や竹を立て連ね、魚を誘導して捕獲する仕掛けです。読んで字のごとく網の代わりとなるものです。かつては宇治川などで氷魚《ひお》（鮎の稚魚）を獲りましたが、現在は茨城県北浦などで、鯉や鮒《ふな》、鮬《せいご》（鱸《すずき》の幼魚）、鯔《ぼら》の漁獲に仕掛けられる程度です。また網代は定置網漁場の意に使われたり、魚の集まっている場所を指す場合にも使います。現在もこの名が残っている地名を、全国に見かけます。

盤渉調

ばんしきちょう

かつての日本の雅楽は、四季それぞれに奏されるべき調子が決められていました。これは古代中国の陰陽五行説《いんようごぎょうせつ》の思想に基づく約束事です。それに添えば、春は「双調《そうじょう》」、夏は「黄鐘調《おうしきちょう》」、秋は「平調《ひょうじょう》」、冬が掲出の「盤渉調」です。『源氏物語』にも「帚木《ははきぎ》」の巻に、「十月のころほひ、月おもしろかりし夜、（中略）箏の琴を盤渉調にしらべて」と出てきますから、上流社会では当たり前のことだったのでしょう。ちなみに、雅楽の十二律の音名は、壱越《いちこつ》、断金《たんぎん》、平調《ひょうじょう》、勝絶《しょうせつ》、下無《しもむ》、双調《そうじょう》、鳧鐘《ふしょう》、黄鐘《おうしき》、鸞鏡《らんけい》、盤渉《ばんしき》、神仙《しんせん》、上無《かみむ》の順に続きます。

十二月

師走　しわす
季冬　きとう
苦寒　くかん
晩冬　ばんとう
窮冬　きゅうとう
暮古月　くれこづき
極月　ごくげつ
果ての月　はてのつき
窮陰　きゅういん
臘月　ろうげつ
春待月　はるまちづき
梅初月　うめはつづき
雪月　ゆきづき
大呂　たいりょ

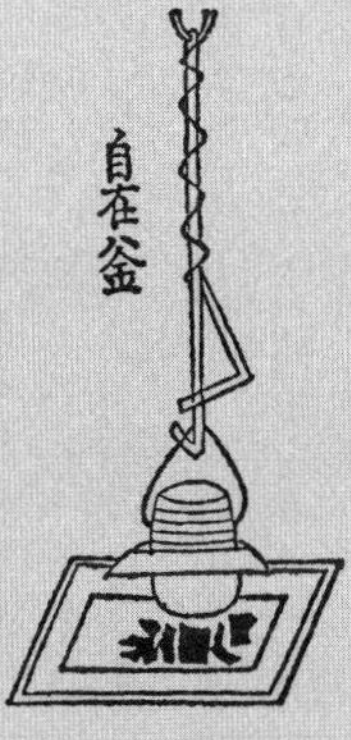

煁《ひたき》（囲炉裏《いろり》）

師走《しわす》は陰暦十二月の古称ですが、今使われる陽暦に直すと、一月から二月にかけてで、寒さの最も厳しい季節ですから、苦寒《くかん》なる異称から、寒さに苦しんだ人びとの声が聞こえそうです。一年も最後の月でもあり、暮古月《くれこづき》にも極月《ごくげつ》にもどこか切迫感が読みとれます。月も冬も極まった月というので、窮陰《きゅういん》なる異称もありますが、この言葉には、陰々滅々の雰囲気が漂います。一方、臘月《ろうげつ》の「臘」は、もともと中国で、冬至の後の第三の戌《いぬ》の日に行う猟の獲物を神々に供える祭りでしたが、それが転じて一年の終わりとなり、臘月と言えば十二月の異称になります。出自がやや難しいのが大呂《たいりょ》の異称です。大呂は中国の音名で、日本の雅楽十二律で言うと断金《たんぎん》の音名に当たり、古くから十二月の音とされ、それがそのまま十二月の異称に用いられたものです。さて古名の師走《しわす》ですが、「為《し》果つ」「年果つ」を語源とする説もありますが定かではなく、むしろ十二月に法師を呼び経を上げてもらう風習があったことで、「法師がいとまなく馳せありく」の語源説の方が説得力があります。

梟《ふくろう》　ふくろ・母喰鳥《ははくいどり》・梟鳴《ふくろうな》く

同じ仲間の木菟《みみずく》より大型で、木菟のように耳羽がないのが梟の特徴です。夜間に活動して野鼠《のねずみ》や昆虫、小鳥などを餌にします。母喰鳥の異名は中国からの言い伝えです。母親を食う不孝な鳥とされていた古代中国では、冬至に捕らえて磔《はりつけ》にし、夏至にそれを羹《あつもの》にして根絶やしにしました。明の謝肇淛《しゃちょうせい》の書いた随筆『五雑俎《ござっそ》』では、梟は人間の魂を取る使者とされ、その夜鳴きを死の前兆とします。ですから日本でも悪禽《あくきん》とされ、父母を食い、人間の爪を食う鳥として『本朝食鑑』にも書かれています。

木菟《みみずく》　木菟《ずく》・大木葉木菟《おおこのはずく》・五郎助《ごろすけ》

日本に木菟の名のある鳥は六種類いますが、中でも全国的に多く見られるのが大木葉木菟です。愛知県の鳳来寺山で知られる仏法僧《ぶっぽうそう》の鳴き声が、実は木葉木菟のものであったことは、今では知れ渡っています。五郎助の異名は、「ゴロスケホーホー」と鳴く梟《ふくろう》のことですが、どの歳時記も木菟の別名として扱っています。恐らく木菟と梟の鳴き声が似ているからなのでしょう。「木菟の夢」は、夜働いて昼寝ることの譬《たと》えですが、こんな生活者が最近はふえています。

鳰

かいつぶり

かいつむり・にお・におどり・潜り鳥《むぐりどり》・一丁潜り《いっちょうむぐり》・八丁潜り《はっちょうむぐり》

鳰は留鳥ですが、一部渡って来る種類もいます。よく水面に潜るので潜り鳥などとも呼ばれますが、その動きは見飽きのしない鳥です。古名を鳰《にお》と言い、その巣「鳰の浮巣《うきす》」は詩歌によく詠まれてきました。琵琶湖に多いところから鳰湖《におのうみ》と言えば琵琶湖を指すことになっています。また「鳰鳥の」は枕詞《まくらことば》で、水に潜る習性から「潜く《かづ》」や同音の「葛飾《かづしか》」に、泳ぎ回るところから「なづさふ」に、雌雄の仲のよさから「二人並びゐ」に、また息の長いことから「息長川《おきながかわ》」にそれぞれ掛かります。

鶴

つる

田鶴《たず》・丹頂《たんちょう》・鍋鶴《なべづる》・真鶴《まなづる》・袖黒鶴《そでぐろづる》・姉羽鶴《あねはづる》・黒鶴《くろづる》

十月頃渡来する鶴は日本で越冬するので、日本人とは古いなじみの鳥です。羽に首を差し込んで身じろぎもしない「凍鶴《いてづる》」とは別の季語を立てたのも、その風姿の美しさからです。優美に天空を飛ぶさまは、異郷から人界を訪れる霊鳥として崇められ、鶴がもたらした稲穂から稲作が始まったとする伝説が各地に残ります。『万葉集』では、時鳥《ほととぎす》、雁、鶯《うぐいす》に次いで多いのが鶴の歌で、歌語では田鶴と言います。

白鳥《はくちょう》

スワン・大白鳥《おおはくちょう》・鵠《くぐい》・黒鳥《こくちょう》

秋にやって来た白鳥は、青森県の小湊、大湊、秋田県の八郎潟、宮城県の伊豆沼、新潟県の瓢《ひょう》湖《こ》、島根・鳥取県の中海などで越冬します。中でも瓢湖では人工給餌《きゅうじ》が見られるため、大勢の人が訪れます。白鳥は古来、神聖な鳥とされてきましたから、神話にもよく登場します。記紀の神話には、大人になっても口のきけなかった、垂仁《すいにん》天皇の子・本牟智和気《ほむちわけ》が、鵠《くぐい》（白鳥の古名）の飛ぶのを見て初めて言葉を発した話が書かれています。

風呂吹《ふろふき》

風呂吹大根《ふろふきだいこん》

面取りした大根や蕪《かぶ》を、昆布を敷いて茹《ゆ》で、胡麻味噌の熱々をかけ、吹きながら、舌を焦がして食べます。漆器を作る塗師《ぬし》が、冬になると漆の乾きが悪く、人の勧めで大根の茹で汁を貯蔵の室《むろ》（風呂）に吹くと効果があり、残った茹で大根からこの料理が生まれたと言いますが、これでは折角の料理も艶《つや》消しです。無粋ついでにもう一つ語源説を。古くは風呂と言えば蒸し風呂でしたが、そこには「風呂吹き」なる垢《あか》こすり役がいて、熱くなった体に息を吹きかけて垢を掻《か》いてくれました。その息を吹きかけるところが似ているというのですから、風呂吹を食べながらは触れられない話題です。

雑炊《ぞうすい》

おじや・餅雑炊《もちぞうすい》・鴨雑炊《かもぞうすい》・牡蠣《かき》雑炊《ぞうすい》・韮雑炊《にらぞうすい》

てっちりやスッポン鍋《なべ》の後に仲居さんにこしらえてもらう雑炊は贅沢《ぜいたく》の極みですが、食糧の乏しかった戦時中の、あり合わせのものをぶち込んで作った雑炊の語感を知っている年代には、何とも複雑な心境かもしれません。鍋の後に作る雑炊とは別に、牡蠣や鴨、卵、韮、葱《ねぎ》、大根などをごったに入れた雑炊を、家庭でも作ります。もともとは、雑穀の粉を熱湯でかいた糝《こながき》や、「増水」と書いて、水を加えた穀汁が元祖ですから、一時凌《しの》ぎの食物でした。「おじや」は女房詞《ことば》として使われました。

葱《ねぎ》

葱《き》・一文字《ひともじ》・根深《ねぶか》・葉葱《はねぎ》・葱畑《ねぎばたけ》・根深汁《ねぶかじる》

冬の鍋物や薬味として欠かせないのが葱ですが、関東では根の白い部分（根深）を食べますが、関西では葉の軟らかい葉葱を好む習慣の違いがあります。根深はとくに寒掘りのものが軟らかく甘いので好まれます。中国の古い農業書『斉民要術《せいみんようじゅつ》』には、六十七の葱の調理法が書かれてあり、生姜《しょうが》に次ぐ多さです。群馬の下仁田《しもにた》葱は二百年余の歴史を持ちますが、江戸の将軍家に献上していたので、殿様葱の別名でも呼ばれます。

白菜
はくさい｜白菜漬《はくさいづけ》

大根などと並んで、冬の野菜の代表が白菜で、漬物、鍋物、煮物の材料として重宝します。中国から日本に渡って来た当初の白菜は球体でなく、『長崎見聞録』（一七九七）には唐菜《とうな》の名で出てきます。結球の白菜は、明治八年（一八七五）に東京で開かれた勧業博覧会に中国が三株を出展し、この株から広められたものでした。近頃は中国料理の家庭への浸透と朝鮮のキムチ（沈菜）の普及で、白菜の消費は増えています。

人参
にんじん｜胡蘿蔔《にんじん》

栄養価と彩りで料理に欠かせないのが人参ですが、子どもからは嫌われ、乃木（希典《まれすけ》）大将のお母さんが、人参を好きになるまで、毎日食膳《しょくぜん》に付けた話はつとに有名です。胡蘿蔔《こらふく》と書いて「にんじん」と読ませるのは、胡は西域で、蘿蔔は大根のことだからです。フランスの作家ジュール・ルナールの小説『にんじん』の主人公は、顔が雀斑《そばかす》だらけで赤い髪をしているので「にんじん」と呼ばれますが、この譬《たと》えの方が、乃木大将の母の話より、人参嫌いの子には効果がありそうです。

セロリ　セルリ・オランダ三葉《みつば》

その香りから、古代エジプト時代には、ミイラの首飾りに用いられたくらいですが、ヨーロッパでの栽培は十六世紀になってからです。日本へは豊臣秀吉の朝鮮出兵の折、セロリの野生種に近いものを持ち帰り、加藤清正にちなんで「清正人参」などと呼ばれた記録もあります。一般にはオランダ人によって長崎にもたらされてからで、オランダ三葉の名もこれに由来します。とは言いながら日本人の食卓になじみ始めたのは、食生活の洋風化が見られる昭和三十年代になってからです。

蕪　かぶ　蕪菁《かぶら》・すずな・かぶらな・蕪引《かぶらひ》く・干蕪《ほしかぶ》・蕪汁《かぶらじる》・蕪蒸《かぶらむし》

蕪は種類も多く、漬物や煮物にして食べるのに便利な食材です。聖護院《しょうごいん》蕪は千枚漬に、天王寺蕪も漬物用にしますし、根の赤い日野蕪の利用法もいろいろあります。蕪を「かぶ」と呼ぶのは関東で、関西では「かぶら」の方が一般的です。冬は風呂吹や蕪蒸に限りますが、昆布味で食べる蕪飯も素朴な味です。『三国志』の蜀《しょく》の軍師・諸葛孔明《しょかつこうめい》が、行軍の先々で蕪を作らせ兵《ひょう》糧《ろう》としたところから諸葛菜《しょかつさい》とも呼ばれます。ただし諸葛菜は、花大根（春の季語）の別名にもなっています。

巻繊汁《けんちんじる》｜けんちん

冬の代表的な汁物で、栄養のバランスからも理想的ですから、どの家庭の食卓にも上ります。豆腐の水気を絞り、笹がき牛蒡《ごぼう》、麻の実などと胡麻《ごま》油で炒《いた》め、清汁《すましじる》で仕立て、いただく時に揉《も》み海苔《のり》を加えます。「巻繊」は、繊《せん》に刻んだ材料を巻く料理ですので、巻く手順の略として揉み海苔を使います。材料も他に、芋《いも》、人参、ちぎり蒟蒻《こんにゃく》などを使い、今では家庭の好みの味になっています。中国での「チュワンチェン（巻煎）」が変化した料理で、長崎に伝来した卓袱《しっぽく》料理にも使われます。

塩汁《しょっつる》｜しょっつる鍋《なべ》

鰰《はたはた》などの小魚を塩漬けにした魚醬《ぎょしょう》が「しょっつる」で、これを使ったしょっつる鍋は秋田の名物です。帆立貝の貝を鍋がわりに使うところから貝焼きと呼ばれ、冬の味・鰰とその卵「ぶりこ」に、名物の切りたんぽ、豆腐、葱《ねぎ》、芹《せり》、舞茸《まいたけ》などで仕立てた料理です。「しょっつる」は魚醬の代表格で、香川の「玉筋魚《いかなご》醬油」、北海道、石川の「烏賊《いか》醬油」「牡蠣《かき》醬油」、それに伊豆諸島の「くさや」に使う塩汁も魚醬の一種です。ベトナム料理に欠かせない「ニョクマム」などのように、島国の日本にも、魚醬文化の盛んな時代がありました。

河豚鍋　ふぐなべ｜河豚《ふぐ》ちり・てっちり

河豚の頭や粗《あら》をぶつ切りにして入れ、これを出し代わりに、葱《ねぎ》、白菜、春菊を入れ、薄切りにした河豚がちりちりになったところを、ポン酢か酢味噌《すみそ》で食べます。出しの出た残り汁で餅《もち》入りの雑炊を作りますが、餅は河豚の毒を消す作用があると言われて必ず入れます。「毒に当たる」の当たるに掛けて、鉄砲鍋とか「てっちり」と言いますが、河豚料理の試験に通った板前が調理しますから、今では当たる確率は宝くじ以下です。

鮟鱇鍋　あんこうなべ｜鮟鱇《あんこう》の七《なな》つ道具《どうぐ》

背鰭《せびれ》の最前の棘《とげ》を伸ばして魚を誘って漁《あさ》るのを、「鮟鱇の汐待ち」と言いますが、見かけによらず美味な魚です。軟らかくて俎《まないた》では処理できないところから吊《つ》るし切りします。「鮟鱇の七つ道具」と呼ばれる内臓等がまた美味で、これを入れない鍋は「食べた気がしない」と言います。肝、皮、ぬの（卵巣）、鰓《えら》、とも（尾鰭）、柳肉（白身肉）、水袋（胃）の七品がそれで、鍋に一緒に入れ、葱《ねぎ》、独活《うど》、焼豆腐で食べます。鮟鱇汁は、七つ道具で味噌《みそ》仕立てにし、しばらく煮込んでから、大根、人参、豆腐に少量の酒粕《かす》を加えればでき上がりです。

鋤焼 すきやき

牛鍋《ぎゅうなべ》・魚《うお》すき・鶏《とり》すき・饂飩《うどん》すき

竈神《かまどがみ》の戒めとして鳥獣の肉を忌避してきた日本人でしたが、キリスト教の渡来とともに牛肉を知り、〝禁断の木の実〟を口にしてしまったのです。窮余の策として耕作用の鋤で代用、納屋や屋外で食べる習慣は明治中期まで続きました。これが鋤焼の語源ですが、店によって、家によって作り方はまちまち。薄く切った肉を味醂醤油《みりんじょうゆ》に浸し、鍋に脂を溶かし、十分熱したところに肉をのせ、両面とも色が変わる程度に焼き、これに芥子《からし》または胡椒《こしょう》などの好みの香辛料を付けて食べる——これが本格なのだと、物の本にはあります。となると、現在のものは、本格から随分外れていそうです。

桜鍋 さくらなべ

馬肉鍋《ばにくなべ》・けとばし

醤油《しょうゆ》、砂糖、味醂《みりん》を合わせた割下《わりした》に味噌を加えて馬肉を煮、葱《ねぎ》、豆腐、糸蒟蒻《いとごんにゃく》、春菊を加えながら食べる鍋です。長野県の松本や熊本県では、馬刺《ばさし》とともに郷土料理になっています。桜鍋は馬肉を桜肉と呼ぶからです。ではなぜ桜肉かですが、その肉の色が桜色だからではあまりにも単純すぎると思いきや、猪《いのしし》肉を「牡丹《ぼたん》」と呼ぶのに対抗しての名付けの説もあります。「けとばし」は、あまりにもストレートです。

牡丹鍋《ぼたんなべ》 猪鍋《ししなべ》・いのしし鍋《なべ》・山鯨《やまくじら》

猪の肉に葱《ねぎ》、焼豆腐、白滝、笹がき牛蒡《ごぼう》、芹《せり》などを合わせ、好みの割下《わりした》で食べる鍋で、想像以上に温まります。薬味には粉山椒《ざんしょ》が欠かせません。長く煮ても猪肉は硬くなるどころか軟らかくなり、大根や人参も一緒に煮るとすぐ軟らかくなります。見かけによらぬ「牡丹」の名は、牡丹にじゃれつく獅子《しし》の「牡丹に唐獅子」のイメージですが、馬肉を桜と言うのへの対抗説もあります。また「山鯨」の方は、獣肉忌避時代の名残です。

焼藷《やきいも》 焼藷屋《やきいもや》・石焼藷《いしやきいも》・壺焼藷《つぼやきいも》・大学藷《だいがくいも》・ほっこり

落葉焚きの後の焼藷は、それぞれの人に懐かしい思い出ですが、流しの焼藷屋から買う焼藷にも風情があります。この焼藷が普及したのは青木昆陽の『蕃藷考《ばんしよこう》』が出てからで、江戸でのお目見得は寛政五年（一七九三）の冬です。本郷の木戸番が焙烙《ほうろく》で蒸し焼きしたものを売り出し、看板の行燈《あんどん》には「八里半」と書きました。栗（九里）の味に近いことだったのでしょう。後に栗より（九里四里）うまい「十三里」と書くようになっています。当時の大坂では「ほっこり」と呼び、馬の絵の胴の辺りに朱で「イ」と書き、「馬（旨《うま》）いほっこり」と洒落た看板を出していました。

今川焼

いまがわやき｜太鼓焼《たいこやき》・大判焼《おおばんやき》・巴焼《ともえやき》・義士焼《ぎしやき》・今川焼屋《いまがわやきや》

銅板で焼いた菓子で、江戸時代も末期の頃、江戸・神田今川橋付近の屋台で売り出されて、この名で呼ばれるようになりました。当初は銅板に胡麻油を引き、銅製の輪を置いて水溶き小麦粉を流して皮とし、餡《あん》を入れ、さらに皮をのせて返して焼いたものだった、と物の本にはあります。今川義元が桶狭間《おけはざま》で織田信長に敗れた故事をもじった、「たちまち焼ける今川焼」のキャッチ・フレーズが、昭和の初期まで使われたと言います。当時としては斬新なキャッチ・コピーだったはずです。

湯豆腐

ゆどうふ｜湯奴《ゆやっこ》

昆布《こんぶ》の出しと薬味だけで食べる素朴さでは夏の冷奴《ひややっこ》と双璧《そうへき》でしょう。必ず土鍋《どなべ》を使い、豆腐の煮え過ぎに意を払いさえすれば、男の手でも簡単にできる鍋です。喉《のど》から胃の腑《ふ》へ重く落ちてゆくあの醍醐味《だいごみ》は、冬ならではの贅《ぜい》でしょう。「湯奴」は「冷奴」の対語ですが、江戸時代の槍持奴《やりもちやっこ》の衣裳《いしょう》の紋所が四角だったところから「奴」と呼ばれます。天明二年（一七八二）に出た料理書『豆腐百珍』には、「京都にて湯とうふといふ、浪華《おおさか》にて湯やつことといふ」と出てきますが、さらに続けて、「菽乳《とうふ》の調和において、最第一品たるべし」と絶賛するほどです。

夜鷹蕎麦《よたかそば》｜夜鳴饂飩《よなきうどん》・夜鳴蕎麦《よなきそば》

夜の市中を担ぎ売りする蕎麦屋で、蕎麦好きの多い江戸では人気がありました。夜鷹の名は、下級の街娼・夜鷹がよく利用したからとか、夜鷹（蚊吸鳥）のように夜出歩く商売だからと諸説あります。これとは別に、荷に風鈴を付けて売り歩く「風鈴蕎麦」もありましたが、後に両者の区別はなくなりました。江戸の風俗を詳述した随筆『守貞漫稿《もりさだまんこう》』には、江戸ではもっぱら蕎麦を売り、京坂では夜啼饂飩《よなきうどん》と言うと書き、「三都とも温どんそば各一椀十六文」とありま す。とうになくなった風俗ですから、現代ではチャルメラの支那そば屋を縁《よすが》にするしかなさそうです。

鍋焼饂飩《なべやきうどん》

寒い夜などこれほどありがたい食べ物はありません。今では「鍋焼」と言えば鍋焼饂飩を指しますが、かつては鍋で魚や鳥を煮て食べるものが鍋焼でした。鴨《かも》や川魚の臭みを消すために芹《せり》を使う芹焼に使った土鍋をヒントにできたのが鍋焼饂飩です。葱《ねぎ》、筍《たけのこ》、椎茸《しいたけ》、蒲鉾《かまぼこ》、そして季節の青野菜をのせ、好みで海老《えび》の天麩羅《てんぷら》か揚げ餅を加えればもう、真冬の夜の正餐《せいさん》です。

汁粉　しるこ　汁粉屋《しるこや》・正月屋《しょうがつや》

現在のように商う甘味が多くなると姿を消しましたが、かつての女性の人気は汁粉屋でした。元来汁に入れる実は汁の子とか汁子と呼んだので、これが語源ですが、一方に餡《あん》汁粉（子）餅の略だとする説もあります。この汁粉も明和年間（一七六四〜七二）頃から現れ、振り売り（行商）が多く、天秤《てんびん》の前後に箱荷を掛け、赤行燈《あんどん》を吊り、「白玉ァおしるこゥ」とか「お正月ャァ（餅入りの意）おしるこゥ」と呼ばったそうです。行燈に正月屋と書き込んだので、正月屋の名でも呼ばれました。

生姜湯　しょうがゆ

生姜を下ろし金でおろし、砂糖を加え、熱湯を注いだだけの飲みもので、時には蜜柑《みかん》の皮を加えて香り付けをします。これも葛湯《くずゆ》同様、初期の風邪や予防に効きます。生姜の解毒、健胃効果は昔から言われます。慶安の変（一六五二）の折、由井正雪《ゆいしょうせつ》の一党が玉川上水に毒を流しましたが、たまたま下流で老婆が生姜を洗っていて毒が消えた——は、生姜市繁盛にまつわる伝説ですが、話半分にしても生姜の薬効には耳を傾けるべきです。

名の木枯る

なのきかる

桜枯《さくらか》る・銀杏枯《いちょうか》る・欅枯《けやきか》る・櫟枯《くぬぎか》る・榎枯《えのきか》る

「名の木」とは連俳《れんぱい》用語で、「ただの木」に対して、桜、楓《かえで》、柳など「品格」のある木を言います。俳諧では興行の座で、例えば一句しか出すことを許されない場合は一座一句物というように数を限定される木のことです。同じ連俳用語に「ただの草」と区別した「名の草」があり、これには、菊、菫《すみれ》、薄《すすき》、萩などの草が指定されています。

名の草枯る

なのくさかる

名草枯《なぐさか》る・枯葭《かれよし》・枯葎《かれむぐら》・枯竜胆《かれりんどう》・枯萱《かれかや》・枯鶏頭《かれけいとう》

「名の木」同様に「名の草」も連俳《れんぱい》用語で、「ただの草」に対して、菊や菫《すみれ》、薄《すすき》、萩など「品格」のある草を指します。俳諧興行の座で、一座何句物と出句の数を限定される草のことで、その草の名を冠して詠むことになっています。

山眠る

やまねむる

眠《ねむ》る山《やま》

雪を冠った山、すっかり木々の葉を落とした冬山の景は、まさに「山眠る」です。北宋の画家・郭熙《かくき》の「山水訓」に出てくる「春山淡冶《たんや》にして笑ふが如く、夏山は蒼翠《そうすい》にして滴《したた》るが如し。秋山は明浄《めいじょう》にして粧ふが如く、冬山は惨淡として眠るが如し」を引用、春夏秋冬の山を、「山笑う」「山滴る」「山粧う」「山眠る」として季語にしたものです。

熊　くま　羆《ひぐま》・白熊《しろくま》・月輪熊《つきのわぐま》・赤熊《あかぐま》・黒熊《くろぐま》

本州と九州、四国にかけて広く分布する月輪熊は草木の根や新芽、木の実を食べ、人畜を襲うことはありません。たくさんの餌をとり冬籠りしますが、この間に一〜三子を産み、春には子熊を連れて穴から出てきます。北海道の羆は月輪熊より大きく、牛や馬を襲うばかりか、子連れの時や空腹時には人も襲いますので、茸《きのこ》採りや山仕事に携わる人は、鈴を鳴らしたり煙草を吸って、熊にあらかじめ存在を知らせておきます。冬籠りに際し、左手の掌《てのひら》に蜜を塗りますから、熊の左手は珍味中の珍味で、中国の高級料理「満漢全席《まんかんぜんせき》」には「一掌山河《いっしょうさんが》」の大きな名前で出てきます。

貛　あなぐま　貉《むじな》・あなほり

本州と九州、四国に棲息《せいそく》し、似ているところから狸《たぬき》と間違えられます。数匹から十数匹が同じ穴に棲むので、「同じ穴のむじな」の譬《たと》えが生まれました。各国で狩猟の対象となり、その猟のために作り出された犬がダックスフントなる足の短い犬です（ダックスは貛、フントは犬の意）。毛は髭剃《ひげそ》り用のブラシや毛筆に使います。冬は肉が美味ですが、「狸汁」の正体は、実はこの貛なのです。

狐《きつね》

赤狐《あかぎつね》・黒狐《くろぎつね》・銀狐《ぎんぎつね》・白狐《しろぎつね》・北狐《きたぎつね》・千島狐《ちしまぎつね》・寒狐《かんぎつね》・狐塚《きつねづか》

北海道から九州までの日本全土に棲息《せいそく》し、小動物や昆虫などを食べますが、時には農家の鶏なども襲います。人とのかかわりも古くコンコン鳴くのは吉兆で、ギャーギャー鳴くのが凶兆とされてきましたが、実は前者が雌の、後者が雄の鳴き声です。また狐に化かされた話などは『日本霊異記』にたくさん出てきます。狂犬病やエキノコックス症の伝播《でんぱ》の媒介や鶏を襲うことから狩られ、その名残が、スポーツとして行われるイギリスの国技・狐狩りです。

狸《たぬき》

日本人には一番親しまれた動物ですから、昔話の類には必ず登場します。人間への警戒心が薄く、あちこちで餌付けをしています。その体形から貉《むじな》と混同されますが、貉の方は貛《あなぐま》の異称です。狐《きつね》同様、人をだますとされますが、人に化けても「一声《ひとこえ》おらび」といって一声しか返事ができず、狸の化けた着物は縞柄《しまがら》ですぐそれと分かるなど、どこか間が抜けています。急に驚かされると仮死状態になるところから、「狸寝入り」の言葉も生まれました。

狼　おおかみ｜豺《やまいぬ》・勤犬《ぬくてえ》

野生の狼は、明治三十八年（一九〇五）に絶滅して日本からいなくなりました。江戸時代には人里に下りてきて家畜や人を襲い、旅人もその犠牲になっています。古くは神の姿が狼と考えられていました。青梅市の武蔵御嶽《みたけ》神社では、「お姿」と称する狼を描いた「大口真神《おおくちのまかみ》」のお札を受けて、盗人除けや農作物の害獣除けにしますし、狐憑《きつねつ》きのお祓いにも使いました。母性にかかわり深い獣ともされていますから、狼のお産の声を聞くと、山中に小豆飯と酒を供える風習もあちこちにありました。

都鳥　みやこどり｜百合鷗《ゆりかもめ》

百合鷗より雅名の都鳥を有名にしたのは、もちろん『伊勢物語』です。在原業平が、都に残してきた恋人をしのんで、「名にし負はばいざ言問はん都鳥わが思ふ人はありやなしやと」と詠ったことに由来します。この歌の趣が江戸っ子の好みによほど適ったのか、隅田川には今も業平橋や言問橋《こととといばし》の名が残ります。この鳥の鳴き声「ミヤ」を語源説にする資料もありますが、業平説は曲げられないでしょう。江戸時代までの都鳥とは鷗科の百合鷗のことでしたが、現在では都鳥科に属する鳥の総称を都鳥と呼びますので、少々ややこしくなります。

波の花

なみのはな　波《なみ》の華《はな》

冬型の気圧配置となり、季節風の吹きつける厳寒の頃、奥能登の外浦海岸や越前海岸の岩場で見られる現象で、岩で砕けた波の白い泡が、花の群がり咲いたように見えるところから、波の花の名があります。古くから「波花《なみのはな》」の歌語があって『古今集』にも、「草も木も色かはれどもわたつうみの浪の花にぞ秋なかりける」の歌を収めているところをみると、随所で秋から見られたのかもしれません。女房詞《ことば》で「波の花」と言えば塩のことを言います。

ずわい蟹

ずわいがに　越前蟹《えちぜんがに》・松葉蟹《まつばがに》・こうばこ蟹《がに》・せいこ蟹《がに》

白山の山なみに時雨のかかり始める十一月半ば頃、この蟹の漁は解禁になります。越前蟹で知られる大振りの蟹がずわい蟹の雄ですが、雌の方を加賀では「こうばこ蟹」と呼び美味で、「香箱」の字も当てます。小さいのですが、甲羅を外すと、味噌の中から朱色の卵が現れます。この雌の蟹をお隣の富山では「こうばく蟹」と言い、福井の若狭辺りでは、「せいこ蟹」の呼び名に変わります。間もなく白山は雪に覆われます。

鮪

まぐろ　しび・鬢長《びんちょう》・黄肌《きはだ》・鮪釣《まぐろつり》・鮪船《まぐろぶね》

ほとんどが遠洋鮪になった現代では考えにくいのですが、鮪が冬の季語になったのは、近海物が主流だった頃、腹に厚い脂を巻いて美味だったからでしょう。現代ではとろだ中とろだと騒ぎますが、江戸時代には赤身の方が珍重されはしたものの、大体が鮪は鰹《かつお》と同様に下魚でした。『江戸風俗志』にも、甘藷《さつまいも》、南瓜《かぼちゃ》、鮪は下品で「町人も表店住《おもてだなずまい》の者は食することを恥づる体也《てい》」と出てきます。

鰰　はたはた

雷魚《はたはた》・鱩《はたはた》・かみなりうお

秋田、山形の沿岸から北海道沖にかけて獲れる魚で、雪の日に雷が鳴ると群来《くき》るところから、雷の神「霹靂神《はたたがみ》」にちなんで「はたはた」と呼ばれます。獲れたてを浜で茹《ゆ》で、大量の大根おろしと醬油《しょうゆ》で食べるのが最高、と土地の人は言います。塩焼き、煮付け、鍋《なべ》物はもちろん、田楽、粕汁にも合います。忘れてならないのが秋田の塩汁《しょっつる》鍋や、正月に欠かせない飯鮨《いずし》です。土地で「ぶりこ」と呼び「秋田音頭」にも登場する卵は、生のまま醬油と海苔をかけただけで絶品の味となります。

鱈　たら

雷魚《たら》・真鱈《まだら》・本鱈《ほんだら》・鱈子《たらこ》・鱈《たら》ちり・鱈汁《たらじる》・鱈船《たらぶね》

初雪が降った後に獲れだすので「雪」の字をもらいましたが、雷魚の当て字は鰰《はたはた》と同じように、雷の鳴る荒れた海にいるからでしょう。見かけによらず貪欲《どんよく》で、鰊《にしん》、鰈《かれい》から蛸《たこ》、蟹《かに》までむさぼるところから、腹いっぱい食べる比喩《ひゆ》の「鱈腹」の語が生まれたと言われます。鱈ちりが代表的な味ですが、刺し身も淡泊で、とくに卵を茹《ゆ》でてほぐしてまぶした「子づけ」はまた別格です。棒鱈をもどして里芋と煮れば京都名物の芋棒《いもぼう》となります。卵は煮て、白子は湯通しして三杯酢でと、鱈は冬の膳の主役です。

鰤《ぶり》｜寒鰤《かんぶり》・鰤起《ぶりおこ》し・巻鰤《まきぶり》

わかし、いなだ、わらさと名を変えて鰤になる出世魚ですが、これは関東での呼び名で、関西では、つばす、はまち、めじろを経て鰤になります。寒鰤で知られる富山での大鰤、新潟の入道の呼び名も、大物に適っています。北陸で鰤の豊漁の時は時化《しけ》て雷が鳴るので、この雷を鰤起し（冬の季語）と呼びます。透明な身を厚く切った刺し身に限りますが、照焼きや鋤焼《すきやき》風にしても食べます。塩蔵の巻鰤は、縄を解き、必要なだけを薄切りにし、酒に浸して食べる酒の肴《さかな》です。

甘鯛《あまだい》｜ぐじ・興津鯛《おきつだい》

頭を押しつぶしたような妙な格好の甘鯛は、ぐじとも呼ばれ、食通の垂涎《すいぜん》の的です。甘鯛には赤と黄と白があり、普通の魚屋の店頭に並ぶのは赤甘鯛ですが、別名「白皮《しらかわ》」の白甘鯛の味が最高と言われます。徳川家康が駿府城にいた頃、奥女中の興津局《おきつのつぼね》が実家に帰った折、土産に生干しの甘鯛を献上しました。美味に喜んだ家康が以後興津鯛と呼ぶように命じたため、静岡ではその名で呼ばれます。焼いたり煮たりしても食べますが、水分の多い魚ですから、風干しや味噌漬、粕漬にした方が味がよくなります。

氷魚《ひお》 ひうお

鮎には海と川を往復するものと、陸封型があり、琵琶湖の鮎は後者です。この鮎は餌の関係で成長が限られ小鮎と呼ばれますが、これが氷魚です。焼いて頭から食べられますし、膾《なます》や浅炊きの佃煮《つくだに》などで食べます。古代には「朝廷の贄《にえ》」と呼んで、琵琶湖に接する田上川《たなかみ》や宇治川に九月から十二月（陰暦）まで網代《あじろ》を設けて獲り献上しています。その氷魚を取りに行く役が「氷魚使《ひおのつかい》」です。地方によっては白子《しらす》のことを氷魚と呼ぶところもあります。

柳葉魚《ししゃも》

アイヌの伝説によると、鮭の遡上《そじょう》が遅く、鶴首の思いで待ち望んでいた人びとの前に、柳の葉が散り込んでこの魚になったと言いますから、柳葉魚は当て字にしても、「ししゃも」の音はアイヌ語です。北海道の釧路から苫小牧にかけての海で獲れ、最盛期には岸辺に簾《すだれ》のように干されます。生干しを焙《あぶ》って頭からそのまま食べるのが自然です。子持ち柳葉魚ばかりが好まれた頃もありますが、卵を持たない雄の方が美味という人もいます。

新巻　あらまき　新巻鮭《あらまきざけ》・塩鮭《しおざけ》・塩引《しおびき》・塩《しお》じゃけ

鮭の腹を割いて薄塩をし、菰《こも》で包んで上から藁縄《わらなわ》で巻いたものが新巻で、歳暮の贈答に欠かせないものでしたから、師走の街中には新巻を提げた人をよく見かけたものです。新巻より塩を濃くしたのが塩鮭で、長く保存もできました。新巻の語源は、塩蔵する際に藁苞《わらづと》にするので「わらまき」（藁巻き）と呼ばれ、とくに新しく巻くから新巻となった、と物の本には見えます。

海鼠　なまこ　生子《なまこ》・奈麻古《なまこ》・沙蒜《なまこ》・海蛆《なまこ》・海参《かいさん》・俵子《たわらご》・海鼠突《なまこつき》・海鼠舟《なまこぶね》

冬至海鼠の呼び名があるように、初冬から味がよくなります。両端を切り落とし腸《わた》を抜き、ぬめりを取ってから酢の物に仕立てます。その際抜いた腸の塩漬けが海鼠腸《このわた》で、鱲子《からすみ》、雲丹《うに》と並んで三珍味と言われます。海鼠の卵巣を集めて寒中に干した海鼠子《このこ》は好事家の垂涎《すいぜん》の的です。海鼠を乾燥させたものが熬海鼠《いりこ》で、中華料理に欠かせない食材です。中国では人参のように栄養のある物として海参の名が付きました。『古事記』には、天鈿女命《あめのうずめのみこと》が、魚類を集めて、食物として仕えるかどうか尋ねた折、海鼠だけが答えないので、「この口や答えせぬ口」と裂かれた話が出ています。ですから海鼠の口は今でも裂けています。

牡蠣《かき》

石花《かき》・真牡蠣《まがき》・牡蠣田《かきだ》・牡蠣割女《かきわりめ》・牡蠣《かき》むく・牡蠣殻《かきがら》・牡蠣飯《かきめし》・酢牡蠣《すがき》・どて焼《やき》・牡蠣《かき》フライ

日本人は牡蠣が好きですから、季節になると「牡蠣入荷」の看板が飲屋にも出ます。まずは檸檬《レモン》だけで生でいただきますが、すぐ殻が空くので、酢牡蠣、貝焼きを頼む羽目になり、とどめは鍋《なべ》の縁《へり》に味噌を塗った「どて焼」となります。Rの付かない月は食べないことになっていますが、大振りの岩牡蠣は夏牡蠣ですからRの付かない月に食べます。雌雄同体のはずの牡蠣になぜ雄の「牡」の字を当てるのかですが、たまたま調べた時が雄の時代だったから、とは受け売りの答えです。

屏風《びょうぶ》

金屏風《きんびょうぶ》・銀屏風《ぎんびょうぶ》・絵屏風《えびょうぶ》・枕屏風《まくらびょうぶ》・衝立《ついたて》

風を防いだり、儀式に用いたり、茶の湯の道具だったり、美術品としての障屏画だったりと、屏風の用途は多岐ですが、もともとは字義通り「風を屏《ふせ》ぐ」道具だったわけです。わが国への伝来は『日本書紀』の天武《てんむ》天皇朱鳥元年（六八六）の条に、新羅《しらぎ》からの進調品に屏風があったと記されていますから、千三百年も前のことです。平安時代の貴族の寝殿造りの住居に屏風が使われていたことが、当時の日記文学の作品で知られます。

炉　ろ　囲炉裏《いろり》・炉話《ろばなし》・炉明《ろあかり》

床の一部を切って開いた炉で、囲炉裏の方が親しみある呼び名でしょう。火を焚いて暖をとり煮炊きをします。この囲炉裏の席は厳格に決まっていて、土間から見て正面が主人の席で「横座」と呼ばれます。その左が「客座」で、隠居した年寄りや長男が座ります。横座の右手の席は「嬶座《かかざ》」または「鍋座《なべざ》」で、食物の煮炊きをする主婦が座る席です。土間に近い横座の正面が「木尻《きじり》」で、下男や作男などの雇人の席ですが、炉で焚く薪の尻を出しておくところですから、名実ともに煙たい席と言えます。囲炉裏は火の神の祭壇ですから、火は一年中絶やさず、いろいろと禁忌がありました。

暖炉　だんろ　ストーブ・イギリス暖炉《だんろ》

もともと暖炉は部屋の中央にしつらえるものでしたが、後にイギリス暖炉と呼ばれる壁付きのものになりました。この暖炉は高温の煙を大量に排出して熱効率が悪く、寒い地域では、火を開放せず、煙を循環させて効率を高める炉が開発されました。ドイツのカッヘルオーフェン、ロシアのペチカがそれです。暖炉はまた、暖房の役割のほかに日本の床の間に当たる空間ですから、マントルピースにはロココ風、バロック風の装飾も施されました。日本には明治以後に入ってきますが、生活様式の違いからかあまり普及しませんでした。

炬燵　こたつ

火燵《こたつ》・切炬燵《きりごたつ》・置炬燵《おきごたつ》・炬燵櫓《こたつやぐら》・炬燵蒲団《こたつぶとん》

無精の代名詞のような炬燵ですが、これほどありがたく便利なものはありません。禅家によってもたらされた火榻子《かとうし》が語源ですが、山東京伝《さんとうきょうでん》は『骨董集《こっとうしゅう》』の中で既に火榻を「こたつ」と読ませています。「榻」は腰掛けの意ですから得心がいきます。今で言う机上の論理を「火燵兵法」と言い、口先だけ達者の人を「火燵弁慶」と古人は呼びましたから、炬燵は昔から物ぐさの代名詞だったのでしょう。「炬燵隠れ」は炬燵の中での男女交接の体位、昔からもう一つ炬燵にはそんなイメージが伴っていました。

行火　あんか

猫《ねこ》・猫火鉢《ねこひばち》・電気行火《でんきあんか》

木製のものもありますが、一般には土器で、周囲三方に穴があり、他の一方は火を出し入れする口、上部は角を丸くしてあり、蒲団に入れられます。猫は猫火鉢のことで、浅草の今戸焼の招き猫の形に作ったものです。行火は行火炉の略で、室町時代の禅僧によって広められ、近世になってからは辻番《つじばん》（江戸市中の武家屋敷の辻々に自警のため設けた番所）でよく使われたので、そのまま「辻番」などとも呼ばれました。

火鉢｜ひばち｜火桶《ひおけ》・箱火鉢《はこひばち》・長火鉢《ながひばち》

かつて家庭の必需品だった火鉢は、湯を沸かしたり、餅《もち》を焼いたり、酒の燗《かん》を付けたりと、至極便利でした。濡れた小物を干したり、時には股火鉢なる行儀の悪い使い方もしました。平安時代の寝殿造りの家屋は、煙と煤《すす》を嫌って囲炉裏のような火を焚けませんでしたので、檜《ひのき》や杉の曲物《まげもの》に土製の容器を入れ火桶としました。それが普及し次第に派手なものが生まれました。付属品は、五徳に銅壺《どうこ》、火箸《ひばし》、それに灰均《はいなら》しの四点です。背のひょろ長い人の形容を「鍛冶屋の歳暮」と言いますが、昔の鍛冶屋が歳暮に火箸を配ったことに由来します。

手焙｜てあぶり｜手炉《しゅろ》

茶席や芝居小屋の木戸番、銭湯の番台と言うといかにも古くさくなりますが、当時はどこでも手軽に使われていた手焙です。手炉とも言い、風炉師《ふろし》善五郎に作らせた「利休形」が最初と言われますから、もとは茶席用のものだったのかもしれません。瓦器《がき》製のものから陶製、金属製、中には木製のものに漆や蒔絵《まきえ》を施した贅沢《ぜいたく》なものまであります。

懐炉　かいろ

懐炉灰《かいろばい》・懐炉焼《かいろやけ》

携帯用の暖房具で、鉱力《ぶりき》の容器に懐炉灰を入れ点火するものから、ニッケルの容器に入れた綿に揮発油を滲ませ、それに点火する白金懐炉などがあります。使いつけた人の肌には火傷《やけど》の跡、懐炉焼ができます。それ以前は熱した石を布に包んで懐に入れる温石《おんじゃく》が主流で、神経痛や神経性腹痛などに使いました。この懐炉に代わって現在は、袋に入った物質を振って発熱させる使い捨て懐炉のようなものが出回っています。

湯婆　ゆたんぽ

湯婆《たんぽ》・懐中湯婆《かいちゅうたんぽ》

鉱《ぶ》力《りき》や陶、護謨《ごむ》などでできていて、寝しなに熱湯を入れ、布でくるんで足許に入れる暖房器具で、火の心配がないところから、年寄りや病人、子ども用に使いました。朝、この湯婆のお湯で顔を洗えることが、子どもには楽しみでした。なぜ〝愛国〟なのか、太平洋戦争時代には鉱力製の「愛国湯婆」が出回っていました。湯婆はもともとは「たんぽ」と読み、酒を暖めるのに使う真鍮や錫製の容器「銚釐《ちろり》」もこの字を書いて「たんぽ」と読みます。

温石　おんじゃく

塩温石《しおおんじゃく》・焼石《やきいし》

懐炉より一時代前の小型暖房具と思えばよいでしょう。蛇紋石《じゃもんせき》、時には瓦《かわら》や軽石を焼いて、布や綿に包んで懐に入れます。蒟蒻《こんにゃく》を煮て同じ要領で懐に入れましたから、「温石を何でも小僧食う気なり」の川柳も生まれました。高浜虚子の句にも「草庵《そうあん》に温石の暖唯一つ」があるくらいですから、そう古い習慣ではありません。神経痛や神経性腹痛に効くと言われますが、ぼろ布に包むところから粗末な身なりを嘲《あざけ》る時も温石と言います。

嚔《くさめ》

くしゃみ・くっさめ・鼻《はな》ひり

アレルギー性鼻炎の症状ですが、そのほか寒気、悪寒、異物の刺激によっても起きます。中世の頃までは、鼻を通って魂が抜けだすのがくしゃみで、くしゃみをすると死ぬという俗信がありました。それを防ぐため呟《つぶや》いたのが「くそはめ」の呪文です。「くそはめ」は「くそくらえ」程度のものでした。それが約《つづ》まって「くさめ」になり、くしゃみそのものをも指す言葉となりました。咳と違ってどこかユーモラスですから、狂言などでは、「はくしょん」の擬声語を、「くっさめ」とし、ユーモアを際立たせる表現をとっています。

蒲団《ふとん》

布団《ふとん》・掛蒲団《かけぶとん》・敷蒲団《しきぶとん》・羽蒲団《はねぶとん》・蒲団干《ふとんほ》す

もともと蒲団は、坐禅の時に使う円座の敷物で、蒲《がま》の葉を編んで作られたところから、蒲団と書き、それを唐音で「ふとん」と読んだと言いますが、本居宣長説では、昔から布単とか布毯《ふたん》（毯は毛のむしろ）があったことになっています。蒲は葉を編んで使うだけでなく、蒲綿《ほわた》（絮《わた》）と呼ばれる果穂を集めて、蒲団の綿にしたり、火打石の火口《ほくち》にしたくらいですから、蒲団の語源はこちらが一番近そうです。「因幡《いなば》の素兎《しろうさぎ》」の傷ついた体を包んだのも、この綿とされますが、こちらは止血作用のある蒲の花粉・蒲黄《ほおう》ということです。

褞袍　どてら

温泉旅館に泊まると、浴衣と一緒に出される丹前と同じ代物です。江戸時代の初期、江戸・神田の堀丹後守《たんごのかみ》の屋敷前に湯女風呂《ゆなぶろ》（江戸初期の湯女を置いた風呂屋）があり、誰言うとなく丹前風呂と呼んでいました。ここに出入りする者は、髪形から、広袖の着物、履き物、刀の差し方、歩き方まで独特の伊達姿だったので、丹前風と呼んで流行しました。歌舞伎や舞踊でもこれを様式化して丹前風と呼ぶようになっています。これが上方で流行し、主に江戸で褞袍、京阪で丹前と呼ばれる時代が長かったようです。

ちゃんちゃんこ　袖無《そでなし》

綿入羽織の袖のないもので、子どもやお年寄りが主に着ます。一種の防寒用ですが、還暦、古《こ》稀《き》、米寿などの祝いに着る赤い袖無もちゃんちゃんこと呼ばれます。中国人の衣服に似ているからを語源説にしている資料を見かけますが、子どもが着ていた時代を想像すると、小さい者、子どもを指す「ちゃんこ」が、語源にかないそうです。

手袋 てぶくろ

手套《しゅとう》・革手袋《かわてぶくろ》

「手袋の反対なあんだ?」と一方が言えば、相手はしばし考えて、不用意に「ろくぶて」と答えると、すかさず六つ叩《たた》かれる――こんな光景が、かつての冬の通学路でよく見られたものです。手袋の歴史は古く、晩期旧石器時代に防寒用の指のない手袋があったと言いますし、最古の遺品としては、紀元前一三六〇年頃の、古代エジプトのツタンカーメンのものがあります。日本のものでは、徳川家康の手袋が初見です。

足袋 たび

白足袋《しろたび》・紺足袋《こんたび》・色足袋《いろたび》・足袋洗《たびあら》う・足袋干《たびほ》す

もともと足袋は革（皮）で作られたので単皮《たび》と言われましたが、武家社会では足袋着用の規制がうるさく、履く期間は十月一日から二月二十日（陰暦）で、それも五十歳以上と年齢も制限され、若い者や病人でも「足袋御免」の許しがないと履けませんでした。木綿足袋の普及は、明暦の江戸大火（一六五七）後、革が不足し価格が急騰したからです。「九文《ここのもん》の足袋を履く女」

（足の小さい女）は可愛い女の代名詞でしたが、もう死語のようです。

外套《がいとう》　オーバー・オーバーコート

明治の頃は、鳶《とんび》、インバネス、二重回《にじゅうまわ》しなど上に羽織るものの総称が外套でしたが、洋服の普及につれて、現在のオーバー的なものを外套と言っています。漂流の苦難を経て、ロシアのペテルブルグから帰国した大黒屋《だいこくや》光太夫《こうだゆう》が図示した中に「外套《かったん》」（ロシア語でカフタン）とあったのが、日本での初見です。ペテルブルグと言えば、ゴーゴリの「ペテルブルグもの」の最高傑作『外套』の中で、新調した外套を一夜にして追剝《おいはぎ》に奪われて自殺した貧乏な小役人のことが思われます。

北風《きた》　北風《きたかぜ》・北風《ほくふう》・朔風《さくふう》・北吹《きたふ》く・大北風《おおぎた》・朝北風《あさぎた》

大陸から日本海、東シナ海を渡って吹いてくる乾燥して冷たい風が北風です。この強い季節風は海難にもつながりますから、「（一月）廿五日、かぢとりらの、きたかぜあしといへばふねいださず」（『土左日記』）といった具合いに出航を見合わせてもいました。この北風は恐らく大北風でしょうし、朝北風と言えば、朝吹く冷たい季節風、朔風の「朔」は北の方角ですから単に北風を指します。

ならい　北《きた》ならい

東日本の太平洋沿岸で吹く北寄りの風ですが、山脈に平行して（ならい）吹く風ですから、地方によって風向に差異があります。地方ごとに地名を冠して筑波ならい、下総《しもうさ》ならいなどと呼ばれますが、「ならいが吹くと霜柱が融けない」などと言われ、嫌われる冷たい風です。陸上の難儀をよそに、ならいが吹く時の海上は比較的静穏で、漁師や船人からは喜ばれた風です。「北ならい」のように風向をはっきり言う地方もあります。

虎落笛　もがりぶえ

虎落とは、竹を筋違いに組んだ竹矢来《やらい》のことで、処刑など見せ物の人寄せなどに使う、映画でもなじみの代物です。物が矢来ですから、風が通り抜ける時ヒューと音を出します。転じて、垣根や電線、竿《さお》などが強風で鳴ることを虎落笛と呼びますが、思わずコートの襟を立てたくなる風です。紺屋《こうや》が染物を横幕のように干す時使う竹を並べた垣のことも虎落と呼んでいました。言いがかりや強請《ゆすり》の類も虎落ですから、これを語源とする説もありますが、少し穿《うが》ち過ぎましょう。

鎌鼬《かまいたち》 鎌風《かまかぜ》

旋風《つむじかぜ》が過ぎ去った後、脚などの体の一部に鎌で切ったような傷ができ、出血することもありますが、これを鼬の仕業と見て、こう呼んできました。空気中に真空状態ができ、これに触れて皮膚が切れるのだと言われますが、原因の分からない時分は随分と気味悪がったのでしょう、越後では七不思議の一つに数えられていました。風神が太刀を構える構太刀《かまえだち》を語源にする地方もあります。「え」と「い」を逆に発音することがある東北地方ではありそうなことです。

敷松葉《しきまつば》

苔などを霜や雪の害から守るため、庭園や茶室の露地庭などに枯れた松葉を敷くことを敷松葉と言います。初冬の頃から厚めに敷き、寒さが緩むにつれて薄く掻き取っていきます。茶道では、炉開《ろびらき》とともに敷き、年明けから少しずつ取り除いて、炉塞《ろふさぎ》までに全部取り払うことになっています。松の落葉を集めて使いますが、松の脂《やに》が苔の生長によくないところから、青松葉を煮沸《しゃふつ》して赤く干し上げたものを使う贅沢《ぜいたく》な敷松葉もあります。

王子の狐火《おうじのきつねび》

冬の夜、山野で焰《ほのお》がゆらめく現象を狐火と見立て冬の季語になっています。中でも江戸の王子稲荷の狐火は有名で、「王子の狐火」と呼ばれ、毎年大晦日《おおつごもり》の晩に現れる狐火をわざわざ見に行く人もいました。ここの狐は、近隣の狐の総元締めで、大晦日の晩に関八州の狐が、官位を定めるため、境内の大榎《えのき》の下に集まるとされていました。芝居でも『本朝廿四孝《ほんちょうにじゅうしこう》』の舞台で狐火を見せます。英語で言う「フォックス・ファイアー」の「フォックス」はこの狐と思いきや、「腐って色が変わる」という動詞で、枯木に付いたバクテリアの発光現象です。

柚子湯《ゆずゆ》

柚子風呂《ゆずぶろ》・冬至湯《とうじゆ》・冬至風呂《とうじぶろ》

一年で一番日の短い冬至の日は、陰の極まる日ですので、陽気の回復、力の再生を願う日でもあります。ですから中風除けに南瓜《かぼちゃ》や蒟蒻《こんにゃく》を食べ、邪気を払うために柚子湯に入ったのでしょう。また、この日に冷酒を飲んで柚子湯に入ると、冬の間風邪をひかないとも言います。また「柚子が黄色くなると医者が青くなる」と言う地方もあります。柚子の薬効のことを言った言葉なのです。

ポインセチア

猩々木《しょうじょうぼく》

秋の末頃から葉が紅くなる観葉植物で、十二月に盛りになるのでクリスマスに格好の彩りとなります。アメリカの初代メキシコ大使ジョエル・ポインセットは、メキシコ内乱への介入の責任で大使を解任されます。大使は帰国の折に花木を持ち帰りましたが、アメリカの植物学者グラハムが大使の名にちなんで、その一つにポインセチア属を設けたと言います。日本名は猩々の顔の色に似ているところから猩々木とされました。

節季候｜せきぞろ｜せっきぞろ・姥等《うばら》・胸敲《むねたたき》

元禄年間（一六八八〜一七〇四）にあった門付《かどづ》けです。歳末になると、編笠に歯朶《しだ》の葉を付け、目だけ出して顔を赤い布で隠した男女がやって来て、簓《ささら》を鳴らしながら、めでたい唄を歌い門付けをし、銭や米をもらい歩きました。手で胸を叩《たた》くので胸敲とも言われ、女は姥等と呼ばれてもいました。主に三都（江戸、京都、大坂）で見られる習俗でしたが、江戸末期には江戸の街にしか見られなくなりました。新年の祝言を言いながら門付けした「乞児《ほかいびと》」の零落した風俗とも言われています。

歳暮｜せいぼ｜歳暮祝《せいぼいわい》・お歳暮《せいぼ》・歳暮《せいぼ》の礼《れい》・歳暮《せいぼ》返《がえ》し

日頃世話になっている目上の人に感謝の贈物をすることで、夏の中元とともに、今では形式化しました。もともとこの時期は、先祖の祀りをする時で、子孫が食物を持ち寄り共同飲食する行事でした。ですから魚を贈る例が多く、北九州市小倉では目刺し百尾を用い、それに替えて他の品を贈る際も熨斗《のし》に「目刺百尾」と上書きしました。東京では新巻鮭《あらまきざけ》や数の子を贈るのが一般でした。

衣配｜きぬくばり

正月の晴れ着の料として、小袖《こそで》地を配る風習が衣配で、『源氏物語』の「玉鬘《たまかずら》」にも、年の暮れに光源氏が女君や姫君に配った記述が見えます。下って近世になると、一家一門の家従にまで配ることが、年末の行事となっていますから、今でいう賞与に相当するものだったのでしょう。井原西鶴の浮世草子『世間胸算用《せけんむねさんよう》』には「此廿一日に例年の衣くばりとて、一門中・下人ども、かれこれ集めて男小袖四十八、女小袖五十一、小だち・中だちの小袖廿七、合して百弐十六、笹屋にて調《ととの》へ、それぞれに給はりける」と、大店《おおだな》の大盤振る舞いの様子が描かれています。

年木樵｜としきこり｜年木積《としきつ》む・年木売《としきうり》

年木は新年に焚く薪のことで、この薪を暮れのうちに備えるため、薪を伐り出すのが年木樵です。かつては、師走に入ると薪の伐り出しや薪割る姿がどこにでも見られ、みるみる軒下や薪小屋に切り口の新しい薪が積まれていきました。また、年木は神祭に使う木のことも言い、鹿児島県の桜島では榎《えのき》を、茨城県多賀郡では楢《なら》をと、木の種類が地域によって特定されてもいます。この年木の伐り出しも年木樵です。

大晦日　おおみそか

大晦日《おおつごもり》・大三十日《おおみそか》・大年《おおどし》・大歳《おおどし》・除日《じょにち》

大晦日《おおつごもり》とも言いますが、晦日《つごもり》は月隠《つきごもり》の転ですから、陰暦では月の隠れるまさに月末ですが、その年最後の晦日には「大」を付けて大晦日と呼びます。本来、一日は夕方から始まると考えられていましたから、この日の夕方から新年で、大晦日の夜に正式な食事をする地方もあります。年越し蕎麦《そば》もその名残です。樋口一葉の小説『大つごもり』は、その名の通り場面を大晦日の夜に設定して、庶民の生活と金銭問題を絡めた名作です。

年越　としこし

年越《としこ》す・大年越《おおとしこし》・年移《としうつ》る・越年《えつねん》

旧年を越して新年を迎えることですが、節分の夜のことも、かつてはこう言いました。古くから寺社に参籠《さんろう》したり、縁者が集まって年を越したりすることが行われてきました。関西地方では、大晦日《おおみそか》の夜に徹夜することを「夜不寝講《よねんこう》」と呼んで、早く寝ると白髪になるとか、顔に皺《しわ》ができるとおどされたものです。年越の折、炉にくべた火種は絶やさないとする伝承行事も各地にあります。

年守る

としまもる

年守《としも》る・年送《としおく》る・守歳《しゅさい》

大晦日の夜を眠らずに明かすことです。この日は、新旧が交差する変わり目の日ですから正月の神を祀る神事は、大晦日の夕刻から元旦にかけて行われました。ですから、この日は「寝る」は忌詞《いみことば》ですので、稲（寝《い》ね）を積むとか、稲積むと言い、逆に眠りから起きる時は、稲を挙ぐとか稲挙ぐと表現することになっていました。

二十四節気・七十二候 一覧表

四季	二十四節気名	現行暦による大略の日付	七十二候	七十二候解説 中国	七十二候解説 日本	東京の気候
初春	立春	二月五日	初候（五―九）	東風解凍	東風解凍	気温昇り始める
			二候（十―十四）	蟄虫始振《ちっちゅうはじめてうごく》	黄鶯睍睆《うぐいすなく》（梅花乃芳）	ツバキ咲く
			三候（十五―十九）	魚渉《のぼる》氷	魚上氷	フキノトウ出る
	雨水	二月二十日	初候（二十―二十四）	獺《かわおそ》 祭魚	土脉潤起	ウグイス鳴く
			二候（二十五―二十八）	鴻雁《こうがん》来	霞始 靆《たなびく》	ヒバリ鳴く
			三候（一―五）	草木萌動	草木萌動	気温昇り春となる
仲春	啓蟄	三月六日	初候（六―十）	桃始華《ひらく》	蟄虫啓戸《とをひらく》	ストーブをしまう
			二候（十一―十五）	倉庚《うぐいす》鳴	桃始笑	アブラナ咲く
			三候（一六―二十）	鷹化為鳩《たかかしてはととなる》	菜虫化蝶	モンシロチョウ出現
	春分	三月二十一日	初候（二十一―二十五）	玄鳥《つばめ》至	雀始巣	雪・氷まれとなる
			二候（二十六―三十）	雷乃《ようやく》 発声	桜始開	モモ咲く
			三候（三十一―四）	始電《いなびかり》	雷乃発声	ソメイヨシノ咲く

晩春		初夏		仲夏	
清明	穀雨	立夏	小満	芒種	夏至
四月五日	四月二十一日	五月五日	五月二十一日	六月六日	六月二十二日
初候（五―九） 二候（十―十四） 三候（十五―二十）	初候（二十一―二十四） 二候（二十五―二十九） 三候（三十―四）	初候（五―九） 二候（十―十四） 三候（十五―二十）	初候（二十一―二十五） 二候（二十六―三十） 三候（三十一―五）	初候（六―十） 二候（十一―十五） 三候（十六―二十一）	初候（二十二―二十六） 二候（二十七―一） 三候（二―六）
桐始華 田鼠《もぐら》化為鴽《うずら》 虹始見	萍《うきくさ》始生 鳴鳩《よぶこどり》払其羽 戴勝《きくいただき》降于桑	螻蟈《かえる》鳴 蚯蚓《みみず》出 王瓜《からすうり》生	苦菜秀《にがなはなさく》 靡草《なずな》死 小暑至	蟷螂《かまきり》生 鵙《もず》始鳴 反舌無声《うずいすこえなし》	鹿角解 蜩《ほそぐみ》始鳴 半夏生
玄鳥至 鴻雁北《かりきたにゆく》 虹始見	葭《ふき》始生 霜止出苗《しもやみなえでる》 牡丹華	元黿《がま》始鳴 蚯蚓出 竹笋《たけのこ》生	蚕起食桑 紅花栄 麦秋至	蟷螂生 腐草為蛍《ふそうほたるとなる》 梅子黄《うめのみきばむ》	乃東《かこそう》枯 菖蒲華 半夏生
汲置水ぬるみ始める ツバメ渡来 ヤエザクラ咲く	アマガエル鳴く 冬服をぬぐ 天気ほぼ安定	カ出現 あわせをセルに ハリエンジュ咲く	カッコウ鳴く セルをひとえに ホタル出現	入梅 夏服を着る かやを吊る	アジサイ咲く ひとえをゆかたに ニイニイゼミ鳴く

晩夏	小暑	七月七日	初候(七―十一) 二候(十二―十六) 三候(十七―二十二)	温風至 蟋蟀《こおろぎ》居壁 鷹之学習《わざをならう》	温風至 蓮始開 鷹之学習	ヒマワリ咲く アブラゼミ鳴く 梅雨あける
	大暑	七月二十三日	初候(二十三―二十八) 二候(二十九―二) 三候(三―七)	蓐草為蛍 土潤溽暑《つちうるおいてむしあつし》 大雨時行《たいうときにきたる》	桐始結花《きりはじめてはなをむすぶ》 土潤溽暑《むしあつし》 大雨時行	サルスベリ咲く ナデシコ咲く 気温最高
初秋	立秋	八月八日	初候(八―十二) 二候(十三―十七) 三候(十八―二十二)	涼風至 白露降 寒蟬《ひぐらし》鳴	涼風至 寒蟬鳴 蒙霧升降《さかんにきりしょうこうす》	コオロギ鳴く スイレン咲く 気温降り始める
	処暑	八月二十三日	初候(二十三―二十七) 二候(二十八―一) 三候(二―七)	鷹乃祭鳥 天地始粛 禾乃登《いねようやくみのる》	綿柎開 天地始粛 禾乃登	ゆかたをひとえに 台風去来 コスモス咲く
仲秋	白露	九月八日	初候(八―十二) 二候(十三―十七) 三候(十八―二十二)	鴻雁来 玄鳥《つばめ》帰 群鳥養羞	草露白 鶺鴒鳴 玄鳥去	秋霖始まる 夏服をぬぐ かやをしまう
	秋分	九月二十三日	初候(二十三―二十七) 二候(二十八―二) 三候(三―八)	雷乃収声 蟄虫坏戸《ふさぐ》 水始涸	雷乃収声 蟄虫坏戸 水始涸	ひとえをセルに セキレイ鳴く ツクツクホウシ鳴終

晩秋	寒露	十月九日	初候（九—十三） 二候（十四—十八） 三候（十九—二十三）	鴻雁来賓 爵《すずめ》入大水《うみ》為蛤 菊有黄華	鴻雁来 菊花開 蟋蟀在戸《こおろぎとにあり》	秋霖あける セルをあわせに 汲み水冷え始める
	霜降	十月二十四日	初候（二十四—二十八） 二候（二十九—二） 三候（三—七）	豺《やまいぬ》乃祭獣 草木黄落 蟄虫咸俯《ことごとくふしたおる》	霜始降 霎時《こさめ》施 楓蔦黄	キク咲く 冬服を着る カエデ紅葉
初冬	立冬	十一月八日	初候（八—十二） 二候（十三—十七） 三候（十八—二十二）	水始氷 地始氷 雉入大水為蜃《はまぐり》	山茶始開 地始凍 金盞香《きんせんかおる》	イチョウ紅葉 初霜 天気ほぼ定まり冬型
	小雪	十一月二十三日	初候（二十三—二十七） 二候（二十八—二） 三候（三—六）	虹蔵《かくれて》不見 天気上騰地気下降 閉塞而成冬	虹蔵不見 朔風払葉《きたかぜはをはらう》 橘始黄《みかんきばむ》	キリ落葉 ストーブをたき始める 初氷
仲冬	大雪	十二月七日	初候（七—十一） 二候（十二—十六） 三候（十七—二十一）	鶡旦《やまどり》不鳴 虎始交 茘挺《うまにら》出	閉塞成冬 熊蟄穴 鱖《さけ》魚群	気温下り始める クチナシみのる ヤブコウジ紅染
	冬至	十二月二十二日	初候（二十二—二十六） 二候（二十七—三十一） 三候（一—四）	蚯蚓結 麋《なれしか》角解 水泉動	乃東生《かこそうしょうず》 麋角解 雪下出麦《ゆきのしたむぎいづ》	初雪 ウメモドキ紅染 ミカンみのる

晩冬	小寒	一月五日	初候（五—九） 二候（十—十四） 三候（十五—二十）	雁北郷《むかう》 鵲《かささぎ》始巣 雉鳴	芹乃栄《せりはじめてさかゆ》 水泉動 雉始鳴	セリ出盛る
	大寒	一月二十一日	初候（二十一—二十五） 二候（二十六—三十） 三候（三十一—四）	雞乳《たまごをふせる》 征鳥厲疾《わたりどりはやし》 水沢復堅《すいたくふたたびかたし》	欵冬華《ふき》 水沢復堅 雞始乳	気温最低 白梅咲く スイセン咲く

（平凡社刊『新装版俳句歳時記』などによる）

参考文献

[歳時記と俳句関連]
「図説俳句大歳時記」(5巻、角川書店編、角川書店)
「カラー図説日本大歳時記」(5巻、水原秋桜子他監修、講談社)
「集英社版　大歳時記」(4巻、山本健吉監修、集英社)
「俳句歳時記」(5巻、飯田蛇笏他編、平凡社)
「俳諧歳時記」(5巻、松瀬青々他編、改造社)
「角川版ふるさと大歳時記」(8巻、山本健吉監修、角川書店)
「増補俳諧歳時記栞草」(2巻、曲亭馬琴編、岩波書店)
「花の大歳時記」(森澄雄監修、角川書店)
「英語歳時記」(6巻、福原麟太郎他監修、研究社)
「俳句・仏教歳時記」(4巻、飯田龍太監修、佼成出版社)
「中国文学歳時記」(7巻、黒川洋一他編、同朋舎出版)
「漢詩歳時記」(渡部英喜、新潮社)
「唐詩歳時記」(植木久行、明治書院)
「燕京歳時記」(敦崇、平凡社)
「荆楚歳時記」(宗懍、平凡社)
「朝鮮歳時記」(洪錫謨他、平凡社)
「古今短歌歳時記」(鳥居正博編著、教育社)
「仏教行事歳時記」(窪寺紘一、世界聖典刊行協会)
「薬草歳時記」(鈴木昶、青蛙房)
「俳文学大辞典」(井本農一他監修、角川書店)
[辞典・事典]
「和漢三才図会」(18巻、寺島良安、平凡社)
「世界大百科事典」(35巻、平凡社)
「日本大百科全書」(25巻、小学館)
「角川古語大辞典」(5巻、中村幸彦他編、角川書店)
「日本民俗大辞典」(2巻、福田アジオ他編、吉川弘文館)
「日本風俗史事典」(日本風俗史学会編、弘文堂)
「有識故実大辞典」(鈴木敬三編、吉川弘文館)
「岩波日本史辞典」(永原慶二監修、岩波書店)
「日本古典文学大辞典」(6巻、市古貞次他編、岩波書店)
「日本現代文学大事典」(2巻、三好行雄他編、明治書院)
「新潮世界美術辞典」(高階秀爾他編、新潮社)
「日本宗教事典」(小野泰博他編、弘文堂)
「仏教語源散策」「続仏教語源散策」「新仏教語源散策」(中村元編著、東京書籍)
「国語のなかの仏教語辞典」(森章司編、東京堂出版)
「「死」にまつわる日本語辞典」(奥山益朗編、東京堂出版)
「仏具辞典」(清水乞編、東京堂出版)
「民間信仰辞典」(桜井徳太郎編、東京堂出版)
「牧野新日本植物図鑑」(前川文夫他編、北隆館)
「日本文学史辞典」(三好行雄他編、角川書店)
「日本の古典名著」(赤塚忠他、自由国民社)
「江戸文学地名辞典」(浜田義一郎監修、東京堂出版)
「東京文学地名辞典」(槌田満文編、東京堂出版)
「鎌倉事典」(白井永二編、東京堂出版)
「隠語大辞典」(木村義之他編、皓星社)
「いろの辞典」(小松奎文編著、文芸社)
「図録農民生活史事典」(秋山高志他編、柏書房)
「故事・俗信ことわざ大辞典」(尚学図書編、小学館)

「日本地名大百科」（浮田典良他編、小学館）
「江戸文学俗信辞典」（石川一郎編、東京堂出版）
「江戸の生業事典」（渡辺信一郎、東京堂出版）
「日本職人辞典」（鈴木棠三編、東京堂出版）
「古川柳風俗事典」（田辺貞之助、青蛙房）
「起源常識」（松下三鷹、昭文社）
「暮らしのことば語源辞典」（山口佳紀編、講談社）
「語源大辞典」（堀井令以知編、東京堂出版）
「語源辞典」（動物編、植物編、形容詞編）（3巻、吉田金彦編著、東京堂出版）
「事物起源辞典—衣食住編」（朝倉治彦他編、東京堂出版）
「全国方言辞典」（東條操編、東京堂出版）
「角川外来語辞典」（荒川惣兵衛、角川書店）
「大阪ことば事典」（牧村史陽編、講談社）
「江戸語の辞典」（前田勇編、講談社）
「大阪ことば辞典」（堀井令以知編、東京堂出版）

【飲食関連】

「本朝食鑑」（5巻、人見必大、平凡社）
「飲食事典」（本山荻舟、平凡社）
「世界食物百科」（マグロンヌ・トゥーサン＝サマ、原書房）
「食の名言辞典」（平野雅章他編、東京書籍）
「調理用語辞典」（全国調理師養成施設協会編、同会）
「世界の味探究事典」（岡田哲編、東京堂出版）
「野菜・山菜博物事典」（草川俊、東京堂出版）
「たべもの語源辞典」（清水桂一編、東京堂出版）
「味覚辞典—日本料理」（奥山益朗編、東京堂出版）
「日本うまいもの辞典」（近藤弘、東京堂出版）
「食物事典」（山本直文、柴田書店）

【その他】

「解註謡曲全集」（6巻、野上豊一郎編、中央公論社）
「日本星名辞典」（野尻抱影、東京堂出版）
「星座で読み解く日本神話」（勝俣隆、大修館書店）
「年中行事辞典」（西角井正慶編、東京堂出版）
「季節の事典」（大後美保、東京堂出版）
「雨のことば辞典」（倉嶋厚監修、講談社）
「雨の名前」（高橋順子、小学館）
「古典植物辞典」（松田修、講談社）
「古典の花」（松田修、蝸牛社）
「花の履歴書」（湯浅浩史、講談社）
「花と木の漢字学」（寺井泰明、大修館書店）
「気学の事典」（平木場泰義、東京堂出版）
「陰陽五行」（木場明志監修、淡交社）
「日本・中国の文様事典」（視覚デザイン研究所編、同所）
「色名の由来」（江幡潤、東京書籍）
「数のつく日本語辞典」（森睦彦、東京堂出版）
「十二支物語」（諸橋轍次、大修館書店）
「干支の漢字学」（水上静夫、大修館書店）
「動植物ことわざ辞典」（高橋秀治、東京堂出版）
「釣りと魚のことわざ辞典」（二階堂清風編著、東京堂出版）
「落語事典」（東大落語会編、青蛙房）
「歌舞伎ことば帖」（服部幸雄、岩波書店）

索引

太字は主季語（見出し季語）、細字は傍題季語

あ

あい……158
鮎並 あいなめ……110
鮎魚女 あいなめ……110
あいの風 あいのかぜ……158
藍浴衣 あいゆかた……189
アイリス……152
青蚊帳 あおがや……165
青北 あおぎた……253
青北風 あおぎた……253
青祈禱 あおぎとう……183
青き踏む あおきふむ……89
青きを踏む あおきをふむ……89
青紫蘇 あおじそ……161
青玉虫 あおたまむし……186
青梅雨 あおつゆ……156
蕪菁 あおな……35
青饅 あおぬた……82
青花 あおばな……259
青星 あおぼし……45
青松虫 あおまつむし……242
青柳 あおやぎ……104
赤狐 あかぎつね……326
赤熊 あかぐま……325
赤紫蘇 あかじそ……161
赤蜻蛉 あかとんぼ……252
茜すみれ あかねすみれ……92
秋茜 あきあかね……252
秋乾き あきがわき……237
あきつ……252
秋茄子 あきなす……261
秋なすび あきなすび……261
秋の大潮 あきのおおしお……247
秋の暮 あきのくれ……268
秋の夕暮 あきのゆうぐれ……268
秋の夕 あきのゆうべ……268
秋場所 あきばしょ……225
悪月 あくげつ……129
揚花火 あげはなび……207
あげまき……73
あご……144
朝顔 あさがお……227
麻蚊帳 あさがや……165
朝北風 あさぎた……341
浅草海苔 あさくさのり……61
朝東風 あさごち……71
朝桜 あさざくら……106
朝時雨 あさしぐれ……307
あさぢがはな……95
小葱 あさつき……86
浅葱 あさつき……86
胡葱 あさつき……86
朝虹 あさにじ……182
麻暖簾 あさのれん……173
浅蜊 あさり……110
浅蜊売 あさりうり……110
浅蜊汁 あさりじる……110
浅蜊取 あさりとり……110
浅蜊舟 あさりぶね……110

葦鶯 あしうぐいす……168
紫陽花 あじさい……153
足揃 あしぞろえ……299
馬酔木 あしび……122
葦火 あしび……287
網代 あじろ……308
網代木 あじろぎ……308
網代簀 あじろす……308
網代守 あじろもり……308
小豆洗い あずきあらい……245
あずさい……153
吾妻菊 あずまぎく……122
東菊 あずまぎく……122
汗しらず あせしらず……206
あせび……122
あせぶ……122
あせぼ……122
あせみ……122
頭正月 あたましょうがつ……39
貛 あなぐま……325
穴子 あなご……143
海鰻 あなご……143
穴子釣 あなごつり……143
あなほり……325
姉羽鶴 あねはづる……312
アネモネ……115
あぶらこ……110
あぶらめ……110
雨鷽 あまうそ……80
雨乞 あまごい……201
あまさぎ……58
甘鯛 あまだい……330
天の川 あまのがわ……218
甘海苔 あまのり……61
雨の祈 あめのいのり……201
雨の盆 あめのぼん……235
アメリカ山法師 アメリカやまぼうし……139
綾筵 あやむしろ……184
あやめ……132
あやめ草 あやめぐさ……132
菖蒲の節会 あやめのせちえ……132
菖蒲の日 あやめのひ……132
鮎 あゆ……164
鮎掛 あゆかけ……164
鮎籠 あゆかご……164
鮎狩 あゆがり……164
鮎魚田 あゆぎょでん……164
鮎汲 あゆくみ……73
鮎鮨 あゆずし……164
鮎膾 あゆなます……164
あゆの風 あゆのかぜ……158
東風 あゆのかぜ……158
鮎漁 あゆりょう……164
洗い髪 あらいがみ……192
荒鷹 あらたか……305
新走り あらばしり……270
新巻 あらまき……332
新巻鮭 あらまきざけ……332
有りの実 ありのみ……262
粟花 あわばな……239
泡雪 あわゆき……69
沫雪 あわゆき……69
淡雪 あわゆき……69
行火 あんか……335
鮟鱇鍋 あんこうなべ……318
鮟鱇の七つ道具 あんこうのななつどうぐ……318
行燈水母 あんどんくらげ……203
餡蜜 あんみつ……196

い

藺 い……165
望潮魚 いいだこ……85
飯蛸 いいだこ……85
家蝙蝠 いえこうもり……168
いかずち……182
烏賊鯛 いかだい……108
玉筋魚 いかなご……111
鮊子 いかなご……111
いかなご舟 いかなごぶね……111
いかなご干す いかなごほす……111
いきくさ……229

生鱧 いきはも……197
イギリス暖炉 イギリスだんろ……334
藺草 いぐさ……165
いくら……279
十六夜 いざよい……249
十六夜の月 いざよいのつき……249
いざよう月 いざようつき……249
いしだこ……85
石枕 いしまくら……172・219
石焼藷 いしやきいも……320
磯竈 いそかまど……126
磯焚火 いそたきび……126
藺田 いだ……165
板樏 いたかんじき……43
鼬 いたち……304
虎杖 いたどり……94
無花果 いちじく……278
一の午 いちのうま……55
一の酉 いちのとり……301
一番茶 いちばんちゃ……124
銀杏枯る いちょうかる……324
銀杏の実 いちょうのみ……289
一国巡り いっこくめぐり……100
一丁潜り いっちょうむぐり……312
凍豆腐 いてどうふ……46
糸芒 いとすすき……237
いとど……244
竈馬 いとど……244
糸菜 いとな……117
糸葱 いとねぎ……86
糸雛 いとびな……67
糸柳 いとやなぎ……104
糸遊 いとゆう……88
いな……271
鰡 いな……256
亥中の月 いなかのつき……251
稲子 いなご……271
蝗 いなご……271
螽 いなご……271
蝗串 いなごぐし……271
蝗捕り いなごとり……271
稲田 いなだ……271
いなたま……226
稲妻 いなづま……226
いなつるび……226
稲光 いなびかり……226
稲穂 いなほ……271
稲虫送り いなむしおくり……213
稲荷講 いなりこう……55
犬子草 いぬこぐさ……259
いぬさわら……83
いぬのふぐり……64
いぬふぐり……64
犬鷲 いぬわし……305
稲 いね……271
稲の殿 いねのとの……226
稲の花 いねのはな……271
亥の神祭 いのかみまつり……300
亥の子 いのこ……300
亥の子石 いのこいし……300
牛膝 いのこずち……289
亥の子突 いのこづき……300
亥の子餅 いのこもち……300
いのしし鍋 いのししなべ……320
亥の日祭 いのひまつり……300
今川焼 いまがわやき……321
今川焼屋 いまがわやきや……321
居待月 いまちづき……250
座待月 いまちづき……250
居待の月 いまちのつき……250
甘藷 いも……286
藷 いも……286
芋殻 いもがら……251
妹背鳥 いもせどり……169
藷蔓 いもづる……286
芋の葉の露 いものはのつゆ……218
藷畑 いもばたけ……286
甘藷掘 いもほり……286
芋名月 いもめいげつ……248
刺蛾の繭 いらがのまゆ……294
熬海鼠 いりこ……26
入り彼岸 いりひがん……77
色足袋 いろたび……340

色なき風 いろなきかぜ……268
いろはがるた……30
囲炉裏 いろり……334
鰯の頭挿す いわしのかしらさす……51
岩根草 いわねぐさ……91
菜豆 いんげん……262
隠元豇 いんげんささげ……262
隠元豆 いんげんまめ……262

う

植月 うえづき……97
植女 うえめ……161
魚すき うおすき……319
魚氷に上る うおひにのぼる……55
黄鳥 うぐいす……62
鶯 うぐいす……62
鶯の落し文 うぐいすのおとしぶみ……212
鶯の谷渡り うぐいすのたにわたり……62
海髪 うご……113
うごのり……113
右近の橘 うこんのたちばな……152
潮招 うしおまねき……112
丑の日祭 うしのひまつり……183
丑紅 うしべに……32
烏鵲の橋 うじゃくのはし……219
雨水 うすい……56
薄黄木犀 うすぎもくせい……263
雲珠桜 うずざくら……106
鶉 うずら……275
鶉の床 うずらのとこ……275
鶉豆 うずらまめ……262
鷽 うそ……80
鷽鳥 うそどり……80
鷽の琴 うそのこと……80
獺の祭 うそのまつり……61
歌がるた うたがるた……30
歌詠鳥 うたよみどり……62
内幟 うちのぼり……134
団 うちわ……184
団扇 うちわ……184
団扇売 うちわうり……184
団扇掛 うちわかけ……184
卯月 うづき……97
卯月鳥 うづきどり……169
空木の花 うつぎのはな……141
うつし花 うつしばな……259
空蟬 うつせみ……202
優曇華 うどんげ……159
饂飩すき うどんすき……319
童子鳥 うないごとり……169
鰻 うなぎ……160
鰻掻 うなぎがき……160
鰻筒 うなぎづつ……160
鰻の日 うなぎのひ……205
卯の花 うのはな……141
卯の花垣 うのはながき……141
卯の花腐し うのはなくたし……141
卯の花降し うのはなくだし……141
卯の花腐し うのはなくだし……141
卯の花月 うのはなづき……97
卯の花月夜 うのはなづきよ……141
うばがしら……114
菟芽木 うはぎ……89
姥桜 うばざくら……106
姥玉虫 うばたまむし……186
姥月 うばづき……283
うばゆり……59
姥等 うばら……345
馬追 うまおい……243
午祭 うままつり……55
海朧 うみおぼろ……105
海施餓鬼 うみせがき……223
海酸漿 うみほおずき……142
梅 うめ……63
梅が香 うめがか……63
梅東風 うめごち……71
梅漬ける うめつける……204
梅つ五月 うめつさつき……53
梅つ月 うめつづき……53
梅初月 うめはつづき……309

梅干 うめぼし …… 204
梅干す うめほす …… 204
梅見月 うめみづき …… 53
梅筵 うめむしろ …… 204
浦島草 うらしまぐさ …… 210
裏白 うらじろ …… 27
盂蘭盆 うらぼん …… 223
盂蘭盆会 うらぼんえ …… 223
盂蘭盆経 うらぼんきょう …… 223
瓜漬 うりづけ …… 193
瓜坊 うりぼう …… 293
瓜斑 うりまだら …… 293
瓜ん坊 うりんぼう …… 293
うるち …… 271
雲漢 うんかん …… 218
芸香 うんこう …… 102

え

叡山すみれ えいざんすみれ …… 92
永日 えいじつ …… 99
エイプリルフール …… 100
絵団扇 えうちわ …… 184
絵帷子 えかたびら …… 189
液雨 えきう …… 307
えくり …… 95
蝦夷鼬 えぞいたち …… 304
蝦夷竜胆 えぞりんどう …… 257
越前蟹 えちぜんがに …… 328
越年 えつねん …… 347
金雀児 えにしだ …… 140
金雀花 えにしだ …… 140
金雀枝 えにしだ …… 140
榎枯る えのきかる …… 324
えのこ草 えのこぐさ …… 259
狗尾草 えのころぐさ …… 259
絵日傘 えひがさ …… 185
夷草 えびすぐさ …… 138
絵屛風 えびょうぶ …… 333
江鮒 えぶな …… 256
絵筵 えむしろ …… 184・191
遠雷 えんらい …… 182

お

追羽子 おいばね …… 29
王子の狐火 おうじのきつねび …… 343
鶯宿梅 おうしゅくばい …… 63
樗葺く おうちふく …… 133
黄梅 おうばい …… 63
おおあらせいとう …… 118
狼 おおかみ …… 327
豺獣を祭る おおかみけものをまつる …… 294
狼の祭 おおかみのまつり …… 294
大北風 おおぎた …… 341
大蝙蝠 おおこうもり …… 168
大木葉木菟 おおこのはずく …… 311
大蜆 おおしじみ …… 72
大島桜 おおしまざくら …… 106
大田螺 おおたにし …… 72
大晦日 おおつごもり …… 347
大年 おおどし …… 347
大歳 おおどし …… 347
大年越 おおとしこし …… 347
茶の花 おおどちのはな …… 239
おおね …… 303
大白鳥 おおはくちょう …… 313
大祓 おおはらえ …… 174
大判焼 おおばんやき …… 321
大福 おおふく …… 24
大服 おおぶく …… 24
大福茶 おおふくちゃ …… 24
大待宵草 おおまつよいぐさ …… 179
大三十日 おおみそか …… 347
大晦日 おおみそか …… 347
大南風 おおみなみ …… 166
大山桜 おおやまざくら …… 106
大鷲 おおわし …… 305
御鏡 おかがみ …… 26
岡すみれ おかすみれ …… 92
陸稲 おかぼ …… 271
おかま蟋蟀 おかまこおろぎ …… 244
おかめ市 おかめいち …… 301

置炬燵 おきごたつ……335
興津鯛 おきつだい……330
扇燈籠 おぎどろ……217
翁草 おきなぐさ……114・281
沖南風 おきはえ……167
おぎょう……90
小草生月 おぐさおいづき……53
おけら……159
おご……113
江籬 おごのり……113
御降 おさがり……23
おじや……314
尾白鷲 おじろわし……305
お歳暮 おせいぼ……345
お供開 おそなえびらき……36
男滝 おだき……188
お玉杓子 おたまじゃくし……106
落椿 おちつばき……85
お中元 おちゅうげん……222
男郎花 おとこえし……239
おとこめし……239
お年玉 おとしだま……23
落し文 おとしぶみ……212
乙女椿 おとめつばき……85
囮鮎 おとりあゆ……164
お酉さま おとりさま……301
鬼胡桃 おにぐるみ……288
鬼芒 おにすすき……237
鬼の子 おにのこ……247
鬼の捨子 おにのすてご……247
鬼の目さし おにのめさし……51
鬼やらい おにやらい……51
鬼やんま おにやんま……252
鬼百合 おにゆり……180
オーバー……341
薺蒿 おはぎ……89
オーバーコート……341
尾花 おばな……237
尾花蛸 おばなだこ……256
お花畑 おはなばた……187
お花畠 おはなばた……187
お花畑 おはなばたけ……187
御福茶 おふくちゃ……24
おぼこ……256
朧 おぼろ……105
朧めく おぼろめく……105
朧夜 おぼろよ……105
お水取 おみずとり……73
女郎花 おみなえし……239
女郎花月 おみなえしづき……177
おみなめし……239
思草 おもいぐさ……240
面影草 おもかげぐさ……121
親子草 おやこぐさ……28
親月 おやづき……177
親無子 おやなしご……247
お山参り おやまいり……55
オランダ三葉 オランダみつば……316
折雛 おりびな……67
おわら祭 おわらまつり……235
温石 おんじゃく……337
女正月 おんなしょうがつ……37
女名月 おんなめいげつ……280

か

海参 かいさん……332
海市 かいし……121
かいず……164
かいず釣 かいずつり……164
海折 かいせつ……203
懐中湯婆 かいちゅうたんぽ……337
かいつばた……151
鳰 かいつぶり……312
かいつむり……312
外套 がいとう……341
蚊いぶし かいぶし……166
かいやぐら……121
貝寄 かいよせ……74
貝寄風 かいよせ……74
貝寄潮 かいよせ……74
懐炉 かいろ……337
貝楼 かいろう……121
懐炉灰 かいろばい……337

懐炉焼《かいろやけ》 337
蛙生る《かえるうまる》 106
かえるご 106
蛙の目借時《かえるのめかりどき》 120
顔見世《かおみせ》 299
貌佳草《かおよぐさ》 138
薫る風《かおるかぜ》 127
案山子《かがし》 272
かがみ草《かがみぐさ》 121
鏡開《かがみびらき》 36
鏡餅《かがみもち》 26
鏡割《かがみわり》 36
河漢《かかん》 218
石花《かき》 333
牡蠣《かき》 333
牡蠣殻《かきがら》 333
牡蠣雑炊《かきぞうすい》 314
牡蠣田《かきだ》 333
嗅茶《かぎちゃ》 125
嚊茶《かぎちゃ》 125
杜若《かきつばた》 151
燕子花《かきつばた》 151
牡蠣フライ《かきフライ》 333
垣見草《かきみぐさ》 141
牡蠣むく《かきむく》 333
牡蠣飯《かきめし》 333
かぎろい 88
牡蠣割女《かきわりめ》 333
蚊喰鳥《かくいどり》 168
神楽月《かぐらづき》 297
霍乱《かくらん》 201
嘉月《かげつ》 65
掛蒲団《かけぶとん》 338
陽炎《かげろう》 88
風入れ《かざいれ》 204
鵲の橋《かささぎのはし》 219
風待草《かざまちぐさ》 63
風祭《かざまつり》 235
香散見草《かざみぐさ》 63
飾り焚《かざりたき》 38
飾り焚く《かざりたく》 38
飾羽子《かざりばね》 29
梶の七葉《かじのななは》 221
梶の葉《かじのは》 221
梶葉売《かじのはうり》 221
梶葉の歌《かじのはのうた》 221
歌女鳴く《かじょなく》 246
頭の芋《かしらのいも》 301
柏餅《かしわもち》 136
霞初月《かすみそめづき》 21
風薫る《かぜかおる》 127
風の色《かぜのいろ》 268
風の香《かぜのか》 127
風の盆《かぜのぼん》 235
風日待《かぜひまち》 235
風待月《かぜまちづき》 149
片鶉《かたうずら》 275
堅香子の花《かたかごのはな》 59
片栗の花《かたくりのはな》 59
片時雨《かたしぐれ》 307
かたしろぐさ 153
形代流す《かたしろながす》 174
堅田鮒《かただぶな》 146
かたばな 59
帷子《かたびら》 189
かたびら雪《かたびらゆき》 69
片割月《かたわれづき》 248
勝菊《かちぎく》 282
花朝《かちょう》 53
蚊帳《かちょう》 165
郭公《かっこう》 169
かつみ葺く《かつみふく》 133
桂の花《かつらのはな》 263
蝌蚪《かと》 106
鰊《かど》 84
かどいわし 84
蚊取香水《かとりこうすい》 166
蚊取線香《かとりせんこう》 166
かなぶん 186
鐘朧《かねおぼろ》 105
金檪《かねかんじき》 43
鉦叩《かねたたき》 245
金枕《かねまくら》 172

鹿の子百合 かのこゆり …… 180
河貝子 かばいし …… 73
香栄草 かばえぐさ …… 63
蚊火 かび …… 166
蕪 かぶ …… 316
歌舞伎正月 かぶきしょうがつ …… 299
蚊袋 かぶくろ …… 165
兜菊 かぶとぎく …… 258
甲人形 かぶとにんぎょう …… 133
兜花 かぶとばな …… 258
蕪菁 かぶら …… 316
蕪汁 かぶらじる …… 316
かぶらな …… 316
蕪引く かぶらひく …… 316
蕪蒸 かぶらむし …… 316
かぼす …… 291
南瓜 かぼちゃ …… 229
鎌鼬 かまいたち …… 343
鎌風 かまかぜ …… 343
かまくら …… 38
魳 かます …… 111
魳子 かますご …… 111
鎌柄 かまつか …… 259
かまどうま …… 244
かまどむし …… 244
蒲の穂絮 がまのほわた …… 287
蒲の絮 がまのわた …… 287
蒲筵 がまむしろ …… 191
髪洗う かみあらう …… 192
神在月 かみありづき …… 265
髪置 かみおき …… 303
紙砧 かみきぬた …… 284
神去月 かみさりづき …… 265
神立風 かみたつかぜ …… 299
かみな …… 113
雷 かみなり …… 182
かみなりうお …… 329
紙幟 かみのぼり …… 134
紙雛 かみびな …… 67
かみら …… 87
神渡し かみわたし …… 299
亀鳴く かめなく …… 105
亀の看経 かめのかんきん …… 105
鴨雑炊 かもぞうすい …… 314
蚊帳 かや …… 165
蚊屋 かや …… 165
蚊幮 かや …… 165
蚊幬 かや …… 165
幮 かや …… 165
蚊帳の手 かやのて …… 165
蚊遣 かやり …… 166
蚊遣草 かやりぐさ …… 166
蚊遣粉 かやりこ …… 166
蚊遣火 かやりび …… 166
韓藍の花 からあいのはな …… 255
唐藷 からいも …… 286
唐臼 からうす …… 273
烏の子 からすのこ …… 161
鴉の子 からすのこ …… 161
鱲子 からすみ …… 279
烏木蓮 からすもくれん …… 103
唐椿 からつばき …… 85
雁 かり …… 252
鴈 かり …… 252
かりがね …… 252
雁が音 かりがね …… 252
雁来月 かりくづき …… 215
雁鳴く かりなく …… 252
雁の琴柱 かりのことじ …… 252
雁の棹 かりのさお …… 252
雁の列 かりのつら …… 252
臥竜梅 がりゅうばい …… 63
雁渡し かりわたし …… 253
雁渡る かりわたる …… 252
歌留多 かるた …… 30
歌留多取り かるたとり …… 30
枯萱 かれかや …… 324
枯鶏頭 かれけいとう …… 324
枯葎 かれむぐら …… 324
枯葭 かれよし …… 324
枯竜胆 かれりんどう …… 324
獺魚を祭る かわうそうおをまつる …… 61

蛙の子　かわずのこ……106
川施餓鬼　かわせがき……223
革手袋　かわてぶくろ……340
川音の時雨　かわとのしぐれ……307
川蜷　かわにな……73
皮剝　かわはぎ……144
川端柳　かわばたやなぎ……104
かわほり……168
川社　かわやしろ……174
川柳　かわやなぎ……104
川床　かわゆか……183
河原撫子　かわらなでしこ……238
瓦枕　かわらまくら……172
変り雛　かわりびな……67
雁　がん……252
寛永雛　かんえいびな……67
寒狐　かんぎつね……326
寒九　かんく……31
寒九の雨　かんくのあめ……31
雁行　がんこう……252
閑古鳥　かんこどり……169
樏　かんじき……43
元七　がんしち……33
官女雛　かんじょびな……67
雁陣　がんじん……252
寒雀　かんすずめ……32
寒昴　かんすばる……44
寒鷹　かんだか……305
邯鄲　かんたん……245
寒豆腐　かんどうふ……46
神無月　かんなづき……265
鉋始　かんなはじめ……29
缶ビール　かんビール……194
寒鰤　かんぶり……330
寒紅　かんべに……32
寒北斗　かんほくと……45
寒露　かんろ……267

き

葱　き……314
祈雨　きう……201
祈雨経　きうきょう……201
黄菊　きぎく……281
利酒　ききざけ……270
利茶　ききちゃ……125
聞茶　ききちゃ……125
桔梗　ききょう……238
菊　きく……281
菊合　きくあわせ……282
菊襲　きくがさね……282
菊くらべ　きくくらべ……282
菊師　きくし……282
菊月　きくづき……233
菊作り　きくづくり……281
菊時　きくどき……281
菊人形　きくにんぎょう……282
菊の主　きくのあるじ……281
菊の盃　きくのさかずき……281
菊の酒　きくのさけ……280・281
菊の節供　きくのせっく……280
菊の友　きくのとも……281
菊の日　きくのひ……280
菊畑　きくばたけ……281
闘菊　きくをたたかわす……282
乞巧奠　きこうでん……220
如月　きさらぎ……53
衣更着　きさらぎ……53
義士焼　ぎしやき……321
季秋　きしゅう……233
季春　きしゅん……65
煙管草　きせるぐさ……240
北風　きた……341
北風　きたかぜ……341
北狐　きたぎつね……326
北時雨　きたしぐれ……307
北ならい　きたならい……342
北吹く　きたふく……341
きちこう……238
乞巧棚　きこうだな……220
きっこうてん……220
乞巧針　きこうばり……220
吉書揚　きっしょあげ……38
吉丁虫　きっちょうむし……186
狐　きつね……326

きつねだな……121
狐塚 きつねづか……326
狐花 きつねばな……254
季冬 きとう……309
黄粉鳥 きなこどり……62
絹団扇 きぬうちわ……184
衣被 きぬかつぎ……251
衣配 きぬくばり……346
砧 きぬた……284
砧打つ きぬたうつ……284
砧盤 きぬたばん……284
木の芽 きのめ……81
木の芽田楽 きのめでんがく……82
黄肌 きはだ……328
きはちす……227
黄帷子 きびら……189
黄鰭 きびれ……164
既望 きぼう……249
木枕 きまくら……172
君懸草 きみかけそう……155
君影草 きみかげそう……155
窮陰 きゅういん……309
九枝燈 きゅうしとう……220
窮冬 きゅうとう……309
牛鍋 ぎゅうなべ……319
牛皮頭 ぎゅうひとう……210
胡瓜漬 きゅうりづけ……193
京団扇 きょううちわ……184
行々子 ぎょうぎょうし……168
京菜 きょうな……60
今日の月 きょうのつき……248
京雛 きょうびな……67
享保雛 きょうほうびな……67
経読鳥 きょうよみどり……62
曲水 きょくすい……68
曲水の宴 きょくすいのえん……68
玉蘭 ぎょくらん……103
雲母虫 きららむし……204
切炬燵 きりごたつ……335
桐の秋 きりのあき……217
桐一葉 きりひとは……217
銀河 ぎんが……218
銀漢 ぎんかん……218
銀狐 ぎんぎつね……326
金魚ねぶた きんぎょねぶた……217
金海鼠 きんこ……26
金鐘児 きんしょうじ……243
銀竹 ぎんちく……44
銀杏 ぎんなん……289
金梅 きんばい……63
金屛風 きんびょうぶ……333
銀屛風 ぎんびょうぶ……333
金琵琶 きんびわ……242
金風 きんぷう……268
金木犀 きんもくせい……263
銀木犀 ぎんもくせい……263
銀やんま ぎんやんま……252
銀湾 ぎんわん……218

く

空中楼閣 くうちゅうろうかく……121
九月場所 くがつばしょ……225
苦寒 くかん……300
鵠 くぐい……310
草朧 くさおぼろ……105
草珊瑚 くささんご……46
草相撲 くさずもう……225
嚔 くさめ……338
ぐじ……330
櫛置 くしおき……303
くしゃみ……338
葛砧 くずきぬた……284
くすぐりの木 くすぐりのき……211
薬玉 くすだま……136
葛根掘る くずねほる……285
葛の花 くずのはな……241
葛引く くずひく……285
葛掘る くずほる……285
薬採る くすりとる……284
薬降る くすりふる……136
薬掘る くすりほる……284
具足開 ぐそくびらき……36
具足餅 ぐそくもち……26

山梔子 くちなし……153
梔子の花 くちなしのはな……153
くちなめ……256
くっさめ……338
沓手鳥 くつてどり……169
九日小袖 くにちこそで……282
くぬえこう……185
櫟枯る くぬぎかる……324
薫衣香 くのえこう……185
熊 くま……325
熊栗架を掻く くまくりだなをかく……293
熊鷹 くまたか……305
熊手市 くまでいち……301
熊の栗棚 くまのくりだな……293
熊の架 くまのたな……293
水母 くらげ……203
海月 くらげ……203
栗棚 くりだな……293
栗名月 くりめいげつ……283
胡桃 くるみ……288
胡桃割る くるみわる……288
暮古月 くれこづき……309
暮新月 くれしづき……21
黒狐 くろぎつね……326
黒熊 くろぐま……325
黒鯛 くろだい……164
黒玉虫 くろたまむし……186
黒鶴 くろづる……312
黒南風 くろはえ……156
くろばえ……156
黒ビール くろビール……194
黒方 くろほう……185
黒牡丹 くろぼたん……131
黒百合 くろゆり……180
薫衣香 くんえこう……185
軍配ほおずき ぐんばいほおずき……142
薫風 くんぷう……127

け

鶏冠 けいかん……255
桂月 けいげつ……215
迎春花 げいしゅんか……63
けいず……164
啓蟄 けいちつ……70
驚蟄 けいちつ……70
鶏頭 けいとう……255
鶏頭花 けいとうか……255
恵風 けいふう……53
激雷 げきらい……182
五形花 げげばな……93
月鈴子 げつれいし……243
けとばし……319
欅枯る けやきかる……324
螻蛄 けら……159
螻蛄鳴く けらなく……246
ゲレンデ……43
喧嘩ねぶた けんかねぶた……217
牽牛花 けんぎゅうか……227
げんげ……93
紫雲英 げんげ……93
翹揺 げんげ……93
紫雲英田 げんげだ……93
玄月 げんげつ……233
弦月 げんげつ……248
げんげ摘む げんげつむ……93
げんげん……93
げんげんばな……93
源五郎鮒 げんごろうぶな……146
玄猪 げんちょ……300
けんちん……317
巻繊汁 けんちんじる……317
元禄雛 げんろくびな……67

こ

鯉幟 こいのぼり……135
こうかの花 こうかのはな……180
香魚 こうぎょ……164
紅槿 こうきん……212
合昏 ごうこん……180
黄沙 こうさ……75
香水蘭 こうすいらん……240
香草 こうそう……240

ごうな……113
ごうな売　ごうなうり……113
小女子　こうなご……111
こうばこ蟹　こうばこがに……328
好文木　こうぶんぼく……63
蝙蝠　こうもり……168
高野豆腐　こうやどうふ……46
高麗鰯　こうらいいわし……84
高麗黍　こうらいきび……261
氷白玉　こおりしらたま……196
凍豆腐　こおりどうふ……46
氷の朔日　こおりのついたち……174
蛬　こおろぎ……244
蜱　こおろぎ……244
蟋蟀　こおろぎ……244
五月人形　ごがつにんぎょう……133
五月の節句　ごがつのせっく……132
黄金草　こがねぐさ……281
金亀子　こがねむし……186
金亀虫　こがねむし……186
黄金虫　こがねむし……186
木枯　こがらし……306
凩　こがらし……306
子鴉　こがらす……161
胡鬼の子　こぎのこ……29
御形　ごぎょう……90
御形蓬　ごぎょうよもぎ……90
穀雨　こくう……120
極月　ごくげつ……309
曲水　ごくすい……68
黒鳥　こくちょう……313
こころてん……195
こころぶと……195
胡沙来る　こさきたる……75
小正月　こしょうがつ……37
小すみれ　こすみれ……92
姑洗　こせん……65
木染月　こそめづき……215
紅染の月　こぞめのつき……215
火燵　こたつ……335
炬燵　こたつ……335
炬燵蒲団　こたつぶとん……335
炬燵櫓　こたつやぐら……335
東風　こち……71
胡蝶花　こちょうか……115
木造始　こづくりはじめ……29
今年酒　ことしざけ……270
琴弾鳥　ことひきどり……80
粉茶立　こなちゃたて……245
五人囃　ごにんばやし……67
海鼠子　このこ……26
木の葉髪　このはがみ……306
木葉木菟　このはずく……170
木の葉の時雨
　このはのしぐれ……307
木の芽月　このめづき……53
海鼠腸　このわた……26
小萩　こはぎ……241
小春　こはる……306
小春空　こはるぞら……306
小春凪　こはるなぎ……306
小春日　こはるび……306
小春日和　こはるびより……306
木筆　こぶし……103
辛夷　こぶし……103
こぶしはじかみ……103
こぼれ萩　こぼれはぎ……241
こま……170
駒鳥　こまどり……170
こまのひざ……289
ごみ鯰　ごみなまず……160
小椋鳥　こむくどり……275
菰粽　こもちまき……135
子安貝　こやすがい……111
濃山吹　こやまぶき……121
今宵の月　こよいのつき……248
御来光　ごらいこう……188
御来迎　ごらいごう……188
小六月　ころくがつ……306
五郎助　ごろすけ……311
衣打つ　ころもうつ……284
衣更う　ころもかう……131
更衣　ころもがえ……131
金剛桜　こんごうざくら……106

紺足袋 こんたび　340

さ

さいたずま　94
豺の祭 さいのまつり　294
さいより　58
さいら　255
洒涙雨 さいるいう　220
囀 さえずり　116
囀る さえずる　116
佐保神 さおがみ　101
早乙女 さおとめ　161
五月女花 さおとめばな　210
早乙女宿 さおとめやど　161
佐保姫 さおひめ　101
盃流 さかずきながし　68
三毬杖 さぎちょう　38
左義長 さぎちょう　38
さき彼岸 さきひがん　77
朔風 さくふう　341
桜 さくら　106
桜魚 さくらうお　58
桜枯る さくらかる　324
桜東風 さくらごち　71
桜すみれ さくらすみれ　92
桜鯛 さくらだい　108
桜月 さくらづき　65
桜月夜 さくらづきよ　106
桜鍋 さくらなべ　319
桜の園 さくらのその　106
桜守 さくらもり　107
石榴 ざくろ　277
安石榴 ざくろ　277
柘榴 ざくろ　277
鮭下風 さけおろし　254
鮭颪 さけおろし　254
狭腰 さごし　83
さごち　83
左近の桜 さこんのさくら　106
笹売 ささうり　221
栄螺 さざえ　112
栄螺子 さざえ　112
拳螺 さざえ　112
笹粽 ささちまき　135
笹巻 ささまき　135
笹百合 ささゆり　180
笹竜胆 ささりんどう　257
山茶花 さざんか　302
座敷幟 ざしきのぼり　134
刺羽 さしば　305
杜鵑花 さつき　151
皐月 さつき　129
五月雨 さつきあめ　155
皐月雨 さつきあめ　155
五月乙女 さつきおとめ　161
五月鯉 さつきごい　135
五月玉 さつきだま　136
五月躑躅 さつきつつじ　151
皐月躑躅 さつきつつじ　151
五月幟 さつきのぼり　134
皐月幟 さつきのぼり　134
五月女 さつきめ　161
五月闇 さつきやみ　156
甘藷 さつまいも　286
薩摩藷 さつまいも　286
里桜 さとざくら　106
小苗月 さなえづき　129
早苗月 さなえづき　129
早苗饗 さなぶり　162
さなぼり　162
早女房 さにょうぼう　161
実盛送り さねもりおくり　213
実盛祭 さねもりまつり　213
さのぼり　162
茶梅 さばい　302
早花咲月 さばなさきづき　65
仙人掌 さぼてん　209
覇王樹 さぼてん　209
仙人掌の花 さぼてんのはな　209
さみだるる　155
五月雨 さみだれ　155
五月雨傘 さみだれがさ　155
五月雨雲 さみだれぐも　155
五月雨月 さみだれづき　129

早緑月 さみどりづき …… 21
莢隠元 さやいんげん …… 262
早百合 さゆり …… 180
小夜砧 さよきぬた …… 284
小夜時雨 さよしぐれ …… 307
小夜橋 さよはし …… 219
水針魚 さより …… 58
竹魚 さより …… 58
針嘴 さより …… 58
細魚 さより …… 58
鱵 さより …… 58
更紗木蓮 さらさもくれん …… 103
さらの花 さらのはな …… 211
ざりがに …… 163
蝲蛄 ざりがに …… 163
百日紅 さるすべり …… 211
猿滑 さるなめり …… 211
沢胡桃 さわぐるみ …… 288
馬鮫魚 さわら …… 83
鰆 さわら …… 83
鰆東風 さわらごち …… 71
三月節句 さんがつせっく …… 67
三寒 さんかん …… 39
三寒四温 さんかんしおん …… 39
三九日 さんくにち …… 280
三光鳥 さんこうちょう …… 172
三五の月 さんごのつき …… 248
山市 さんし …… 121
三色菫 さんしきすみれ …… 115
山椒の芽 さんしょうのめ …… 81
三人使丁 さんにんしちょう …… 67
三の酉 さんのとり …… 301
三伏 さんぷく …… 200
三宝鳥 さんぼうちょう …… 170
三馬 さんま …… 255
秋刀魚 さんま …… 255
三昧花 さんまいばな …… 254

し

椎茸 しいたけ …… 270
塩温石 しおおんじゃく …… 337
塩辛蜻蛉 しおからとんぼ …… 252
塩鮭 しおざけ …… 332
塩じゃけ しおじゃけ …… 332
汐干 しおひ …… 109
汐干貝 しおひがい …… 109
汐干籠 しおひかご …… 109
汐干潟 しおひがた …… 109
汐干狩 しおひがり …… 109
塩引 しおびき …… 332
汐干船 しおひぶね …… 109
望潮 しおまねき …… 112
潮見草 しおみぐさ …… 141
四温 しおん …… 39
四温日和 しおんびより …… 39
仕掛花火 しかけはなび …… 207
四月馬鹿 しがつばか …… 100
鹿妻草 しかつまぐさ …… 241
鹿鳴草 しかなきぐさ …… 241
敷蒲団 しきぶとん …… 338
敷松葉 しきまつば …… 343
鴫焼 しぎやき …… 205
時雨 しぐれ …… 307
時雨傘 しぐれがさ …… 307
時雨雲 しぐれぐも …… 307
時雨月 しぐれづき …… 265
四国巡り しこくめぐり …… 100
梔子 しし …… 153
鹿威し ししおどし …… 273
猪鍋 ししなべ …… 320
蜆 しじみ …… 72
蜆売 しじみうり …… 72
蜆貝 しじみがい …… 72
蜆掻 しじみかき …… 72
蜆取 しじみとり …… 72
蜆舟 しじみぶね …… 72
蜆掘 しじみほり …… 72
柳葉魚 ししゃも …… 331
刺繍花 ししゅうばな …… 153
時正 じしょう …… 78
賤鳥 しずどり …… 169
紫蘇 しそ …… 161
紫蘇の葉 しそのは …… 161
歯朶 しだ …… 27

歯朶飾る しだかざる……27
したまがり……254
枝垂梅 しだれうめ……63
枝垂柳 しだれやなぎ……104
七五三 しちごさん……302
七変化 しちへんげ……153
磁枕 じちん……172
幣辛夷 しでこぶし……103
しね……271
自然薯 じねんじょ……286
自然生 じねんじょう……286
芝居正月 しばいしょうがつ……299
しび……328
紫薇 しび……211
慈悲心鳥 じひしんちょう……171
死人花 しびとばな……254
渋団扇 しぶうちわ……184
之布木 しぶのき……154
終い彼岸 しまいひがん……77
しまき……42
しまき雲 しまきぐも……42
島四国 しましこく……100
白魚 しみ……204
衣魚 しみ……204
紙魚 しみ……204
蠹 しみ……204
蠹魚 しみ……204
凍豆腐造る しみどうふつくる……46
七五三祝 しめいわい……302
しめじ……269
占地 しめじ……269
湿地茸 しめじ……269
紫木蓮 しもくれん……103
霜月 しもつき……297
霜降月 しもふりづき……297
霜見草 しもみぐさ……281
社燕 しゃえん……78
社翁の雨 しゃおうのあめ……78
馬鈴薯 じゃがいも……285
じゃがたらいも……285
しゃぐまさいこ……114
芍薬 しゃくやく……138
蝦蛄 しゃこ……143
じゃこ……111
社日 しゃじつ……78
社日 しゃにち……78
社日様 しゃにちさま……78
社日詣 しゃにちもうで……78
三味線草 しゃみせんぐさ……94
沙羅の花 しゃらのはな……211
十一 じゅういち……171
秋海棠 しゅうかいどう……257
絨花樹 じゅうかじゅ……180
十五日正月 じゅうごにちしょうがつ……37
十五夜 じゅうごや……248
十三夜 じゅうさんや……283
十七夜 じゅうしちや……249
秋夕 しゅうせき……268
終雪 しゅうせつ……76
秋千 しゅうせん……119
鞦韆 しゅうせん……119
十八夜の月 じゅうはちやのつき……250
臭皮頭 しゅうひとう……210
十薬 じゅうやく……154
淑気 しゅくき……23
守歳 しゅさい……348
数珠子 じゅずこ……106
酒中花 しゅちゅうか……199
手套 しゅとう……340
手炉 しゅろ……336
春嬉 しゅんき……88
春興 しゅんきょう……88
春暁 しゅんぎょう……104
春社 しゅんしゃ……78
春睡 しゅんすい……119
春分 しゅんぶん……78
春眠 しゅんみん……119
春遊 しゅんゆう……88
春蘭 しゅんらん……95
春霖 しゅんりん……80
正月屋 しょうがつや……323

生姜湯 しょうがゆ……323
小寒 しょうかん……31
猩々蜻蛉 しょうじょうとんぼ……252
猩々木 しょうじょうぼく……344
樟脳舟 しょうのうぶね……198
しょうび……140
菖蒲 しょうぶ……132
菖蒲挿す しょうぶさす……133
菖蒲の節句 しょうぶのせっく……132
菖蒲葺く しょうぶふく……133
小満 しょうまん……137
精霊送火 しょうりょうおくりび……225
聖霊花 しょうりょうばな……224
松露 しょうろ……118
松露掻く しょうろかく……118
松露掘る しょうろほる……118
諸葛菜 しょかつさい……118
続命縷 しょくめいる……136
塩汁 しょっつる……317
しょっつる鍋 しょっつるなべ……317
除日 じょにち……347
初伏 しょふく……200
女郎花 じょろうか……239
書を曝す しょをさらす……204
王餘魚 しらうお……57
白魚 しらうお……57
銀魚 しらうお……57
白梅 しらうめ……63
しらお……57
鱠残魚 しらお……57
白魚汲む しらおくむ……57
白魚汁 しらおじる……57
白魚捕 しらおとり……57
白魚火 しらおび……57
白魚舟 しらおぶね……57
白菊 しらぎく……281
白玉 しらたま……196
不知火 しらぬい……230
白南風 しらはえ……157
しらばえ……157
白萩 しらはぎ……241
白桃 しらもも……102
汁粉 しるこ……323
汁粉屋 しるこや……323
験の杉 しるしのすぎ……55
白団扇 しろうちわ……184
越瓜漬 しろうりづけ……193
白帷子 しろかたびら……189
白狐 しろぎつね……326
白熊 しろくま……325
城下鰈 しろしたがれい……145
白足袋 しろたび……340
白椿 しろつばき……85
白南天 しろなんてん……47
しろばえ……157
白芙蓉 しろふよう……228
白木槿 しろむくげ……227
白山吹 しろやまぶき……121
師走 しわす……309
蜃気楼 しんきろう……121
沈香 じんこう……102
人日 じんじつ……33
新酒 しんしゅ……270
新酒糟 しんしゅかす……270
人勝節 じんしょうせつ……33
神水 しんすい……136
新沢庵 しんたくあん……304
沈丁花 じんちょうげ……102
心太 しんてん……195
親王雛 しんのうびな……67
じんべ……190
甚平 じんぺい……190
甚兵衛 じんべえ……190
迅雷 じんらい……182
蜃楼 しんろう……121

す

西瓜 すいか……229
芋茎 ずいき……251
瑞香 ずいこう……102

水仙 すいせん……49
水仙花 すいせんか……49
水中花 すいちゅうか……199
すいっちょ……243
すいと……243
酔芙蓉 すいふよう……228
末摘花 すえつむはな……154
酢牡蠣 すがき……333
姿見の鯛 すがたみのたい……108
菅貫 すがぬき……174
スキー……43
スキー場 スキーじょう……43
スキー帽 スキーぼう……43
スキーヤー……43
鋤焼 すきやき……319
スキー宿 スキーやど……43
スキー列車 スキーれっしゃ……43
木菟 ずく……311
末黒 すぐろ……59
末黒野 すぐろの……59
硃砂根 すさこん……47
すじ蒔 すじまき……123
芒 すすき……237
薄 すすき……237
芒原 すすきはら……237
すずしろ……303
須々代 すずしろ……34
蘿蔔 すずしろ……34
すずな……316
菘 すずな……35
菁 すずな……35
鈴菜 すずな……35
涼床 すずみどこ……183
納涼床 すずみゆか……183
鈴虫 すずむし……243
雀魚 すずめうお……58
雀大水に入り蛤となる すずめうみにいりはまぐりとなる……267
雀隠れ すずめがくれ……127
雀化して蛤となる すずめかしてはまぐりとなる……267
雀の田子 すずめのたご……294
雀蛤となる すずめはまぐりとなる……267
鈴蘭 すずらん……155
すだく……242
捨案山子 すてかがし……272
捨子花 すてごばな……254
すててこ……190
捨雛 すてびな……69
ストーブ……334
すまる……44
紫花地丁 すみれ……92
菫 すみれ……92
菫草 すみれぐさ……92
菫摘む すみれつむ……92
菫野 すみれの……92
すめらみぐさ……271
角力 すもう……225
角觝 すもう……225
相撲 すもう……225
相撲草 すもうぐさ……92
相撲取草 すもうとりぐさ……92
相撲花 すもうばな……92
ずわい蟹 ずわいがに……328
坐雛 すわりびな……67
スワン……313

せ

星河 せいが……218
せいこ蟹 せいこがに……328
青磁枕 せいじちん……172
歳暮 せいぼ……345
歳暮祝 せいぼいわい……345
歳暮返し せいぼがえし……345
歳暮の礼 せいぼのれい……345
清明 せいめい……99
清明節 せいめいせつ……99
西洋あやめ せいようあやめ……152
青竜梅 せいりゅうばい……63
清和 せいわ……127
清和月 せいわづき……97
ぜがいそう……114
施餓鬼 せがき……223

施餓鬼会 せがきえ……223
施餓鬼棚 せがきだな……223
施餓鬼壇 せがきだん……223
施餓鬼寺 せがきでら……223
施餓鬼幡 せがきばた……223
施餓鬼舟 せがきぶね……223
節季候 せきぞろ……345
施食会 せじきえ……223
瀬田蜆 せたしじみ……72
節米 せちごめ……25
節分 せちぶ……50
節料米 せちりょうまい……25
節料物 せちりょうもの……25
節替り せつがわり……50
せっきぞろ……345
石鏡 せっきょう……203
摂待水 せったいみず……207
雪中花 せっちゅうか……49
節分 せつぶん……50
施火 せび……225
蟬の殻 せみのから……202
蟬の脱け殻 せみのぬけがら……202
蟬の羽月 せみのはづき……149
蟬の蛻 せみのもぬけ……202
芹薺 せりなずな……34
セルリ……316
セロリ……316
善根宿 ぜんこんやど……100
染指草 せんしそう……228
洗車雨 せんしゃう……220
千秋楽 せんしゅうらく……295
千筋蟬菜 せんすじせみな……117
せんぶき……86
千本分葱 せんぼんわけぎ……86
狗背 ぜんまい……92
紫萁 ぜんまい……92
薇 ぜんまい……92
千両 せんりょう……46
仙蓼 せんりょう……46

そ

添寝籠 そいねかご……192
霜降 そうこう……283
霜降の節 そうこうのせつ……283
添水 そうず……273
僧都 そうず……273
雑炊 ぞうすい……314
そうとめ……161
草萩 そうばき……224
薔薇 そうび……140
袖黒鶴 そでぐろづる……312
袖無 そでなし……339
初手彼岸 そてひがん……77
外幟 そとのぼり……134
素風 そふう……268
染井吉野 そめいよしの……106
染帷子 そめかたびら……189
蚕豆 そらまめ……138
逸れ羽子 そればね……29

た

大学諸 だいがくいも……320
大寒 だいかん……49
だいこ……303
大根市 だいこいち……303
太鼓焼 たいこやき……321
大根 だいこん……303
蘿蔔 だいこん……303
大根売 だいこんうり……303
大根漬ける だいこんつける……304
大根畑 だいこんばたけ……303
泰山木 たいさんぼく……139
大戔木の花 たいさんぼくのはな……139
泰山木の花 たいさんぼくのはな……139
泰山木蓮 たいさんもくれん……139
代々 だいだい……291
橙 だいだい……291
代々飾る だいだいかざる……27
橙飾る だいだいかざる……27
大文字 だいもんじ……225
大文字の火 だいもんじのひ……225
内裏雛 だいりびな……67

大呂 たいりょ 309
田植仕舞 たうえじまい 162
田打蟹 たうちがに 112
田打桜 たうちざくら 103
田長鳥 たおさどり 169
鷹 たか 305
高砂飯蛸 たかさごいいだこ 85
簟 たかむしろ 191
宝貝 たからがい 111
鷹渡る たかわたる 305
滝 たき 188
瀑 たき 188
滝浴び たきあび 188
抱籠 だきかご 192
滝涼し たきすずし 188
滝壺 たきつぼ 188
滝の音 たきのおと 188
滝道 たきみち 188
沢庵漬 たくあんづけ 304
たぐさ月 たぐさづき 129
竹床几 たけしょうぎ 191
筍梅雨 たけのこづゆ 167
筍黴雨 たけのこづゆ 167
筍流し たけのこながし 167
竹枕 たけまくら 172
章魚 たこ 146
蛸 たこ 146
鮹 たこ 146
蛸壺 たこつぼ 146
だし 158
田鶴 たず 312
橘月 たちばなづき 129
橘の花 たちばなのはな 152
立氷 たちひ 44
立雛 たちびな 67
立待 たちまち 249
立待月 たちまちづき 249
獺祭 だっさい 61
獺祭魚 だっさいぎょ 61
竜田姫 たつたひめ 290
立琴 たてごと 220
たな 93
七夕 たなばた 218
棚機 たなばた 218
七夕送り たなばたおくり 218
七夕笹 たなばたざさ 218
七夕竹 たなばただけ 218
七夕竹売 たなばただけうり 221
棚機月 たなばたづき 177
七夕祭 たなばたまつり 218
谷朧 たにおぼろ 105
田螺 たにし 72
田螺売 たにしうり 72
田螺取 たにしとり 72
田螺鳴く たにしなく 72
狸 たぬき 326
種おろす たねおろす 123
種蒔 たねまき 123
種蒔桜 たねまきざくら 123
種祭 たねまつり 122
田の神の腰掛 たのかみのこしかけ 122
田の実 たのみ 271
足袋 たび 340
足袋洗う たびあらう 340
足袋干す たびほす 340
たびら雪 たびらゆき 69
玉栗 たまぐり 43
玉椿 たまつばき 85
瓊花 たまばな 153
玉振振 たまぶりぶり 30
玉見草 たまみぐさ 241
玉虫 たまむし 186・294
金花虫 たまむし 186
玉割 たまわり 43
田虫送り たむしおくり 213
雷魚 たら 329
鱈 たら 329
鱈子 たらこ 329
鱈汁 たらじる 329
鱈ちり たらちり 329
鱈船 たらぶね 329
ダリア 210
ダリヤ 210

垂氷 たるひ……44
太郎月 たろうづき……21
俵子 たわらご……26・332
端月 たんげつ……21
端午 たんご……132
団子正月 だんごしょうがつ……39
端午の節句 たんごのせっく……132
短冊竹売 たんざくだけうり……221
丹頂 たんちょう……312
断腸花 だんちょうか……257
たんぽ……93
湯婆 たんぽ……337
蒲公英 たんぽぽ……93
蒲公英の絮 たんぽぽのわた……93
暖炉 だんろ……334

ち

ちか……58
茅萱の花 ちがやのはな……95
竹秋 ちくしゅう……65
竹奴 ちくど……192
竹夫人 ちくふじん……192
竹婦人 ちくふじん……192
千島狐 ちしまぎつね……326
父乞虫 ちちこうむし……247
ちちろ虫 ちちろむし……244
千歳飴 ちとせあめ……302
血止草 ちどめそう……229
ちぬ……164
ちぬ釣 ちぬつり……164
茅の輪 ちのわ……174
ちばな……95
茅巻 ちまき……135
粽 ちまき……135
粽解く ちまきとく……135
粽結う ちまきゆう……135
茶立虫 ちゃたてむし……245
茶柱虫 ちゃたてむし……245
茶摘 ちゃつみ……124
茶摘唄 ちゃつみうた……124
茶摘籠 ちゃつみかご……124
茶摘笠 ちゃつみがさ……124
茶摘時 ちゃつみどき……124
茶摘女 ちゃつみめ……124
茶の試み ちゃのこころみ……125
茶山 ちゃやま……124
ちゃんちゃんこ……339
地楡 ちゆ……258
中元 ちゅうげん……222
中元贈答 ちゅうげんぞうとう……222
中日 ちゅうにち……78
沢鵟 ちゅうひ……305
中伏 ちゅうふく……200
重九 ちょうく……280
長元坊 ちょうげんぼう……305
重五 ちょうご……132
丁子 ちょうじ……102
ちょうじぐさ……102
丁字桜 ちょうじざくら……106
長十郎 ちょうじゅうろう……262
提燈花 ちょうちんばな……163
手斧始 ちょうなはじめ……29
釿始 ちょうなはじめ……29
長命縷 ちょうめいる……136
重陽 ちょうよう……200
重陽の宴 ちょうようのえん……280
千代見草 ちよみぐさ……281
散椿 ちりつばき……85
ちんちん……164
ちんちんかいず……164

つ

衝立 ついたて……333
追儺 ついな……51
つき……276
つきくさ……229
月草 つきくさ……259
鴨跖草 つきくさ……259
月今宵 つきこよい……248
月涼し つきすずし……181
月の霜 つきのしも……181
月の舟 つきのふね……248
月の弓 つきのゆみ……248
月輪熊 つきのわぐま……325

月見草 つきみぐさ 179
月見ず月 つきみずづき 129
月見草 つきみそう 179
月見月 つきみづき 215
土筆 つくし 90
土筆和 つくしあえ 90
土筆摘む つくしつむ 90
土筆野 つくしの 90
土筆飯 つくしめし 90
つくしんぼ 90
つくづくし 90
衝羽根 つくばね 29
作り滝 つくりだき 188
漬瓜 つけうり 193
辻が花 つじがはな 189
土現る つちあらわる 81
つちかぜ 75
土乾く つちかわく 81
つちぐもり 75
土恋し つちこいし 81
土大根 つちだいこ 303
土匂う つちにおう 81
土の春 つちのはる 81
つちふる 75
霾 つちふる 75
つちぼこり 75
鼓草 つづみぐさ 93
つづれさせ 244
山茶 つばき 85
海石榴 つばき 85
椿 つばき 85
つばくろ魚 つばくろうお 144
茅花 つばな 95
針茅 つばな 95
茅花野 つばなの 95
つばめ魚 つばめうお 144
燕去月 つばめさりづき 215
壺すみれ つぼすみれ 92
壺焼藷 つぼやきいも 320
つまぐれ 228
つまくれない 228
つまべに 228
雀鷂 つみ 305
梅雨かいず つゆかいず 164
露草 つゆくさ 259
露隠月 つゆごもりづき 297
露隠葉月 つゆごもりのはづき 297
梅雨鯰 つゆなまず 160
梅雨闇 つゆやみ 156
強東風 つよごち 71
つらつら椿 つらつらつばき 85
面見世 つらみせ 299
氷柱 つらら 44
釣鐘草 つりがねそう 163
鶴 つる 312
蔓竜胆 つるりんどう 257

て

手焙 てあぶり 336
てっちり 318
鉄砲百合 てっぽうゆり 180
手始 てはじめ 124
手袋 てぶくろ 340
手毬花 てまりばな 153
照鷽 てりうそ 80
天蓋花 てんがいばな 210・254
田楽 でんがく 82
田楽刺 でんがくざし 82
田楽豆腐 でんがくどうふ 82
田楽焼 でんがくやき 82
天瓜粉 てんかふん 206
天花粉 てんかふん 206
天漢 てんかん 218
電気行火 でんきあんか 335
天竺葵 てんじくあおい 210
天竺牡丹 てんじくぼたん 210
天道虫 てんとうむし 185
瓢虫 てんとうむし 185
てんとむし 185
てんぽ蟹 てんぽがに 112
天狼 てんろう 45

と

杜宇 とう 169

鵈 とう……276
擣衣 とうい……284
燈火親し とうかしたし……236
燈火親しむ とうかしたしむ……236
桃花鳥 とうかちょう……276
燈下の秋 とうかのあき……236
桃花の節句 とうかのせっく……67
唐黍 とうきび……261
唐豇 とうささげ……262
冬至風呂 とうじぶろ……344
冬至湯 とうじゆ……344
燈芯草 とうしんそう……165
踏青 とうせい……89
踏草 とうそう……89
満天星躑躅 どうだんつつじ……126
満天星の花 どうだんのはな……126
陶枕 とうちん……172
唐茄子 とうなす……229
豆腐凍らす とうふこおらす……46
籐筵 とうむしろ……191
玉蜀黍 とうもろこし……261
遠案山子 とおかがし……272
十日夜 とおかんや……301
遠砧 とおきぬた……284
遠柳 とおやなぎ……104
朱鷺 とき……276
鴇 とき……276
常磐木の落葉 ときわぎのおちば……137
常磐木蓮 ときわもくれん……139
木賊 とくさ……276
砥草 とくさ……276
蕺菜 どくだみ……154
蕺菜の花 どくだみのはな……154
杜鵑 とけん……169
兎鼓 とこ……273
常夏月 とこなつづき……149
常世花 とこよばな……152
心太 ところてん……195
年移る としうつる……347
年送る としおくる……348
年木売 としきうり……346
年木樵 としきこり……346
年木積む としきつむ……346
年越 としこし……347
年越す としこす……347
年玉 としだま……23
年取米 としとりまい……25
年の米 としのこめ……25
年の渡 としのわたり……219
年端月 としはづき……21
年守る としまもる……348
年守る としもる……348
屠蘇 とそ……24
屠蘇祝う とそいわう……24
屠蘇延命散 とそえんめいさん……24
屠蘇酒 とそざけ……24
屠蘇散 とそさん……24
とっくりほおずき……142
どて焼 どてやき……333
褞袍 どてら……339
とど……256
留鳥 とどめどり……62
飛魚 とびうお……144
飛梅 とびうめ……60
鳥総松 とぶさまつ……35
富草 とみくさ……271
富正月 とみしょうがつ……23
巴焼 ともえやき……321
土用 どよう……203
土用明 どようあけ……203
土用入 どようい り……203
土用丑の日の鰻 どようしのひのうなぎ……205
土用鰻 どよううなぎ……205
土用灸 どようきゅう……206
土用三郎 どようさぶろう……203
土用次郎 どようじろう……203
土用太郎 どようたろう……203
土用中 どようなか……203
土用干 どようぼし……204
土用艾 どようもぐさ……206
虎が雨 とらがあめ……173

虎が涙 とらがなみだ……173
虎が涙雨 とらがなみだあめ……173
虎鶫 とらつぐみ……171
トランプ……30
鳥居形の火 とりいがたのひ……225
鳥威し とりおどし……273
鳥驚し とりおどろかし……273
鳥風 とりかぜ……77
鳥兜 とりかぶと……258
鳥頭 とりかぶと……258
鳥雲 とりぐも……77
鳥曇 とりぐもり……77
鳥囀る とりさえずる……116
鶏すき とりすき……319
酉の市 とりのいち……301
酉のまち とりのまち……301
とんど……38
どんど……38
どんど正月 どんどしょうがつ……38
どんどん焼き どんどんやき……38
とんぶり……280
蜻蛉 とんぼ……252
とんぼう……252
とんぼ魚 とんぼうお……144
蜻蛉釣 とんぼつり……252

な

苗尺 なえじゃく……122
苗じるし なえじるし……122
苗棒 なえぼう……122
長いわし ながいわし……58
永き日 ながきひ……99
ながし南風 ながしはえ……156
流し雛 ながしびな……69
長田螺 ながたにし……72
長月 ながつき……233
長火鉢 ながひばち……336
流れ海苔 ながれのり……61
流れ星 ながれぼし……226
長刀ほおずき なぎなたほおずき……142
名草枯る なぐさかる……324
鳴く虫 なくむし……242
夏越 なごし……174
夏越の祓 なごしのはらえ……174
なごや……113
名残の月 なごりのつき……283
名残の雪 なごりのゆき……76
梨 なし……262
薺 なずな……34
薺粥 なずながゆ……34
薺摘む なずなつむ……34
薺の花 なずなのはな……94
茄子の鴫焼 なすのしぎやき……205
茄子田楽 なすびでんがく……205
菜種梅雨 なたねづゆ……117
夏海 なつうみ……202
夏洋傘 なつこうもり……185
夏椿 なつつばき……211
夏の海 なつのうみ……202
夏の霜 なつのしも……181
夏の月 なつのつき……181
夏の波 なつのなみ……202
夏の宵 なつのよい……181
夏暖簾 なつのれん……173
夏初月 なつはづき……97
夏祓 なつはらえ……174
夏闇 なつやみ……156
夏雪草 なつゆきぐさ……141
撫子 なでしこ……238
瞿麦 なでしこ……238
撫物 なでもの……174
名取草 なとりぐさ……131
ななかまど……291
七竈 ななかまど……291
野槐 ななかまど……291
ななかまどの実 ななかまどのみ……291
七草 ななくさ……34
七種 ななくさ……34
七種粥 ななくさがゆ……34
七日正月 なぬかしょうがつ……33
七日 なのか……33

七日粥 なのかがゆ …… 34
七日だし なのかだし …… 158
七日の節句 なのかのせっく …… 33
名の木枯る なのきかる …… 324
名の草枯る なのくさかる …… 324
鍋鶴 なべづる …… 312
鍋焼饂飩 なべやきうどん …… 322
生子 なまこ …… 332
沙蒜 なまこ …… 332
奈麻古 なまこ …… 332
海蛆 なまこ …… 332
海鼠 なまこ …… 332
海鼠突 なまこつき …… 332
海鼠舟 なまこぶね …… 332
鯰 なまず …… 160
鯰鍋 なまずなべ …… 160
生ビール なまビール …… 194
泪の時雨 なみだのしぐれ …… 307
波の花 なみのはな …… 328
波の華 なみのはな …… 328
なやらい …… 51
名吉 なよし …… 256
ならい …… 342
鳴神 なるかみ …… 182
鳴神月 なるかみづき …… 149
鳴子 なるこ …… 272
鳴子縄 なるこなわ …… 272
鳴子引 なるこひき …… 272
鳴子守 なるこもり …… 272
鳴竿 なるさお …… 272
苗代祭 なわしろまつり …… 122
南京 なんきん …… 229
南京ほおずき なんきんほおずき …… 142
南天の実 なんてんのみ …… 47
なんばん …… 261
南蛮煙管 なんばんぎせる …… 240
南蛮黍 なんばんきび …… 261
南風 なんぷう …… 166

に

新盆 にいぼん …… 223
にお …… 312
匂草 においぐさ …… 63
匂鳥 においどり …… 62
におどり …… 312
にぎめ …… 64
虹 にじ …… 182
蜺 にじ …… 182
二十世紀 にじっせいき …… 262
虹の帯 にじのおび …… 182
虹の橋 にじのはし …… 182
虹の輪 にじのわ …… 182
青魚 にしん …… 84
春告魚 にしん …… 84
黄魚 にしん …… 84
鯡 にしん …… 84
鰊 にしん …… 84
鰊群来 にしんくき …… 84
鰊曇 にしんぐもり …… 84
鰊空 にしんぞら …… 84
にだ …… 73
日輪草 にちりんそう …… 210
蜷 にな …… 73
蜷の道 になのみち …… 73
二の酉 にのとり …… 301
二百三十日 にひゃくさんじゅうにち …… 230
二百十日 にひゃくとおか …… 235
二百二十日 にひゃくはつか …… 236
日本梨 にほんなし …… 262
韮 にら …… 87
韮雑炊 にらぞうすい …… 314
庭朧 にわおぼろ …… 105
庭桜 にわざくら …… 106
庭の立琴 にわのたてこと …… 220
人参 にんじん …… 315
胡蘿蔔 にんじん …… 315

ぬ

鵺 ぬえ …… 171
ぬえつぐみ …… 171
勒犬 ぬくてえ …… 327

ね

葱 ねぎ……314
葱畑 ねぎばたけ……314
猫 ねこ……335
ねこぐさ……114
猫じゃらし ねこじゃらし……259
猫火鉢 ねこひばち……335
根無草 ねなしぐさ……229
涅槃西風 ねはんにし……74
涅槃吹 ねはんぶき……74
涅槃雪 ねはんゆき……76
寝冷知らず ねびえしらず……191
根深 ねぶか……314
根深汁 ねぶかじる……314
ねぶた……217
佞武多 ねぶた……217
ねぷた……217
ねぶの花 ねぶのはな……180
寝待 ねまち……250
寝待月 ねまちづき……250
寝待の月 ねまちのつき……250
ねむた流し ねむたながし……217
合歓の条花 ねむのすじばな……180
合歓の花 ねむのはな……180
ねむり木 ねむりぎ……180
眠流し ねむりながし……217
眠る山 ねむるやま……324
年魚 ねんぎょ……164

の

野遊 のあそび……89
野がけ のがけ……89
軒あやめ のきあやめ……132
野菊 のぎく……89
軒菖蒲 のきしょうぶ……133
野路すみれ のじすみれ……92
野春菊 のしゅんぎく……122
鵟 のすり……305
後の月 のちのつき……283
乗込鯛 のっこみだい……108
野萩 のはぎ……241
幟 のぼり……134
幟飾る のぼりかざる……134
幟杭 のぼりくい……134
幟竿 のぼりざお……134
海苔 のり……61
紫菜 のり……61
海苔砧 のりきぬた……61
海苔簀 のりす……61
海苔粗朶 のりそだ……61
海苔篊 のりひび……61
海苔干す のりほす……61
糊浴衣 のりゆかた……189

は

梅園 ばいえん……63
敗荷 はいか……288
貝子 ばいし……111
敗醬 はいしょう……239
鷂 はいたか……305
霾天 ばいてん……75
ハイビスカス……212
霾風 ばいふう……75
梅林 ばいりん……63
はえ……167
南風 はえ……167
南東風 はえごち……167
南西風 はえにし……167
歯固 はがため……25
歯固の餅 はがためのもち……25
萩 はぎ……241
萩の戸 はぎのと……241
萩の花 はぎのはな……241
萩見 はぎみ……241
白菜 はくさい……315
白菜漬 はくさいづけ……315
白磁枕 はくじちん……172
麦秋 ばくしゅう……147
曝書 ばくしょ……204
白菖 はくしょう……132
白鳥 はくちょう……313
白頭翁 はくとうおう……114・275
瀑布 ばくふ……188

白牡丹　はくぼたん……131
白木蓮　はくもくれん……103
怕痒樹　はくようじゅ……211
はくり……95
曝涼　ばくりょう……204
はくれん……103
白蓮木　はくれんぼく……139
白露　はくろ……235
白露の節　はくろのせつ……235
はげ……144
羽子板星　はごいたぼし……44
箱庭　はこにわ……198
箱火鉢　はこひばち……336
はじき豆　はじきまめ……138
蓮　はす……209
蓮池　はすいけ……209
蓮の花　はすのはな……209
蓮見　はすみ……209
蓮見舟　はすみぶね……209
はたたがみ……182
雷魚　はたはた……329
鰰　はたはた……329
鱩　はたはた……329
はだら……76
斑雪嶺　はだらね……76
斑雪　はだれ……76
斑雪野　はだれの……76
斑雪山　はだれやま……76
はだれ雪　はだれゆき……76
八月大名
はちがつだいみょう……230
八十八夜　はちじゅうはちや……124
八丈宝貝
はちじょうたからがい……111
はちす……209
はちまん草　はちまんそう……229
初午　はつうま……55
初午詣　はつうまもうで……55
廿日亥中　はつかいなか……251
廿日草　はつかぐさ……131
二十日正月
はつかしょうがつ……39
二十日団子　はつかだんご……39
初松魚　はつがつお……142
初鰹　はつがつお……142
二十日月　はつかづき……251
二十日の月　はつかのつき……251
初神鳴　はつかみなり……70
初蚊帳　はつがや……165
初雁　はつかり……252
葉月　はづき……215
初菊　はつぎく……281
葉月潮　はづきじお……247
はっこう……75
八講の荒れ　はっこうのあれ……75
初秋刀魚　はつさんま……255
初潮　はつしお……247
八升芋　はっしょういも……285
初節句　はつぜっく……132
八仙花　はっせんか……153
初空月　はつぞらづき……21
ばった……273
ばったんこ……273
初蝶　はつちょう……79
八丁潜り　はっちょうむぐり……312
初名草　はつなぐさ……63
初薺　はつなずな……34
初虹　はつにじ……101
初鰊　はつにしん……84
初音　はつね……62
初幟　はつのぼり……134
初萩　はつはぎ……241
初雛　はつびな……67
初盆　はつぼん……223
初見草　はつみぐさ……141・241・281
初浴衣　はつゆかた……189
はつゆり……59
初雷　はつらい……70
初蕨　はつわらび……91
果ての月　はてのつき……309
花　はな……106
花馬酔木　はなあしび……122
花筏　はないかだ……108
はないちげ……115

花卯木　はなうつぎ……141
花仰木　はなうつぎ……141
花がるた　はながるた……30
花梔子　はなくちなし……153
花茣蓙　はなござ……184・191
花咲月　はなさきづき……65
花正月　はなしょうがつ……37
花芒　はなすすき……237
花菫　はなすみれ……92
花大根　はなだいこん……118
花橘　はなたちばな……152
花椿　はなつばき……85
花薺　はななずな……94
花盗人　はなぬすびと……107
花合歓　はなねむ……180
花の兄　はなのあに……63
花のあるじ　はなのあるじ……107
花の内　はなのうち……39
花の弟　はなのおとうと……281
花残月　はなのこりづき……97
花の宰相　はなのさいしょう……138
花の主　はなのぬし……107
花火　はなび……207
鼻ひり　はなひり……338
花芙蓉　はなふよう……228
花水木　はなみずき……139
花見鯛　はなみだい……108
花見月　はなみづき……65
花見鳥　はなみどり……62
花木槿　はなむくげ……227
花筵　はなむしろ……184
花守　はなもり……107
馬肉鍋　ばにくなべ……319
葉葱　はねぎ……314
羽子つき　はねつき……29
羽子つく　はねつく……29
跳人　はねと……217
羽蒲団　はねぶとん……338
母喰鳥　ははくいどり……311
母子草　ははこぐさ……90
柞紅葉　ははそもみじ……292
幅海苔　はばのり……61
葉牡丹　はぼたん……48
浜栗　はまぐり……109
蛤　はまぐり……109
蛤鍋　はまなべ……109
はまれんげ……229
鱧　はも……197
鱧の皮　はものかわ……197
鱧の骨切り　はものほねきり……197
隼　はやぶさ……305
葉山吹　はやまぶき……121
薔薇　ばら……140
腹当　はらあて……191
祓　はらえ……174
薔薇園　ばらえん……140
薔薇香る　ばらかおる……140
腹掛　はらがけ……191
薔薇切る　ばらきる……140
薔薇散る　ばらちる……140
針魚　はりお……58
春曙　はるあけぼの……104
春遊　はるあそび……89
春一　はるいち……57
春一番　はるいちばん……57
春惜月　はるおしみづき……65
春三月　はるさんがつ……65
春三番　はるさんばん……57
春愉し　はるたのし……88
春告草　はるつげぐさ……63
春告鳥　はるつげどり……62
報春鳥　はるつげどり……62
春二番　はるにばん……57
春眠し　はるねむし……119
春の暁　はるのあかつき……104
春の曙　はるのあけぼの……104
春の興　はるのきょう……88
春の土　はるのつち……81
春の長雨　はるのながあめ……80
春の虹　はるのにじ……101
春の眠り　はるのねむり……119
春待月　はるまちづき……309
春四番　はるよんばん……57
春霖雨　はるりんう……80

ばれいしょ……285
半夏 はんげ……179
半夏雨 はんげあめ……179
半夏生 はんげしょう……179
半月 はんげつ……248
パンジー……115
盤渉調 ばんしきちょう……308
半仙戯 はんせんぎ……119
晩冬 ばんとう……309
万緑 ばんりょく……172

ひ

ビアガーデン……194
ビアホール……194
ひいな……67
柊売 ひいらぎうり……51
柊落葉 ひいらぎおちば……137
柊挿す ひいらぎさす……51
ひうお……331
ひえどり……274
氷魚 ひお……331
火桶 ひおけ……336
燈籠 ひおぼろ……105
日傘 ひがさ……185
日雷 ひかみなり……182
彼岸 ひがん……77
彼岸会 ひがんえ……77
彼岸講 ひがんこう……77
彼岸過 ひがんすぎ……77
彼岸太郎 ひがんたろう……77
彼岸団子 ひがんだんご……77
彼岸中日 ひがんちゅうにち……77
彼岸寺 ひがんでら……77
彼岸花 ひがんばな……254
彼岸ばらい ひがんばらい……77
彼岸舟 ひがんぶね……77
彼岸参 ひがんまいり……77
引板 ひきいた……272
ピクニック……89
羆 ひぐま……325
日車 ひぐるま……210
ひさごむし……185
羊栖菜 ひじき……114
鹿尾菜 ひじき……114
鹿角菜 ひじき……114
ひじき干す ひじきほす……114
鹿尾菜藻 ひじきも……114
ひた……272
旱星 ひでりぼし……200
人来鳥 ひとくどり……62
人の日 ひとのひ……33
一葉 ひとは……217
一葉落つ ひとはおつ……217
一葉草 ひとはぐさ……92
一葉の秋 ひとはのあき……217
一文字 ひともじ……314
一本芒 ひともとすすき……237
一夜草 ひとよぐさ……92
火取香 ひとりこう……220
一人静 ひとりしずか……114
雛 ひな……67
雛遊 ひなあそび……67
雛合 ひなあわせ……67
雛送り ひなおくり……69
日永 ひなが……00
日永し ひながし……00
雛菓子 ひながし……07
雛すみれ ひなすみれ……92
雛壇 ひなだん……67
雛流し ひながし……69
雛人形 ひなにんぎょう……67
雛の宴 ひなのえん……67
雛の駕籠 ひなのかご……68
雛の客 ひなのきゃく……67
雛の酒 ひなのさけ……67
雛の燭 ひなのしょく……67
雛の節句 ひなのせっく……67
雛の膳 ひなのぜん……67
雛の調度 ひなのちょうど……67
雛の使 ひなのつかい……68
雛の間 ひなのま……67
雛の宿 ひなのやど……67
雛祭 ひなまつり……67
雛椀 ひなわん……67

索引

飛瀑 ひばく……188
火鉢 ひばち……336
雲雀東風 ひばりごち……71
日廻 ひまわり……210
向日葵 ひまわり……210
氷室の節供 ひむろのせっく……174
姫胡桃 ひめぐるみ……288
姫すみれ ひめすみれ……92
姫田螺 ひめたにし……72
ひめ始 ひめはじめ……28
火水始 ひめはじめ……28
飛馬始 ひめはじめ……28
姫始 ひめはじめ……28
密事始 ひめはじめ……28
糄糅始 ひめはじめ……28
姫百合 ひめゆり……180
氷餅を祝う ひもちをいわう……174
緋桃 ひもも……102
百菊 ひゃくぎく……281
百日紅 ひゃくじつこう……211
百物語 ひゃくものがたり……208
白蓮 びゃくれん……209
冷しラムネ ひやしラムネ……194
百歩香 ひゃっぽこう……185
冷豆腐 ひやどうふ……196
冷奴 ひややっこ……196
日向葵 ひゅうがあおい……210
ひよ……274
ひょうたんぐさ……64
屛風 びょうぶ……333
白頭鳥 ひよどり……274
鵯 ひよどり……274
比良の八荒 ひらのはっこう……75
比良八荒 ひらはっこう……75
ビール……194
麦酒 ビール……194
拾い海苔 ひろいのり……61
鬢長 びんちょう……328

ふ

富貴草 ふうきそう……131
風鈴 ふうりん……197
風鈴売 ふうりんうり……197
風鈴草 ふうりんそう……163
無射 ぶえき……233
深見草 ふかみぐさ……131
葺替 ふきかえ……87
吹流し ふきながし……134
福茶 ふくちゃ……24
河豚ちり ふぐちり……318
河豚鍋 ふぐなべ……318
福参 ふくまいり……55
ふくれ草 ふくれそう……229
ふくろ……311
梟 ふくろう……311
梟鳴く ふくろうなく……311
更待月 ふけまちづき……251
更待の月 ふけまちのつき……251
富士行 ふじぎょう……175
富士小屋 ふじごや……175
富士垢離 ふじごり……175
富士桜 ふじざくら……106
藤すみれ ふじすみれ……92
ふしだか……289
藤菜 ふじな……93
藤袴 ふじばかま……240
臥待 ふしまち……250
臥待月 ふしまちづき……250
臥待の月 ふしまちのつき……250
扶桑花 ふそうげ……212
二季鳥 ふたきどり……252
ふたば草 ふたばぐさ……92
ふたもじ……87
二夜の月 ふたよのつき……283
仏桑花 ぶっそうげ……212
仏法僧 ぶっぽうそう……170
筆津虫 ふでつむし……244
筆の花 ふでのはな……90
葡萄 ぶどう……262
葡萄園 ぶどうえん……262
葡萄棚 ぶどうだな……262
布団 ふとん……338
蒲団 ふとん……338
蒲団干す ふとんほす……338

船形の火 ふながたのひ……225
文月 ふみづき……177
文披月 ふみひらきづき……177
冬三月 ふゆさんがつ……65
冬雀 ふゆすずめ……32
冬昴 ふゆすばる……44
冬北斗 ふゆほくと……45
芙蓉 ふよう……228
ふらここ……119
ぶらんこ……119
ふらんど……119
鰤 ぶり……330
鰤起し ぶりおこし……40・330
ぶりぶり……30
振振 ぶりぶり……30
振振毬杖 ぶりぶりぎっちょう……30
古枝草 ふるえぐさ……241
古雛 ふるびな……67
振舞水 ふるまいみず……207
風呂吹 ふろふき……313
風呂吹大根 ふろふきだいこん……313
ぶんだいゆり……59
ぶんぶん……186

へ

屁糞葛 へくそかずら……210
紅椿 べにつばき……85
紅の花 べにのはな……154
紅蓮 べにはす……209
紅花 べにばな……154
紅藍花 べにばな……154
紅花翁草 べにばなおきなぐさ……115
紅芙蓉 べにふよう……228
紅牡丹 べにぼたん……131
紅木槿 べにむくげ……227
弁慶草 べんけいそう……229
ぺんぺん草 ぺんぺんぐさ……94
遍路 へんろ……100
遍路笠 へんろがさ……100
遍路杖 へんろづえ……100
遍路道 へんろみち……100
遍路宿 へんろやど……100

ほ

ポインセチア……344
鼠麴草 ほうこぐさ……90
帽子花 ぼうしばな……259
昴宿 ぼうしゅく……44
鳳仙花 ほうせんか……228
ぼうたん……131
南瓜 ぼうぶら……229
菠薐草 ほうれんそう……60
鬼灯 ほおずき……260
酸漿 ほおずき……260
北風 ほくふう……341
ほくり……95
ほくろ……95
星合 ほしあい……219
星合の空 ほしあいのそら……219
星逢う夜 ほしあうよ……219
干藷 ほしいも……286
星祝 ほしいわい……218
干梅 ほしうめ……204
干蕪 ほしかぶ……316
星今宵 ほしこよい……218
干薇 ほしぜんまい……92
星飛ぶ ほしとぶ……226
星流る ほしながる……226
星七草 ほしななくさ……218
星の妹背 ほしのいもせ……219
星の入東風 ほしのいりごち……299
星の歌 ほしのうた……218
星の薫 ほしのかおり……222
星の恋 ほしのこい……219
星の薫物 ほしのたきもの……222
星の手向 ほしのたむけ……218
星の契 ほしのちぎり……219
星の橋 ほしのはし……219
星の別れ ほしのわかれ……219
星走る ほしはしる……226
星祭 ほしまつり……218
星祭る ほしまつる……218

星迎 ほしむかえ 218・219
干蕨 ほしわらび 91
穂芒 ほすすき 237
細藺 ほそい 165
蛍狩 ほたるがり 162
蛍草 ほたるぐさ 259
蛍見物 ほたるけんぶつ 162
山小菜 ほたるぶくろ 163
蛍袋 ほたるぶくろ 163
蛍舟 ほたるぶね 162
蛍見 ほたるみ 162
牡丹 ぼたん 131
ぼたんいちげ 115
牡丹園 ぼたんえん 131
牡丹供養 ぼたんくよう 300
牡丹桜 ぼたんざくら 106
牡丹焚火 ぼたんたきび 300
牡丹焚く ぼたんたく 300
牡丹鍋 ぼたんなべ 320
牡丹見 ぼたんみ 131
牡丹雪 ぼたんゆき 69
ほっこり 320
子規 ほととぎす 169
不如帰 ほととぎす 169
杜魄 ほととぎす 169
杜鵑 ほととぎす 169
杜鵑草 ほととぎす 258
時鳥 ほととぎす 169
郭公 ほととぎす 169
蜀魂 ほととぎす 169
時鳥の落し文 ほととぎすのおとしぶみ 212
穂長 ほなが 27
骨正月 ほねしょうがつ 39
ほや 145
老海鼠 ほや 145
保夜 ほや 145
海鞘 ほや 145
鯔 ぼら 256
母衣蚊帳 ほろがや 165
盆 ぼん 223
盆会 ぼんえ 223
盆供 ぼんく 223
盆山 ぼんさん 198
本鱈 ほんだら 329
本ちぬ ほんちぬ 164
盆の回礼 ぼんのかいれい 222
盆の藪入 ぼんのやぶいり 224
ポンポンダリア 210
盆祭 ぼんまつり 223
盆見舞 ぼんみまい 222
盆休 ぼんやすみ 224
本やどかり ほんやどかり 113
盆礼 ぼんれい 222

ま

真穴子 まあなご 143
舞茸 まいたけ 270
前七日 まえなぬか 235
真牡蠣 まがき 333
巻鰤 まきぶり 330
枕蚊帳 まくらがや 165
枕屏風 まくらびょうぶ 333
鮪 まぐろ 328
鮪釣 まぐろつり 328
鮪船 まぐろぶね 328
負菊 まけぎく 282
正東風 まごち 71
真蜆 ましじみ 72
真赭の芒 ますほのすすき 237
真鱈 まだら 329
まだら雪 まだらゆき 76
松風の時雨 まつかぜのしぐれ 307
松茸 まつたけ 269
松葉蟹 まつばがに 328
末伏 まっぷく 200
松虫 まつむし 242
待宵草 まつよいぐさ 179
祭鱧 まつりはも 197
真鶴 まなづる 312
正南風 まはえ 167
正南風 まみなみ 166
真蒸し まむし 160

豆殻挿す まめがらさす …… 51
豆桜 まめざくら …… 106
豆名月 まめめいげつ …… 283
眉掃草 まゆはきそう …… 114
丸田螺 まるたにし …… 72
万愚節 まんぐせつ …… 100
満月 まんげつ …… 248
まんじゅさげ …… 254
曼珠沙華 まんじゅしゃげ …… 254
万両 まんりょう …… 47

み

実石榴 みざくろ …… 277
水団扇 みずうちわ …… 184
水掛草 みずかけぐさ …… 224
水影草 みずかげぐさ …… 271
水水母 みずくらげ …… 203
水豆腐 みずどうふ …… 196
水取 みずとり …… 73
水菜 みずな …… 60
水萩 みずはぎ …… 224
水鱧 みずはも …… 197
水振舞 みずふるまい …… 207
水羊羹 みずようかん …… 195
実千両 みせんりょう …… 46
禊 みそぎ …… 174
千屈菜 みそはぎ …… 224
鼠尾草 みそはぎ …… 224
溝萩 みぞはぎ …… 224
三千歳草 みちとせぐさ …… 102
三千世草 みちよぐさ …… 102
蜜豆 みつまめ …… 196
みと祭 みとまつり …… 122
みな …… 73
水口祭 みなくちまつり …… 122
みなし子 みなしご …… 247
水無月 みなづき …… 149
水無月祓 みなづきはらえ …… 174
南風 みなみ …… 166
南風 みなみかぜ …… 166
南吹く みなみふく …… 166
実南天 みなんてん …… 47
嶺桜 みねざくら …… 106
蓑虫 みのむし …… 247
蓑虫鳴く みのむしなく …… 247
壬生菜 みぶな …… 117
木菟 みみずく …… 311
蚯蚓鳴く みみずなく …… 246
都鳥 みやこどり …… 327
都忘れ みやこわすれ …… 122
宮相撲 みやずもう …… 225
深山桜 みやまざくら …… 106
深山竜胆 みやまりんどう …… 257
夫婦滝 みょうとだき …… 188
妙法の火 みょうほうのひ …… 225
みら …… 87

む

迎盆 むかえぼん …… 223
昔草 むかしぐさ …… 152
麦秋 むぎあき …… 147
麦茶 むぎちゃ …… 193
麦茶冷し むぎちゃひやし …… 193
麦の秋 むぎのあき …… 147
麦湯 むぎゆ …… 193
麦湯冷し むぎゆひやし …… 193
麦藁蛸 むぎわらだこ …… 146
麦藁蜻蛉 むぎわらとんぼ …… 252
むく …… 275
木槿 むくげ …… 227
木槿垣 むくげがき …… 227
椋鳥 むくどり …… 275
潜り鳥 むぐりどり …… 312
虫追い むしおい …… 213
虫送り むしおくり …… 213
虫籠 むしかご …… 242
蒸鰈 むしがれい …… 83
虫祈禱 むしきとう …… 213
虫供養 むしくよう …… 213
むしこ …… 242
虫出し むしだし …… 70
虫出しの雷 むしだしのらい …… 70
貉 むじな …… 325
虫鳴く むしなく …… 242

虫の音 むしのね……242
蒸蛤 むしはまぐり……109
虫払い むしばらい……204
虫干 むしぼし……204
武者人形 むしゃにんぎょう……133
睦月 むつき……21
六連星 むつらぼし……44
胸敲 むねたたき……345
紫えのころ むらさきえのころ……259
紫海苔 むらさきのり……61
むらさきはなな……118
村時雨 むらしぐれ……307
室咲 むろざき……50
室の梅 むろのうめ……50
室の花 むろのはな……50
室町雛 むろまちびな……67

め

明河 めいが……218
名月 めいげつ……248
冥途の鳥 めいどのとり……169
目借時 めかりどき……120
和布刈舟 めかりぶね……64
めかる蛙 めかるかえる……120
曲水の豊明 めぐりみずのとよあかり……68
女正月 めしょうがつ……37
女滝 めだき……188
目突柴 めつきしば……51
豨薟 めなもみ……290
気連草 めなもみそう……290

も

蒙古風 もうこかぜ……75
孟春 もうしゅん……21
孟冬 もうとう……265
虎落笛 もがりぶえ……342
木犀 もくせい……263
木犀の花 もくせいのはな……263
木芙蓉 もくふよう……228
木蓮 もくれん……103
木蘭 もくれん……103
百舌鳥 もず……274
伯労鳥 もず……274
鵙 もず……274
鵙の高音 もずのたかね……274
鵙の晴 もずのはれ……274
鵙日和 もずびより……274
餅間 もちあい……36
餅あわい もちあわい……36
糯稲 もちいね……271
餅鏡 もちかがみ……26
餅雑炊 もちぞうすい……314
望月 もちづき……248
餅中 もちなか……36
もちなもみ……290
望の潮 もちのしお……247
望の夜 もちのよ……248
木槲落葉 もっこくおちば……137
籾おろす もみおろす……123
紅葉月 もみじづき……233
紅葉の帳 もみじのとばり……220
紅葉の橋 もみじのはし……219
籾蒔く もみまく……123
桃咲く ももさく……102
百千鳥 ももちどり……116
桃の酒 もものさけ……67
桃の節句 もものせっく……67
桃の花 もものはな……102
桃の日 もものひ……67
桃の村 もものむら……102
桃見 ももみ……102
諸鶉 もろうずら……275
もろこし……261
諸向 もろむき……27

や

灸花 やいとばな……210
八重山吹 やえやまぶき……121
焼石 やきいし……337
焼藷 やきいも……320
焼藷屋 やきいもや……320
焼蛤 やきはまぐり……109

薬草掘る やくそうほる……284
厄日 やくび……235
焼野 やけの……59
焼野原 やけのはら……59
焼原 やけはら……59
矢大臣 やだいじん……67
八尾の廻り盆 やつおのまわりぼん……235
八束穂 やつかほ……271
寄居虫 やどかり……113
柳 やなぎ……104
柳影 やなぎかげ……104
柳の糸 やなぎのいと……104
やなぎむし……83
柳むしがれい やなぎむしがれい……83
屋根替 やねがえ……87
屋根葺く やねふく……87
野馬 やば……88
野梅 やばい……63
藪鶯 やぶうぐいす……62
藪柑子 やぶこうじ……48
藪椿 やぶつばき……85
山遊 やまあそび……89
やまあららぎ……103
豺 やまいぬ……327
山芋 やまいも……286
山鯨 やまくじら……320
山蝙蝠 やまこうもり……168
山滴る やましたたる……187
山すみれ やますみれ……92
やませ……157
山背風 やませかぜ……157
山瀬風 やませかぜ……157
山橘 やまたちばな……48
山田螺 やまたにし……72
山田の僧都 やまだのそうず……273
山躑躅 やまつつじ……151
山椿 やまつばき……85
大和蜆 やまとしじみ……72
大和鈴虫 やまとすずむし……243
大和撫子 やまとなでしこ……238
山根草 やまねぐさ……91
山眠る やまねむる……324
山の芋 やまのいも……286
山萩 やまはぎ……241
山吹 やまぶき……121
山振 やまぶき……121
山葡萄 やまぶどう……278
山めぐり やまめぐり……307
山木蘭 やまもくれん……103
山百合 やまゆり……180
山粧う やまよそおう……267
山笑う やまわらう……71
闇の梅 やみのうめ……63
弥生 やよい……65
弥生の節句 やよいのせっく……67
敗荷 やればす……288
破蓮 やれはちす……288
蜻蜓 やんま……252

ゆ

夕顔 ゆうがお……208
夕顔棚 ゆうがおだな……208
夕顔の花 ゆうがおのはな……208
夕砧 ゆうきぬた……284
夕東風 ゆうごち……71
夕桜 ゆうざくら……106
遊糸 ゆうし……88
夕時雨 ゆうしぐれ……307
遊蝶花 ゆうちょうか……115
夕虹 ゆうにじ……182
夕焼 ゆうやけ……199
夕焼雲 ゆうやけぐも……199
幽霊花 ゆうれいばな……254
床 ゆか……183
床涼み ゆかすずみ……183
浴衣 ゆかた……189
浴衣掛 ゆかたがけ……189
湯帷子 ゆかたびら……189
行合の橋 ゆきあいのはし……219
雪男 ゆきおとこ……42
雪鬼 ゆきおに……42
雪女 ゆきおんな……42

雪おんば ゆきおんば……42
雪消月 ゆきぎえづき……53
雪消し ゆきけし……41
雪解月 ゆきげづき……53
雪竿 ゆきざお……41
雪棹 ゆきざお……41
雪しまき ゆきしまき……42
雪じまき ゆきじまき……42
雪女郎 ゆきじょろう……42
雪玉 ゆきだま……43
雪月 ゆきづき……309
雪椿 ゆきつばき……85
雪涅槃 ゆきねはん……76
雪の終 ゆきのおわり……76
雪の精 ゆきのせい……42
雪の絶間 ゆきのたえま……56
雪の果 ゆきのはて……76
雪のひま ゆきのひま……56
雪の別れ ゆきのわかれ……76
ゆきはり……119
雪降り婆 ゆきふりばば……42
雪坊主 ゆきぼうず……42
雪間 ゆきま……56
雪待月 ゆきまちづき……297
雪見草 ゆきみぐさ……141
雪見酒 ゆきみざけ……40
雪見舞 ゆきみまい……41
柚子風呂 ゆずぶろ……344
柚子湯 ゆずゆ……344
交譲葉 ゆずりは……28
杠 ゆずりは……28
楒 ゆずりは……28
楪 ゆずりは……28
譲り雛 ゆずりびな……67
湯婆 ゆたんぽ……337
弓弦葉 ゆづるは……28
湯豆腐 ゆどうふ……321
弦 ゆみはり……248
弓張月 ゆみはりづき……248
夢見月 ゆめみづき……65
ゆやけ……199
湯奴 ゆやっこ……321
百合 ゆり……180
百合鷗 ゆりかもめ……327
百合の花 ゆりのはな……180

よ

宵砧 よいきぬた……284
宵の夏 よいのなつ……181
楊貴妃桜 ようきひざくら……106
洋玉蘭 ようぎょくらん……139
陽春 ようしゅん……21
洋梨 ようなし……262
楊柳 ようりゅう……104
横時雨 よこしぐれ……307
夜桜 よざくら……106
葭切 よしきり……168
葦切 よしきり……168
葭雀 よしすずめ……168
吉野静 よしのしずか……114
葭原雀 よしはらすずめ……168
粧う山 よそおうやま……267
夜鷹蕎麦 よたかそば……322
夜鳴饂飩 よなきうどん……322
夜鳴蕎麦 よなきそば……322
霾晦 よなぐもり……75
よなぼこり……75
夜這星 よばいぼし……226
四葩の花 よひらのはな……153
嫁が君 よめがきみ……31
嫁萩 よめがはぎ……89
嫁菜 よめな……89
嫁菜の花 よめなのはな……260
蓬葺く よもぎふく……133
寄羽の橋 よりばのはし……219
齢草 よわいぐさ……281

ら

雷 らい……182
雷雨 らいう……182
雷火 らいか……182
雷響 らいきょう……182
雷声を収む らいこえをおさむ……263

見出し	よみ	ページ
雷神	らいじん	182
雷声	らいせい	182
雷電	らいでん	182
雷鳴	らいめい	182
雷鳴	らいめい	182
落雁	らくがん	252
落雷	らくらい	182
らに		194
ラムネ		240
蘭月	らんげつ	177
蘭草	らんそう	240

り

見出し	よみ	ページ
律の風	りちのかぜ	295
律の調	りちのしらべ	295
琉球諸	りゅうきゅういも	286
琉球木槿	りゅうきゅうむくげ	212
流觴	りゅうしょう	68
流星	りゅうせい	226
龍燈	りゅうとう	230
龍淵に潜む	りゅうふちにひそむ	264

見出し	よみ	ページ
涼月	りょうげつ	177
林檎	りんご	277
竜胆	りんどう	257

る

見出し	よみ	ページ
留守居松	るすいまつ	35

れ

見出し	よみ	ページ
令月	れいげつ	53
霊辰	れいしん	33
檸檬	レモン	292
レモン		292
蓮華草	れんげそう	209
蓮華	れんげ	93
砕米薺	れんげばな	93

ろ

見出し	よみ	ページ
炉	ろ	334
炉明	ろあかり	334
臘月	ろうげつ	309
狼星	ろうせい	45

見出し	よみ	ページ
老梅	ろうばい	43
ロシア向日葵	ロシアひまわり	210
炉の名残	ろのなごり	334
炉話	ろばなし	79
炉塞	ろふさぎ	79

わ

見出し	よみ	ページ
公魚	わかさぎ	58
若鷺	わかさぎ	58
鰙	わかさぎ	58
若桜	わかざくら	106
若鷹	わかたか	305
若菜の日	わかなのひ	34
若火	わかび	38
若布	わかめ	64
和布	わかめ	64
和布刈	わかめかり	64
和布売	わかめうり	64
和布	わかめ	64
若布	わかめ	64
和布汁	わかめじる	64
和布干す	わかめほす	64

見出し	よみ	ページ
輪橾	わかんじき	43
輪越祭	わごしまつり	174
鷲	わし	305
忘れ雪	わすれゆき	76
和清の天	わせいのてん	127
綿雪	わたゆき	69
笑いの樹	わらいのき	211
笑う山	わらうやま	71
藁砧	わらきぬた	284
蕨	わらび	91
蕨汁	わらびじる	292
蕨長く	わらびたく	91
蕨手	わらびて	91
蕨飯	わらびめし	91
蕨木香	わらびめし	91
吾木香	われもこう	258
吾亦紅	われもこう	258
我毛香	われもこう	258

平凡社ライブラリー　813

季語《きご》成《な》り立《た》ち辞典《じてん》

発行日…………2014年6月10日　初版第1刷

著者……………榎本好宏
発行者…………石川順一
発行所…………株式会社平凡社
〒101-0051　東京都千代田区神田神保町3-29
電話　東京(03)3230-6579[編集]
東京(03)3230-6572[営業]
振替　00180-0-29639

印刷・製本　……株式会社東京印書館
ＤＴＰ…………大連拓思科技有限公司＋平凡社制作
装幀……………中垣信夫

ISBN978-4-582-76813-8
NDC 分類番号911.307
B6変型判（16.0cm）　総ページ392

平凡社ホームページ　http://www.heibonsha.co.jp/
落丁・乱丁本のお取り替えは小社読者サービス係まで
直接お送りください（送料、小社負担）。